독일 환상 문학선

환상문학전집 ● 9

독일 환상 문학선
Book of German Fantasy

E. T. A. 호프만 외

박계수 편역

● ● ● **차례**

엮은이의 글　7

로카르노의 거지 여인 / 하인리히 폰 클라이스트　11
만다라화 이야기 / 프리드리히 푸케　17
잃어버린 거울상 이야기 / 에른스트 테오도르 아마데우스 호프만　59
치프리아누스의 거울 / 테오도르 슈토름　87
인간 공장 / 오스카 파니차　123
경이로움 / 하인리히 만　155
이상한 도시 / 파울 에른스트　195
백만장자 라콕스 / 파울 셰어바르트　209
예언 / 아르투어 슈니츨러　233
거미 / 한스 하인츠 에버스　269
사악한 수녀 / 카를 한스 슈트로블　305
두 개의 가면 / 알렉산더 모리츠 프라이　355

엮은이의 글

넓은 의미에서 보자면 환상은 대개는 문학적 상상력과 동일시된다. 그래서 모든 문학 작품은 환상 문학이라고 할 수 있다. 설명할 수 없으며 위협적이거나 불행을 가져다주는 기이한 사건이 우리의 눈에 보이는 현실 세계로 침입하는 것에 관한 이야기로 환상 문학의 범위를 제한시켜 본다고 해도 고대 신화부터 20세기 판타지까지의 작품들 중에서 환상 문학에 들어갈 수 있는 경우는 무수히 많다. 야후 백과사전은 소재의 측면에서 환상 문학을 "초자연적 가공 세계에서 일어난 사건이나 현실에 있을 수 없는 사건을 소재로 한 문학 작품"이라고 정의하고 있다.

그렇다면 같은 소재를 다루고 있는 환상 문학과 메르헨(Märchen)의 차이는 무엇인가? 메르헨은 그 전체가 경이의 세계이며 구체적 현실이 그 속에 짜여 들어가 있는 반면, 환상 문학은 현실과 비현실이 뚜렷이 구별되어 있으며, 서로 기이한 대립을 이루면서 병존해 있다.

사회 역사적인 관점에서 볼 때 환상 문학에는 역사적·사회적인 발전이 직접 반영되고 있다. 전복의 시기, 즉 가치가 변화하고 기존의 세계상이 붕괴되며 새로운 세계상이 설립되는 불확실의 시기에 환상 문학은 대부분 특별한 전성기를 맞이한다. 급격한 문화사적인 전환기에, 질서가 상실되고 사회적 영역에서 좌표가 상실되면서 환상 문학이 꽃을 피우게 되었다는 것이다. 인간이 새로운 세계를 파악하기가 아주 힘들거나 가끔은 수용할 수 없다는 것을 현실 세계를 바탕으로 해서는 제대로 표현할 수 없기 때문이다. 그렇기 때문에 인간은 자신의 문제를 아주 다른 세계에서 묘사하면서 실제의 갈등을 환상적인 분위기로 바꾸어 버린다. 그 안에서는 옛 세계의 법칙과 새로운 세계의 법칙이 기이한 방식으로 뒤섞여 있다. 이런 현실과 환상의 혼합은 세계로부터의 도피가 아니다. 그저 가공 방법일 뿐이다. 환상 문학에서 실제의 문제들은 개별적인 관점으로 제한된다. 그래서 그 문제들이 더 명확하게 부각될 수 있다. 문제가 단순해지면 우리는 그것을 더욱 쉽게 파악할 수 있다. 환상이라는 다른 세계로 우회하여 결국 현실의 세계를 이해할 수 있게 되는 것이다.

독일 환상 문학은 낭만주의와 20세기 전환기에 그 전성기를 맞이한다. 1789년 프랑스 혁명은 전 유럽을 동요시키고 근세에 절대 존재하지 않았던 전통의 붕괴를 불러왔다. 독일에서 전통적인 질서를 조장하는 국가와 교회, 귀족과 목회자의 권력에 대한 신뢰가 흔들리기 시작했다. 파멸에 대한 두려움과 좌표의 상실에 대한 두려움이 지금까지 전혀 예감하지 못했던 정도로 강하게 일어났다. 이런 맥락에서 경직된 이성적 질서에 대한 감정의 저항이 가끔은 파괴적이고 환상적인 형태로 표현되기도 한다.

20세기 전환기의 환상 문학은 정치, 사회, 학문에서의 변화와 함께 깊은 불안감을 보여 준다. 이 시기의 환상 문학은 자본주의 산업 사회의 익

명성과 집단성에 대한 두려움, 인간성의 위기를 계시한다. 산업적인 생산품과 자본 역시 겉으로 보기에 인간에게 행복을 가져다주는 것 같지만, 인간을 점차 구체적인 세계에서 탈중심화한다. 환상 문학은 인간의 무너진 의미 연관성과 주변인의 관점에서 동시대 의식의 매개체로서 발전하였다.

유럽의 환상 문학과 비교해 볼 때 독일 환상 문학의 특징은 바로 그 장르 선택에 있다. 영국에서는 19세기에 이른바 고딕 소설이 생겨났다. 이것은 루이스의 「수도사」 외에도 월폴의 「오트란토 성」, 셸리의 「프랑켄슈타인」으로 이어지며 환상 장편소설의 계보를 이어 간다. 독일 문학에서는 「악마의 묘약」의 작가 호프만 말고는 장편소설에 전혀 참여하지 않았다. 19세기 독일의 환상 문학은 당시 독일에서 가장 인기 있는 장르였던 노벨레와 관계가 있다. 독일 환상 노벨레는 낭만주의 시대에 탄생해 정점에 이르게 되며 그 장르의 대표자는 호프만이다. 호프만의 「야상곡」은 현재까지도 환상 문학의 독특한 모범으로 인정받고 있다. 환상 노벨레의 전통은 낭만주의를 거쳐 슈토름의 노벨레에서 끝을 맺는다.

독일에서 환상 문학이 하나의 장르로 자리를 잡고 독일 문예학에서 정식으로 논의되기 시작한 것은 1970년대 환상 문학이라는 명칭 아래 이론화를 시도했던 토도로프의 연구가 소개되고 나서부터이다. 환상 문학에 대한 연구가 매우 부진했던 이유는 19세기에 이른바 환상 문학이라고 칭할 수 있었던 작품들이 대개 고전주의적 미학 기준에 미달하는 통속소설로 평가절하되었기 때문이다. 20세기 초에 발표된 많은 환상 문학들도 평론가들로부터 문학적 가치를 인정받지 못했다. 이 문학선에 수록된 20세기 초기 작가들도 대부분 독일 문학사에서 거의 거론조차 되지 않아 왔다. 그러다가 1970년대에 들어서면서 갑자기 환상성에 대한 이론적 논쟁이 활발하게 벌어졌고, 영화에도 동일한 붐이 형성되었다. 20세기의 마지막 10년 동안에는 점점 기계화하고 있는 세계와 인간 정신의 갈등이 환상 문학, 판타지, SF의 유행 속에 반영되었다.

  이 책에 수록된 작품들은 앞에서도 언급했듯이 독일 환상 문학의 전성기에 나온 낭만주의의 환상 노벨레와 세기 전환기에 나온 환상 문학 작품이다. 지금까지 여러 번 번역된 작품, 분량이 많은 작품들을 제외하고 환상 문학의 특징이 잘 드러나면서 비전공자들도 쉽고 재미있게 읽을 수 있는 작품을 주로 선별했다. 아이헨도르프의「대리석상」은 초고를 끝냈을 때까지도 선집에 남아 있었으나 현대 독자들이 읽기에는 현실감이 많이 떨어지고 조금 지루한 감도 있어 제외하였다. 세기 전환기의 작품들은『세기 전환기의 환상 소설』(*Phantastische Erzahlungen der Jahrhundertwende*, M. Winkler(ed.), Stuttgart, 1982)에서 골랐다. 작품은 발표 연대 순서대로 수록하였다.

  막상 작품 선택을 끝내고 번역 작업에 들어가니 작가가 바뀔 때마다 그 작가의 문체에 익숙해지는 데도 시간이 걸리곤 했다. 독자의 입장에서 본다면 이야기마다 새로운 작가의 새로운 작품을 접할 수 있다는 게 장점이 될 것이다.

  독일 환상 문학을 한 권의 책으로 정리하는 일은 부담스러우면서도 보람 있는 작업이었다. 선별 과정에서 그동안 접하지 못했던 작품들을 보니 매우 흥미로워서 사람들을 끌어들인 만한 것이었다. 이 책으로 국내 독자들이 독일 환상 문학과 작가들을 알 수 있는 좋은 기회를 얻길 바란다.

박계수

로카르노의 거지 여인

하인리히 폰 클라이스트

(1777-1811)

● ● ●

클라이스트(Heinrich von Kleist)는 프랑크푸르트 안데어 오더에서 태어났다. 그의 선조들은 대대로 프로이센의 장교였다. 젊은 시절 그는 집안의 전통에 따라 장교가 되었으나 군대 생활에 만족하지 못하고 1799년 군직을 떠났다. 한때 칸트 철학에 몰두하기도 했으며, 프랑스, 스위스로 여행하던 중 작가가 천직임을 깨닫게 되어 1802년부터 작품 활동을 시작했다. 하지만 별로 주목을 받지 못했다. 1805년 쾨니히스베르크 시의 행정부에서 일하던 중 나폴레옹이 프로이센을 함락하자 관직을 그만두었다. 드레스덴으로 여행하는 동안에는 스파이로 몰려서 프랑스군에게 체포되었다. 1807년 석방된 후 클라이스트는 친구 아담 뮐러와 함께 베를린에서 잡지 《푀부스》를 발행하였으며 희곡과 소설을 써 나갔다.

클라이스트는 몽상적이고 격정적이어서 낭만주의의 위험한 경향을 모두 타고난 인간이었다. 하지만 다른 한편으론 강력한 의지와 함께 투철한 리얼리스트의 관찰력 또한 지니고 있었다. 그가 남긴 단편소설은 독특한 비극적 요소와 마력적이며 박력 있는 간결한 서술 방식을 통해 클라이스트 특유의 산문 문학을 형성했다. 그의 작품들에서 볼 수 있는 격렬한 비극적 결말은 그 자신의 생애에서도 그대로 나타났다. 1811년 겨우 34세의 나이에 클라이스트는 베를린 근방의 호수에서 여자 친구를 권총으로 쏘아 죽인 다음 자살했던 것이다.
「로카르노의 거지 여인」은 1810년 《베를린 석간》에 발표된 작품이다.

이탈리아 북부 로카르노 근처의 알프스 산기슭에 어느 후작 소유의 오래된 성이 자리 잡고 있다. 지금은 성 고트하르트에서 오면 폐허 속에 서 있는 그 성을 볼 수 있다. 천장이 높고 넓은 방이 딸린 성이다. 언젠가 안주인의 배려로, 문 앞에 앉아 구걸을 하던 늙고 병든 여인이 성에서 묵은 적이 있다. 그 여인은 어느 방에서 사람들이 깔아 준 짚 위에 누워 잠을 청했다. 그런데 사냥에서 돌아온 후작이 평상시처럼 엽총을 놓아두러 그 방으로 들어갔다. 후작은 화를 내며 그 여인에게 자리에서 일어나 난로 뒤로 가라고 명령했다. 그 여인은 일어나서 지팡이를 짚고 걸어가다 미끄러져서 엉덩이뼈를 아주 심하게 다치고 말았다. 그러나 그녀는 있는 힘을 다해 다시 일어나 후작이 명령한 대로 난로 뒤로 가서 누웠다. 그러고는 신음 소리를 내다 죽어 버렸다.

몇 년 뒤 전쟁과 흉작 때문에 후작의 재정 상태가 심각하게 악화되었을 때, 피렌체의 기사 한 명이 성에 묵게 되었다. 기사는 아름다운 풍광에 반해 후작에게서 성을 사려고 했다. 그 거래를 꼭 성사시키고 싶어서 후작은 피렌체의 기사를 아주 아름답고 화려하게 장식되어 있는 방에 묵게 하라고 아내에게 말했다. 그 방은 일찍이 거지 여인이 죽었던 방이었다. 그러나 한밤중에 기사가 창백하고 겁에 질린 얼굴로 그들에게 내려와 아주 진지한 목소리로 그 방에서 귀신이 나오는 게 틀림없다고 했을 때 후작 부부는 얼마나 당황했는지. 눈에 보이지 않는 무언가가 마치 짚 위에 누워 있는 것같이 바스락 소리를 내다가, 방구석에서 일어나서 뚜렷하게 발소리를 내며 천천히 그리고 조용히 방을 가로질러 갔다고 한다. 그러고는 끙끙 신음 소리를 내며 쓰러졌다는 것이다.

후작은 놀랐지만 그 이유를 알 수가 없었다. 그는 짐짓 쾌활한 체하며 기사에게 비웃듯 말했다. 자신이 지금 바로 일어나서 그가 안심할 수 있도록 그 방에서 함께 밤을 보내겠노라고. 그럼에도 기사는 후작의 침실 소파에서 밤을 보낼 수 있게 해 달라고 간청했다. 그리고 마침내 아침이 되자 말에 안장을 채운 다음 부랴부랴 인사를 하고는 바로 성을 떠나 버렸다.

이 사건은 특별히 눈길을 끌었고 성을 사려던 사람들은 결국 놀라서 떠나 버렸다. 후작은 무척 기분이 상했다. 의아해하면서 납득하지 못했다. 하인들 사이에서도 자정이 되면 그 방에서 귀신이 돌아다닌다는 소문이 퍼졌다. 그래서 그는 그 소문을 가라앉히기 위해 다음 날 밤 직접 그 사건을 조사해 보기로 결심했다. 그는 어스름이 시작될 무렵 자기 침대를 그 방으로 옮기게 했다. 그러고는 잠도 자지 않고 자정이 되기만을 기다렸다. 얼마 후 시계가 유령이 나타나는 시간인 12시를 가리키자, 알 수 없는 소음이 들렸다. 그때 그는 소스라치게 놀라지 않을 수 없었다. 마치 짚 위에서 바스락거리며 어떤 사람이 일어나 방을 가로질러 가서는 난로 뒤에서 끙끙 신음 소리를 내며 쓰러지는 것 같았다.

　다음 날 아침, 후작 부인은 그가 아래로 내려왔을 때 어떻게 됐느냐고 물었다. 후작은 두려운 듯 겁에 질린 눈으로 주위를 먼저 살폈다. 그러고는 문을 잠그고 나서야 정말 귀신이 나온다고 말해 주었다. 후작 부인 역시 지금껏 살면서 겪어 보지 못했던 전율을 느꼈다. 부인은 후작에게 이 사건이 알려지기 전에 주변 사람들과 함께 다시 한번 냉정하게 시험을 해 보자고 권했다. 그래서 다음 날 밤 그들은 충직한 하인 한 명을 데리고 갔다. 유령이 내는 것 같은 정체불명의 소리를 실제로 들은 건 마찬가지였다. 어떤 대가를 치르더라도 그 성에서 벗어나고 싶다는 간절한 소망 때문에 후작 부부는 하인 앞에서 공포를 겨우 억누를 수 있었다. 또한 그 사건과 아무 상관이 없는 중요하지도 않은 이유를 꾸며다 붙이면서 그것이 곧 밝혀질 거라고 했다.

　셋째 날 저녁 후작 부부가 그 사건의 원인을 알아내기 위하여 두근거리는 가슴을 안고 다시 그 방으로 가는 계단을 올라갔다. 그들은 그 방문 앞에 사슬에서 풀려난 개가 앉아 있는 것을 보았다. 두 사람은 그 개를 데리고 방으로 들어갔다. 정확히 무엇이라고 설명할 수는 없지만, 아마도 그들 외에 살아 있는 또 다른 것을 데리고 있겠다는 무의식적인 의도에서였다. 후작 부부는 탁자 위에 초 두 자루를 켜 놓았다. 후작 부인은 옷도 벗지 않은 채 앉아 있었고, 후작은 장에서 꺼내 온 칼과 총을 옆에 들고 앉았다. 11시경 그들은 각자 자기 침대로 갔다. 그리고 후작 부부가 대화를 하려고 하는 동안 개는 웅크린 채 방 한가운데 누워서 잠이 들었다.

　자정이 되는 순간 끔찍한 소리를 다시 들을 수 있었다. 눈에는 보이지 않는 누군가가 지팡이를 짚고 방구석에서 일어났다. 그 밑에서 짚이 바스락거리는 소리가 났다. 그리고 "타박! 타박!" 하는 첫 번째 발걸음 소리에 개가 깨서 귀를 쫑긋하며 바닥에서 벌떡 일어났다. 개는 으르렁거리고 짖으면서, 마치 자신에게 어떤 사람이 다가오는 것처럼 난로 뒤로 뒷걸음을 치며 피했다. 이 모습을 본 후작 부인은 머리가 곤두서서 방에서 달려 나갔다. 칼을 잡고 있던 후작은 "거기 누구냐?"라고 외쳤지만 아무 대답도 들리지 않았다. 후작이 미친 사람처럼 공중에 대고 사방으로 주먹을 휘두르는 동안 후작 부인은 마차를 준비시켜서 바로 시내로 출발하려고 했다.

그러나 그녀가 몇 가지 물건을 싸서 성문 밖으로 나오자마자 벌써 성 주위에서는 불꽃이 솟아오르고 있었다. 극심한 공포감에 휩싸인 후작이 자신의 삶에 진저리를 치며 나무로 덧붙인 구석구석에 촛불로 불을 붙였던 것이다. 후작 부인이 사람들을 불렀지만 그 불행한 사람을 구할 수는 없었다. 아주 비참하게도 그는 이미 죽어 있었다. 그리고 그 지방 사람들이 수습한 그의 백골은 그가 로카르노의 거지 여인에게 일어나라고 명령했던 바로 그 방 구석에 지금도 여전히 놓여 있다.

만다라화 이야기

프리드리히 푸케
(1777-1843)

● ● ●

푸케(Friedrich de la Motte Fouque)는 프랑스의 귀족 집안 출신인데, 그 집안은 신교도로서 17세기 말에 독일 북부로 이주 귀화하였다. 그래서 그는 독일에서 출생한 독일인이다. 프로이센의 장교를 여럿 배출한 가문의 전통에 따라 그도 군인이 되어 소령까지 진급했다. 중병을 앓은 후에 군을 떠난 푸케는 슐레겔 학파에서 여러 언어를 익히고 문학을 집중적으로 배웠다. 푸케는 문학의 모든 영역에 손을 댔으며, 당시에는 상당히 인기 있는 작가였다. 그러나 시대가 지남에 따라 그의 명성은 쇠퇴했다. 동화 소설 「운디네」만이 낭만주의의 걸작으로 평가받고 있다.

이 작품은 1810년 라이프치히에서 발간된 《판테온》에 「만다라화에 관한 이야기」라는 제목으로 처음 발표되었다. 만다라화는 인간의 모습을 한 뿌리이며, 교수대 밑에 서식한다고 해서 "만드라고라"라고도 불린다. 그리고 이것을 소유한 사람은 행복과 건강, 부를 얻는다는 전설이 있다.

어느 아름다운 날 저녁, 젊은 독일 상인이 세계적으로 유명한 이탈리아의 무역 도시 베네치아로 이사를 왔다. 그는 라이하르트라는 아주 유쾌하고 대담한 젊은이였다. 마침 그때 독일에서는 30년 전쟁 때문에 소요가 여러 번 일어났다. 그래서 즐겁게 살아가기 바라던 젊은 상인은 업무차 잠시 이탈리아로 오게 된 것에 특히 만족했다. 당시 이탈리아에는 전혀 전쟁이 없었으며, 그가 들어 온 대로 아주 훌륭한 포도주와 너무나도 맛 좋은 과일들을 많이 접할 수 있었기 때문이다. 게다가 그가 특히 좋아하는 아름다운 여자들은 더 말할 것도 없었다.

그는 사람들이 베네치아에서 하던 것처럼 곤돌라라고 불리는 작은 배를 타고 잘 정리된 포장 도로 대신 베네치아 운하를 돌아다녔다. 훌륭한 주택을 보면서, 그리고 주택에서 밖을 내다보는 아름다운 여성의 모습을 보면서 너무나 즐거웠다. 그가 마침내 아주 화려한 건물에 다가갔을 때 매우 우아한 모습의 여자 열두 명이 그 건물의 창문가에 누워 있었다.

젊은 상인이 노를 젓고 있는 곤돌라 사공에게 말했다.

"세상에! 저 아름다운 여자들 가운데 한 명에게 말 한마디라도 걸 수 있다면 얼마나 좋을까!"

"이런, 그렇게 원한다면 배에서 내려서 용감하게 저 건물로 올라가 보시오. 저 위에 가면 틀림없이 당신은 시간이 짧게 느껴질 겁니다."

젊은 라이하르트가 말했다.

"당신은 낯선 사람 놀리는 걸 좋아하나 보군요. 그리고 제가 그렇게 무례한 젊은이처럼 보입니까? 당신의 어리석은 말을 따르다가 저 안에서 조롱을 당하거나 아니면 매를 맞고 쫓겨날 그런 사람 같아 보입니까?"

곤돌라 사공이 말했다.

"신사 양반, 이 나라의 관습은 내가 더 잘 알지요. 당신이 이 나라에서 좀 더 즐겁게 지내고 싶다면 내 충고대로만 하시오. 그리고 그들이 아름다운 팔을 벌리고 당신을 받아 주지 않는다면 배 삯을 받지 않겠소."

곤돌라 사공이 거짓말을 하는 것이라 해도 그것은 젊은이가 충분히 시도해 볼 만한 일이었다. 매력적인 여성들의 무리가 이방인인 그를 다정하게 맞아 줄 뿐 아니라, 그 가운데 가장 예쁘다고 생각했던 여자가 자신의 방으로 그를 안내하기까지 했다. 거기서 그녀는 매우 훌륭한 술과 음식을 그에게 접대했다. 그녀는 몇 차례 키스를 퍼붓더니 결국 그에게 자신의 몸을 완전히 바쳤다. 그는 여러 번 혼자 생각하지 않을 수 없었다.

'나는 참으로 세상에서 가장 편안하고 경이로운 나라에 와 있다. 그리고 이국 여성들의 마음을 매료시킬 수 있게 인격과 매력적인 정신을 해주신 하느님께 아무리 감사를 드려도 모자랄 지경이다.'

젊은이가 그 집을 떠나려 하자 그 여자는 50두카텐을 요구했다. 그가 놀라자 그녀는 이렇게 말했다.

"이봐, 풋내기 양반. 당신은 베네치아에서 가장 아름다운 창녀와 공짜로 즐기려 했단 말인가? 현금으로 계산하시오. 사전에 액수를 정하지 않은 사람은 요구하는 대로 지불해야 하는 거요. 앞으로 다시 오려면 좀 더 현명하게 행동하시지. 50두카텐이면 다음에는 일주일 내내 환락 속에서 살 수 있을 테니까."

아, 자신이 공주를 정복했다고 생각했는데, 그것이 너무나 천박한 매음(賣淫)이었으며 게다가 그 대가로 아주 엄청난 돈이 그의 지갑에서 빠져나가야 한다는 것을 알게 되었을 때 얼마나 기분 나쁘겠는가! 젊은이는 다른 사람이 생각했던 것만큼 그렇게 화를 내지는 않았다. 그에게는 이 사건으로 너무 비싼 값을 치르게 되었다는 것보다는 자신의 몸을 상하지 않고 잘 보존하는 것이 더 중요했다. 그래서 그는 그녀가 요구하는 금액을 지불하고 나서 머릿속에 여전히 남아 있는 분노를 떨쳐 버리기 위해 술집으로 갔다.

쾌활한 성격의 그 청년이 술집에 갔을 때 즐겁게 어울릴 사람들은 많았다. 여러 사람들이 아주 즐거워하며 그와 함께 술에 취해 여러 날을 보냈다. 하지만 한 사람만은 예외였다. 그는 스페인 용병 대장으로, 젊은 라이하르트와 어울렸던 거친 패거리들의 농담과 익살을 직접 목격하면서도 거기에 대해 한마디도 하지 않았다. 그리고 어두운 표정을 한 그의 얼굴에는 아주 강한 불안이 배어 있었다. 그래도 사람들은 그러한 그의 존재를 기꺼이 참아 냈다. 왜냐하면 그는 능력과 명성을 지닌 사람이었기 때문이다. 여러 날 저녁 계속해서 함께 어울린 사람들의 술값을 자주 지불할 수 있을 정도였다.

베네치아에 도착한 날에 겪은 것처럼 그런 기분 나쁜 일은 일어나지 않았다. 그런데도 마침내 젊은 라이하르트의 돈이 거의 바닥나기 시작했다. 그리고 그는 이렇게 즐기는 데 돈을 탕진하지 않으려면, 매우 즐겁긴 하지만 이런 생활을 지금 바로 끝내야 한다는 것을 깨닫고 무척 우울해졌다.

다른 사람들 역시 그가 왜 우울한지 알아차렸다. 왜냐하면 그들은 주변에서 그런 경우를 아주 자주 보았기 때문이다. 그들은 돈이 얼마 남지 않았는데도 여전히 방탕한 생활에서 헤어나오지 못하는 의기소침한 빈털터리 청년을 농담 거리로 삼았다. 그러던 어느 날 저녁 스페인 용병 대장이 예상 밖으로 친근하게 대하면서 그 도시에서도 상당히 황량한 지역으로 그를 데리고 갔다. 착한 젊은이는 두렵기도 했으나 결국 이렇게 생각했다.

'나에게서 더 이상 가져갈 것이 없다는 것을 저 녀석도 안다. 내 목을 원한다면, 먼저 자기 목숨을 걸어야 할 것이다. 그것은 놀이의 대가 치고는 그에게도 너무 비싸지 않은가.'

스페인 용병 대장은 무너진 낡은 건물의 기초석 위에 앉으면서 젊은 독일 사람에게 자기 옆에 와서 앉으라고 권했다. 그리고 이렇게 이야기하기 시작했다.

"젊은이, 내가 가진 어떤 능력이 지금 내게 아주 많이 부담이 되는데 바로 그 능력이 당신에게 필요할 것 같다는 생각이 드는군. 말하자면 어떤 순간에든 원하는 만큼 돈을 조달하고 마음대로 사용할 수 있는 능력 말이오. 그 밖에도 다른 많은 재능을 나는 아주 싼값에 당신에게 팔겠소."

"당신에게 돈을 조달해 주는 그런 능력에서 벗어나기를 원하면서 왜 돈은 요구하는 겁니까?"

라이하르트가 물었다.

대장이 대답했다.

"이런 이유 때문이오. 만다라화라 불리는 작은 생물을 당신이 알고 있는지 모르겠군요. 그것은 유리병 속에 들어 있는 작고 검은 악마요. 그것을 소유하는 사람은 살아가면서 원하는 것, 특히 엄청나게 많은 돈을 얻을 수 있소. 그 대신 만다라화는 자신을 소유한 사람의 영혼을 그의 주인인 악마에게 맡길 것을 요구합니다. 소유자가 만다라화를 다른 사람의 손에 넘기지 않으면 죽을 때까지지요. 그리고 다른 사람에게 만다라화를 넘기려면 거래를 거쳐야만 합니다. 그때 소유주는 자신이 살 때 낸 액수보다 적은 돈을 받아야 하지요. 나는 10두카텐을 냈소. 당신이 그 값으로 9두카텐만 낸다면 이것은 이제 당신 것이 되는 거요."

젊은 라이하르트가 생각에 잠겨 있는 동안 스페인 용병 대장이 계속해서 말했다.

"나는 이것을 유리병이나 장난감이라고 속여서 팔아 버릴 수도 있습니다. 어느 양심 없는 상인이 나한테 그렇게 한 것처럼 말이지요. 그러나 양심의 가책을 받기 싫어서 당신에게 성실하고 솔직하게 이 거래를 제안하는 거요. 당신은 아직 젊고 삶을 즐길 줄 아는 사람이니 이 물건을 처리할 수 있는 기회가 많을 거요. 이 물건이 지금 나에게 그렇듯이 앞으로 당신에게 부담이 된다면 말이오."

라이하르트가 그 말에 이렇게 대답했다.

"대장님, 당신이 기분 나쁘게 생각지 않는다면 이 도시 베네치아에서 내가 얼마나 자주 우롱당했는지 당신에게 한탄하고 싶을 지경이오."

스페인 용병 대장이 화가 나서 외쳤다.

"이봐, 이 어리석은 젊은이야! 내가 하찮은 9두카텐 때문에 당신을 속이는 게 아닌가 의심스럽다면 어제 저녁 내가 베풀었던 연회를 생각해 봐."

젊은 상인이 예의 바르게 말했다.

"많이 접대하는 사람은 역시 많은 것을 요구하지요. 그리고 돈 자루가 아니라 손으로 하는 기술이 있어야만 먹고 살 걱정을 덜 수 있지요. 당신이 마지막 남은 돈을 어제 다 써 버렸다면 오늘은 9두카텐을 노릴 수도 있지요. 얼마 남지 않은 내 돈 중에서 말입니다."

스페인 용병 대장이 말했다.

"내가 자네를 찔러 죽이지 않은 것을 다행이라고 생각하게. 난 자네가 만다라화로부터 나를 구해 주기를 원하네. 자네가 그렇게 해 주면 난 다음에는 참회 고행을 할 생각이지. 그래서 자네를 죽이지 않은 거야. 그런데 자네를 죽이면 참회 고행이 더욱 힘들어지고 부담만 더 커지지 않겠나."

"이 물건을 몇 번 시험해 봐도 되겠지요?"

젊은 상인은 아주 조심스럽게 물었다.

용병 대장이 말했다.

"어떻게 그것이 가능하겠소? 제대로 현금을 주고 사지 않으면, 만다라화는 어느 누구에게도 머무르지 않고 누구도 도와주지 않아."

젊은 라이하르트는 두려워졌다. 앞으로 하게 될 참회 고행 때문에 자신을 절대 위협하지 않겠다는 말을 용병 대장이 한밤중에 지금 이 황량한 장소에서 바로 증명해 줄지 의심스러웠기 때문이다. 하지만 그와 동시에 만다라화를 소유하고 난 뒤에 자신이 누리게 될 모든 즐거움들이 눈앞에서 아른거렸다. 그래서 그는 자신이 가진 돈의 절반을 거기에 걸어 보기로 했다. 그렇게 생각하면서도 그는 용병 대장에게 9두카텐 이하로는 안 되는지 물어 보았다.

대장이 웃으며 말했다.

"이 바보 같은 젊은이야! 나는 자네를 위해서 가장 높은 가격을 요구한 거야. 그리고 당신에게 그것을 사는 사람한테도 최고로 좋은 가격이지. 악마에게서 영원히 벗어날 수 없는 상황이 너무 일찍 벌어지지 않도록 하기 위해서야. 그렇게 해야 그 악마가 이 세상에서 가장 싼 동전에 팔려서, 더 싼값에는 팔릴 수 없게 되는 때가 늦춰지지 않겠나."

라이하르트가 친근하게 말했다.

"아, 그렇다면 이렇게 합시다. 나는 그 기이한 물건을 아마 그렇게 빨리 되팔지는 않을 겁니다. 내가 그것을 5두카텐에 가질 수만 있다면 말입니다."

용병 대장이 말했다.

"어쨌든 자네는 검은 악마의 근무 시간을 너무 짧게 만들어 버렸군."

그는 돈을 받고 나서 젊은이에게 유리로 된 가느다란 작은 병을 넘겨주었다. 별빛을 받아 약간 검은 것이 병 안에서 거칠게 위아래로 아른거리는 것을 볼 수 있었다.

그는 바로 시험해 보기 위해 자신이 지불한 경비의 두 배를 오른손에 가져다 놓으라고 머릿속으로 요구했다. 그 즉시 손안에 10두카텐이 들어 있는 것을 느낄 수 있었다. 그는 기쁜 표정을 지으며 음식점으로 돌아갔다. 그곳에는 다른 젊은이들이 여전히 술을 마시고 있었다. 그들은 처음에는 그렇게 우울하게 자신들과 헤어졌던 두 사람이 이제 아주 명랑한 얼굴로 음식점에 들어서는 것을 보고 의아해했다. 벌써 밤이 매우 깊었는데도 라이하르트는 성대한 향연을 준비하라고 여관집 주인에게 명령했다. 여관집 주인이 의심스러운 눈빛으로 바라보자, 그는 선금을 내놓았다. 스페인 용병 대장은 그 향연에 참여하지 않고 바로 자리를 떴다. 그사이 만다라화의 힘으로 라이하르트의 두 주머니에는 그가 원한 만큼 두카텐이 계속 가득 찼다.

그런 만다라화를 꿈꿔 왔던 사람이라면 욕망에 너무 무절제하게 탐닉하지 않는다 하더라도 이 젊은이의 삶이 이 날부터 어떻게 진행되었을지 아주 정확하게 파악할 수 있을 것이다. 그리고 그런 요행을 바라지 않는 조심스럽고 경건한 사람이라도 이 젊은이가 무척 자유분방하고 소비적인 삶을 영위하게 되리라는 것을 쉽게 예측할 수 있을 것이다. 가장 먼저 그는 아름다운 루크레치아——그녀는 전에 라이하르트가 터무니없이 비싼 값을 치르고 자신의 몸을 산 데 대한 조롱으로 자신을 창녀라는 뜻의 루크레치아라고 불렀다.——를 엄청난 돈을 주고 사 버렸다. 그래서 오로지 자기하고만 잠자리를 하게 했다. 그러고 나서 그는 성 한 채와 별장 두 채를 샀으며 이루 말할 수 없을 정도로 화려하게 그 속을 치장했다.

어느 날 라이하르트는 신을 믿지 않는 루크레치아와 함께 별장 정원에서 물살이 빠르고 깊은 시냇가에 앉아 있었다. 그들은 어리석은 젊은이 두 명과 함께 웃고 떠들면서 술을 마셨다. 그러다 갑자기 루크레치아는 라이하르트가 금 사슬에 달아 그의 옷 밑 가슴에 지니고 다니던 만다라화를 빼앗아 갔다. 그가 미처 막기도 전에 그녀는 사슬을 풀고 장난치면서 작은 병을 불빛에 비춰 보았다. 처음에 그녀는 그 안에 있는 검은 것이 기이하게 장난치는 것을 보며 웃다가 갑자기 두려움으로 가득 차 소리를 질렀다.

"체! 이거 두꺼비잖아!"

그리고 사슬이 달린 만다라화 병을 시냇물 속으로 던졌다. 시냇물은 그 모든 것을 소용돌이와 함께 바로 눈앞에서 삼켜 버렸다.

가련한 젊은이는 두려웠지만 내색하지 않으려고 애를 썼다. 애첩이 더 이상 그것에 관해 묻지 않도록 하기 위해서, 그리고 결국에는 그를 마술사라고 고발하지 않도록 하기 위해서였다. 그는 그 모든 것이 그저 기이한 장난감이라고 설명한 뒤 급히 루크레치아를 보냈다. 그러고는 이제 어떻게 해야 좋을지를 조용히 생각했다. '여전히 나는 성과 성 같은 별장들을 가지고 있다. 그리고 두카텐도 내 주머니 속에 아주 많이 들어 있을 것이다.' 그런데 그가 돈을 확인하려고 주머니에 손을 넣자 만다라화가 든 병이 손에 잡혔다. 그는 놀라면서도 한편으로는 무척 기뻤다. 사슬은 아마 시냇물 바닥에 가라앉아 버렸겠지만, 병과 만다라화는 제대로 주인에게 돌아왔다. 그는 기쁨의 환호를 외쳤다.

"아, 나는 이 세상의 어떤 힘도 빼앗아 갈 수 없는 보물을 소유하고 있어!"

그리고 그 작은 병에 거의 키스하고 싶은 충동을 느꼈지만 그 안에서 아른거리는 검은 것이 너무 흉칙하게 느껴졌다.

그때까지는 만다라화가 라이하르트를 자유분방하고 즐겁게 살게끔 해 주었지만, 그 다음부터는 10배나 더 그를 사악하게 몰아갔다. 그는 지상의 부를 통치했다. 그는 가진 자들 모두를 동정하고 경멸하며 업신여겼다. 그리고 그들 중 어느 누구도 자신의 반만큼도 만족하며 살 수 없다고 확신했다. 부유한 상업 도시 베네치아에서도 그의 소비적인 향연에서 제공되는 갖가지 진귀한 음식과 술은 보기 드문 것이었다. 어떤 사람이 선의로 그에게 비난하거나 경고하려 하면 그는 이렇게 말하곤 했다.

"라이하르트가 내 이름입니다. 아무리 많이 써도 전혀 지장이 없을 정도로 제 재정은 탄탄합니다."

심지어 그는 그런 귀한 물건을 넘겨주고 간 스페인 용병 대장을 종종 비웃곤 했다. 들리는 바에 의하면 그는 수도원에 들어갔다고 한다.

그러나 이 지상에 있는 모든 것은 그저 한때뿐이다. 그것을 그 젊은이도 바로 체험해야 했다. 게다가 그는 모든 감각적 쾌락에 엄청날 정도로 빠져 있었기 때문에 더욱 일찍 체험해야 했다. 만다라화가 있었지만 결국 치명적인 피로가 그의 소진된 육체를 덮쳤다. 그는 첫날 아마 10번이나 자기 병을 고쳐 달라고 만다라화에게 외쳤지만 소용이 없었다. 나아지는 기색이 전혀 보이지 않았으며, 밤에는 기이한 꿈을 꾸었다.

예컨대 이런 꿈이었다. 그가 침대 앞에 놓아두었던 약병 밑에서 아주 유쾌한 춤이 시작되었다. 병 하나가 소리를 내면서 나머지 병들의 머리와 배에 끊임없이 부딪혔다. 라이하르트가 자세히 보니 그 병은 만다라화가 든 병이었다.

"이봐, 만다라화, 만다라화. 이번에 나를 도와주지 않는다면 약만이라도 모래 위로 던져 주렴."

만다라화는 병에서 날카로운 소리로 이렇게 대답했다.

    이봐 라이하르트, 이봐 라이하르트,
    네가 영원한 고통에 빠지게 해 주마.
    그 안에서 정말 인내심을 길러라.
    악마의 계략도 병을 고쳐 주지는 못한다.
    죽음을 위해서는 어떤 약초도 자라지 않는다.
    네가 나의 것이 되기를 기대한다.

그렇게 말하면서 만다라화는 아주 길어졌다가 또한 아주 얇아졌다. 라이하르트는 그 병을 매우 힘껏 잡고 있었다. 그런데도 만다라화는 역청을 바른 마개와 그의 엄지 사이를 빠져나와 키가 크고 검은 남자가 되었다. 그는 박쥐 날개로 정신을 혼미하게 하면서 볼썽사납게 춤을 추었다. 그러다가 마침내 털이 수북한 자기 가슴을 라이하르트의 가슴에, 그리고 비웃음 가득한 자기 얼굴을 라이하르트의 얼굴에 갖다 댔다. 아주 바싹, 너무 바싹 갖다 대서 라이하르트는 그가 자신과 똑같이 생겼다고 느낄 정도였다. 그래서 놀라서 비명을 질렀다.

"거울을 가져와! 거울을!"

식은땀을 흘리면서 그는 일어섰다. 그때 검은 두꺼비가 아주 민첩하게 그의 가슴을 내려가 잠옷 주머니 속으로 들어갔다. 그는 소름이 끼쳤지만 주머니에 손을 넣어 작은 병을 꺼내 보았다. 그 안에는 작고 검은 것이 지쳐서 꿈을 꾸는 듯 누워 있었다.

아, 남아 있는 밤 시간이 이 환자에게는 얼마나 길던지, 그는 더 이상 잠을 잘 수가 없었다. 잠이 들면 그 검은 녀석이 다시 자신에게 나타날 것 같은 두려움 때문이었다. 그러나 눈을 뜰 수도 없었다. 왜냐하면 그 괴물이 실제로 이 방 어느 구석에서 자신을 노리고 있지 않을까 두려웠기 때문이다. 다시 눈을 감으면 그것이 남몰래 자기 바로 앞까지 다가올 거라는 생각도 들었다. 그는 다시 놀라서 벌떡 일어났다. 그는 종을 울려 집 안 사람들을 부르려 했지만 그들은 마치 귀가 먹은 것처럼 깊이 잠이 들어 있었다. 그리고 아름다운 루크레치아는 그가 몸이 불편해진 이후로 전혀 그의 방에 나타나지 않았다. 그래서 그는 혼자 두려워하며 누워 있어야 했다. 게다가 계속해서 생각을 해야만 하기 때문에 그 두려움은 더욱 커졌다.

"아 신이여, 이 밤은 너무도 길군요. 지옥의 밤도 이렇게 길지 않을 겁니다!"

신이 아침까지 살아 있게만 해 준다면 그는 어떤 방식으로든 만다라화를 버릴 것이라고 결심했다.

마침내 아침이 되자 그는 아침 햇빛에 약간 정신을 차리고 기운을 내었다. 그리고 자신이 지금까지 만다라화를 제대로 사용했는지를 곰곰이 생각해 보았다. 성과 별장 그리고 온갖 장식품들이 아직도 충분한 것 같지 않았다. 그래서 그는 되도록 빨리 두카텐을 자신의 베개 밑에 많이 갖다 놓으라고 명령했다. 그리고 무거운 돈주머니를 베개 밑에서 발견하자마자 그는 만다라화가 든 작은 병을 누구에게 팔 수 있을까 조용히 생각했다. 주치의가 그런 기이한 생물들을 에틸알코올에 넣어서 보존하기 좋아한다는 걸 그는 알고 있었다. 그는 그런 용도로 만다라화를 그에게 팔기를 바랐다. 그 의사는 경건한 사람이어서 그런 용도 외에는 이런 괴물과 어떤 관계도 맺기를 원하지 않을 것이다. 물론 나쁜 짓을 하는 것이지만 그는 이렇게 생각했다.

'어쩔 수 없이 영원히 악마의 것이 되느니 차라리 연옥에서 작은 죄를 씻는 것이 나을 것이다. 게다가 제 몸보다 소중한 것은 없다. 그리고 내 생명은 경각에 달렸다.'

그렇게 결정되었다. 그는 주치의에게 만다라화를 가져다주었다. 그것은 다시 활발해져서 유리병 속에서 정말 재미있게 돌아다녔다. 그 의사는 그 기이한 자연 생물체(그는 그것을 그렇게 여겼다.)를 더 가까이서 관찰하고 싶었다. 그래서 가격이 그렇게 비싸지 않으면 그것을 자신에게 팔라고 제안했다. 적어도 어느 정도는 양심이 있었기 때문에 라이하르트는 그가 요구할 수 있는 가장 많은 액수인 4두카텐, 독일 돈으로 2탈러 20그로셴을 요구했다. 그러나 의사는 3두카텐 이상은 못 주겠다며, 그것보다 더 비싸면 며칠 더 생각해 봐야겠다고 말했다. 그때 죽음의 공포가 그 가련한 젊은이를 다시금 덮쳤다. 그는 만다라화를 넘겨주고 그 값으로 3두카텐을 받았다. 하인을 시켜서 그 돈을 가난한 사람들에게 나뉘 주었다. 베개 밑에는 그가 원했던 만큼 돈이 가득 있다. 그는 앞으로 자신을 행복하게 해주거나 슬픔을 달래 줄 돈이 거기서 조달될 거라고 착각했던 것이다.

그동안 그의 병은 더욱더 심해졌다. 젊은 상인은 열에 들떠 계속 허황된 행동을 하며 누워 있었다. 그가 가슴에 만다라화를 지닌 채 그 어려움을 겪었다면 그는 틀림없이 사망했을 것이다. 영혼이 두려움에서 헤어나지 못하기 때문이다. 그러나 그는 마침내 회복되었다. 제정신이 든 이후에 그는 베개 밑에서 돈을 찾아보았지만 찾을 수 없었다. 그 돈을 생각하면 그는 두려웠고, 그 때문에 그는 더디게 회복되었다. 처음에 그는 누구에게도 묻고 싶지 않았다. 그러다 마침내 누군가에게 물었지만 아무도 그것에 관해 알지 못했다. 그는 아름다운 루크레치아에게 사람을 보냈다. 의식을 잃었던 가장 위험했던 순간에 그녀는 옆에 있었고, 이제는 다시 이전 동료들에게로 돌아가 있었다. 그녀는 그가 그녀에게나 아니면 다른 사람에게 두카텐에 관해 이야기했건 안 했건 자신을 평화롭게 그냥 놔두었으면 좋겠다는 답변을 보내왔다. 그리고 누구도 그것에 관해 모른다면 그 돈은 단지 고열 중에 일어났던 망상에 불과할 것이라고 덧붙였다.

상심한 채 자리에서 일어서면서 그는 성과 별장들을 어떻게 현금으로 만들 수 있을까 생각해 보았다. 그때 사람들이 영수증을 가져왔다. 그의 모든 재산을 사기 위해 돈을 모두 지불했다는 영수증이었다. 그 위에는 그의 인장이 찍혀 있었고, 그의 서명도 적혀 있었다. 그가 교만으로 가득 찬 시절 루크레치아의 환심을 사기 위해 탐욕적이고 아름다운 그녀에게 백지어음을 주었기 때문이다. 그리고 이제 그는 아직 자신이 가지고 있는 얼마 안 되는 물건들을 모두 싸서 쇠약해진 몸으로 반거지가 되어 이사를 나가야 했다.

그때 그를 치료했던 의사가 아주 진지한 얼굴로 다가왔다.

"이봐요, 의사 선생님."

화난 젊은이가 그에게 소리쳤다.

"이제 당신 동료들이 하던 식으로 비싼 계산서를 가지고 왔다면 나에게 독약을 파시오. 나는 새로운 것을 살 돈이 없소. 그래서 내가 먹어야 할 마지막 빵이 무엇인지 알고 있소."

그 의사가 진지하게 말했다.

"아니오. 나는 당신에게 치료비 전부를 선물하겠소. 단지 당신은 나에게 2두카텐만 지불하면 됩니다. 당신을 위해 내가 이 함 속에 이미 집어 넣었으며, 당신이 앞으로 더 건강해지기 위해 필요한 아주 귀한 약제 값이오. 그렇게 하겠소?"

"그러지요. 진심으로 그렇게 하지요!"

그는 기뻐서 이렇게 외치고 의사에게 돈을 지불했다. 그 의사는 바로 그 방을 나갔다. 하지만 라이하르트가 함으로 손을 뻗쳤을 때 벌써 그의 손가락 사이에는 만다라화가 든 병이 들어 있었다. 병 옆에는 다음과 같은 내용이 적힌 종이 한 장이 있었다.

나는 자네의 육체를 치료하려 했다.
그런데 자네는 나의 영혼을 망치려 했다.
그럼에도 훨씬 숭고한 나의 지식은
곧 자네의 어리석은 목표를 깨달았다.
대비책을 세워라.
나는 자네의 손에

만다라화를 재빨리 돌려 준다.
교수형 감 건달인 자네에게.

물론 젊은 라이하르트는 자신이 다시 만다라화를 샀다는 것에 대해, 그것도 아주 낮은 가격에 샀다는 것에 대해 커다란 공포를 느꼈다. 그러면서도 또 한편으로는 기뻤다. 그가 그것을 바로 다시 처분해야 한다는 것에는 조금도 의심할 여지가 없었다. 그는 심지어 그것을 가지고 음탕한 악녀인 루크레치아에게 복수하기로 결심했다.

그는 다음과 같이 일을 착수했다. 우선 전에 베개 밑에 숨겨 놓았던 두 카텐의 두 배를 양쪽 주머니에 채웠다. 동전의 무게 때문에 그는 거의 바닥에 닿을 것 같았다. 그는 그 엄청난 돈을 법원의 수표를 받고 가까운 변호사에게 공탁했다. 남겨 둔 금화 120개만 가지고 방탕한 루크레치아의 집으로 옮겨갔다. 거기서 그는 다시 술을 마시고 도박을 하면서 몇 달을 보냈다. 그리고 돈 때문에 루크레치아는 그 젊은 상인을 아주 친절하게 대했다. 젊은 상인은 점점 더 만다라화로 하여금 요술을 부리게 했으며, 놀라는 애첩에게 그녀가 언젠가 물속에 던졌던 것과는 다른 물건인 것처럼 보여 주었다. 여자들이 그렇듯이 그녀는 곧 그런 장난감을 갖고 싶어했다. 그리고 영리한 젊은이가 농담으로 그 값을 치르라고 했을 때 그녀는 아무 생각도 없이 1두카텐을 주었다. 그 거래는 이루어졌다. 라이하르트는 되도록 빨리 그녀의 집을 나섰다.

그는 맡긴 돈을 변호사로부터 받으려 했으나 뜻밖에도 거기에는 아무 기록도 없었다. 변호사는 눈을 커다랗게 뜨고 매우 당황하면서 자신은 라이하르트를 전혀 알지 못한다고 말했다. 그래서 라이하르트가 주머니에서 어음을 꺼내 보여 주었으나 그것은 아무것도 써져 있지 않은 빈 종이였다. 변호사는 몇 분 뒤면 모든 흔적이 사라지는 잉크로 어음을 작성했던 것이다. 그래서 그 젊은이는 기대와는 달리 다시 가난해졌다. 루크레치아와 사치스럽게 생활하면서 남긴 30두카텐이 없었다면 아마도 거지가 되었을 것이다.

너무 짧은 침대를 가진 사람은 몸을 구부리고 자야 한다. 더구나 아무것도 갖지 않은 사람은 땅 위에서 그럭저럭 지내야 한다. 마차 값을 지불할 수 없는 사람은 말을 타야 하며, 말이 없는 사람은 걸어가야 한다. 라이하르트는 며칠 동안 한가하게 돌아다닌 뒤에 깨달았다. 이런 식으로는 결국 그의 돈이 다 떨어질 것이며, 상인인 자신이 당분간은 행상을 해야겠다고.

그는 행상을 하기 위해 나머지 돈을 주고 작은 상자 하나를 샀다. 그는 그 안에 들어 있는 작은 통 하나에 독일 돈으로 4그로셴 정도씩을 지불했다. 끈을 두르고 나서, 바로 몇 주 전 아주 거만하게 돌아다녔던 그 거리에서 상품을 팔려고 내놓았을 때 얼마나 짜증이 나던지. 그렇지만 기쁘게도 그는 하루 동안 상당히 큰 용기를 얻었다. 구매자들이 질서 정연하게 달려와서는 그가 감히 요구할 수 있었던 것보다 더 많은 돈을 지불했기 때문이다. 그는 혼자 생각했다.

'그래도 이 도시는 참 좋군. 이런 식으로 계속 조금만 고생하고 나면 다시 부자가 될 것이다. 그러면 독일로 돌아가서 내가 언젠가 그 저주받을 만다라화의 발톱에 사로잡혀 있다가 사려 깊고 신중하게 거기에서 벗어났다는 것을 훨씬 편하게 느낄 수 있을 것이다.'

이렇게 생각하며 그는 저녁에 숙소로 돌아왔다. 거기서 그는 바로 상자를 내려놓았다. 그러자 새 손님 몇 명이 주위로 몰려들었다. 한 사람이 그에게 물었다.

"젊은이, 작은 병 속에서 신기하게 공중제비를 하는 저 놀라운 물건이 무엇이오?"

라이하르트는 놀라서 쳐다보았다. 그제야 그는 자신도 모르는 사이에 다른 통들과 함께 만다라화를 다시 샀다는 것을 알게 되었다. 그는 질문하는 사람에게 3그로셴에——그것의 값은 4그로셴밖에 안 했다.——팔려고 했다. 손님들이 모두 그 값에 사겠다고 달려들었다. 그러나 그들은 어떤 특별한 용도가 없는 흉칙하고 검은 그 물건을 보자 혐오감을 느꼈다. 라이하르트가 그 고약한 물건을 계속 팔려고 하자 사람들은 재빨리 대화를 멈추고, 그 부담스런 젊은이를 검은 괴물이 든 그 상자와 함께 문 밖으로 쫓아냈다.

두려움에 사로잡혀 라이하르트는 그 통을 판 사람에게 갔다. 그에게 이 작은 악마를 더 낮은 가격에 다시 돌려 줄 생각이었다. 그러나 그 남자는 잠을 자고 있었다. 그리고 거래를 하려고도 하지 않았다. 그 남자는 그 흉칙한 유리병이 첫 번째 주인에게 다시 가야 한다면 창녀 루크레치아가 다른 장난감과 함께 그것을 팔았으니 그녀에게 가야 한다. 그러니 조용히 자게 자신을 건들지 말아 달라고 말했다.

라이하르트는 진심으로 한숨을 쉬었다.

"맙소사, 저렇게 편안하게 잠잘 수 있다니!"

그가 큰 광장을 지나 루크레치아의 집에 도달하는 동안 밤에 누군가 뒤따라와서 목을 붙잡을 것만 같은 기분이 들었다. 공포에 사로잡힌 채 그는 잘 알고 있는 뒷문을 통해 루크레치아의 침실로 들어갔다. 탐욕스런 미인은 두 명의 낯선 남자와 함께 아직 즐겁게 저녁 식사를 하고 있었다. 그들은 처음에는 뻔뻔스러운 행상을 욕했다. 그러고 나서 두 남자는 애첩을 위해 행상의 물건을 거의 다 사 주었다. 루크레치아는 물건을 사면서 바로 그를 알아보았고 계속 그를 비웃었다. 만다라화는 누구도 사려고 하지 않았다. 그가 다시 그 물건을 팔려고 하자 루크레치아가 말했다.

"구역질 나는 그 물건을 가지고 나가! 저걸 가진 적이 있는데 며칠 동안 저것 때문에 구역질이 나서 혼났어. 그래서 나에게 1두카텐에 팔았던 이 녀석과 비슷한 녀석에게 몇 그로센을 받고 팔았지."

"너 자신의 순간적인 행복 때문에."

젊은 상인은 두려워서 소리를 질렀다.

"너는 지금 네가 내쫓으려 하는 것이 무엇인지 잘 모르고 있어. 화를 내는 아름다운 루크레치아, 나와 단둘이 5분만 이야기하자. 그러면 너는 틀림없이 이 병을 사게 될 거야."

그녀는 그와 함께 약간 옆으로 물러섰다. 그는 그녀에게 만다라화의 기이한 비밀을 알려 주었다. 그러자 그녀는 정말 심하게 소리를 지르면서 그를 욕하기 시작했다.

"나를 또 바보로 만들려는 거야? 이 방탕한 거지 같은 놈아! 그 말이 사실이라면 너는 틀림없이 이런 상자와 끈보다는 훨씬 좋은 것을 사탄에게 달라고 했을 거야. 나가! 또 거짓말을 한다면 나는 네가 마법사고 요술쟁이라고 신고할 거야. 그러면 너는 어리석게도 자랑을 늘어놓은 것 때문에 화형을 당하게 될걸."

그러자 창녀에게 잘 보이기 위해 두 남자 역시 당황하는 젊은이에게 달려들어서 그를 계단 아래로 내던졌다. 그는 이런 치욕을 당한 것에 너무 화가 났고 마법사로 몰려 화형을 당하지 않을까 두려워서 서둘러 베네치아 시를 떠났다. 다음 날 정오에 이미 그는 베네치아를 빠져나와 있었다. 그는 시 경계에서부터 모든 불행의 원인이라며 그 도시를 저주하기 시작했다.

만다라화가 그의 주머니 밖으로 삐죽 나온 게 보였다. 그는 부지중에 그것을 격한 몸짓으로 붙잡으면서 외쳤다.

"좋아, 쓸모없는 녀석아, 이제 너는 나를 도와주어야 해. 그것도 더욱 빨리 너에게서 벗어나도록!"

그는 바로 엄청난 양의 돈을, 지난번보다 더욱 많은 돈을 원했다. 무거워진 주머니를 힘들게 들고서 그는 가까운 도시로 숨어 들어갔다. 이 도시에서 그는 화려한 마차를 사고 하인을 빌렸다. 그러고는 대도시인 로마로 화려하게 입성했다. 아울러 아주 다양한 희망과 관습을 가진 사람들이 혼란스럽게 뒤섞인 이 도시에서 그는 만다라화로부터 쉽게 벗어날 수 있을 것이라고 확신했다. 그는 두카텐을 쓰는 족족 만다라화를 써서 바로 다시 채웠다. 만다라화가 든 병을 팔고 난 뒤에도 돈을 있던 그대로 갖고 있기 위해서였다. 그에게는 이 돈이 그가 견디어 낸 두려움에 대한 값싼 대가인 것처럼 보였다. 그는 거의 매일 밤 꿈을 꾸었다. 첫 번째 꿈에서 나타났던 검은색의 추한 남자가 매번 모습이 바뀌어 그의 가슴에 매달리곤 했다. 게다가 만다라화는 항상 아주 만족한 채 병 안에서 춤추며 돌아다녔다. 마치 확실한 노획물을 잡아서 이제 곧 근무 시간이 끝나는 걸 기뻐하듯이.

부와 사치를 이용해 로마 시의 상류사회로 들어가자마자 그는 점점 더 두려워졌다. 너무 조바심이 나서 그는 만다라화를 팔기 좋은 기회를 기다리지 못했다. 그는 말을 거는 거의 모든 사람에게 독일 돈 3그로셴에 만다라화를 팔겠다고 제안했다. 이러한 그의 모습은 곧 모든 이들의 웃음거리가 되었고, 그는 이상하고도 어리석은 사람으로 비쳤다. 하지만 돈은 아마도 용기를 주고 친구를 마련해 주는 것 같다. 재산 덕분에 그는 사방에 모습을 드러냈다. 그가 작은 유리병과 독일 돈 3그로셴에 관해 이야기하기 시작하면 사람들은 그에게 정중하게 고개를 끄덕여 보이고는 웃으면서 바로 그 자리를 떴다. 그래서 그는 자주 이렇게 말하곤 했다.

"사람들은 그 말을 들으면 참지를 못한다. 유감스럽게도 거의 화를 낸다."

마침내 아름다운 도시 로마에서 더 이상 버티어 낼 수 없다는 절망에 그는 사로잡혔다. 그래서 그는 전쟁터로 가 만다라화에게서 벗어나 보리라 마음먹었다. 그는 이탈리아의 작은 지역 두 곳이 서로 전쟁 중이라는 소식을 들었다. 그는 진지하게 생각한 끝에 그 가운데 한 지역으로 가기로 했다. 금으로 장식한 아름다운 흉갑을 두르고, 깃털 달린 화려한 모자를 쓰고, 엄선한 가벼운 사냥 창 두 자루와 거울처럼 반짝이는 날카로운 칼, 그리고 우아한 단도 두 자루로 무장을 한 채 그는 커다란 스페인산 말을 타고 성문을 지났다. 잘 무장한 하인 셋이 튼튼한 말을 타고 그 뒤를 따랐다.

그렇게 잘 무장한 무사를, 게다가 봉급도 받지 않고 근무하겠다고 자원하는 사람을 당시 기병 대장이 어떻게 기꺼이 받아들이지 않을 수 있겠는가? 용맹한 라이하르트는 바로 용병(勇兵) 부대에 편입되었다. 그리고 한동안 병영에서 술과 도박에 빠져서 지냈다. 만다라화 때문에 너무나 두려웠고 매일 밤 누군가에게 쫓기는 나쁜 꿈을 꿔서 그렇게 지내지 않을 수 없었다. 로마에서 깨달은 바가 있어서 그는 그 사악한 물건을 그렇게 급하게 팔려고 하지 않았다. 오히려 그는 그의 동료 누구에게도 그것에 관해 이야기하지 않았다. 정말 농담처럼 부지중에 더 쉽게 거래하기 위해서였다.

아름다운 어느 날 아침 몇 발의 총성이 가까운 산에서 들렸다. 라이하르트와 주사위 던지기를 하던 군인들이 그 소리에 귀를 기울였다. 곧 말에 오를 것을 명령하는 트럼펫 소리가 병영 전체에 울려 퍼졌다. 군인들이 재빨리 말에 올라탔다. 서둘러 대열을 갖추고 따가닥거리면서 그들은 산기슭에 자리한 평지로 향했다. 저 멀리에 벌써 양 진영의 보병들이 먼지와 연기에 싸여 서 있는 것이 보였으며 평지에는 기마병들이 대치하고 있었다. 라이하르트는 매우 즐거웠다. 그가 타고 있는 스페인산 말이 히힝 소리를 내고 뛰어올랐으며, 그의 무기들도 즐거운 듯 절거덕 소리를 냈다. 통솔자들이 명령을 외치자 트럼펫 소리가 울렸다. 적군 기병대가 돌진해 왔다. 겉으로 보기에는 행진을 방해하려는 것 같았다. 그러나 그들은 적의 우세함을 알아차리고는 곧 후퇴했다.

라이하르트와 성실한 하인들은 아주 즐겁게 기병대를 뒤쫓았다. 자신이 추적자이며 두려움의 대상이 되었다는 느낌에 빠져 있었기 때문이다. 그런데 그들이 맨 뒤에 있었던 것이 아니었는데도 갑자기 그들 머리 위로 총알이 지나갔고, 말들이 쓰러졌다. 두 번째 총소리가 나자 기마병이 말과 함께 뒹굴었다. 기마병은 소형포에 맞아 심하게 피를 흘렸다. 이제 라이하르트는 생각했다.

'사람들이 많이 모이는 곳이 더 나을 거야.'

소형포에 더 가까이 가려는 커다란 무리가 바로 그의 뒤에 아주 가까이 다가와 있었다. 그는 놀라서 그들과 같은 방향으로 갔다. 한동안 라이하르트는 그 무리와 함께 말을 타고 달렸다. 그러나 총알들이 그의 양쪽 풀밭 위로 떨어지고, 동시에 적군 기병들이 절거덕 소리를 내며 엄청나게 몰려왔다. 그 모습을 보며 그는 이렇게 생각했다.

'아, 얼마나 어리석은 일인가! 이런 곳으로 오다니. 이대로라면 나는 침대에 누워 있는 것보다 훨씬 빨리 죽음을 맞이하게 될 것이다. 획 소리를 내며 날아가는 빌어먹을 총알 한 발이 나를 맞힌다면 나는 영원히 만다라화와 그 악마의 소유물이 되는 거야.'

이런 생각이 들자 그는 급히 말을 돌렸다. 그리고 힘껏 달려 가까운 숲으로 들어갔다.

높은 나무들 아래 길도 나 있지 않은 곳에서 그는 아주 거칠게 말에게 박차를 가했다. 하지만 마침내 말은 지쳐서 조용히 서 있었고 그도 지쳐서 말에서 내렸다. 갑옷과 무기를 내리고 말의 받침대와 안장을 풀었다. 그러고는 풀밭 위에 누워 몸을 뻗으면서 이렇게 말했다.

"아, 나에게는 군인이 전혀 맞지 않는다. 적어도 주머니에 만다라화를 갖고 있는 한에는!"

그는 자신을 위해 무엇을 해야 할지를 생각하려 했다. 그러나 생각을 하려다가 그만 깊은 잠에 빠져 들고 말았다.

여러 시간 평온하게 잠을 자고 있을 때 사람들의 속삭임과 발자국 소리 같은 소음이 그의 귀로 밀려 들어왔다. 그는 서늘한 장소에 편하게 누워서 더욱 깊이 잠에 빠져 들려고 했다. 그리고 그 소음에 관해 아무것도 알려고 하지 않았다. 그런데 누군가가 그에게 천둥치듯 소리쳤다.

"벌써 죽었나, 제기랄? 죽었다면 총을 쏠 필요가 없다고 말해라."

거칠게 흔드는 바람에 라이하르트는 잠이 깼다. 보병이 머스킷 총을 장전하여 가슴을 겨누고 있었다. 그리고 그의 무기와 말, 배낭은 다른 보병이 이미 차지해 버린 상태였다.

라이하르트는 살려 달라고 간청했다. 그의 영혼은 극도의 긴장 속에서 두려움에 떨며 외쳤다. 자신을 무조건 죽여야 한다면 그 전에 적어도 오른쪽 조끼 주머니에 있는 작은 병을 먼저 사야만 한다고.

"어리석은 놈. 너에게 절대 그것을 사지 않을 것이다. 대신 아무런 의심 없이 그것을 빼앗겠다."

보병 한 명이 웃으며 말했다. 그러고는 만다라화를 빼앗아 자기 옷가슴에 집어넣었다.

"세상에! 네가 그 물건을 가질 수 있다면 그렇게 해라. 그러나 돈을 주고 사지 않으면 그것은 네 옆에 절대 머무르지 않는다."

라이하르트가 말했다.

보병들은 웃으면서 라이하르트를 반쯤 미친 사람으로 여기고 그에게 더 이상 신경 쓰지 않았다. 그리고 그의 말과 물건을 가지고 떠났다. 라이하르트는 자신의 주머니를 뒤져 보았고 그 기분 나쁜 만다라화가 다시 제자리로 돌아온 것을 발견했다. 그래서 그는 보병들을 불러서 만다라화가 든 작은 병을 보여 주었다. 병을 빼앗은 사람이 놀라서 옷가슴을 더듬었다. 병이 나오지 않자 그는 그것을 다시 가져가기 위해 달려왔다.

라이하르트는 슬프게 말했다.

"자네에게 말하지만, 이것은 그런 식으로는 자네 것이 될 수 없어. 몇 그로센이라도 내시지."

"좋아, 이 마법사야!"

그 보병이 웃었다.

"너는 내가 정당하게 얻은 어떤 물건도 마술로 빼앗아 가서는 안 돼!"

다른 사람들을 따라 뛰어가면서 그는 작은 병을 조심스럽게 손에 쥐었다. 갑자기 그는 조용히 멈춰 서서는 외쳤다.

"세상에! 병이 사라져 버렸어."

그가 풀밭에서 유리병을 찾는 동안 라이하르트가 외쳤다.

"이리 와 봐. 여기 다시 내 주머니 안에 있잖아!"

보병은 병이 라이하르트의 주머니에 있는 것을 보자 흥미로운 그 물건에 욕심이 생겼다. 거래를 할 때면 으레 그렇듯이 만다라화는 아주 활발하고 즐거운 듯 행동했다. 그런 거래를 통해 자신의 근무가 끝나는 때가 점점 더 가까이 다가오고 있기 때문이다. 그 보병은 라이하르트가 요구한 3그로셴이 그 물건에는 너무 많은 돈이라 느껴졌다. 그런 모습을 보자 라이하르트는 참지 못하고 말했다.

"자, 이 욕심꾸러기야, 그렇게 원한다면 이렇게 해라. 나는 상관없다. 나에게 1그로셴만 주고 그 물건을 가져가라."

그렇게 해서 거래는 이루어졌다. 돈이 지불되었고 작은 사탄은 보병에게 넘겨졌다. 보병들이 여전히 서서 그 물건을 살펴보고 웃는 동안 라이하르트는 앞으로 자기에게 일어날 일을 생각했다. 가벼운 마음으로 그는 그 자리에서 일어났다. 그러나 역시 주머니는 가벼워졌고, 좋은 직업을 가질 수 있는 전망은 전혀 없었다. 그는 하인과 무기, 말, 많은 돈이 있는 기병대로 돌아가지 않았기 때문이다.

그는 자신의 치욕적인 도주가 부끄러웠다. 하지만 돌아가면 사람들이 자신을 군법대로 탈영병으로 몰아 처형할 것이라고 생각했다. 이때 이런 생각이 떠올랐다. 바로 그곳에 있던 보병들과 함께 그들이 속한 부대로 가면 되지 않을까 하는. 그는 그들의 대화를 들으면서 그들이 적의 진영에 속한다는 것을 알 수 있었다. 그렇다면 거기서는 아무도 그를 알아보지 못할 터였다. 그리고 그들이 좋은 노획물을 위해 목숨을 걸고 있다는 것을 알 수 있었다. 그는 전쟁이 벌어지고 있는 불행한 시기에도 만다라화와 모든 돈을 잘 처리한 것에 아주 기분이 좋아졌다. 보병은 그의 요구를 들어 주었고 그들은 출발했다. 그는 새로운 동료들과 함께 그들의 병영으로 갔다.

라이하르트처럼 마르고 힘이 센 청년을 부대에 편입시키는 것은 대장에게 그리 어려운 일이 아니었다. 그 뒤로 그는 한동안 보병으로서 살아갔다. 하지만 그렇게 살면서 그는 자주 우울해졌다. 마지막 전투 이후로 양쪽 군대는 하는 일 없이 빈둥거리며 서로 대치만 하고 있었다. 두 나라 사이에 협상이 이루어졌기 때문이다. 물론 생명의 위협은 없었다. 하지만 약탈하거나 착취할 기회도 마찬가지로 드물었다. 군인들은 조용하면서도 평화롭게 빈약한 급료를 받아가며, 조금씩 배급되는 음식물로 연명했다. 과거 전쟁 때는 보병들이 많은 물건을 약탈했다. 예전에 몹시 사치스러웠던 젊은 상인, 화려하게 살았던 거의 유일한 사람인 라이하르트는 거지처럼 연명해 가야 했다. 물론 그는 그런 삶에 바로 싫증을 냈다. 만족하며 살기에는 너무 적고 아무것도 안 하기에는 너무 많은 빈약한 월급을 손에 쥐었을 때 그는 영내 매점으로 가 보기로 했다. 지금까지 겪어 온 거래와 전쟁에서보다는 주사위가 더 유리하게 나오지 않을까 시험해 보기 위해서였다.

도박이 으레 그렇듯이 기복이 아주 심했다. 처음에는 땄다가 나중에는 잃었다. 적지 않게 술을 마셔 가며 그는 밤늦게까지 버텼다. 반쯤 취한 라이하르트에게 주사위는 불리하게 나오기만 했다. 그는 봉급을 다 써 버렸고 다른 보병들은 그에게 1헬러도 빌려 주려 하지 않았다. 그래서 그는 주머니를 전부 뒤져 보았다. 아무것도 나오지 않자 마지막으로 탄약 주머니를 뒤져 보았지만 탄약 말고는 아무것도 없었다. 그는 탄약을 꺼내서 내기에 걸었고, 사람들은 그것을 받아 주었다. 이미 주사위가 굴러가기 시작했을 때 술 취한 라이하르트는 그가 판돈 대신 건 탄약을 전에 그에게서 만다라화를 샀던 보병이 가지고 있다는 것을 비로소 알아보았다. 만다라화 때문에 그 보병은 틀림없이 이길 것이다. 하이하르트는 멈추라고 외치려고 했다. 그러나 주사위는 이미 던져졌고 상대방이 이긴 것으로 결판나 버렸다.

그는 어두운 밤 저주를 퍼부으면서 그 무리에서 빠져나와 막사로 돌아왔다. 방금 돈을 다 잃긴 했지만 라이하르트보다는 이성을 덜 잃은 동료 하나가 그의 팔을 잡았다. 그는 라이하르트에게 막사에 아직 예비 탄약이 있느냐고 물었다.

슬픈 표정으로 라이하르트가 외쳤다.

"아니, 없어. 아직 탄약을 갖고 있다면 나는 그것으로 아마 계속 도박을 했을 거야."

동료가 말했다.

"그래, 그렇다면 너는 새로 탄약을 사야만 할걸. 경감이 검열하러 나왔다가 급료를 받는 보병이 탄약을 갖고 있지 않다는 것을 알면 그 보병을 총살시킬 거야."

라이하르트가 저주했다.

"세상에! 말도 안 돼! 나는 탄약이 없어, 돈도 없고."

동료가 말했다.

"아, 이번 달 말까지는 아마 경감이 오지 않을 거야."

라이하르트가 이렇게 말했다.

"그래, 그렇다면 괜찮아! 다음 달에 다시 급료를 받으면 그 돈으로 꼭 탄약을 사겠어."

두 사람은 이렇게 대화를 끝내고 인사를 했다. 그러고 나서야 라이하르트는 흥분이 조금씩 가라앉기 시작했다.

잠시 누워 있으려니 하사가 막사 앞에서 불렀다.

"이봐! 아침에 검열이 있어. 날이 새면 경감이 병영으로 올 거야."

갑자기 라이하르트는 잠이 확 달아났다. 아직 반쯤 취한 상태였던 그는 탄약 때문에 정말 혼란스러웠다. 그는 걱정스러운 표정으로 동료들에게 물었다. 누군가 자신에게 탄약을 빌려 주거나 외상으로 팔지 않겠느냐고. 그러나 동료들은 밤새워 술을 마시는 술고래라며 그에게 욕을 해 댔다. 그러고는 그를 짚으로 만든 그의 침상 쪽으로 밀쳐 냈다. 그는 탄약 때문에 아침에 총살당하지 않을까 겁에 질려서는 옷을 전부 뒤져 돈을 찾았다. 그러나 5헬러밖에 찾지 못했다. 그 돈을 가지고 그는 어두운 밤에 이 막사, 저 막사를 돌아다니며 탄약을 사려고 했다. 어떤 사람들은 웃었고 어떤 사람들은 욕을 했지만 아무도 그의 부탁을 들어 주지 않았다. 그러다가 어느 막사에 들어가자 이번에는 어제 그에게서 탄약을 따 간 군인이 그를 보며 저주를 퍼부었다.

라이하르트는 격정적으로 외쳤다.

"동료여, 자네가 나를 도와줘야 해. 그렇지 않으면 누구도 도와줄 수 없어. 자네는 어제 내 모든 것을 빼앗아 갔어. 전에도 한 번 내 것을 빼앗아 간 적이 있잖아. 내일 경감한테 걸리면 나는 아마 총살 당할 거야. 그렇게 내가 불행해진다면 그건 모두 자네 때문이야. 그러니 나에게 탄약 몇 개를 그냥 주든지 아니면 외상으로 주든지, 그것도 아니면 팔게나."

그 보병이 대답했다.

"그냥 주거나 외상으로는 주지는 않겠어. 하지만 네가 진정할 수 있게 탄약을 팔겠다. 돈이 얼마나 있나?"

"5헬러밖에 없어."

라이하르트는 우울하게 대답했다.

그 보병이 말했다.

"자, 네가 알다시피 나는 동료애가 있는 사람이야. 5헬러를 받고 탄약

5개를 주겠다. 그러니 잠을 자. 제발 좀 병영 전체를 시끄럽게 만들지 마라."

그는 막사에서 탄약을 꺼내 주었고, 라이하르트는 그에게 돈을 지불했다. 그는 두려운 마음을 접고 아침까지 편안히 잠을 잤다.

검열이 있었고, 라이하르트는 탄약 다섯 개로 무사히 검열을 통과했다. 정오경에 경감이 떠나자, 보병들은 다시 병영으로 돌아갔다. 햇볕이 견딜 수 없을 정도로 뜨겁게 막사 벽을 통해 내리쬘 때 동료들은 모두 영내 매점으로 갔지만, 빈털터리가 된 라이하르트는 배급받은 빵 한 조각을 들고 앉아 있었다. 어젯밤 너무 취한 데다 오늘 긴장한 탓에 그는 무척 지치고 아팠다.

그는 한숨을 내쉬었다.

"아, 전에 그렇게 어리석게 낭비했던 두카텐 가운데 하나라도 지금 가지고 있다면 얼마나 좋을까!"

그가 말을 마치자마자 그의 왼손에는 아름답게 반짝이는 두카텐 하나가 들어 있었다. 그러자 무거운 금화가 생겼다는 기쁨은 순식간에 사라지고 만다라화에 대한 생각이 그의 머리를 스쳤다. 바로 그때 전날 밤 그에게 탄약을 팔았던 보병이 불안한 얼굴로 막사로 들어오면서 말했다.

"이봐, 작은 검은색 마술사가 들어 있는 병이 없어졌어. 자네는 잘 알걸세. 저번에 숲에서 그것을 자네한테서 샀지. 아마도 내가 실수로 탄약인 줄 알고 그것을 함께 주지 않았는가? 그것을 종이에 싸서 탄약 옆에 두었는데."

라이하르트는 두려운 듯 탄약 주머니를 뒤져 보았다. 첫 번째 종이를 풀어헤치자 가늘고 좁은 유리병 속에 담긴 그 끔찍한 하인이 눈에 들어왔다.

그 보병이 말했다.

"됐네, 별로 좋지는 않지만 그래도 그 물건이 필요해. 그 물건이 아주 흉측하긴 하지만 나에게 아주 특별한 도박 운을 가져다준 것 같아. 자, 동료여, 자네가 준 헬러를 도로 줄 테니 나에게 그 물건을 돌려주게."

라이하르트는 그의 요구에 따랐다. 그 보병은 흡족해하면서 영내 매점으로 갔다.

그러나 가련한 라이하르트는 기분이 아주 좋지 않았다. 단지 만다라화를 다시 보는 것만으로도 끔찍한데 심지어 그것을 손에 쥐고 몸에 지니고 다녔다니. 막사의 주름 사이사이에서 만다라화가 자신을 비웃을지도 모른다고 생각했다. 그리고 잠든 사이에 자신을 죽일 것만 같았다. 먹을 것을 사서 원기 회복을 해야 했지만 그는 스스로 원해서 받은 두카텐을 두려운 듯 내던졌다. 그리고 만다라화가 아주 가까이에서 다시 자신에게 올 수 있다는 두려움에 질려 그는 병영 밖으로 나왔다.

저녁이 시작될 무렵 그는 아주 빽빽한 숲 그늘 속으로 들어갔고, 거기서 두려움과 피로가 쌓여 탈진한 채 황량한 장소에 쓰러졌다. 그는 헐떡이면서 한숨을 내쉬었다.

"오 세상에! 목말라 죽지 않도록 물이 든 수통이 있다면 얼마나 좋을까!"

그러자 물이 든 수통 하나가 바로 그의 옆에 있었다. 급히 수통을 열어 물을 몇 모금 마시고 난 뒤 그는 그것이 어디서 왔는지를 살펴보았다. 그때 갑자기 만다라화가 떠올랐다. 그는 두려운 마음으로 자신의 주머니를 더듬어 보았다. 그리고 그 안에 작은 유리병이 들어 있는 것을 느끼자 그는 두려움에 정신을 잃고 깊은 잠으로 빠져들었다.

잠을 자는 동안 그는 전에 아주 일상적으로 꾸었던 망측한 꿈을 다시 꾸었다. 만다라화가 점점 더 오래 병에서 나와 웃으면서 그의 가슴에 누워 있는 꿈이었다. 그는 만다라화에 대항해 그것이 이제는 자기 게 아니라고 말하려 했다. 그러나 만다라화는 공허하게 웃으면서 말했다.

"나를 1헬러에 팔았잖아. 네가 샀던 것보다 적은 돈으로 나를 팔아야만 해. 그렇게 하지 않으면 거래가 이루어지지 않아."

그때 그는 서늘한 공포가 머리 위로 솟아오르는 것을 느꼈다. 그리고 다시 작은 병을 따라 주머니 속으로 들어오는 그림자를 보는 것 같았다. 그는 반쯤 미쳐서 유리병을 가까이 있던 바위에 내리쳤다. 그러나 그와 동시에 그것은 다시 주머니 속으로 돌아왔다. 그는 큰소리로 밤의 숲을 향해 소리쳤다.

"오 슬프도다. 파도 속에서도 심연에서도, 매번 다시 내게로 온 것은 과거에는 나의 즐거움, 나의 보화였다. 그러나 지금 그것은 나의 슬픔이다. 아마도 나의 영원한 슬픔이 될 것이다!"

그리고 그는 검은 숲 사이로 달리기 시작했다. 어둠 속에서 나무와 돌에 부딪혔고 한 걸음을 걸을 때마다 그의 주머니 안에서는 작은 유리병이 짤그락거리는 소리가 들렸다.

날이 밝을 무렵 그는 잘 가꾸어진 경작지에 다다랐다. 그는 모든 것이 슬펐다. 그는 이 모든 말도 안 되는 일들이 망상 가득한 꿈이었으면 좋겠다고 생각했다. 아마도 그는 주머니에서 다른 것, 즉 아주 평범한 유리병을 발견하기를 바랐을 것이다. 그는 유리병을 꺼내어 아침 햇빛에 비추어 보았다. 세상에! 거기에는 작은 악마가 그와 따사로운 빛 사이에서 춤을 추고 있었다. 흉칙한 형체의 팔을 혀처럼 그에게로 내뻗으면서. 그는 비명을 크게 지르면서 그것을 떨어뜨렸다. 그러나 곧바로 주머니에서 다시 짤그락거리는 소리가 들렸다.

무엇보다 그에게는 헬러보다 가치가 낮은 동전을 찾는 것이 중요했다. 그러나 어디에서도 그런 것을 찾을 수 없었다. 그 끔찍한 악마를 팔겠다는 희망은 모두 사라졌다. 만다라화는 곧 그의 주인이 되려고 했고, 그는 그 흉칙한 것에게 더 이상 아무것도 요구하지 않으려고 했다. 끔찍한 두려움에 빠져 이성을 잃은 그는 아무 일도 할 수 없었다. 그는 이탈리아 전국을 걸식을 하면서 떠돌았다. 그는 이제 아주 혼란스러워 보였다. 그리고 항상 반 헬러를 달라고 했기 때문에 어디서든 그를 미친 사람이라 여겼다. 사람들은 그를 '미친 반 헬러'라고 불렀다. 그런 이름으로 그는 곧 널리 알려지게 되었다.

독수리가 사슴이나 다른 어린 야생동물의 목을 향해 날아가서 그 불쌍한 짐승들이 죽을 때까지 물고 늘어지면 그 동물들은 공포에 사로잡혀 독수리를 매달고서 숲과 협곡을 마구 달린다고 한다. 가련한 라이하르트와 그 주머니에 든 악마 마술사의 상황도 이와 비슷하게 진행되었다. 라이하르트가 얼마나 심한 고통을 받았는가 하는 것은 너무 비참하고 불쌍한 이야기이다. 나는 독자들에게 그의 절망적이고 고통스러운 도주에 관해서 더 이상 설명하고 싶지 않다. 다만 여러 달 지난 뒤에 그에게 어떤 일이 일어났는지를 이야기하겠다.

어느 날 그는 황량한 숲 속에서 길을 잃고 조용히 슬픔에 잠겨 작은 시냇가에 앉아 있었다. 시냇물은 무성한 덤불을 지나서 흘러내렸다. 자비롭게도 그 물은 그가 기운을 되찾기 위해 들이마셔도 될 만큼 깨끗해 보였다. 그때 아주 강한 말발굽 소리가 돌바닥 위로 울렸다. 그리고 매우 큰 검은 말을 타고 흉칙한 얼굴을 한 키 큰 사람이 모습을 드러냈다. 그 사람은 파란색과 붉은색이 어우러진 화려한 옷을 입고 있었다. 그는 불행을 예감하기라도 한 것처럼 라이하르트에게 말을 걸었다.

"왜 그렇게 슬픈 거요, 젊은이? 당신은 상인처럼 보이는데. 비싸게 팔 물건이라도 가지고 있소?"

라이하르트는 낮고 떨리는 목소리로 대답했다.

"아, 없습니다. 더 이상 팔 물건 없습니다."

그 기사가 끔찍하게 웃으면서 소리쳤다.

"나도 그렇게 생각하는데, 친애하는 상인 나리! 그런데 자네가 만다라화라 불리는 작은 물건을 팔려고 한다던데? 내가 자네를 악평이 자자한 미친 반 헬러로 잘못 안 것인가?"

그 가련한 젊은이는 "맞아요, 내가 바로 그 사람입니다."라는 말을 창백한 입술에서 거의 내뱉을 수가 없었다. 언제라도 그 기사의 외투가 피가 뚝뚝 흘러내리는 날개로 바뀌고 밤처럼 새카만 칼깃이 지옥의 불빛을 받아 반짝이면서 튀어나올 것 같았다. 그러고 나면 그 기사가 불행한 그를 싣고 영원한 고통 속으로 날아갈 것 같았기 때문이다.

그러나 그 기사는 조금 덜 흉칙한 몸짓을 하며 약간 누그러진 목소리로 이렇게 말했다.

"나는 이미 자네가 나를 어떤 사람으로 여기는지 잘 알고 있네. 나는 그런 사람이 아니니 안심하게나. 오히려 나는 자네를 아마도 그런 사람으로부터 구원해 줄 거야. 나는 만다라화를 사기 위해 오래전부터 자네를 찾았어. 물론 자네는 그것을 사는 데 아주 적은 돈을 지불했고, 나는 그보다 액수가 더 적은 동전을 찾을 수가 없었지. 그러나 내 말을 들어보게. 그리고 내 말대로 하면 될 걸세. 이 산의 다른 쪽에 한 영주가 살고 있는데, 젊고 촌스런 녀석이야. 내일 무서운 괴물을 영주에게로 몰아가면, 그는 아마도 사냥하고 싶어서 그 괴물을 쫓아올 거야. 자네는 자정까지 여기 머물러 있다가 달이 저 뾰족한 바위 봉우리 위에 올라오면 적당한 보폭으로 어두운 협곡을 따라 왼쪽으로 오게. 단 쉬지도 말고 서두르지도 말게. 그러면 자네는 영주가 괴물에게 잡혀 있는 것을 보게 될 걸세. 두려워하지 말고 그 괴물을 잡게, 그러면 그 괴물은 자네에게 복종하고 자네 앞에서 가파른 절벽에서 바다로 떨어질 거야. 그러고 나면 무엇인가 보답하고 싶어하는 영주에게 반 헬러짜리 동전 두 개를 만들어 달라고 하게. 동전 두 개를 내가 가진 1헬러 동전 한 개로 바꾸고, 나는 그 중 하나로 자네의 만다라화를 사는 거야."

소름 끼치는 기사가 그렇게 말했다. 그는 라이하르트의 대답을 기다리지도 않고 말을 타고서 천천히 숲 속으로 들어가고 있었다.

"그런데 반 헬러를 받으면, 어디서 당신을 만날 수 있소?"

라이하르트가 그에게 소리쳤다.

기사가 말했다.

"검은 샘에서! 보모라면 누구나 그 샘이 어디 있는지 자네에게 말해 줄 걸세."

크고 무서운 검은 말은 소름 끼치는 사람을 싣고 천천히 넓은 보폭으로 계속 갔다.

모든 것을 잃어버린 사람에게 모험이란 건 더 이상 있을 수 없는 법이다. 라이하르트 역시 서글프게 절망하면서도 그 추악한 기사의 제안을 받아들이기로 결심했다.

밤이 되었고 달이 높이 솟았다. 그리고 마침내 달이 기사가 말한 뾰족한 바위 봉우리 위에 붉게 빛을 내면서 걸렸다. 창백한 방랑자 라이하르트는 몸을 떨며 일어나서는 어두운 협곡으로 들어갔다. 그 안은 무섭고 어두워 보였다. 양편으로 솟은 높은 절벽 위에서는 달빛만이 가끔 그 안을 들여다볼 수 있을 뿐이다. 좁아지는 곳에서 역한 무덤 냄새 같은 것이 올라왔다. 그 밖에는 어떤 무시무시한 것도 찾을 수 없었다. 라이하르트는 여기에 머무르고 싶지 않았다. 오히려 서둘러 가고 싶었다. 그러나 그는 기사의 지시를 충실하게 따랐다. 여전히 빛과 희망으로 이어진 가는 끈을 자신의 잘못 때문에 끊고 싶지는 않았다.

대여섯 시간이 지나자 붉은 아침 햇살 몇 가닥이 어두운 길 위에서 반짝거렸다. 위로하는 듯한 신선한 공기가 그의 얼굴로 불어왔다. 그는 깊은 오솔길에서 빠져나와, 상쾌한 숲 지대에서 그리 멀지 않은 곳에 펼쳐져 있는 파랗게 반짝이는 바다를 즐기려 했다. 그러나 바로 그 순간 공포에 찬 비명 소리가 어디선가 들려왔다. 그는 주위를 둘러보았다. 끔찍하게 생긴 짐승이 화려한 사냥복을 입은 젊은 남자를 덮치고 있었다. 라이하르트는 처음에 젊은 남자를 도우려고 달려갔다. 그러나 그 야수를 똑바로 쳐다보고는 그것이 엄청나게 크고, 게다가 머리에는 강력한 사슴 뿔이 나 있는 기분 나쁜 원숭이처럼 보인다는 것을 알았다. 그 모습을 보니 용기가 전부 사라졌다. 도움을 청하며 쓰러진 사람의 고통에 찬 소리를 무시하고 그는 다시 협곡으로 기어들어 가려 했다. 그때 기사가 한 말이 문득 생각났다. 영원히 파멸할지도 모른다는 두려움에 그는 지팡이를 짚고 원숭이 괴물에게 달려들었다. 괴물은 사냥꾼을 앞 발톱으로 들어 올리고 있었다. 마치 사냥꾼을 내던져서 뿔로 찌르려는 것처럼 보였다. 그러나 라이하르트가 가까이 다가가자 사냥꾼을 바닥에 떨어뜨리고, 끔찍한 휘파람 소리와 비명 소리를 내면서 도망쳤다. 용감해진 라이하르트는 괴물을 쫓아갔고 괴물은 높은 절벽에서 바다로 떨어졌다. 여전히 소름 끼치는 얼굴에 이를 드러내면서 괴물은 파도 속으로 사라졌다.

환호성을 지르며 라이하르트는 사냥꾼에게로 돌아왔다. 기대했던 대로 그는 자신이 이 지역의 통치자라고 말했다. 그는 자신을 구해 준 라이하르트를 자유로운 영웅이라고 부르면서, 자신이 할 수 있는 건 무엇이든 해 줄 테니 필요한 걸 말하라고 했다.

라이하르트는 희망에 가득 차서 물었다.

"그래요? 그것이 당신의 진심입니까? 그러면 당신은 군주의 영예를 걸고 제가 당신에게 부탁하는 것을 해 주실 겁니까?"

영주는 아주 기뻐하며 더욱 믿음직스럽게 그렇다고 대답했다.

라이하르트는 열정적으로 간청했다.

"그러면 제게 반 헬러짜리 동전을 주조해 주십시오. 두 닢이면 됩니다."

영주가 놀라서 그를 쳐다보는 사이 시종 몇 명이 달려왔다. 영주는 그들에게 자기가 어떤 일을 겪었는지 설명했고, 시종들 가운데 한 명이 라이하르트가 미친 반 헬러임을 알아보았다.

그러자 영주는 웃음을 터뜨렸다. 가련한 라이하르트는 두려운 듯 무릎을 꿇었다. 반 헬러가 없었다면 괴물이 영주를 죽였을 거라고 확신하면서.

영주는 다시 한번 웃으면서 대답했다.

"일어나게, 젊은이. 당신이 갖고 싶은 만큼 반 헬러 동전을 만들어 주겠소. 그러나 3분의 1헬러가 좋다면 동전을 주조할 필요가 없소. 이웃 나라 사람들의 주장에 따르면 우리나라 헬러는 아주 가벼워서 동전 세 개가 다른 나라의 동전 하나와 비슷하다는구려."

"그것이 확실하기만 하다면요."

라이하르트가 의심스러운 듯 말했다.

"참, 우리나라 동전을 그렇게 좋아하는 사람은 자네가 처음일세. 하지만 자네가 그것을 원한다면 더 싼 동전을 주조하겠다는 내 약속은 이것으로 지킨 것으로 하겠소."

영주가 대답했다.

그래서 그는 시종에게 그 나라의 헬러가 가득 든 지갑을 라이하르트에게 주라고 명령했다. 그는 그것을 가지고 마치 쫓기는 사람처럼 가까운 국경을 향해 달렸다. 그는 기쁨이란 걸 잊어버린 지 오래였지만 그때는 아주 즐거웠다. 맨 처음 본 이웃 나라 여관에서 시험삼아 환전했을 때 사람들이 주저하면서 영주의 헬러 세 닢을 보통 1헬러와 바꾸어 주었기 때문이다.

그는 바로 검은 샘에 관해 물었다. 그런데 그 여관에서 놀던 아이 몇 명이 그 말을 듣자 비명을 지르며 달려 나갔다. 여관 주인은 두려워하지 않고 그에게 가르쳐 주었다. 들어 보니 검은 샘은 아주 악명이 높은 장소였다. 많은 유령들이 그곳을 거쳐 세상으로 나가는데 그곳을 실제로 본 사람은 몇 명 되지 않는다고 했다. 여관 주인은 이런 사실도 알려 주었다. 즉 들어가는 입구가 여기서 멀지 않다는 것이다. 그 앞에는 메마른 실측백나무 두 그루가 서 있는데, 그리로 가면 길을 잘 찾을 수 있을 것이라고 했다. 하느님이 그와 모든 성실한 기독교인들을 보호해 주기를!

라이하르트는 다시 두려워졌다. 하지만 그것은 한 번은 감행해야 할 일이었다. 그래서 그는 그 길로 접어들었다. 시커먼 동굴이 멀리서부터 아주 무시무시하게 그를 쳐다보고 있었다. 실측백나무 두 그루는 마치 소름 끼치는 동굴에 대한 공포로 질려 말라 버린 것처럼 보였다. 가까이 다가가 보니 동굴 안에 매우 기이한 돌이 보였다. 그 돌은 턱수염이 길게 난 일그러진 얼굴들처럼 보였으며, 몇 개는 심지어 절벽에서 바다로 떨어졌던 그 원숭이 괴물과도 비슷해 보였다. 그런데 정신을 차리고 제대로 쳐다보면, 다시 그 돌은 각이 많이 지고 갈라진 곳이 많은 바위로만 보였다. 가여운 젊은이는 오들오들 떨면서 얼굴처럼 생긴 가면 밑으로 들어갔다.

그의 주머니에 든 만다라화는 아주 무거웠다. 마치 이곳으로 못 들어가게 그를 잡아당기는 것 같았다. 그러나 바로 그 때문에 그는 용기가 생겼다. 그는 생각했다.

'이 녀석이 원하지 않는 바로 그 일을 나는 해야만 한다.'

동굴 속 멀리 보이는 것은 깊은 어둠뿐이어서 그는 동굴 속의 끔찍한 형상들을 더 이상 알아볼 수가 없었다. 보이지 않는 절벽으로 떨어지지 않기 위해 그는 아주 조심스럽게 지팡이로 앞을 더듬어 보았다. 그의 앞에 있는 것은 이끼가 낀 평평한 바닥이었다. 가끔 기이한 휘파람 소리와 신음 소리가 동굴을 통해 들리는 것 같았다. 그는 두려움을 모두 이겨냈다.

마침내 그는 동굴 밖으로 나왔다. 황량한 산맥이 사방에서 그를 감싸고 있었다. 한쪽에서 그는 그와 거래하려던 사람의 크고 무서운 검은 말을 보았다. 그 말은 묶이지 않은 채 머리를 높이 들고 있었다. 히힝 우는 소리를 내거나 움직이지도 않고 동상처럼 그곳에 서 있었다. 맞은편 바위에서는 샘이 솟았다. 기사는 그 샘에서 머리와 손을 씻고 있었다. 그러나 그 사악한 물은 먹물처럼 검었으며, 손도 시커멓게 물이 들었다. 그 거인이 라이하르트에게 몸을 돌렸을 때 그의 얼굴은 타르처럼 검었으며, 화려한 붉은색 의복과 소름 끼치도록 대조되었다.

끔찍한 사람이 말했다.

"떨지 말게, 젊은이. 이것은 내가 악마에게 잘 보이기 위해서 하는 일종의 의식이야. 자네가 사랑하는 창조주라고 부르는 그 신에게 저항하기 위해 나는 금요일마다 여기서 이렇게 몸을 씻어야 해. 그래서 내가 새로운 옷이 필요할 때마다 이 옷의 붉은색에 13방울의 내 핏방울을 섞어.

물론 13은 불길한 숫자지. 거기서 이 붉은색은 놀랍도록 화려한 색을 얻게 되는 거야. 그것은 부담스런 조건이지. 게다가 나는 몸과 마음을 악마에게 바쳤기 때문에 악마와 떨어진다는 것은 생각할 수조차 없지. 그런데 그 대가로 그 구두쇠 악마가 나에게 무엇을 주었는지 아는가? 1년에 금화 10만 개야. 그것으로 살아갈 수가 없기 때문에 자네의 만다라화를 사려는 거지. 벌써 나는 늙은 구두쇠에게 농담처럼 그 이야기를 했네. 어쨌든 그 악마가 나의 영혼을 소유하고 있기 때문에 유리병 속에 있는 작은 악마는 언젠가 오랜 근무를 끝내고 나면 아무것도 얻지 못한 채 지옥으로 가게 되겠지. 그때가 되면 분노한 마왕이 저주를 퍼부을 거야."

그러고 나서 그는 웃기 시작했다. 그의 웃음소리는 바위에 부딪혀 울려 퍼졌으며, 보통때는 꼼짝도 하지 않던 검은 말도 이때는 정말 기겁을 했다.

그가 다시 라이하르트에게 몸을 돌리면서 물었다.

"자, 반 헬러를 가져왔지, 젊은이?"

"나는 당신의 젊은이가 아니오."

라이하르트가 대답했다. 그리고 주저하면서도 기대하는 마음으로 지갑을 열었다.

키 큰 상인이 외쳤다.

"아, 그렇게 고귀한 척 행동하지 말게. 자네가 승리할 수 있도록 누가 영주에게 괴물을 몰아 보냈는가를 생각해 보게."

"마술은 필요 없었을 겁니다."

라이하르트가 말했다. 그리고 반 헬러가 아니라 3분의 1헬러 동전을 영주가 이미 가지고 있었다고 설명해 주었다.

붉은색 옷을 입은 거인은 괴물을 가지고 애를 쓴 것이 아무 소용없었다는 게 불만스러운 듯했다. 하지만 그는 가치가 낮은 헬러 셋과 좋은 헬러 하나를 바꾸어 주었다. 그는 자신이 받은 헬러 중 하나를 라이하르트에게 주고 대신 만다라화를 받았다.

만다라화는 아주 힘들게 주머니에서 나왔는데, 유리병 바닥에 슬픈 듯이 쪼그리고 있었다.

만다라화를 산 사람은 다시 힘차게 웃으면서 외쳤다.

"누구도 너를 도와줄 수 없다, 이 악마야. 내 검은 말이 나를 태우고도 지고 갈 수 있을 만큼 금을 만들어 내라."

그러자 바로 그 커다란 말이 금의 무게 때문에 신음 소리를 냈다. 그러나 말은 주인까지 태우고도 마치 날아가듯 달렸다. 말은 수직으로 깎아지른 듯한 암벽을 바로 올라갔다. 소름 끼치게 움직이고 몸을 비틀면서. 라이하르트는 그 광경을 더 이상 보지 않으려고 재빨리 동굴로 돌아갔다.

라이하르트는 산의 다른 쪽으로 빠져나와서 동굴 입구로부터 상당히 먼 거리를 달렸다. 그러고 난 뒤에야 해방되었다는 기쁨이 비로소 마음속으로 밀려들었다.

그는 이전에 저지른 커다란 잘못을 진심으로 회개했으며 앞으로 어떤 만다라화도 갖지 않게 되기를 바랐다. 그는 기쁨에 겨워서 크게 자란 풀 위에 누워 꽃을 어루만지고 태양에 손 키스를 보냈다. 명랑한 성격은 다시 살아났지만 이전의 경솔함과 뻔뻔스러움은 이미 사라졌다.

자신이 악마의 손아귀에서 벗어났다는 사실을 자랑하고 다닐 수도 있었지만, 라이하르트는 그렇게 하지 않았다. 오히려 그는 자신의 아주 강해진 힘을 계속 경건하고 성실하며, 또한 기쁘게 이 세상을 살아가는 데 쏟아 부었다.

그렇게 성실하게 몇 년 동안 일해서 그는 유복한 상인이 되었고, 사랑하는 조국 독일로도 돌아갈 수 있었다. 그는 독일에서 결혼을 했고, 축복 속에서 노년을 보냈다. 노년에 그는 손자와 증손자들에게 교훈을 주기 위해 저주받은 만다라화에 관한 전설을 자주 들려 주었다.

잃어버린 거울상 이야기

에른스트 테오도르 아마데우스 호프만
(1776–1822)

● ● ●

호프만(Ernst Theodor Amadeus Hoffmann)은 프로이센의 쾨니히스베르크에서 태어났다. 법학을 공부하여 베를린, 포젠, 플록, 바르샤바 등에서 법과 시보 및 법관으로 근무했다. 1806년 나폴레옹이 바르샤바로 진군하여 법관직을 잃었다. 그 뒤 여러 곳에서 자신이 원하던 대로 예술가로서 살아가지만 경제적으로는 매우 불운했다. 1814년 다시 법관으로 복직하여 1822년 46세를 일기로 베를린에서 사망할 때까지 낮에는 빈틈없는 법관으로 일하고 밤에는 글을 쓰거나 작곡을 하거나 그림을 그리는 그 유명한 '이중생활'을 영위했다.

1814년 첫 작품집 『칼로풍의 환상곡』을 발표하면서 본격적인 문학 활동을 시작하여, 10년도 안 되는 짧은 기간에 놀랄 만한 문학적 업적을 남겼다. 또한 오페라를 작곡하며 작곡가, 음악 이론가로도 활동했다. 호프만은 도스토예프스키, 고골, 보들레르, 발자크, 포 등에게 지대한 영향을 미쳤다. 차이코프스키는 호프만의 동화 「호두까기 인형과 생쥐왕」을 바탕으로 하여 「호두까기 인형」을 작곡했으며, 오펜바흐는 그의 기이한 생애를 「호프만 이야기」라는 오페라로 만들었다.

호프만의 작품으로는 장편소설 『악마의 묘약』, 「고양이 무어」와 작품집 『세라피온의 형제들』이 있다. 작품들에는 환상과 현실의 갈등, 자아 인식의 문제 등 그가 주요하게 다루는 주제가 아주 다양하게 형상화되고 있으며, 이런 주제는 치밀한 심리 묘사, 무의식의 세계를 파헤치는 탁월한 문체와 잘 융합되어 있다.

「잃어버린 거울상 이야기」는 4장으로 이루어진 액자 소설 「섣달 그믐밤의 모험」의 마지막 장으로 『칼로풍의 환상곡집』(1814)에 수록되었다.

마침내 평생 마음속에 품어온 소망을 이룰 수 있는 때가 에라스무스 스피커에게 찾아왔다. 그는 북쪽에 있는 고향을 떠나 아름답고 따뜻한 이탈리아로 여행하기 위해 가득 채운 돈지갑을 가지고 즐거운 마음으로 마차에 올라탔다. 사랑스럽고 경건한 그의 아내는 눈물을 줄줄 흘리면서 어린 라스무스의 코와 입을 깨끗하게 훔쳤다. 그러고는 아이를 마차 위로 높이 들어 올렸다. 에라스무스는 어린 아들에게 다시 한번 작별 키스를 했다. 아내가 흐느끼면서 말했다.

"안녕, 사랑하는 에라스무스 스피커, 가정을 잘 지키고 있을게요. 나만 생각하고 한눈 팔지 마세요. 그리고 자면서 마차 밖으로 머리를 끄덕여 예쁜 여행 모자를 잃어버리지 않도록 하세요. 당신은 곧잘 그러잖아요."

스피커는 그렇게 하겠다고 약속했다.

에라스무스는 아름다운 피렌체에서의 삶이 너무나 즐거웠다. 그는 젊은이답게 용기로 가득 차 있었다. 에라스무스는 이렇게 멋진 나라에서 다양한 쾌락을 탐닉하고 있는 시골 사람 몇 명을 만났다. 그는 그들에게 자신이 용감한 사람임을 증명해 보였다. 황홀한 술자리가 여러 번 벌어졌다. 그는 아주 쾌활했고 미친 듯이 자유분방했지만, 이성을 잃지는 않았다. 그런 성격 덕분에 그는 술자리에서 자기 특유의 활기를 사람들에게 불어넣곤 했다.

한번은 밤에 젊은이들(에라스무스는 그제야 스물일곱 살이 되었으니 아마도 젊은이에 속할 것이다.)이 아주 즐거운 잔치를 열었다. 향기를 뿜는 화려한 정원 안에 있는 작은 숲에 조명을 환하게 밝혔다. 에라스무스 말고는 모두들 아름다운 여자를 동반했다. 남자들은 우아한 옛 독일식 옷을 입고 왔으며, 여자들은 화려하게 빛나는 예복을 입었다. 각자 색다른 방식으로 매우 환상적인 복장을 하고 있어서 마치 사랑스런 꽃들이 움직이는 것 같았다.

여자들 가운데 한 명이 만돌린 소리에 맞춰 이탈리아의 사랑 노래를 부르면, 남자들은 흥겨운 소리를 내며 시라쿠사(이탈리아 시칠리아 섬의 항구 도시)산 포도주로 가득 찬 잔을 흥겹게 부딪치면서 힘찬 독일 돌림노래를 따라 불렀다. 이탈리아는 사랑의 나라가 아닌가. 저녁 바람이 동경 가득한 탄식처럼 살랑거렸다. 이탈리아 여자들은 이런 모임에서 익살소극이나 광대 놀이를 하곤 했다. 그 곳에 모인 우아한 이탈리아 여자들은 이런 소극들을 모아 물의 정령놀이를 시작했다. 숲의 오렌지 향과 재스민 향이 마치 사람의 향기처럼 이 놀이에 뒤섞여 온 숲을 가득 채웠다.

분위기는 점점 활발해지고 시끄러워졌다. 무리 가운데 가장 눈에 띄는 프리드리히가 일어났다. 그는 한 팔로 여자를 안고 다른 손으로는 시라쿠사산 포도주로 가득 찬 유리잔을 흔들면서 외쳤다.

"천상의 즐거움과 행복을 우아하고 멋진 이탈리아 여자가 아니면 어디서 찾을 수 있단 말인가. 당신들은 사랑 그 자체이다. 그러나 자네, 에라스무스."

그는 스피커 쪽으로 몸을 돌리면서 말했다.

"자네는 그렇게 느끼는 것 같지 않군. 질서와 관습을 따르겠다고 약속했으면서도 자네는 여자를 데려오지 않으니 하는 말일세. 게다가 오늘도 아주 우울하고 생각에 잠긴 것처럼 보이는군. 자네가 용감하게 술을 마시고 노래하지만 않았다면 나는 갑자기 자네가 지루한 우울증 환자가 되었다고 생각했을 거야."

에라스무스가 대답했다.

"프리드리히, 자네에게 고백해야겠군. 내가 이런 식으로는 전혀 즐거워할 수 없다는 것을 말이야. 자네도 알다시피 나는 정말 사랑스럽고 경건한 아내를 고향에 두고 왔어. 그리고 내가 하룻밤 자유롭게 놀기 위해 여자를 선택했다 하더라도 그것은 아내를 배반하는 일일세. 결혼하지 않은 자네들과는 다르지. 나는 가장이야."

젊은이들은 환하게 웃음을 터뜨렸다. 왜냐하면 '가장'이라는 말을 하면서 에라스무스가 어려 보이는 편안한 얼굴에 진지하게 주름을 지으려고 했기 때문이다. 그래서 그의 얼굴은 매우 우스꽝스러워 보였다. 프리드리히의 여자는 에라스무스가 독일어로 한 이야기를 이탈리아어로 통역해 달라고 했다. 에라스무스의 말을 들은 뒤 그녀는 그에게 진지한 시선을 보냈다. 그러고는 손가락을 치켜올리며 나지막하게 위협하듯이 말했다.

"당신, 냉정한 독일인! 조심해요, 당신은 아직 줄리에타를 보지 않았으니까요."

그 순간 숲 입구에서 바스락거리는 소리가 났다. 어두운 밤에 밝은 촛불을 받으며 놀랍도록 아름다운 여자가 들어왔다. 가슴, 어깨와 목을 반만 드러낸 흰 옷을 입었는데, 팔꿈치까지 내려오는 볼록한 소매는 풍부하고 넓은 주름을 지으며 흘러내렸다. 머리는 앞이마에서부터 가르마가 나 있었고, 뒤로는 여러 갈래로 땋아져 있었다. 목에는 금 목걸이가, 손목에는 화려한 팔찌가 걸려 있었다. 이런 장신구들이 그 여자의 고풍스런 복장을 더욱더 완벽하게 만들었다. 루벤스나 미리스(네덜란드 화가)가 그린 우아한 여자가 그림에서 바로 걸어 나온 것처럼 보였다.

"줄리에타."

여자들이 놀라서 소리쳤다. 그녀의 천사 같은 아름다움에 다른 모든 여자들의 존재가 무색해졌다. 줄리에타는 달콤하고 사랑스런 목소리로 말했다.

"나도 너희들의 아름다운 잔치에 끼워 줘, 용감한 독일 젊은이들. 너희들과 함께라면 즐거움과 사랑이 없는 곳에도 갈 거야."

그렇게 말하면서 그녀는 아주 우아하게 에라스무스 쪽으로 몸을 돌렸다. 그러고는 그의 옆에 있는 빈 소파에 가서 앉았다. 그도 여자를 데려올 거라 예상하여 마련한 자리였다. 여자들이 서로 속삭였다.

"봐, 세상에, 줄리에타가 오늘 얼마나 아름다운지!"

그리고 젊은이들은 말했다.

"도대체 에라스무스에게 무슨 일이 일어난 거야. 그가 가장 아름다운 여자를 얻어서 이제 우리를 조롱할까?"

에라스무스는 줄리에타를 처음 본 순간 아주 특별한 기분이 들었다. 그 자신도 무엇이 그의 마음속에서 그렇게 강력하게 움직이는지 도무지 알 수 없을 정도였다. 그녀가 다가오자 이번에는 어떤 낯선 힘이 그를 사로잡아서 숨이 멎을 정도로 그의 가슴을 내리 눌렀다. 젊은이들이 큰소리로 줄리에타의 우아함과 아름다움을 찬양하고 있을 때 그의 눈은 줄리에타에게 고정된 채 입술은 마비되었다. 그는 거기 앉아서 말을 한마디도 할 수가 없었다.

줄리에타는 가득 채운 술잔을 들고 있다가 그것을 친절하게 에라스무스에게 건네면서 일어났다. 그는 그 술잔을 받았다. 줄리에타의 부드러운 손가락이 가볍게 스쳤다. 그는 술을 마셨다. 불꽃이 그의 동맥을 따라 거세게 물결쳤다. 그때 줄리에타가 농담하듯이 물었다.

"내가 당신의 여자가 돼도 될까요?"

에라스무스는 미친 듯이 줄리에타 앞에 무릎을 꿇었다. 그러고는 그녀의 두 손을 가슴에 대고 외쳤다.

"맞아, 바로 당신이야. 나는 당신을 영원히 사랑했소, 천사의 모습을 한 당신을! 나는 당신을 꿈속에서 보았소. 당신은 나의 행복이고, 행운이며, 더 고귀한 삶이오!"

모두들 포도주 기운이 에라스무스의 머리끝까지 올라간 거라고 생각했다. 왜냐하면 그들은 이제껏 에라스무스의 그런 모습을 전혀 본 적이 없었기 때문이다. 그는 아주 다른 사람처럼 보였다.

"그래요, 당신. 당신이 나의 삶이오. 내 안에서 당신은 날름거리는 불꽃처럼 타오르고 있소. 파멸하게 나를 놔두시오. 오로지 당신 때문에 파멸하게 놔두시오. 나는 오로지 당신이고 싶소."

그렇게 에라스무스는 외쳤다. 줄리에타가 그의 팔을 부드럽게 잡자 그는 조용해져서 그녀 옆에 앉았다. 그러자 사람들은 곧 즐겁게 농담을 주고받고 노래를 부르면서, 줄리에타와 에라스무스 때문에 중단되었던 유쾌한 사랑 놀이를 다시 시작했다.

줄리에타가 노래를 하면 마음 깊은 곳에서 천상의 소리가 흘러나오는 것 같았다. 그 노랫소리는 모든 사람들의 마음속에 즐거움을 불어넣었다. 있을 거라 짐작만 해 왔을 뿐, 전혀 알지 못하던 즐거움이었다. 성량이 풍부하고 수정처럼 투명한 그녀의 목소리에는 모든 사람의 마음을 완전히 사로잡는 은밀한 열정이 담겨 있었다. 젊은이들은 전부 자기 여자를 더욱 꽉 껴안았다. 그러면서 열정에 더욱 들뜬 눈으로 서로를 바라보았다.

어스름한 붉은 빛이 벌써 아침놀이 시작되었음을 알려 주었다. 그때 줄리에타가 잔치를 마치자고 제안해서 잔치는 끝이 났다. 에라스무스가 줄리에타를 바래다주겠다고 했지만 그녀는 그 제안을 거절했다. 그리고 자기를 다시 만나려면 어느 집으로 와야 할지를 가르쳐 주었다. 젊은이들이 잔치를 마치기 위해 독일 돌림노래를 계속 함께 부르는 동안 줄리에타는 작은 숲에서 사라졌다. 횃불을 들고 앞장서서 가는 하인 둘의 뒤를 따라갔다. 그녀가 저 멀리 나무 그늘 길을 지나가는 것이 보였지만 에라스무스는 감히 그녀를 따라가지 못했다.

젊은이들은 이제 각자 자기 여자를 안고 즐거운 기분을 만끽한 채 말을 타고 그 자리를 떠났다. 무척 심란한 에라스무스도 마침내 그들을 따라갔다. 마음속은 그리움과 사랑의 고통으로 찢어지는 듯했다. 키 작은 하인이 횃불을 가지고 앞에서 그를 비춰 주었다. 그는 친구들과 작별을 하고 외진 거리를 지나 집으로 향했다. 아침놀이 벌써 높이 올라와 있었다.

그런데 갑자기 하인이 횃불을 포장도로 위에 내던졌다. 그러자 튀어오르는 불꽃 속에서 기이한 인물이 에라스무스 앞에 나타났다. 뾰족한 매부리코를 가진 키가 크고 마른 남자였다. 눈은 반짝였고 입은 심술궂게 일그러져 있었다. 그리고 쇠 단추가 달린 타는 듯한 붉은색 외투를 입고 있었다. 그는 기분 나쁘게 날카로운 목소리로 웃으면서 말했다.

"호호! 당신의 외투, 길쭉하게 짜인 조끼, 깃이 달린 챙 없는 납작 모자는 마치 오래된 그림책에서 바로 나온 것 같군요. 에라스무스 씨, 당신은 정말 우스워 보이는군요. 당신은 거리에서 사람들의 조롱거리가 되고 싶은 겁니까? 조용히 당신의 양피지 책 안으로 돌아가시지."

"내 옷이 당신과 무슨 상관이오."

에라스무스가 불쾌하게 대답했다. 그리고 그 붉은 얼굴을 한 녀석을 옆으로 밀치면서 지나치려고 했다. 그는 에라스무스의 뒤에다 대고 소리쳤다.

"이봐요. 그렇게 급하게 갈 필요 없어요. 당신은 지금 바로 줄리에타의 집에 갈 수 없소."

에라스무스는 재빨리 몸을 돌렸다.

"지금 줄리에타라고 했소?"

에라스무스는 홍조를 띤 녀석의 가슴을 잡으면서 거친 목소리로 외쳤다. 그러나 그는 화살처럼 빠르게 몸을 돌려 에라스무스가 실수하기 전에 사라져 버렸다. 무척 당황한 채 에라스무스는 홍조를 띤 남자에게서 떼어 낸 쇠 단추를 들고 서 있었다.

"그는 돌팔이 의사 다페르투토 씨입니다. 그가 뭐라고 했나요?"

하인이 물었다. 그러나 에라스무스는 전율을 느꼈다. 그는 뛰다시피 하여 집으로 들어갔다.

줄리에타는 그녀답게 아주 품위 있고 친절하게 에라스무스를 맞았다. 에라스무스를 불타게 했던 광적인 열정으로 그녀는 그를 부드럽고 기분 좋게 맞아 주었다. 종종 그녀의 눈은 더 밝게 반짝였다. 그녀가 가끔 정말 이상한 눈길로 그의 눈을 마주볼 때면 에라스무스는 가벼운 전율이 마음 깊은 곳에서부터 자신을 사로잡고 있다고 느꼈다. 그녀는 그를 사랑한다고 결코 말하지 않았다. 그러나 자신을 대하는 그녀의 태도를 보고 그는 분명히 그녀가 자신을 사랑한다고 생각했다. 그래서 점점 더 단단해지는 끈이 그를 옥죄는 것 같았다. 진짜 태양 같은 삶이 그에게 시작되었다. 줄리에타가 그를 다른 낯선 모임에 데리고 갈 때에만 아주 가끔 그는 친구들을 만났다.

한번은 프리드리히와 우연히 만났는데 그는 에라스무스를 놓아주려 하지 않았다. 그리고 에라스무스가 조국과 가정에 대한 많은 기억을 떠올리며 정말 부드럽고 다감해졌을 때 프리드리히가 말했다.

"스피커, 자네가 정말 위험한 관계에 빠졌다는 것을 알고 있는가? 아름다운 줄리에타가 이 세상에서 가장 교활한 창녀 가운데 하나라는 것을 자네는 벌써 알아챘어야 하네. 사람들은 그녀에 관한 여러 가지 비밀스럽고 이상한 이야기들을 알고 있어. 그 이야기를 들으면 그녀가 아주 달라 보이지. 원하기만 하면 그녀는 저항할 수 없는 힘을 행사하고, 자기한테서 못 벗어나게 한다는 것을 자네를 보면 알 수 있어. 자네는 완전히 변했어. 매혹적인 줄리에타에게 완전히 빠져서 더 이상 사랑하는 경건한 아내는 생각하지 않고 있군."

그때 에라스무스는 두 손으로 얼굴을 가렸다. 그는 큰소리로 흐느끼면서 아내의 이름을 불렀다. 프리드리히가 계속 말했다.

"스피커, 우리 빨리 여행을 떠나자."

스피커는 격정적으로 외쳤다.

"그래, 프리드리히. 자네 말이 옳아. 아주 어둡고 끔찍한 예감이 어떻게 그렇게 갑자기 나를 사로잡았는지 모르겠어. 나는 떠나야 해. 오늘 떠나야 해."

두 친구는 급히 거리를 걸어갔다. 그때 다페르투토 씨가 그 거리를 가로질러 갔다. 그는 웃으면서 에라스무스의 얼굴에 대고 이렇게 외쳤다.

"아, 서둘러, 빨리 서두르게, 줄리에타가 벌써 기다리고 있어. 마음은 그리움으로 가득 차 있고, 눈에는 눈물이 가득하지. 이봐, 서두르게, 서둘러!"

에라스무스는 마치 번개에 맞은 것 같았다. 프리드리히가 말했다.

"나는 저 돌팔이 의사 놈을 영혼 깊은 곳에서부터 혐오하지. 저 녀석은 줄리에타의 집에 드나들면서 그녀에게 기적의 묘약을 팔지."

에라스무스가 외쳤다.

"뭐라고! 이 소름 끼치게 생긴 녀석이 줄리에타, 줄리에타 집에 드나든다고?"

"그렇게 오래 어디 머물러 있었어요? 모두들 당신들을 기다리는데. 당신들은 나를 전혀 생각하지 않나요?"

발코니에서 아주 부드러운 목소리가 들려왔다. 그것은 바로 줄리에타였다. 두 사람은 자신도 모르는 사이에 그녀의 집 앞에 서 있었던 것이다. 에라스무스는 단번에 그녀의 집으로 들어갔다.

"저 녀석은 이제 더 이상 구할 수가 없군."

프리드리히는 낮은 소리로 이렇게 말하고는 도로를 따라 계속 걸어갔다.

그날만큼 줄리에타가 사랑스러웠던 적은 없었다. 그날 그녀는 숲 속 정원에서 입었던 옷을 입고 있었으며, 완벽한 아름다움과 젊음의 매력을 내뿜었다. 에라스무스는 프리드리히와 이야기했던 것을 모두 잊었다. 그는 최고의 쾌락과 황홀경에 전보다 더욱더 강하게 사로잡혔다. 전혀 저항할 수가 없었다. 그러나 그때까지도 줄리에타는 결코 그에게 자신의 속마음을 드러내지 않았다. 그녀는 단지 그만을 바라보았으며, 그를 위해서만 존재하는 것처럼 보였다.

줄리에타가 여름에 머물기 위해 빌린 빌라에서 잔치가 열렸고, 사람들이 그 집으로 몰려갔다. 그 파티에는 정말 소름 끼치는 외모에, 매너가 너무나 나쁜 이탈리아 젊은이도 와 있었다. 그는 줄리에타의 관심을 얻으려 했고, 그러한 모습을 보자 에라스무스는 질투심을 느꼈다. 분노에 사로잡혀 에라스무스는 다른 사람과 떨어져 홀로 정원의 샛길에서 이리저리 거닐었다.

줄리에타가 그를 찾았다.

"무슨 일이에요? 당신은 아직 완전히 내 사람이 안 된 건가요?"

그러면서 그녀는 부드러운 팔로 그를 감싸고 그의 입술에 키스를 했다. 불꽃처럼 환해지면서 그의 몸은 마치 번개를 맞은 것 같았다. 미친 듯한 사랑의 격정 속에서 그는 연인을 꼭 껴안으며 말했다.

"아니, 나는 당신을 보내지 않을 거요. 내가 가장 고통스런 파멸 속에서 죽는다 할지라도!"

줄리에타는 이 말을 듣고 묘하게 웃음을 지었다. 그리고 항상 그에게 전율을 느끼게 하는 예의 야릇한 눈길을 보냈다. 그들은 다시 사람들에게로 돌아갔다.

혐오스러운 이탈리아 젊은이가 지금은 에라스무스와 입장이 바뀌었다. 그는 질투심에 사로잡혀 독일 사람, 특히 스피커에 대해 여러 가지 모욕적인 말들을 날카롭게 내뱉었다. 에라스무스는 마침내 더 이상 참을 수가 없었다. 그는 곧장 이탈리아 사람에게로 달려들었다.

에라스무스가 말했다.

"그만둬, 독일 사람과 나에 대한 아무 가치도 없는 독설을 그만둬. 당장 그만두지 않으면 너를 저 연못에 던져 버릴 거야. 그러면 헤엄을 쳐야 겨우 나올 수 있을걸."

그 순간 이탈리아 사람의 손에서 작은 칼 하나가 반짝였다. 에라스무스는 화가 나서 목을 잡아 그를 쓰러뜨렸다. 그리고 목에 세차게 발길질을 하기 시작했다. 그러자 이탈리아 사람은 골골거리다 정신을 잃었다.

모두들 에라스무스에게로 달려들었다. 그는 제정신이 아니었다. 자신이 사람들 손에 잡혀 그 자리에서 내쫓겼다는 것을 알았다. 깊은 무의식 상태에서 깨어났을 때 그는 줄리에타 발 밑의 작은 침상에 누워 있었다. 그녀는 그의 몸 위로 머리를 숙이고 두 팔로 그를 껴안았다.

그녀는 한없이 부드러우면서도 따뜻하게 말했다.

"당신, 나쁜 독일 사람. 당신 때문에 얼마나 두려운지 몰라요! 나는 위험에 빠진 당신을 구했어요. 그러나 이제 피렌체든 어디든 이탈리아에 있으면 당신은 안전하지 않아요. 당신은 떠나야 해요. 당신을 이렇게 사랑하는 나에게서 떠나야 해요."

헤어져야 한다는 생각에 에라스무스는 이루 말할 수 없을 정도로 고통스럽고 슬펐다.

그가 외쳤다.

"그대로 여기 머물러 있게 해 주오. 나는 기꺼이 죽음을 각오하겠소. 당신 없이 사느니 차라리 죽는 게 나으니까."

그때 멀리서 작은 목소리가 고통스럽게 그의 이름을 부르는 듯했다. 아, 그것은 독일에 있는 사랑스럽고도 경건한 아내의 목소리였다. 에라스무스는 아무 말도 하지 않았다. 줄리에타는 신기하게도 이렇게 물었다.

"당신, 지금 아내를 생각하고 있지요? 아, 에라스무스. 당신은 곧 나를 잊어버리게 될 거예요."

"내가 영원히 당신 것이 될 수 있다면."

에라스무스가 말했다. 그때 그들은 그 방 벽에 붙어 있는 아름답고 넓은 거울 바로 앞에 서 있었다. 거울 양쪽 끝에서는 촛불이 밝게 타고 있었다. 줄리에타는 더욱 강하게 에라스무스를 껴안았다. 낮은 소리로 이렇게 속삭였다.

"당신의 거울상을 나에게 줘요. 나의 사랑스런 연인이여, 그것은 내 것이 되어 내 옆에 영원히 머무를 거예요."

에라스무스가 아주 당황하여 말했다.

"줄리에타, 무슨 소리요? 내 거울상을 달라니?"

그러면서 그는 자신과 줄리에타가 달콤하게 사랑의 포옹을 하는 모습을 비추고 있는 거울을 쳐다보았다. 에라스무스가 물었다.

"당신이 어떻게 나의 거울상을 가질 수 있단 말이오. 그것은 나와 함께 사방을 돌아다니고 모든 맑은 물에서, 그리고 깨끗하게 닦인 모든 표면에서 나와 마주하고 있는데?"

줄리에타가 말했다.

"당신 자아의 이런 꿈을, 거울에서 비치는 이런 꿈을 당신은 나에게 허락하려 하지 않는군요. 몸과 생명 모두 내 것이 되려 한다면서. 당신의 영원한 상도 내 옆에 머무를 수 없고, 당신도 도주하는군요. 당신이 떠나버리면 나는 아무 즐거움도 사랑도 없는 가련한 삶을 살아야겠지요. 정녕 나와 함께하지 못한다는 말인가요?"

뜨거운 눈물이 줄리에타의 아름다운 검은 눈에서 떨어졌다. 그때 에라스무스는 광적이면서도 치명적인 사랑의 고통에 사로잡혀 이렇게 외쳤다.

"그렇다면 내가 영원히 당신을 떠나야 한단 말인가? 내가 떠난다면 내 거울상은 영원히 당신 것으로 머무를 수 있다. 어떤 힘도, 즉 악마도 그것을 당신에게서 빼앗을 수 없어. 당신이 나 자신의 영혼과 육체를 가질 때까지."

그가 이 말을 할 때 줄리에타의 키스는 마치 불처럼 그의 입술 위에서 타올랐다. 키스를 하고 나서 그녀는 그를 놓아주었다. 그러고는 그리움 가득한 손을 거울로 뻗쳤다. 에라스무스는 그의 거울상이 자신의 움직임과 분리되어 거울에서 나온 뒤 줄리에타의 팔로 미끄러져 가고, 그녀와 함께 이상한 냄새를 피우며 사라져 버리는 것을 보았다. 소름 끼치는 여러 목소리들이 투덜대며 악마처럼 조롱하면서 웃었다.

아주 심한 공포에 짓눌려 죽음의 발작을 일으킨 그는 의식을 잃고 바닥에 쓰러졌다. 그러나 그 끔찍한 공포, 전율 때문에 그는 무의식 상태에서 깨어났다. 깜깜한 어둠 속에서 그는 비틀거리며 문으로 나가 계단을 내려갔다. 집 앞에서 사람들이 그를 잡아서 마차에 태웠다. 마차는 빨리 달렸다.

그 옆에 앉아 있던 남자가 독일어로 말했다.

"겉으로 보기에 무언가에 흥분한 것 같은데 당신이 나만 믿으면 모든 일이 아주 잘 진행될 거요. 줄리에타는 할 일을 벌써 했고 나에게 당신을 추천했소. 당신은 정말 사랑스런 젊은이며, 쾌락에 놀랍도록 애착을 보이고 있지. 우리, 즉 나와 줄리에타의 마음에 들게 말이야. 그것은 정말 성실한 독일식 발길질이었어. 그 사람 혀가 벚나무처럼 파랗게 목에서 빠져나오도록 말이야. 그 모습은 정말 우스워 보였어. 그렇게 신음을 하고 비명을 지르면서도 바로 도망가지 못하는 모습이라니. 하하, 하하, 하하하."

그 남자의 목소리는 거부감이 들 정도로 심한 경멸조였으며 그의 허튼소리들은 아주 소름 끼치는 것이어서 단어 하나하나가 칼처럼 에라스무스의 가슴속으로 파고들었다.

에라스무스가 말했다.

"당신이 누구인지 모르지만, 조용히 하시오. 그 끔찍한 행동에 대해서는 아무 말 하지 마시오. 후회하고 있으니까!"

그 남자가 대답했다.

"후회한다, 후회한다고! 줄리에타를 알게 되고 그녀의 달콤한 사랑을 얻은 것도 후회하겠지?"

"아, 줄리에타, 줄리에타!"

에라스무스는 한숨을 쉬었다. 그 남자가 계속했다.

"당신은 아주 어린애 같군. 당신이 바라는 것들은 모두 순조롭게 이루어졌소. 그러나 줄리에타를 떠나야만 하는 것이 당신의 숙명이오. 그렇지만 당신이 여기 머무르면서도 당신을 쫓는 사람들의 칼과 그놈의 법정에서 벗어나게 끔 해 줄 수 있소."

줄리에타 옆에 머물 수 있다는 생각이 에라스무스를 강하게 사로잡았다.

"어떻게 그것이 가능합니까?"

그가 물었다.

"나는 알고 있소."

그 남자가 계속했다.

"동정심을 불러일으키는 방법을 말이오. 당신을 쫓는 사람들이 상황을 제대로 인식할 수 없게 만드는 방법이지요. 간단히 말하자면 당신이 그들에게 매번 다른 얼굴로 나타나서 그들이 절대 당신을 알아보지 못하도록 영향을 미치는 그런 것이오. 낮에 아주 오래, 그리고 집중해서 거울을 쳐다보시오. 내가 당신의 거울상에 전혀 상처도 입히지 않고 약간 조작만 하면 당신은 숨을 수 있소. 그러면 당신은 줄리에타와 함께 아주 안전하면서도 즐겁고 기쁘게 살 수 있는 거요."

"끔찍하군, 끔찍해!"

에라스무스가 외쳤다.

"무엇이 끔찍하단 말인가, 선생 나리?"

그 남자가 조소하듯 물었다.

에라스무스가 말을 시작했다.

"아, 내가⋯⋯ 내가, 거울상을 놓고 왔소."

그 남자가 빠르게 말을 가로막았다.

"당신 거울상을 줄리에타에게 놓고 왔다고? 하하하! 브라보, 나의 친구여! 이제 당신은 평지와 숲, 그리고 도시와 마을을 통과해 달릴 수 있소. 당신이 어린 라스무스와 아내를 발견하고 다시 가장이 될 때까지 말이오. 어쨌든 거울상은 없지만 당신 아내는 아마 신경 쓰지 않을 거요. 그녀는 당신을 육체적으로 소유하게 되니까. 줄리에타는 단지 아른거리는 당신 꿈의 상만 소유한 거지."

"시끄러워, 이 끔찍한 인간아."

에라스무스가 외쳤다. 그 순간 횃불을 든 무리가 기쁘게 노래를 부르며 다가왔다. 횃불의 불빛이 마차를 밝혀 주었다. 에라스무스는 그 순간 마차에 타고 있는 사람의 얼굴을 쳐다보았고 그가 바로 그 소름 끼치는 의사 다페르투토임을 알아보았다.

그는 단숨에 마차에서 뛰어내려 그 행렬에 다가갔다. 기분 좋게 울리는 프리드리히의 낮은 목소리를 멀리서부터 알아들었기 때문이었다.

그 친구들은 시골에서 식사를 하고 돌아가는 중이었다. 에라스무스는 재빨리 프리드리히에게 자기에게 일어난 모든 일을 말해 줬다. 하지만 거울상을 잃은 것에 대해서는 아무 말도 하지 않았다. 프리드리히는 그와 함께 도시를 향해 서둘러 걸어갔다. 필요한 것들이 모두 아주 빠르게 조달되었다. 에라스무스는 빠른 말을 탔으므로 아침놀이 시작되었을 무렵 벌써 피렌체에서 상당히 멀리 벗어나 있었다.

스피커는 여행을 하면서 겪은 많은 모험들을 기록했다. 가장 주목할 만한 모험은 그로 하여금 기이하게도 처음으로 거울상의 상실을 느끼게 했던 바로 그 사건이었다. 마침 그는 지친 말이 쉴 수 있도록 대도시에서 머무르고 있었다. 사람들이 많은 음식점에서 그는 아무 의심 없이 자리에 앉았다. 그는 맞은편에 아름답고 맑은 거울이 걸려 있다는 것을 미처 눈치 채지 못했다.

그가 앉은 의자 뒤에 서 있던 웨이터 녀석이 거울에 의자만 비치고 그 위에 앉아 있는 사람은 비치지 않는다는 사실을 알아챘다. 그는 자신이 알아챈 것을 에라스무스 옆에 앉은 사람에게 알려 주었다. 그 사람은 또 자기 옆 사람에게 알려 줬다. 곧 음식점에 앉아 있는 사람들 모두 수군거렸다. 사람들은 에라스무스와 거울을 번갈아 쳐다보았다. 그런데도 에라스무스는 전혀 눈치 채지 못했다. 한 진지한 남자가 자리에서 일어나 그를 거울 앞으로 끌고 가서 거울을 들여다보게 했다. 그리고 사람들에게 크게 소리쳤다. 그제야 그는 사람들이 수군거린 게 바로 자기 때문이었음을 깨달았다.

"정말이야, 이 사람은 거울상이 없어!"

"이 사람은 거울상이 없어, 이 사람은 거울상이 없대!"

모두들 사방에서 소리쳤다.

"사악한 녀석, 부정한 인간, 저 녀석을 문밖으로 내던져 버려!"

에라스무스는 화가 나고 부끄러워서 어쩔 줄 몰라하며 자기 방으로 도망쳤다. 그러나 그가 방에 도착하자마자 경찰이 찾아와서 경고했다. 한 시간 안에 자신과 아주 똑같은 완전한 거울상을 가지고 당국 앞에 나타나거나 아니면 이 도시를 떠나야 한다고 했다. 그는 하릴없이 폭도들과 거리의 부랑아들에게 쫓기면서, 머물던 도시를 서둘러 떠났다. 그들은 그의 뒤에 대고 이렇게 소리쳤다.

"저기 저 녀석, 악마에게 자기 거울상을 판 녀석이 말을 타고 간다. 저기 말을 타고 간다!"

마침내 그는 교외로 나왔다. 이제 어디를 가든 그는 반사하는 모든 것에 대한 거부감을 가지고 있다고 둘러대며 거울을 모두 재빨리 가리라고 했다. 그래서 사람들은 그를 비꼬아 수와로프 장군이라고 불렀다. 수와로프 장군은 옛날에 그와 똑같은 행동을 했던 사람이었다.

그가 독일에 있는 자기 집에 도착했을 때 사랑하는 아내는 어린 라스무스와 함께 그를 기쁘게 맞아 주었다. 그리고 곧 조용하고 평화로운 가정 속에서 그는 거울상을 잃어 버린 고통을 이겨 낸 것처럼 보였다.

아름다운 줄리에타를 완전히 잊어버린 스피커는 어느 날 어린 라스무스와 함께 장난치고 있었다. 아이는 화덕의 그을음을 한 손 가득 들고 아버지의 얼굴을 향해 달려왔다.

"아, 아빠, 아빠. 내가 아빠를 얼마나 시커멓게 만들었는지 한 번 봐요!"

그렇게 외치면서 그 아이는 거울을 꺼냈다. 스피커는 미처 아이를 막지 못했다. 아이는 거울을 아버지 얼굴 앞에 놓으면서 거울을 쳐다보았다. 그 순간 아이는 울면서 거울을 떨어뜨리고는 서둘러 방을 뛰쳐나갔다.

곧 이어서 아내가 들어왔다. 그녀의 얼굴에는 놀라움과 두려움이 가득했다.

"라스무스가 당신에 관해 한 말이 사실이에요?"

그녀가 말했다.

"내가 거울상이 없다는 것 말이지, 여보?"

스피커는 억지로 웃음을 띠며 말을 끊었다. 그리고 사람이 거울상을 잃어버릴 수 있다고 믿는 것이 얼마나 말도 안 되는 일인가를 증명하려고 노력했다. 그리고 전체적으로 볼 때 거울상을 잃었다는 것은 별로 중요하지 않다, 왜냐하면 거울상은 환상에 불과하기 때문이다. 그리고 자기 관찰은 허영심이 되며 게다가 거울상은 원래의 자아를 현실과 꿈으로 분리하기 때문이라고 말했다. 그가 그렇게 말할 때 아내는 거실에 있던 거울 앞의 수건을 재빨리 벗겨 냈다. 그녀는 거울을 들여다보고 마치 번개라도 맞은 것처럼 바닥에 쓰러졌다. 스피커는 그녀를 일으켰다. 아내는 의식을 되찾자 그가 너무 혐오스러워 밀쳐 냈다.

그녀가 외쳤다.

"떠나요, 우리를 떠나요. 끔찍한 인간! 당신은 아냐, 당신은 내 남편이 아니에요. 아냐, 당신은 나에게서 행복을 빼앗으려는, 나를 파멸시키려는 지옥의 유령이야. 떠나요, 나를 떠나요. 나에게 어떤 힘도 행사하지 말아요, 저주 받을 인간!"

그녀의 목소리는 방과 홀 안에 날카롭게 울렸다. 집안 사람들이 놀라서 달려왔다. 에라스무스는 분노와 절망에 사로잡혀 집 밖으로 뛰쳐나갔다. 거친 광기에 몰린 것처럼 그는 도시 옆에 자리한 인적이 드문 공원 길을 달렸다. 바로 그때 줄리에타의 모습이 그의 앞에 천사처럼 아름답게 솟아올랐다. 그는 큰 소리로 이렇게 외쳤다.

"줄리에타, 내가 당신을 떠나고, 대신 거울상만 주었다고 나에게 복수하는 것인가? 이봐, 줄리에타, 내 몸과 영혼은 당신 게 될 거야. 아내는 나를 쫓아냈어. 그녀 때문에 당신을 포기했는데, 줄리에타, 줄리에타, 나는 몸과 영혼과 생명을 바쳐 당신 것이 될 거야."

"당신은 아주 쉽게 그렇게 할 수 있소, 나의 친구여."

갑자기 다페르투토가 에라스무스 바로 옆에 서서 말했다. 반짝이는 금속 단추를 단 진홍색 외투를 입고 있었다. 그가 한 말을 듣고 불행한 에라스무스는 위로가 되었다. 그래서 그는 다페르투토의 짓궂고 소름 끼치는 얼굴에 전혀 신경 쓰지 않았다. 에라스무스는 아주 슬픈 어조로 물었다.

"내가 어떻게 그녀를 다시 찾을 수 있겠소. 영원히 잃어버린 그녀를!"

다페르투토가 말했다.

"절대 잃어버리지 않았소. 그녀는 여기에서 멀지 않은 곳에서 당신의 존귀한 자아를 매우 그리워하고 있소. 선생, 당신도 알다시피 거울상은 단지 보잘것없는 환상이기 때문이오. 어쨌든 그녀는 당신의 존귀한 인물, 즉 육체와 생명과 영혼을 가진 당신이 안전하다는 것을 알게 되면 당신에게서 가져간 거울상을 매끈하게 아무 해도 입히지 않은 채 고맙다고 하면서 돌려줄 거요."

"그녀에게 데려다 주시오. 그녀에게로! 그녀는 어디 있소?"

에라스무스가 외쳤다.

"아직 처리해야 할 조그만 일이 한 가지 더 있소."

다페르투토가 말을 가로막았다.

"당신이 줄리에타를 보기 전에, 그리고 거울상을 돌려 달라고 그녀에게 말하기 전에 당신이 해야 할 일이 한 가지 더 있소. 당신이 아직 어떤 것에 구속되어 있기 때문에 그것을 풀기 전에는 그녀가 당신이라는 인물을 완전히 지배할 수 없소. 바로 희망으로 가득 찬 당신의 아들과 사랑하는 아내 때문이오"

"그게 무슨 뜻이오?"

에라스무스가 거칠게 외쳤다.

다페르투토가 계속 말했다.

"아주 쉽고 인간적인 방법으로 이런 구속을 냉정하게 벗어 버릴 수 있소. 내가 놀라운 약제를 능란하게 만들 줄 안다는 것을 당신도 피렌체에서부터 알고 있을 거요. 여기 그런 약제가 내 손안에 있소. 당신과 사랑하는 줄리에타의 길을 가로막고 있는 그들이 몇 방울만 마시면 고통스런 몸짓을 할 겨를도 없이 쓰러질 거요. 사람들은 그것을 죽는다고 하지요. 그리고 그 죽음은 쓰디쓸 겁니다. 쓴 아몬드의 맛이 좋지는 않지요. 이 작은 병에 담겨 있는 죽음에선 아몬드의 그런 쓴맛이 납니다. 기쁘게 쓰러진 후에 당신의 귀한 가족은 쓰디쓴 아몬드의 기분 좋은 냄새를 퍼뜨릴 거요. 이것을 받으시오, 선생."

그는 작은 유리병을 에라스무스에게 넘겨주었다. 에라스무스가 외쳤다.

"끔찍한 인간, 내 아내와 아이를 독살하라고?"

붉은 옷을 입은 다페르투토가 말했다.

"누가 독약이라고 했소. 이 안에는 좋은 냄새가 나는 가정 처방 약이 들어 있을 뿐이오. 당신을 자유롭게 하기 위해 다른 수단도 사용할 수 있소. 하지만 나는 당신 자신을 통해서 아주 자연스럽게, 그리고 아주 인간적으로 영향을 미치고 싶소. 그것이 나의 취미요. 이것을 받으시오, 친구여!"

에라스무스는 유리병을 손에 쥐었다. 그 자신도 어떻게 그것을 받았는지 알 수가 없었다. 그는 아무 생각 없이 집으로, 자기 방으로 달려갔다. 그의 아내는 온갖 걱정을 하며 고통스럽게 밤을 보냈다. 그녀는 돌아온 사람이 남편이 아니라 남편의 모습을 한 악령이라고 계속 주장했다.

스피커가 집에 들어서자마자 모든 사람들이 두려운 듯 뒤로 물러섰다. 단지 어린 라스무스만이 그에게 가까이 다가왔다. 아이는 엄마가 죽도록 슬퍼한다고 말하면서 왜 그가 거울상을 가져오지 않았는지 아이답게 물어보았다. 에라스무스는 어린 아들을 거칠게 쳐다보았다. 그는 다 페르투토가 준 유리병을 쥐고 있었다. 어린 라스무스의 팔에는 그가 좋아하는 비둘기가 앉아 있었다. 그런데 이 비둘기가 유리병으로 다가와 그 부리로 입구를 몇 번 쪼아 먹었다. 비둘기는 이내 고개를 내려뜨리고 죽었다. 에라스무스는 놀라서 벌떡 일어나며 외쳤다.

"배신자, 내가 악행을 저지르도록 유혹하려 했군."

그는 그 유리병을 창문 밖으로 내던졌다. 그것은 뜰의 포석에 맞아 산산조각 났다. 맛있는 아몬드 향이 방안까지 퍼졌다. 어린 라스무스는 놀라서 도망쳤다. 스피커는 수천 가지 고통에 시달리며 하루를 보냈다.

자정이 되자 그의 마음속에서는 줄리에타의 모습이 점점 생생해졌다. 언젠가 그가 함께 있던 자리에서 그녀의 목걸이가 끊어진 적이 있었다. 여자들이 진주처럼 착용하는, 작은 붉은색 장과로 엮인 목걸이였다. 그때 그는 장과 하나를 골라서 급하게 숨겼다. 줄리에타의 목에 걸려 있던 것이었기 때문에 그는 그것을 잘 보관해 두었다. 그는 이제 그것을 꺼내 보았다. 그것을 쳐다보면서 그는 잃어버린 연인에게 마음과 생각을 집중했다. 줄리에타에게 다가가면 맡을 수 있었던 마법의 향내가 그 장과에서 나오는 것 같았다.

"아, 줄리에타, 한 번만 더 당신을 볼 수 있다면 나는 파멸과 치욕 속에서 죽어도 좋아."

그가 이 말을 하자마자 문 앞 복도에서 나지막하게 무슨 소리가 들리기 시작했다. 발걸음 소리였다. 누군가 방문을 두드렸다. 에라스무스는 두려웠지만 어떤 기대감 때문에 숨이 멎을 것 같았다. 그는 문을 열었다. 고귀한 아름다움과 우아함을 갖춘 줄리에타가 들어왔다. 그는 사랑과 기쁨에 겨워 그녀를 안았다.

"내가 여기 있어요, 나의 연인이여."

그녀는 낮고 부드럽게 말했다.

"자, 보세요, 내가 당신 거울상을 얼마나 잘 보관하고 있는지!"

그녀는 거울에서 수건을 치웠고 에라스무스는 황홀하게 자기 거울상을 쳐다보았다. 그 상은 줄리에타를 따르고 있었다. 그와는 완전히 따로 떨어져서 어떤 움직임도 반사하지 않았다. 전율이 에라스무스의 몸을 스쳤다. 그가 외쳤다.

"줄리에타. 내가 당신을 향한 사랑 때문에 미쳐야 하겠소? 나에게 거울상을 주고 육체와 생명 그리고 영혼을 가진 내 전부를 모두 가지시오."

줄리에타가 말했다.

"우리 사이를 무엇인가가 가로막고 있어요. 사랑하는 에라스무스. 당신도 알고 있어요. 다페르투토가 당신에게 말하지 않았나요?"

에라스무스가 그녀의 말을 가로막았다.

"세상에. 줄리에타. 이런 방식으로만 당신과 함께할 수 있다면 나는 차라리 죽음을 택하겠소."

줄리에타가 말했다.

"아, 결코 다페르투토가 당신이 그런 나쁜 짓을 하게끔 잘못 인도하지는 않을 거예요. 물론 혼인 서약과 목사의 축복에 그만큼의 능력이 있다는 것이 문제지요. 그러나 당신은 그 속박에서 벗어나야 해요. 그렇지 않다면 당신은 절대로 완전히 내 것이 될 수 없으니까요. 다페르투토가 다른 좋은 방법을 제안했어요."

"그것이 뭔가요?"

에라스무스가 재빨리 물었다. 그러자 줄리에타는 그의 목에 팔을 두르고 머리를 그의 가슴에 기댄 채 작은 소리로 속삭였다.

"조그만 종이에 당신의 이름 에라스무스 스피커를 쓰면 돼요. 다음과 같은 몇 마디 글 밑에요. 즉 나는 나의 선한 친구 다페르투토에게 그가 뜻대로 지배하고 통제하며, 나를 구속에서 풀어 줄 수 있도록 나의 아내와 아이에 대한 권리를 준다. 앞으로 나의 육체와 영원한 영혼은 모두 줄리에타에게 속하기 때문이다. 나는 그녀를 나의 아내로 맞아, 특별한 맹세를 통해 영원히 그녀와 결합할 것이다."

에라스무스는 온몸이 와들와들 떨리면서 등줄기가 오싹해졌고, 그의 입술에서는 불같이 뜨거운 키스가 타올랐다. 그는 줄리에타가 내민 종이를 손에 들고 있었다. 갑자기 다페르투토가 거인처럼 줄리에타 뒤에 나타나서 그에게 금속 펜을 건네주었다. 그 순간 에라스무스의 왼손 동맥이 튀어나오고 거기서 피가 솟구쳤다.

"피를 적셔서 서명해요, 서명을."

붉은색의 옷을 입은 남자가 신음하듯 외쳤다.

"서명을 해요, 나의 유일하고 영원한 연인이여."

줄리에타가 속삭였다. 이미 그는 펜을 피로 적셨으며, 서명하기 위해 펜을 종이에 갖다 댔다.

그때 문이 열리고 희끄무레한 형상이 들어왔다. 유령같이 고정된 눈으로 에라스무스를 쳐다보면서 그녀는 고통스러운 듯 둔탁하게 외쳤다.

"에라스무스, 에라스무스, 무엇을 하려는 거예요. 세상에, 그 추악한 짓을 그만둬요!"

경고하는 인물이 아내임을 알아본 에라스무스는 종이와 펜을 멀리 던졌다. 반짝이는 불꽃이 줄리에타의 눈에서 튀어나왔고 얼굴이 흉칙하게 일그러졌으며 육체는 활활 타올랐다.

"나를 그냥 내버려 둬, 이 악마의 무리들. 너는 나의 영혼을 조금도 가질 수 없어. 구세주의 이름으로 나에게서 떨어져라, 이 악마야. 너에게서 지옥 불이 타고 있어."

에라스무스는 그렇게 소리를 지르고는 그를 여전히 껴안고 있는 줄리에타를 주먹으로 힘껏 내리쳤다. 그러자 그녀는 귀를 찢는 듯한 날카로운 소리를 내며 신음하더니 골골거렸다. 그리고 방안에서 검은 까마귀가 날갯짓하는 것 같은 소리가 들렸다. 잠시 뒤 자욱한 연기와 냄새가 나더니 줄리에타와 다페르투토는 사라져 버렸다. 연기는 마치 벽에서 솟아 나오는 것 같았다. 그 때문에 촛불도 꺼졌다.

마침내 아침놀 빛이 창문으로 들어왔다. 에라스무스는 곧바로 아내에게로 다가갔다. 그는 그녀가 아주 부드럽고 온유해진 것을 알았다. 어린 라스무스는 이미 기분이 좋아졌는지 부모의 침대 위에 앉아 있었다. 그녀는 지친 남편에게 손을 내밀면서 이렇게 말했다.

"나는 이제 이탈리아에서 당신에게 어떤 일이 일어났는지 알았어요. 그리고 당신이 그 일을 진심으로 후회하고 있다는 것도 알게 됐어요. 적의 힘은 아주 강하군요. 그는 모든 악덕을 행하고, 사람의 마음도 잘 훔치지요. 당신에게서 당신과 똑같은 아름다운 거울상을 아주 나쁜 방법으로 빼앗아 가고 싶은 욕망을 억누를 수 없었을 거예요. 저기 저 거울을 한 번 보세요, 사랑하는 당신!"

스피커는 온몸을 떨면서, 아주 슬픈 표정으로 거울을 쳐다보았다. 매끈하고 맑은 거울 속에 에라스무스 스피커는 존재하지 않았다.

아내가 계속 말했다.

"이번에는 거울이 당신을 비추지 않는다는 것이 정말 다행이군요. 당신은 지금 아주 어리석게 보이니까요. 사랑하는 에라스무스, 어쨌든 거울상이 없으면 당신은 사람들의 조롱거리가 되고 제대로 된 독자적인 가장이 될 수 없다는 것을 잘 알 겁니다. 거울상이 없으면 아내와 자녀들한테도 존경 받지 못하지요. 라스무스는 벌써 당신을 비웃고 있어요. 당신이 알 수 없을 테니 아마 다음번에는 숯으로 당신 얼굴에 콧수염을 그려 놓을 거예요. 그러니 조금 더 세계를 여행하다 돌아오세요. 가능하면 악마에게 당신의 거울상을 되찾아서요. 당신이 거울상을 다시 가지고 온다면 당신을 진심으로 환영할 겁니다. 나에게 키스해요.(스피커는 그렇게 했다.) 그리고 이제 행복하게 여행하세요! 라스무스에게 가끔 새 바지 몇 벌을 보내 주세요. 무릎을 꿇고 얼음을 지치기 때문에 바지가 많이 필요하니까요. 특히 뉘른베르크로 간다면 사랑하는 아버지로서 알록달록한 색의 경기병 장난감과 후추 케이크도 보내 주세요. 몸조심해요, 사랑하는 에라스무스!"

아내는 반대편으로 몸을 돌리고 잠이 들었다. 스피커는 작은 라스무스를 높이 들어 올리고 가슴에 꼭 껴안았다. 아이는 큰 소리로 비명을 질렀다. 스피커는 아이를 다시 내려놓고, 넓은 세상으로 나아갔다. 한번은 페터 슐레밀이라는 사람을 만났다. 그는 그림자를 판 사람이었다. 두 사람은 서로 친구가 되었다. 에라스무스 스피커는 그에게 필요한 그림자를 던져 주었다. 페터 슐레밀은 대신 그에게 속하는 거울상을 비춰 주려고 했다. 하지만 아무 소용이 없었다.

치프리아누스의 거울

테오도르 슈토름

(1817–1888)

• • •

슈토름(Theodor Storm)은 슐레스비히 홀슈타인 주의 후줌에서 유복한 법학자의 아들로 태어났다. 1837년 킬 대학과 베를린 대학에서 법학을 공부했다. 1842년 슈토름은 변호사가 되어 고향에 머무른다. 1846년 사촌인 콘스탄체 에스마르흐와 결혼하여 그 뒤 일생 동안 가정을 인생의 구심점으로 삼았다. 지방재판소 판사, 후줌의 지사 등을 지내다 63세에 모든 공직에서 물러나 홀슈타인의 소읍에서 은거하였다.

그의 문학은 고향 후줌에 뿌리박은 향토적인 특색을 지니고 있다. 초기에는 서정적이고 감상적인 경향이 짙게 드러나지만 중년기에 이런 경향은 사실적인 심리 묘사로 발전하였다. 만년에 이르러서는 뚜렷한 인물의 성격, 부자 또는 부부의 갈등, 종교, 사회 투쟁 등 현실 문제가 등장하였다. 대표작으로는 「임멘호」, 「늦장미」, 「백마의 기수」 등이 있다.

「치프리아누스의 거울」은 1866년 함부르크 마우케 출판사에서 출간되었다.

아주 오래된 소나무와 너도밤나무의 뾰족한 끝이 위로 튀어나와 있는 백작의 성은 앞이 탁 트인 언덕 위에 자리 잡고 있다. 나무들, 산 아래쪽에 자리한 숲, 풀밭 위로 따뜻한 봄 햇살이 비치고 있는 가운데 성안에서는 슬픈 기운이 감돌고 있었다. 그 즈음에 백작의 외아들이 알 수 없는 전염병에 걸렸지만 초빙되어 온 최고의 의사들이 그 병의 원인을 알아내지 못했기 때문이다.

커튼을 쳐 놓은 방에 소년은 창백한 얼굴로 잠이 든 채 누워 있었다. 부인 두 명이 걱정스럽고 긴장된 눈빛으로 그를 살펴보고 있었다. 두 사람은 각자 침대의 양쪽에 앉아 있었다. 한 사람은 나이가 좀 더 들었고 단정하게 하녀 복장을 하고 있었다. 다른 여자는 그 집의 안주인임에 틀림없었다. 아직 젊지만 창백하고 선한 얼굴에는 과거의 고통스러웠던 흔적이 남아 있었다.

그녀가 젊고 아주 아름다웠던 시절 백작은 재산이 거의 없던 그녀에게 구혼했다. 그러나 말로 표현하지 않았을 뿐 백작은 그녀를 버렸다. 가난한 아가씨와 결혼하게 될 건강한 체력의 백작과 그 영지를 부러워하던 어떤 아름다운 여자가 사랑의 그물로 백작을 사로잡았기 때문이다. 결국 이 여자가 성의 안주인으로 들어오고 버려진 여자는 과부 숙소에 머무르게 되었다.

그러나 젊은 백작 부인의 행복은 오래 지속되지 않았다. 1년 뒤 어린 쿠노를 낳고 나서 그녀는 심한 산욕열로 죽었다. 다시 1년이 지났을 때 백작은 엄마를 잃은 어린 아들에게 자기가 과거에 버렸던 그 여자가 엄마 노릇을 잘 해 줄 거라는 걸 알게 되었다. 아무 말 없이 그녀는 그가 자신에게 상처 주었던 일을 모두 용서하고 다시 그의 아내가 되었다. 그래서 지금 그녀는 걱정하면서 잠을 자지도 못한 채, 이전에 그녀의 연적이었던 여자의 아이 옆에 앉아 있다.

늙은 유모가 말했다.

"지금 편안하게 잠이 들었나 봐요. 마님께서도 좀 쉬셔야 합니다."

온화한 백작 부인이 대답했다.

"아냐, 유모. 쉴 필요 없어. 여기 안락한 소파에 편하게 앉아 있는걸."

"그렇지만 벌써 여러 날 밤을 새우셨는데요! 옷을 벗지 않고 자는 것은 절대 잠이라고 할 수 없지요."

잠시 후에 그녀는 덧붙였다.

"이 성에 마님 같은 계모는 한 분도 없었어요."

"나를 그렇게 칭찬할 필요 없어, 유모!"

"치프리아누스의 거울에 관한 이야기를 들어 보셨어요?"

다시 늙은 유모가 말했다. 백작 부인이 들어 본 적이 없다고 하자 그녀는 계속 이야기했다.

"그렇다면 마님께 이야기해 드릴게요. 그 이야기를 들으면 기분이 좀 풀릴 겁니다. 그리고 아이가 잠자는 것을 보세요. 저 작은 입에서 나오는 숨소리가 아주 편안하게 들리는데요! 십자가 밑의 쿠션에 기대고 발은 여기 발판 위에 올려놓으세요! 그리고 제가 제대로 정신을 추스를 때까지 잠시 기다리세요."

백작 부인이 쿠션에 기대어 그녀에게 친근하게 고개를 끄덕여 주었을 때 그 노련한 유모는 이야기를 시작했다.

"수백 년 전 이 성에 한 백작 부인이 살았답니다. 사람들은 그 분을 선한 백작 부인이라고만 불렀습니다. 그 말이 아주 딱 맞았지요. 그 분은 진정 겸손했고 가난한 자와 비천한 자들을 업신여기지도 않았습니다. 그러나 행복하지는 않았어요. 아랫마을에서 소작농을 돕기 위해 그 집으로 들어가려 할 때면, 그 분은 낮은 문으로 들어가는 통로를 막고 있던 여러 아이들을 슬프게 쳐다보곤 했지요. 그리고 생각했습니다. '볼이 포동포동한 저런 천사 한 명을 위해서라면 무엇을 못 바치겠는가!' 벌써 10년째 그녀는 남편과 단둘이서만 살았지요. 안타깝게도 그들에게는 아이가 없었습니다. 어머니를 잃은 아이를 팔에 안고 마님처럼 풍부한 사랑을 쏟을 수 있는 그런 은혜도 하느님께서 내리지 않으셨습니다. 백작도 평상시에는 아주 올바르고, 선한 백작 부인에게 정절을 지켰지만, 자기가 소유한 많은 재산의 상속자가 아직 태어나지 않은 것을 가끔 어렴풋하게 느끼기 시작했습니다."

"세상에!"

유모는 갑자기 이야기를 중단했다.

"부자에게는 자녀가 부족하고, 가난한 자들은 많은 자녀들 가운데 한 둘을 그들을 위해 기도할 수 있도록 하늘로 데려가면 좋겠다고 바라지만 아무 소용이 없지요."

"계속 이야기해 봐!"

백작 부인이 말했다. 그리고 늙은 유모는 계속했다.

"큰 전쟁이 거의 끝나 가던 때였습니다. 여기 이 성은 자주 아군과 적군들로 뒤덮였습니다. 그러던 어느 날 스웨덴 군대와 함께 이곳으로 온 늙은 의사 한 명이 전투 중에 저기 숲 뒤에서 황제군의 총알에 맞아 부상을 당했지요. 그는 전투가 끝나기를 기다리면서 테리아카(옛날 뱀 독 해독용 정제)가 든 상자를 지키고 있었습니다. 치프리아누스라 불리던 그 남자는 곧 이 성으로 옮겨졌습니다. 당시 황제군이 지배하고 있었지만, 선한 백작 부인은 그를 정성껏 돌보아 주었습니다. 그 분은 그런 면에 특별한 재능을 지녔지요. 그 뒤로 오랜 세월이 지났습니다. 이미 평화협정이 체결된 뒤였죠. 그녀는 성 뒤편에 있는 작은 향료 정원에서 회복 중인 그 노인의 옆을 자주 왔다 갔다 하면서 자연의 힘과 비밀에 관한 이야기를 귀 기울여 들었습니다. 그가 산에서 나는 약초에 관한 많은 비밀과 치료법을 백작 부인에게 가르쳐 주었거든요. 부인은 나중에 환자들을 돌볼 때 그 방법들을 아주 잘 사용할 수 있었지요. 그렇게 아름다운 부인과 지혜로운 노(老) 장인은 서로 고마움을 느끼며 우정을 쌓아 갔습니다.

이 시기에 1년 전부터 황제 군대 소속으로 전장에 있던 백작도 성으로 돌아왔습니다. 백작 부인이 백작과 재회의 기쁨을 나누고 나자 치프리아누스 의사는 그 예리한 눈으로 선량한 백작 부인의 얼굴에 소리 없는 근심이 있음을 알아차렸습니다. 그러나 겸손했던 그는 그런 걸 아직 물어 보지 않았지요. 그러던 어느 날 당시 미헬 공작이 다스리고 있던 공국을 흑인 방랑자들이 지나갔습니다. 그 가운데 한 여자가 백작 부인의 방에서 몰래 나오는 것을 치프리아누스가 보았습니다. 그는 저녁에 작은 정원을 산책할 때 부인의 손을 잡고 다급하게 말을 걸었습니다.

'경애하는 백작 부인, 당신은 나를 아버지처럼 생각하고 있소. 그러니 내게 말해요. 백작이 잠시 낮잠을 자는 정오경에 왜 당신 방에 못된 집시 여자를 들이신 겁니까?'

선한 백작 부인은 몹시 놀랐지요. 그러나 그의 온화한 얼굴을 보면서 이렇게 말했습니다.

'나는 아주 큰 걱정거리가 하나 있어요. 치프리아누스 장인, 내가 그 걱정거리를 떨쳐 버릴 때가 올지 알고 싶어요.'

그가 대답했지요.

'그렇다면 속마음을 나에게 털어놔 봐요! 아마 내가 그 집시보다 더 잘 충고해 줄 수 있을 겁니다. 그들은 사람들이 잘 넘어가게 거짓말은 할 줄 알지만 절대로 미래를 보지는 못합니다.'

백작 부인은 늙은 장인에게 근심을 털어놓았습니다. 아이가 없어서 남편의 마음을 잃어버릴까 봐 두렵다는 것도 이야기했지요.

그들은 작은 정원을 둘러싼 담을 따라 걸으면서 이야기를 계속했습니다. 그리고 치프리아누스는 담 너머 아래로 펼쳐져 있는 숲을 내려다보았지요. 그 위로는 벌써 붉은 저녁놀이 내려앉았습니다.

그가 말했지요.

'해가 지는군요. 내일 해가 다시 떠오르면 저는 고향으로 떠날 겁니다. 나는 당신에게 생명과 건강을 빚졌습니다. 그래서 나는 고향에서 안전한 인편을 통해 당신에게 감사의 선물을 보내 주려고 하니 거절하지 말기를 부탁드립니다.'

백작 부인이 슬퍼하며 말했습니다.

'정말 떠나실 겁니까, 치프리아누스 장인. 그렇다면 나에게 가장 큰

위로가 되던 분이 나를 떠나는 겁니다!'

그가 대답했지요.

'슬퍼하지 말아요, 백작 부인! 내가 말한 선물은 스펙쿨룸, 독일어로 하면 슈피겔, 즉 거울이지요. 별자리가 특이하게 교차되며 한 해 중 행복을 가장 많이 가져다주는 날에 완성되었습니다. 그 거울을 당신 방에 세워 놓고 거기서 부인들이 사용하는 대로 사용하세요. 그러면 황야의 사기꾼 집시들보다 그 거울은 더 좋은 소식을 곧 가져다줄 겁니다. 고향 사람들은 나를……'

그 노인은 비밀스럽게 웃으면서 덧붙였지요.

'자연의 섭리를 잘 아는 사람으로 여깁니다.'"

이야기를 하던 유모가 말을 중단했다.

"선한 백작 부인, 마님께서도 아시겠지만 치프리아누스는 나중에 북부에서 아주 강력한 마술사로 널리 알려졌습니다. 그가 죽은 후에 사람들이 그가 저술한 책을 어느 성의 지하 방에 사슬로 묶어 놓았다고 합니다. 왜냐하면 그 책에는 인간의 영혼을 위험하게 하는 나쁜 내용이 들어 있다고 믿었기 때문이지요. 그러나 그들은 잘못 생각한 겁니다. 아니면 그들 자신이 순수한 마음을 가지고 있지 않았거나 말입니다. 왜냐하면 이 집에 머무는 동안 치프리아누스는 자주 이렇게 말했다고 합니다. '자연의 힘은 정의로운 손안에 있으면 절대 해롭지 않다' 라고요.

자, 이제 제 이야기를 계속하고 싶군요. 치프리아누스 장인이 부부에게 희망에 찬 약속을 하고 성을 떠난 지 몇 달이 지났습니다. 어느 날 작은 마차가 커다란 나무 함을 싣고 뜰 앞에서 멈췄습니다. 오후 시간에 한가롭게 창문 앞에 서 있었던 백작 부부는 호기심에 가득 차 아래로 내려갔습니다. 그리고 마부가 치프리아누스의 양피지 편지를 그들에게 넘겨

주었지요. 바로 그 나무 함에는 그가 헤어지면서 약속했던 감사의 선물이 들어 있었습니다. 치프리아누스의 편지에는 다음과 같은 내용의 글이 적혀 있었지요.

'내가 아주 경건하게 시간을 많이 들여 이 거울을 만들었습니다. 그러니 이 거울이 당신들의 생활에 많은 즐거운 날들을 계속해서 더해 주길 바랍니다. 그러나 모든 일은 헤아릴 수 없는 신의 손에 항상 달려 있다는 것을 잊지 말았으면 합니다. 한 가지만 조심하면 됩니다. 절대 이 거울에 나쁜 행동이 비치지 않게 하십시오. 그렇지 않으면 이 거울을 만들 때 함께 영향을 미쳤던 치료의 힘이 반대로 영향을 미칠 수가 있습니다. 당신들은 곧 아이들에게—신이여, 그렇게 하여 주옵소서!—둘러싸이게 될 것입니다. 하지만 거기서 치명적인 위험 요소 하나가 자라게 될지도 모릅니다. 그렇게 되면 속죄해야만, 악행을 저지른 자의 후손이 속죄해야만 그 거울의 치유력은 회복될 수 있습니다. 당신 가정은 아주 선하기 때문에 그런 일들이 일어나지 않을 수도 있습니다. 그러니 고마워하는 친구가 전하는 이 선물을 희망과 믿음을 가지고 받아 주십시오.'

장인이 원했던 대로 그 부부는 희망과 믿음을 가지고 그의 선물을 받았습니다. 그 상자를 복도로 옮겨서 열자 처음에는 동으로 정교하게 세공을 한 받침대가 드러났지요. 꺼내 보니 놀랍도록 푸른 빛을 띤 높고 긴 거울이었어요. 그것을 잠깐 쳐다본 백작 부인이 외쳤습니다.

'여보, 마치 부드러운 달빛 속에 반사되는 세계가 이 안에 들어 있는 것 같지 않아요?'

거울 테는 잘 연마된 쇠로 되어 있었으며 수많은 모서리에서는 수용되고 굴절된 빛들이 화려한 색의 불꽃처럼 반짝였습니다.

그 아름다운 작품은 곧 백작 부부의 침실에 세워졌지요. 하녀가 백작 부인의 금발을 빗기고 비단같이 땋은 머리를 묶는 동안 선한 백작 부인은 손을 모으고 치프리아누스의 거울 앞에 앉아 있었습니다. 그리고 경건하게 희망으로 가득 차서 자신의 사랑스런 얼굴을 쳐다보았습니다. 아침 햇살이 그 틀의 모서리를 비출 때면 아름다운 부인의 거울상은 마치 둥근 별빛 테 속에 앉아 있는 것처럼 보였지요. 백작은 숲과 들을 산책하고 나서 자주 침실로 들어와 아무 말 없이 부인의 의자 뒤에 기대었습니다. 백작 부인은 거울 속의 남편을 쳐다보면서 그 눈에서 우울함이 점점 사라지고 있다고 생각했지요.

오랜 시간이 흘렀습니다. 어느 날 아침 시녀가 시중을 끝내고 방을 나간 뒤에 백작 부인은 다시 거울을 보려고 했습니다. 그런데 거울 위에 입김이 서린 것같이 보였습니다. 얼굴을 정확하게 볼 수 없을 정도였지요. 부인은 작은 수건을 꺼내서 그것을 지우려고 했지만 아무 소용이 없었습니다. 그녀는 그제야 그 입김 같은 것이 거울 밖이 아니라 거울 안에 있다는 것을 알았습니다. 그녀가 거울에 가까이 다가가면 그녀의 얼굴은 거울에 뚜렷하게 비쳤지요. 그러나 그녀가 계속 뒤로 물러나면 그녀의 얼굴은 그녀와 거울상 사이에 마치 장밋빛 안개가 있는 것처럼 흐릿해졌습니다. 그녀는 수건을 다시 집어넣고 생각에 잠겨 종일 아무 말도 하지 않았습니다. 그녀는 어떤 예감에 사로잡혀 집을 돌아다녔습니다. 복도에서 그녀를 만난 남편이 물었습니다.

'부인, 무슨 좋은 일로 그렇게 행복하게 웃는 거요?'

그녀는 남편의 물음에 아무 말도 하지 않았지요. 다만 팔을 남편의 목에 두르고 그에게 키스했습니다.

남편과 하녀가 방에서 나가고 나면 매일 그녀는 혼자서 훌륭한 장인의 거울 앞에 섰습니다. 그리고 매일 아침 그녀는 그 장밋빛 안개 같은 것이 거울 속에서 점점 명확하게 움직이는 것을 보았지요.

그렇게 5월이 왔습니다. 제비꽃 향기가 열린 창문을 통해 정원에서 들어왔습니다. 어느 날 아침 선한 백작 부인은 다시 거울 앞에 섰습니다. 그녀가 거울을 들여다보자마자 그녀의 입술에서는 황홀한 감탄사가 터져 나왔습니다. 그리고 그녀는 손을 가슴에 댔습니다. 거울을 비추는 밝은 봄 햇살 속에서 그녀는 장밋빛 안개 속에서 쳐다보고 있는 어렴풋한 아이의 얼굴을 뚜렷하게 알아볼 수 있었기 때문입니다. 그녀는 숨을 멈추고 그대로 섰습니다. 하지만 그녀는 그것을 보는 것으로 만족할 수 없었지요.

그때 다리 앞에서 무슨 소린가 들려 왔습니다. 그녀는 남편이 사냥에서 돌아온 거라고 생각했지요. 눈을 감은 채 그녀는 남편이 개를 데리고 방으로 들어올 때까지 기다리며 서 있었습니다. 백작이 방으로 들어오자 그녀는 그를 두 팔로 안았지요. 그리고 거울을 가리키면서 낮은 소리로 말했습니다.

'이 집의 상속자가 당신에게 인사하고 있어요!'

이제 선한 백작 역시 장밋빛 안개 속에 있는 작은 얼굴을 알아보았습니다. 그러나 그의 눈에서 갑자기 기쁨의 빛이 사라졌습니다. 백작 부인은 거울에 비친 백작의 얼굴이 창백해지는 것을 보았습니다.

'아이가 보이지 않아요?'

그녀가 속삭였지요.

그가 대답했습니다.

'물론 보고 있소. 그런데 그 아이가 울고 있어서 놀란 거요.'

그녀는 그에게로 몸을 돌리고 머리를 기댔습니다.

그녀가 말했습니다. '어리석은 사람, 곤하게 자고 있어요. 꿈속에서

웃기까지 하는걸요.'

　두 사람의 생각은 그렇게 서로 달랐습니다. 백작은 근심에 싸였지만 부인은 미래의 상속자를 위해 즐거운 마음으로 집사와 함께 거위 털 베개, 작고 부드러운 옷, 요람을 준비했지요. 거울 앞에 설 때면 그녀는 꿈 같은 그리움 속에서 팔을 장밋빛 구름을 향해 뻗었습니다. 그러나 손가락이 차가운 거울 표면에 닿으면 그녀는 손을 다시 내리고 치프리아누스의 말을 생각했습니다.

　'모든 것은 다 때가 있다.'

　그리고 그녀가 분만해야 할 시기가 되었지요. 거울 속의 안개가 사라졌습니다. 그 대신 그녀 침대의 흰색 아마포 위에는 장밋빛 사내아이가 뉘어 있었습니다. 그 아이는 성 전체에 큰 기쁨을 주었지요. 저 아랫마을에도요. 아침에 마을 사람들의 웃음소리가 들리는 자신의 경작지를 지나서 말을 타고 갈 때면 선한 백작은 히힝 하는 골드폭스의 고삐를 늦추고, 햇살을 받으며 환호성을 질렀습니다.

　'나에게 아들이 생겼어!'

　6주가 지나서 백작 부인은 다시 교회에 예배드리러 나갈 수 있게 되었습니다. 사람들은 더운 여름날 그녀가 다시 마을의 소작농들 집을 드나드는 것을 보았습니다. 이제 그녀는 더 이상 농부의 아이들을 슬픈 눈으로 내려다보지 않았지요. 그녀는 오래 머물러 있다가 그들에게 몸을 굽히고는 놀이를 가르쳐 주었습니다. 그리고 정말 힘이 센 사내아이를 보면 그녀는 이렇게 생각했지요.

　'내 아들은 저 애보다 더 힘이 셀 거야!'

　그러나 치프리아누스가 편지에 썼던 대로 모든 것은 헤아릴 수 없는 신의 손에 달려 있었습니다. 가을이 되면서 그 마을에 나쁜 전염병이 돌기 시작했고 많은 사람들이 죽었습니다. 그들은 죽기 전에 도움을 청하기도 하고 저주를 하기도 하면서 침상 위에 누워 있었습니다. 선한 백작 부인은 그냥 보고만 있을 수가 없었지요. 그녀는 늙은 치프리아누스 장인이 남겨 준 약을 가지고 농부들의 오두막으로 갔습니다. 그녀는 병자들의 침상 옆에 앉아 있다가 그들이 죽으면 수건으로 그들의 이마에서 마지막 땀을 닦아 주었지요. 어린 쿠노가 돌이 되었을 때 마침내 그렇게 많은 생명을 앗아간 죽음이 부인에게도 찾아 왔습니다. 열이 오른 그녀의 뺨은 두 송이의 검은 장미처럼 달아올랐습니다. 결국 침상 위에서 창백하고 싸늘하게 식은 몸으로 그녀는 죽음을 맞이했습니다. 그때 모든 기쁨이 사라졌지요. 백작은 고개를 숙인 채 말을 타고 자신의 영지를 지나갔으며 말이 가는 대로 자신을 내맡겼습니다.

'나의 불쌍한 아들이 왜 태어나기도 전에 울어야 했는지 이제야 알겠어. 왜냐하면 어머니의 사랑은 이 세상에 오로지 하나밖에 없기 때문이야.'

그렇게 그는 매번 혼잣말을 했지요.

화려한 거울은 침실에 외롭게 서 있었습니다. 쇠로 된 거울 틀이 아침 햇살을 받아 반짝였지만 선한 백작 부인의 모습은 더 이상 그 안에 있지 않았습니다. 백작은 어느 날 아침 늙은 관리인에게 말했지요.

'저것을 치워라! 저 빛 때문에 눈이 아프다!'

관리인은 거울을 위층의 구석진 방으로 옮겼습니다. 당시 그 방은 여러 가지 오래된 무기를 보관하던 곳이었지요. 거울을 옮긴 하인들이 그 방을 나가자 백작은 선한 백작 부인의 무덤에서 가져온 검은 관포로 치프리아누스 장인의 작품인 그 거울을 가렸습니다. 어떤 빛도 그 거울에 닿지 않도록 말입니다.

백작은 아직 젊었지요. 몇 년이 지나자 건강한 사내아이가 성의 넓은 복도를 버릇없이 마구 뛰어다니기 시작했습니다. 그때 백작은 그 아이에게 새 엄마를 구해 주는 것이 좋겠다는 생각을 하게 되었습니다. 상속자가 되기 위해 익혀야 할 예절을 배울 수 있도록 잘 보살펴 줄 사람이 있어야 했거든요. 그리고 그는 또 이렇게 생각했습니다.

'황제의 궁전에는 아름다운 여자들이 많다. 네가 올바른 사람을 찾지 못하면 상황이 안 좋아질 텐데.'

그의 귀에 이렇게 말하는 목소리도 들렸지요.

'아이에게는 어머니를, 너에게는 아내를. 여자의 사랑은 달콤한 것이니까!'

이듬해 5월이 되었을 때 여행 준비가 끝났지요. 백작은 아들과 건장한 하인들을 데리고 대도시인 빈으로 갔습니다.

그들은 거기서 오랫동안 머물렀습니다. 그 동안 늙은 관리인은 천장이 높다란 비어 있는 방들을 돌아다니면서 창문들을 열었습니다. 과거에 선한 안주인이 사용하던 물건들이 탁한 공기 때문에 망가지지 않도록 하기 위해서였지요. 그런데 가을의 기운이 들판 위에 감돌기 시작할 무렵 많은 상자들이 연이어 성에 도착했습니다. 그 상자들 속에는 비싼 양탄자, 금사를 집어넣은 가죽 벽걸이, 그리고 유행하는 온갖 물건들이 들이 있었습니다. 그곳에 있는 사람들은 전에 본 적이 없는 그런 물건들이었지요. 그리고 관리인은 1층에 있는 커다란 방을 새로운 안주인을 위해 준비하라는 명령을 받았습니다."

늙은 유모는 잠시 이야기를 중단했다. 왜냐하면 어린 환자가 자면서 계속 이불을 찼기 때문이다. 그녀가 이불을 세심하게 덮어 주고 아이가 계속 잠을 자자, 그녀는 다시 이야기를 시작했다.

"마님도 그 백작 부인을 알고 있지요. 위층 연회장 난로 옆에 걸려 있는 실물 크기의 여자 그림이 그 여자의 초상화일 겁니다. 금홍색 머리의 여우 같은 여자지요. 그런 여자는 남자, 특히 중년 남자들에게는 아주 위험합니다. 저는 저 위에서 그 초상화를 자주 보았습니다. 머리는 가볍게 뒤로 젖히고, 입은 계략을 꾸미듯 아주 달콤하게 웃고 있으며, 풀어헤친 황금빛 곱슬머리가 하얀 목 위에서 나풀거리는 그 모습을 말입니다. 선한 백작보다 더 냉정한 사람이라도 그 매력에 저항할 수 없었을 겁니다. 그녀가 젊은 과부였다는 것, 그리고 첫 번째 결혼에서 낳은 딸을 황제의 주재 도시에 사는 죽은 남편의 친척에게 남겨 놓았다는 것만 더 말씀드리지요. 사실 그 정도만 알려져 있었습니다. 그 딸은 이 성에 한 번도 안 왔답니다.

마침내 마차들이 성 앞뜰로 딸그락거리며 들어왔습니다. 모여 있던 하인들은 모두 놀라서 쳐다보았습니다. 백작과 낯선 말을 하는 젊은 비서관이 그녀가 마차에서 내리는 것을 도와 주는 모습을 말입니다. 그녀가 아몬드색 비단옷을 입고 가볍게 머리를 숙인 채 계단을 오를 때 많은 사람들이 낮게 수군거렸습니다. 새로운 안주인이 얼마나 아름다운지를 말입니다. 예민한 그녀는 그 소리를 놓치지 않고 들었습니다.

부인이 문 안으로 사라지고 나서야 뒤따라온 하인의 마차에서 어린 쿠노가 내렸습니다. 뺨이 불그스름한 하녀가 쿠노에게 외쳤지요.

'도련님, 이제 예쁜 엄마가 생겼군요!'

그러나 그 아이는 이마를 문지르면서 이렇게 말했습니다.

'저 사람은 내 엄마가 아냐!'

방금 백작 부처를 수행하여 돌아온 늙은 관리인은 어두운 얼굴로 그 하녀에게 말했습니다.

'도련님이 선한 백작 부인의 아드님이시라는 것을 모르느냐!'

그는 사내아이의 푸른 눈을 부드럽게 쳐다보면서 아이를 팔에 안아 아버지 집으로 데려다 주었습니다.

그 집은 이제부터 낯선 여자가 지배했습니다. 하인들은 그녀의 상냥함을 칭송했으며, 마을의 가난한 사람들은 그녀가 돌아가신 백작 부인보다 더 관대하다고 생각하게 되었습니다. 단지 그들은 그녀가 아이들은 전혀 신경 쓰지 않으며, 선한 백작 부인에게 하던 것처럼 자신들의 어려움을 하소연할 수 없을 뿐이라고 말했습니다.

그녀는 성에 거주하는 사람들 대부분을 자신의 아름다움으로 매혹하였습니다. 하지만 관리인만은 그녀에게 냉담했습니다. 그의 말을 빌리자면 그녀가 평일에도 '이사벨처럼 화장하고' 돌아다니는 것이 마음에 들지 않았습니다. 그는 가끔 자기가 있거나 백작이 있는 자리에서 그녀가 어린 쿠노에게 퍼붓는 애정 표현을 믿지 않았습니다. 그리고 그녀는 그런 행동으로 아이의 마음을 얻지도 못했습니다. 쿠노는 그녀를 아무 말 없이 바라보기만 했습니다. 그리고 그녀의 행동 반경에서 풀려날 때면 밖으로 뛰어 나갔습니다. 그러고는 자기 석궁을 가져와 관리인이 나무를 깎아 만들어 준 새를 쐈습니다. 아니면 저녁에 늙은 친구의 방에 앉아 커다란 책에서 사냥의 즐거움에 관한 그림들을 들추어 보았습니다.

그러나 선한 백작에게는 그 여자의 아름다움 말고는 아무것도 보이지 않았습니다. 그가 방으로 들어가거나 그녀와 마주칠 때면 그녀는 그가 껴안아 줄 때까지 웃으면서 서 있었습니다. 그녀는 아름다운 목을 문 쪽으로 향하게 하고, 그녀의 허리띠에 금 사슬로 매달려 있는 손거울을 비단 치마 주름에서 꺼냈습니다. 그러고는 들어오는 사람에게 거울을 통해 인사했습니다.

그런데 이듬해 봄 사내아이는 숲의 습기 찬 늪에서 옮아온 열병을 앓았습니다. 그래서 그 아이는 불안하게 잠에 빠진 채 침대에 누워 있었습니다. 침대 옆에는 조각을 한 등받이와 파란색 벨벳 쿠션이 있는 선한 백작 부인의 의자가 놓여 있었지요. 열린 창문을 통해 제비꽃 향기가 봄 공기에 실려 들어올 때면 선한 백작 부인은 자주 그 의자에 앉아서 치프리아누스의 거울을 바라보곤 했습니다. 이제 다시 밖에는 제비꽃이 피었습니다만 그 의자는 비어 있습니다. 대신 아름다운 계모가 거기 백작 옆, 작은 침대 발치에 앉아 있었지요. 그녀는 백작이 아들을 얼마나 걱정하는지를 잘 알고 있었으니까요. 그리고 최선을 다하려고 했습니다. 그때 아이가 열에 들떠 외쳤습니다.

'엄마, 엄마!'

그리고 눈을 뜨고 침대에서 일어났습니다. 아름다운 부인이 말했지요.

'들었어요, 여보! 우리 아들이 나를 부르고 있어요!'

그녀는 자리에서 일어났습니다. 어린 아들에게 다가가 몸을 굽히려 했지요. 하지만 아이는 그녀를 지나쳐 선한 백작 부인이 앉아 있던 빈 의자로 팔을 뻗었습니다.

순간 백작의 얼굴이 창백해졌습니다. 그리고 갑작스럽게 떠오른 기억 때문에 고통스러워하며 그는 아들의 침대 옆에 무릎을 꿇었습니다. 교만한 부인은 뒤로 물러섰습니다. 그녀는 작은 주먹을 남몰래 꽉 쥐면서 그 방을 나갔습니다. 그러고 나서 그녀는 아들의 방에 다시 들어가지 않았지요. 그녀가 돌봐 주지 않아도 사내아이는 다시 건강해졌습니다.

곧 이어서 장미꽃 봉오리가 맺힐 무렵 백작 부인은 아들을 낳았습니다. 그러나 백작은 어린 쿠노가 이런 소식을 가지고 그에게 뛰어왔을 때 왠지 모르게 마음이 너무 무거웠습니다. 그는 마구간에서 말을 가져오라고 명령하고는 생각을 정리하기 위해 말을 타고 황야로 나가려고 했습니다. 들판과 바다를 지나며 환호성을 외치기 위해서가 아니었지요. 그가 마침 안장에 올라탔을 때 늙은 관리인이 어린 쿠노를 안장 위로 올려 주고는 말했습니다.

'아드님이 선한 백작 부인을 잊지 않게 하세요!'

아버지는 아들을 팔에 안고 해가 질 때까지 산을 오르내렸습니다. 집으로 돌아가는 길에 백작 가문의 지하 납골당이 있는 성당의 창문 아래를 지나갈 때였습니다. 그는 말고삐를 당겨 속도를 늦추고는 아이의 귀에 대고 속삭였습니다.

'어머니를 잊지 마라. 어머니의 사랑은 이 세상에서 오직 하나뿐이다!'

그가 산부의 방으로 들어가자 조산원은 갓난아기를 그의 팔에 안겨 주었습니다. 그때 죽은 아내에 대한 그리움이 다시금 그를 사로잡았습니다. 그리고 그는 자신이 진정으로 사랑한 여자는 오직 선량한 백작 부인뿐이었음을 갑자기 깨달았습니다. 팔에 안은 아이가 자신의 핏줄임에도 불구하고 그에게는 낯설어 보였습니다. 왜냐하면 그 아이는 선한 백작 부인의 아이가 아니었기 때문이지요.

산후 조리가 끝나고 백작 부인은 전보다 더 아름다워졌지만, 그녀의 눈은 이제는 그에게 어떤 마법도 행사하지 못했습니다. 그는 고독하게 들판을 달렸습니다. 치프리아누스 장인의 말이 그의 눈앞에 검은 글자처럼 선명하게 나타났습니다.

'뒤를 돌아다보며 사는 것은 신이 돕는다 해도 허락되지 않는다.'

그동안 두 사내아이는 함께 성장했습니다. 그리고 두 형제 사이에는 커다란 사랑이 싹텄습니다. 어린 볼프가 처음 야외로 나갈 수 있었을 때 쿠노는 그의 스승이 되어 어렸을 적부터 연습했던 모든 기술을 가르쳐 주었습니다. 쿠노는 볼프를 바위와 나무 위로 기어오르게 했습니다. 또한 쿠노는 동생의 작은 석궁에 쓸 화살을 깎아 주었습니다. 그리고 그와 함께 원반을 쏘거나, 햇빛을 받으면서 그들 위에서 샅샅이 조사를 하고 있는 육식조를 쏘기도 했습니다. 아직은 화살이 채 닿지도 않았지만 말이지요.

그렇게 겨울이 다시 다가왔습니다. 어느 날 저녁 황제군의 육군 대령이 하인과 함께 성의 정원으로 들어왔습니다. 그의 이름은 하거였습니다. 그는 깡마르고 뼈대가 굵은 사람으로 각이 진 이마와 작은 회색 눈을 가졌고, 담황색의 헝클어진 턱수염은—그렇게 생겼다고 합니다.—턱과 콧망울을 완전히 가렸습니다. 그는 자신이 백작 부인 전남편의 사촌이라고 소개했습니다. 그리고 자신은 다만 방문하러 성에 온 것이라고 말했습니다. 하지만 그는 계속 성에 머물렀고 차츰 그 집의 고정 구성원으로 여겨졌습니다. 백작은 처음에 그 손님에 대해 전혀 신경 쓰지 않았습니다. 그러나 곧 육군 대령이 뛰어난 사냥꾼임을 알게 되었습니다. 첫눈이 왔을 때 두 남자는 함께 전나무가 빽빽한 숲으로 사냥하러 갔습니다. 그리고 그때부터 거의 매일 사냥개 짖는 소리와 사냥꾼들이 조용한 숲 속을 지나면서 '호 리도'라고 외치는 소리가 들렸습니다.

두 사람이 멧돼지 사냥을 나간 어느 날 오후 육군 대령이 구조를 요청하는 호른 소리가 멀리 떨어진 계곡에서 들려 왔습니다. 수행원도 없이 사냥을 나간 그와 백작이 함께 길을 잃었기 때문입니다. 그 소리를 따라서 사냥꾼들과 사냥개 몰이꾼이 그곳에 가서 보니 전나무 사이에 멧돼지가 죽은 채 쓰러져 있었습니다. 그리고 백작 역시 그 옆에 피를 흘리며 누워 있었습니다. 육군 대령은 사냥 창에 기댄 채 손에는 구조 호른을 들고 서 있었습니다.

'당신의 멧돼지 창은 아무 쓸모가 없군요.'

그는 짧게 말했습니다.

'수퇘지가 그것을 부러뜨렸어.'

모두들 놀라서 몸이 굳은 채 거기 서 있자 그는 분노가 이글거리는 작은 눈으로 그들을 쳐다보았습니다.

'계속 거기 그대로 서 있을 거요! 가지를 잘라 들것을 만들어서 당신 주인을 성으로 옮기시오!'

사람들은 그가 명령한 대로 했습니다.

그러나 백작은 다시 육군 대령과 함께 사냥하러 가지 못했습니다. 늙은 관리인이 의사를 부르러 하인을 보내려 했을 때, 곧 의사가 필요 없다는 사실을 알게 되었지요. 백작은 이미 죽었던 겁니다.

백작은 지하 납골당의 선한 백작 부인 옆에 안치되었습니다. 그리고 어린 쿠노는 부모 없는 고아가 되었습니다. 그러나 육군 대령은 전처럼 여전히 성에 머물렀습니다. 그리고 백작 부인은 집안 살림이 눈에 띄지 않게 하나씩 그의 손으로 넘어가게 내버려 두었습니다. 그가 날카로운 목소리로 하인들에게 명령을 할 때면 그들은 투덜거렸습니다. 그러나 그들은 화를 내는 그 사람에게 감히 저항할 생각을 하지 못했습니다. 그는 두 아이들과도 잘 지냈습니다.

어느 날 아침 쿠노가 마구간으로 내려갔을 때였습니다. 육군 대령의 가라말(털빛이 새까만 말) 옆에 북유럽산 검은색 노새가 있었습니다. 그 노새의 등 위에는 붉은색의 금사로 수놓인 화려한 안장이 얹혀 있었습니다. 함께 들어왔던 육군 대령이 말했습니다.

'이 말은 네 것이다. 타 봐, 남자가 어떻게 말에 앉아야 하는지를 가르쳐 주마.'

곧 그는 어린 볼프에게도 노새 한 마리를 장만해 주었습니다. 그리고 그는 형제에게 마술(馬術)에 따라 말 타는 법을 가르쳤습니다. 오래되지 않아 사람들은 다리가 긴 가라말 양옆으로 사내아이들이 북유럽산 작은 준마를 타고 들판을 달리는 것을 볼 수 있었습니다. 어린아이들이 흔히 그렇듯이 두 형제가 싸움을 하자 그는 높은 가라말 위에서 몸을 굽히고 형에게 속삭였습니다.

'네가 왕이다. 너는 저 녀석을 성에서 몰아낼 수 있어!'

그리고 이어서 동생에게는 이렇게 말했습니다.

'형은 네가 자신의 땅에서 말을 타고 있다는 것을 알려 주려는 것이다.'

그러나 그런 말들은 아이들이 곧바로 그들의 싸움을 끝내게 할 뿐이었습니다. 심지어 그들은 준마에서 뛰어내려 울면서 서로 껴안았을 정도였지요.

육군 대령은 예리하게 알아냈습니다. 아름다운 백작 부인이 그녀의 아들과 함께 의붓아들이 문에서 나가는 것을 볼 때면 그녀의 눈이 갑작스럽게 어두워지는 것을 말입니다. 또한 그녀의 시선이 앞에 가는 의붓아들을 성급하게 적대적으로 쫓는 것을 이미 눈치챘지요.

어느 햇살 따뜻한 오후에 육군 대령은 백작 부인과 함께 작은 약초 정원에 서 있었습니다. 그곳은 과거에 선한 백작 부인이 치프리아누스 장인의 지혜를 귀 기울여 듣던 곳이지요. 원형 성벽 위에서 거만한 백작 부인이 아래로 펼쳐져 있는 숲과 녹지를 내려다보고 있을 때였습니다. 육군 대령은 눈치를 보다가 이렇게 말했습니다.

'쿠노는 나이가 차면 훌륭한 영주가 될 거요'.

그녀가 아무 말도 안하고 어두운 눈으로 먼 곳을 쳐다보자 그는 이렇게 덧붙였지요.

'당신 아들 볼프는 여린 나무 같군요. 그에 비해 쿠노는 지배하기 위해 태어난 것처럼 보이지요. 그 아이는 수명이 길고 힘이 센 것 같아요.'

그 순간 정원 아래 저지대의 녹지 위로 두 사내아이가 말을 타고 달려왔습니다. 그들은 너무 가까이 붙어 있어서 쿠노의 갈색 고수머리가 어린 볼프의 금발과 함께 흩날렸습니다. 볼프의 말이 갈기를 흔들고 햇빛을 받으며 큰 소리로 히힝거렸습니다. 백작 부인은 놀라서 비명을 내질렀습니다. 그러나 쿠노가 동생의 팔을 잡아 주었습니다. 볼프와 함께 말을 타고 지나갈 때 쿠노는 성벽 위에 서 있는 사람들을 반짝이는 눈길로 거만하게 올려다 보았지요.

'저 눈이 마음에 듭니까, 아름다운 백작 부인?'

육군 대령이 물었습니다.

그녀는 놀라 멈칫했습니다. 그리고 어딘지 불확실한 시선으로 그를 언뜻 쳐다보았습니다. 그러고 나서 그녀는 속삭였습니다.

'당신 생각은 어떤가요?'

손을 턱에 댄 육군 대령도 속삭이듯 대답했지요.

'나를 믿어요, 아름다운 백작 부인. 육군 하거는 당신의 충실한 종이니까.'

그녀는 무엇인가 중얼거렸습니다. 그리고 육군 대령은 그녀의 안색이 아주 창백해지는 것을 보았습니다.

'그 눈은 감겨져 있을 때가 더 마음에 들어.'

'그 눈을 그렇게 아름답게만 쳐다볼 수 있다면 무슨 걱정이겠어요?'

그녀는 잠시 자기 흰 손을 그의 손 위에 올려놓았지요. 그러고 나서 그녀는 반짝이는 고수머리를 뒤로 넘기고 주위를 쳐다보지도 않은 채 정원 밖으로 나갔습니다.

한 시간 후 어린 쿠노가 위층 복도를 지나갈 때 육군 대령은 창문 벽감에 서 있었습니다. 소년은 그냥 지나치려 했습니다. 그 남자가 아주 음흉하게 자신을 쳐다보았기 때문이지요. 그런데 그가 불렀습니다.

'애야, 어딜 가니?'

쿠노가 말했습니다.

'오래된 병기고에 가는데요. 석궁을 가져오려고요.'

'그렇다면 함께 가 주지.'

육군 대령은 아이와 나란히 구석진 방으로 갔습니다. 그 방에는 여러 가지 무기들과 함께 치프리아누스의 거울이 두꺼운 관포에 가려진 채 서 있었지요. 방에 들어갔을 때 육군 대령은 자물쇠를 잠그고 문에 등을 기대고 섰습니다. 그때 소년은 그 남자의 살기에 찬 눈을 보고선 외쳤습니다.

'하거, 하거. 나를 죽이려는 거지요!'

'잘도 알아맞히는군.'

육군 대령은 이렇게 말하고 쿠노를 잡았습니다. 그러나 쿠노는 그의 손아귀에서 도망쳤습니다. 그러고는 하루 전에 시위를 팽팽하게 당겨서 걸어 둔 석궁을 벽에서 내렸습니다. 그는 석궁을 쏘았지요. 쿠노가 쏜 화살 자국을 마님께서는 지금도 검은색 너도밤나무 벽에서 볼 수 있을 겁니다. 그러나 그 화살은 육군 대령을 맞히지는 못했습니다.

그때 쿠노는 무릎을 꿇고 외쳤습니다.

'살려 주세요. 북유럽산 작은 준마와 아름다운 붉은색 안장을 드릴게요!'

이 사악한 남자는 팔짱을 끼고 쿠노 앞에 섰습니다. 그가 대답했습니다.

'너의 북유럽산 준마는 내가 보기에 그렇게 빨리 달리지 못하는걸.'

치프리아누스의 거울

소년은 다시 외쳤습니다.

'하거 아저씨, 살려 주세요! 내가 크면 당신에게 내 성을 주고 성에 딸려 있는 아름다운 숲도 모두 드릴 게요!'

'나는 그것을 더 빨리 갖고 싶은데.'

육군 대령이 말했지요.

그러자 소년은 고개를 떨구고 외쳤습니다.

'그렇다면 하느님의 자비에 맡기겠어요!'

'그게 맞는 말이야!'

사악한 남자가 말했습니다. 그런데 소년은 다시 벌떡 일어나서 방의 벽을 따라 달아났습니다. 육군 대령은 마치 사냥감을 쫓듯 아이를 쫓아갔습니다. 그들이 거울 앞을 지나칠 때 소년의 발이 관포에 걸리는 바람에 관포가 바닥으로 떨어졌습니다. 그때 사악한 남자가 쿠노를 덮쳤습니다.

그 순간——그렇게 이야기들 하더군요.——육군 대령이 주먹으로 힘껏 내리치려 하고 아이는 막기 위해 손을 가슴 위에 십자가 모양으로 모았습니다. 그때 늙은 관리인은 아래층 지하실 가장 뒤쪽에 자리한 칸막이 방에 있었다고 합니다. 거기서 하인 한 명이 술통의 마개를 뽑느라 정신이 없었습니다.

'카스퍼, 무슨 소리 못 들었나?'

관리인은 이렇게 외치고 손에 들고 있던 작은 등을 통 위에 놓았답니다.

하인은 고개를 흔들었습니다.

그 노인은 이렇게 말했습니다.

'쿠노 도련님이 내 이름을 부르는 것 같았는데.'

하인이 말했습니다.

'잘못 들으신 거겠지요, 나리. 여기 지하실에서는 아무 소리도 안 들립니다!'

잠시 주저하고 있던 늙은 관리인이 다시 외쳤습니다.

'세상에, 카스퍼. 누군가 다시 나를 불렀어. 그것은 도련님의 비명이야!'

하인은 하던 작업을 계속하면서 말했지요.

'붉은 포도주가 통에서 흘러나오는 소리밖에 안 들리는데요.'

그러나 관리인은 불안한 마음에 성으로 올라갔습니다. 그는 이 문 저 문을 열어 보았지요. 우선 1층에 있는 방들을, 그러고 나서 2층에 있는 방들까지 말이에요. 그가 구석진 병기고의 문을 열었을 때 치프리아누스의 거울이 저녁 햇빛을 받아 그를 향해 반짝이고 있었습니다.

'어떤 빌어먹을 놈이 관포를 벗긴 거야?'

노인이 혼자 중얼거렸습니다. 그런데 관포를 바닥에서 들어 올리자 그 밑에 아이의 시체가 있었습니다. 그는 아이의 감긴 눈 위에 검은색 머리카락이 놓여 있는 것을 보았습니다.

노인은 무릎을 꿇고 슬퍼하면서 아이 위로 쓰러졌습니다. 그는 사랑하는 소년의 옷을 벗기고 몸에서 죽음의 흔적을 찾아보았습니다. 그런데 가슴에 생긴 암적색 반점 말고는 아무것도 찾을 수 없었지요. 그는 슬퍼하며 생각에 잠긴 채 오랫동안 무릎을 꿇고 앉아 있었습니다. 그러고 난 뒤 아이를 관포로 싸서 팔에 안고 1층에 있는 백작 부인의 방으로 갔습니다. 밤에 들어섰을 때 그는 교만한 부인이 창백한 얼굴로 몸을 떨면서 육군 대령 앞에 서 있는 것을 보았습니다. 육군 대령은 반 강제로 그녀의 손을 붙잡고 있는 것처럼 보였지요.

그때 늙은 관리인은 소년의 시체를 두 사람 사이에 눕혔습니다. 그리고 그들을 쳐다보면서 말했지요.

'상속자 쿠노 백작이 죽었습니다. 백작 부인, 이제 당신의 어린 아들이 이 영지의 상속자입니다.'

어린 상속자의 장례식이 있은 지 한 달 정도 지난 것 같았습니다. 어느 날 오후 백작 부인은 작은 테라스의 난간에 기대어 있었지요. 그녀의 방 앞에 있던 테라스는 낮은 지대 위에 있어서 그녀는 신선한 공기를 맡을 수 있었습니다. 어린 볼프는 그녀 옆에 서서 한 무리의 새들을 관찰했습니다. 그 새들은 솟아오른 소나무와 떡갈나무 꼭대기에서 큰 소리로 울부짖으며 활개 치고 있었습니다.

백작 부인이 말했습니다.

'봐라! 저 새들은 올빼미를 보고 소리 지르는 거야. 저기 떡갈나무 나무 구멍 옆에 앉아 있잖니.'

그렇게 말하면서 그녀는 손가락으로 앞을 가리켰습니다.

아이의 눈은 탐욕스럽게 그녀의 손가락을 뒤쫓았지요. 그 아이가 말했습니다.

'벌써 보았어요, 어머니. 저것은 죽음의 새예요. 불쌍한 쿠노가 죽었을 때 저 새가 내 창 앞에서 울었어요.'

'석궁을 가져와서 저 새를 쏴라!'

어머니가 말했습니다.

아이는 방에서 나가 마구간으로 내려갔지요. 거기 그의 작은 준마 옆에 석궁이 놓여 있었기 때문입니다. 그런데 석궁의 시위가 끊어져 있었습니다. 오래 사용하지 않았거든요. 그에게 화살을 깎아 주고 나뭇가지 위에 나무로 만든 새를 꽂아 두었던 쿠노가 없었기 때문입니다. 그래서 그는 성으로 다시 돌아갔습니다. 아이는 형이 석궁을 위층 병기고에 걸어 놓곤 했던 것이 생각났습니다. 아이가 구석 방에 도착해서 무거운 떡갈나무 문을 힘들게 밀었을 때 치프리아누스의 거울이 파란빛을 띠고 그에게 비쳤습니다. 거울 테의 깎은 면은 마지막 저녁 햇살을 받으며 반짝였지요. 아이는 그 거울을 한 번도 본 적이 없었습니다. 언젠가 형과 함께 여기 올라온 적이 있지만 이 예술 작품은 항상 무거운 관포로 가려져 있었기 때문이지요. 이제 그는 거울 앞에 서서 이런 빛 속에 있는 자기 거울상을 놀라서 쳐다보았습니다. 석궁은 완전히 잊어버린 것처럼 보였습니다. 그런데 그 아이 말고 누군가가, 그의 존재 전체를 사로잡고 있는 누군가가 거울 속에 있는 것 같았습니다. 그는 무릎을 꿇고 거울에 이마를 갖다 댔습니다. 되도록 가까이 들여다보기 위해서였지요.

갑자기 그 아이가 두 손으로 가슴을 움켜잡았습니다. 그러고는 고통스런 비명을 지르고 펄쩍 뛰어올랐지요.

'도와줘!'

그가 외쳤습니다.

'살려 줘!'

그리고 다시 짤막하면서도 긴박하게 비명을 질렀습니다.

'도와줘!'

그때 그의 어머니가 아래 테라스에서 그 소리를 들었습니다. 그녀는 죽음의 공포를 느끼면서 복도에서 이리저리 헤맸습니다. 그녀가 외쳤습니다.

'볼프! 어디 있니, 볼프? 제발 대답 좀 해 봐!'

그리고 마침내 그녀는 오른쪽 문을 열었습니다. 거기 아들이 바닥 위에 몸을 뒤틀면서 누워 있었습니다.

그녀는 아이 위로 몸을 던졌습니다.

'볼프, 볼프! 무슨 일이야?'

그 아이는 창백한 입술을 움직였습니다.

'그것이 내 가슴을 쳤어요.'

그가 더듬거렸습니다.

어머니가 속삭였지요.

'누가, 누가 그랬지? 볼프, 한마디만 더 해 봐, 누가 그랬어?'

아이는 손가락을 들어 거울을 가리켰습니다. 그녀는 죽어 가는 아이를 팔에 안은 채 몸을 숙여 치프리아누스의 거울을 들여다보았습니다. 그 거울을 바라보는 동안 그녀의 얼굴에는 공포가 깃들었습니다. 그녀의 밝은 푸른색 눈은 다이아몬드처럼 빛이 났습니다. 흐린 창 너머 굴절되는 저녁 햇빛을 통해 그녀는 저 깊은 근원에서 어떤 아이의 모습을 보았습니다. 그 아이는 마치 안개가 뭉쳐진 것 같아 보였습니다. 그 모습은 아주 고통스러워하면서 마치 바닥에 웅크리고 자는 것 같았지요. 그녀는 자신의 뒤에 누가 있는지 두려운 눈빛으로 둘러보았습니다. 그러나 거기 구석에 보이는 것이라고는 어두움뿐이었습니다. 거울이 그녀에게 마법을 건 것처럼 그녀는 다시 눈을 똑바로 뜨고 거울을 들여다보았습니다. 아이의 형체는 여전히 거기 있었습니다.

그때 그녀는 볼프의 작은 머리가 그녀의 팔에서 떨어지는 것을 느꼈습니다. 그 순간 그녀는 거울에 가벼운 김이 서리는 것을 보았습니다. 마치 입김처럼 그것은 거울 위로 지나갔습니다. 그러고 나서 거울은 다시 맑아졌지요. 그러나 잠시 후 거울 속 저 깊은 곳에서 회색의 작은 구름 같은 것이 번졌습니다. 이제 갑자기 그녀는 거울에서 안개 같은 두 개의 작은 형상이 서로 껴안고 있는 것을 보았습니다.

백작 부인은 비명을 지르며 벌떡 일어났습니다. 그녀의 아들은 아무 움직임 없이 얼굴이 밀랍처럼 점점 창백해졌습니다. 약간 벌어진 푸른 입술은 이미 죽음을 예고했지요. 그녀는 아들의 가슴에 있는 비단 조끼를 찢었습니다. 가슴에는 암적색 반점이 있었습니다. 얼마 전 어린 쿠노의 가슴에서 보았던 그런 반점이었지요.

'하거, 하거.'

그녀는 외쳤습니다. 그녀는 그 거울의 비밀을 아직 모르고 있었기 때문이지요.

'이것은 당신 주먹이 만든 상처야. 당신에게는 이 아이도 방해가 되었어. 그러나 당신은 아직 이 성의 주인이 아냐. 맹세코 절대 그렇게 되도록 내버려두지 않겠어!'

그녀는 아래층으로 내려가 육군 대령을 찾았습니다. 그러나 방금 그는 사냥하러 가까운 성으로 말을 타고 떠난 뒤였습니다. 다음 날 돌아오겠다는 말을 남기고서요.

마지막 남은 백작 아들이 갑작스럽게 죽어 버리자 사람들 사이에 음울한 공포가 퍼졌습니다. 사람들은 계단과 복도에 서서 서로 수군거렸습니다. 그러다 백작 부인이 다가오면 두려운 듯 그녀를 훔쳐보았지요. 밤이 되었습니다. 어린 볼프의 시신은 아래층으로 옮겨져 자기 방 침대 위에 반듯이 뉘어 있었습니다. 그리고 백작 부인은 아들의 시신 옆에서 몹시 불안해했습니다. 밝은 달밤에 모든 것이 잠이 든 사이 그녀는 병기고로 올라갔습니다. 거기서 그녀는 푸른색 어스름 속에 빛나는 거울 앞에 서 있었지요. 그녀는 멍한 눈으로 거울 안을 들여다보며 손을 흔들었습니다. 그러고 나서는 갑자기 엄습하는 공포를 떨쳐 버리려는 듯 그 방에서 나가 자기 침실로 달려 들어가서는 바로 문을 잠갔습니다. 그렇게 밤이 지났습니다.

다음 날 아침 관리인이 백작 부인의 방으로 들어서려는데 안에서 흥분하여 격렬하게 싸우는 소리가 들렸습니다. 그는 그것이 돌아온 육군 대령의 목소리임을 알았습니다. 그리고 곧 백작 부인도 똑같이 흥분하여 격하게 대답했지요. 늙은 관리인이 들은 것은 한마디 한마디가 치명적인 증오의 말이었습니다. 그는 머리를 흔들면서 문 앞에서 돌아섰습니다.

'이것은 신의 심판이야!'

그는 이렇게 말하고 몇 계단 올라가 둥근 탑의 평평한 곳으로 갔습니다. 하느님이 주신 신선한 공기를 마셔야 할 것 같았기 때문이지요.

그는 난간에 기대어 햇살 비치는 아침 풍경을 바라다보면서 혼자서 말했지요.

'아, 이 숲은 얼마나 푸르고 아름다운지! 그런데 그들 모두는 죽었어! 선한 백작 부인과 백작, 나의 도련님 쿠노와 작은 볼프까지!'

그때 아래 뜰 마구간에서 누군가 말 한 마리를 끌고 나오는 소리가 들렸습니다. 얼마 되지 않아 도개교 위로 말발굽 소리가 시끄럽게 들렸지요. 그러고는 길에서 아무 소리도 들리지 않았습니다. 한쪽에 서 있는 오래된 떡갈나무 화관에서 비둘기들이 구구거리며 공중으로 날아갔습니다.

그 순간 아래층에서 여자들의 비명이 들려 왔지요. 관리인이 내려가자 사방에서 사람들이 그에게로 몰려와서 말했습니다. 백작 부인이 피를 흘리며 살해당한 채 쓰러져 있다고요.

'육군 대령은 어디 있소?'

관리인이 물었습니다.

'그는 도망쳤어요! 다리가 긴 자기 준마를 타고 도망갔습니다.'

뜰에서 올라온 마부가 외쳤습니다.

관리인은 서둘러 그를 추적하라고 명령했습니다. 그러나 다음 날 아침 도망친 대령을 붙잡지 못한 채 다시 집으로 돌아왔습니다. 모두들 거품을 입에 문 말을 타고 말입니다. 관리인이 말했습니다.

'그렇다면 시신을 매장하도록 하자. 그리고 이 아름다운 영지의 새 주인에게 전갈을 보내라!'

그런 일이 있었답니다."

유모는 이야기를 끝맺었다.

"이 영지는 이후 마님 남편의 선조가 물려받았지요. 가계에 따르면 그가 가장 가까운 사람이었대요. 늙은 관리인은 새 주인이 이 성에 들어온 다음부터 쭉 문지기 집에서 살았다고 합니다. 사랑하는 주인의 지하 납골실을 지키는 성실한 파수꾼이었지요."

유모가 이야기를 끝내고 아무 말도 하지 않자 백작 부인이 말했다.

"끔찍한 이야기군! 그런데 그 불행한 부인의 첫 번째 남편 이름이 무엇이었는지 들은 적 없나?"

그 유모가 대답했다.

"물론 그녀의 과부 시절 이름은 초상화 액자에 써 있지요."

그리고 그녀는 첫 번째 귀족 성 하나를 말했다. 백작 부인이 말했다.

"이상하군, 그렇다면 그녀는 나의 조상이야."

늙은 유모가 고개를 흔들면서 말했다.

"말도 안 돼요. 마님께서 그 사악한 부인의 후손이라고요?"

"틀림없어, 유모. 빈에 남겨 놓았던 그 딸이 내 선조의 아내가 된 거야."

의사가 들어오는 바람에 그 대화는 거기서 중단되었다. 소년은 전처럼 죽음과 비슷한 잠에 빠져 있었다. 의사가 그의 작은 몸에서 생명의 흔적을 찾아보았지만 깨어나지 않았다.

"회복되겠지요, 그렇지요?"

백작 부인이 말했다. 그녀는 두려움에 떨면서 의사의 과묵한 얼굴을 쳐다보았다.

"그 질문은 인간이 대답할 수 없는 것이지요. 그러나 백작 부인께서는 주무셔야 합니다. 잠이 매우 필요합니다."

의사가 대답했다. 그녀가 거부하자 그가 계속 말했다.

"내일까지 환자에게는 아무 일도 일어나지 않을 겁니다. 확신합니다. 유모가 옆에서 지켜 주면 됩니다."

마침내 그녀는 설득되어 침실로 갔다. 의사는 확신이 설 때까지 그 집을 떠나지 않겠다고 선언했다.

유모는 의사와 단 둘이 남게 되자 의사에게 물었다.

"마님께서 편안히 주무실 거라고 확신합니까?"

"몇 시간 정도는 주무실 수 있을 겁니다."

"그러고 나서는요, 선생님."

"부인께서 잠들고 나면 당신은 준비해야 합니다. 이 아이는 죽을 겁니다."

유모는 의사를 빤히 쳐다보았다.

"확실합니까?"

그녀가 물었다.

"유모, 기적이 일어난다면 모를까, 확실합니다."

의사는 방을 나갔다. 그리고 백작 부인 대신 젊은 하녀가 늙은 유모와 함께 병상을 지켰다. 유모는 머리를 침대의 가장자리에 기대고 어린 쿠노의 창백한 얼굴을 살펴보았다. 벌써 죽음의 참담한 흔적이 명백하게 나타났다. 그녀는 몇 번 중얼거렸다.

"기적! 기적이라!"

그때 소년이 침상 위에서 움직였다.

"나는 아이들과 놀고 싶어!"

그가 속삭였다.

유모는 눈을 떴다.

"어떤 아이들?"

그녀가 낮게 물었다.

그러자 소년은 여전히 잠을 자면서 말했다.

"거울 속의 아이들과 놀고 싶어, 유모!"

그녀는 거의 비명을 지를 뻔했다.

"불쌍하게도 네가 치프리아누스의 거울을 보았구나! 하지만 그것은 성구실에 있을 텐데. 성구실 문은 잠겼을 테고!"

그녀는 잠시 생각에 잠겼다. 그러고 나서 그녀는 하녀에게 말했다.

"빈센츠를 데려와, 우르셀!"

마부인 빈센츠가 그녀에게 왔다.

"최근에 예배당 안 건물에 가 본 적이 있나?"

늙은 유모가 물었다.

"매일 거기 가는데요."

"성구실에도 들어가 보았어?"

"벌써 2주 전에 들어가 보았는데요."

"거기 있는 거울을 보았니?"

그는 잠시 생각했다.

"물론이지요. 그 거울은 구석에 서 있었지요. 거울 테는 철로 만들어진 것처럼 보였어요. 그러나 녹이 슬어 있더군요."

유모는 그에게 커다란 양탄자를 주면서 말했다.

"그 거울을 조심스럽게 가려라! 그러고 나서 그 거울을 이 방으로 가져와라. 그러나 아이가 깨지 않게 소리를 내지 말아야 해."

빈센츠가 갔다. 그리고 곧 일꾼 한 명과 함께 양탄자를 덮은 키가 큰 거울을 방으로 옮겨 왔다.

"이것이 그 거울인가, 빈센츠?"

유모가 말했다. 그가 그렇다고 말하자 그녀는 이렇게 말했다.

"그것을 침대 발치에 세워라. 양탄자를 벗겨 내면 어린 쿠노가 바로 들여다볼 수 있도록."

거울이 세워지고 짐꾼들이 방을 나가자 늙은 유모는 다시 그 침대 옆에 앉았다.

"기적이 일어나야 해!"

그녀는 혼자 말했다. 그러고 나서 그녀는 눈을 감은 채 마치 석상처럼 꼼짝 않고 앉아 있었다. 그녀의 마음속에는 두려움과 희망이 교차하고 있었다. 그녀는 백작 부인이 돌아오기를 기다렸다. 며칠 밤을 샌 여자가 잠에서 깨어날 때까지 그녀는 얼마나 더 기다려야 하는가.

그때 문이 열렸다. 그리고 백작 부인이 들어왔다. 그녀가 말했다.

"나를 재우지 말았어야 했어, 유모. 미안해! 자네는 정말 성실하고 착하군. 그리고 나보다 이해심이 더 많아. 그래도 이 아이의 침대 곁을 떠나서는 안 될 것 같아."

늙은 유모는 그 말에 아무 대답도 하지 않았다.

"다시 한번 말해 보세요, 마님."

그녀가 말했다. 그녀는 말을 거의 꺼낼 수 없을 정도로 가슴이 심하게 뛰었다.

"마님께서는 그 사악한 백작 부인이 마님의 선조였다는 것을 확신합니까?"

"확실해. 그런데 왜 또 묻는 거지, 유모?"

늙은 유모는 일어났다. 그리고 손을 꽉 쥐고 거울에서 양탄자를 걷어냈다.

백작 부인은 큰 소리로 말했다.

"내 아들, 내 아들! 이것은 치프리아누스의 거울이잖아!"

그녀는 그 거울의 부드러운 빛을 들여다보았다. 거울 안에 어린 쿠노가 눈을 뜨고 침대 위에 누워 있는 것이 보였다. 쿠노는 웃고 있었고 건강함을 나타내는 붉은 기운이 뺨 위로 스쳤다. 그녀는 몸을 돌렸다. 벌써 쿠노는 일어나 앉아 있었다. 얼굴에 생기를 띠고.

"저 아이들, 저 아이들!"

쿠노가 밝은 목소리로 외치고는 거울을 향해 팔을 뻗었다.

백작 부인이 물었다.

"어디 있지?"

늙은 유모가 외쳤다.

"저기, 저기요! 보세요, 그들이 웃고 있어요. 그들이 고개를 끄덕이네요. 아, 저 아이들은 날개가 있어요, 천사예요!"

백작 부인이 말했다.

"무슨 소리를 하는 거야? 내겐 아이들이 보이지 않아."

"저기, 저기."

어린 쿠노가 다시 외쳤다.

"아! 이제 저 아이들이 떠나."

그는 슬프게 덧붙였다.

그때 늙은 유모가 의자 위에 주저앉았다.

"우리 쿠노가 살아났어요! 마님의 사랑이 그것을 해냈어요. 늙은 장인의 거울에서 저주를 거두어 갔어요."

그녀는 이렇게 외치고 큰 소리로 울음을 터뜨렸다.

백작 부인은 선 채로 행복하게 웃으면서 거울을 보았다. 거울 표면에는 장밋빛 안개가 떠다녔다. 거기에는 울고 있는 아이의 얼굴이 정확하게 어른거렸다. 그녀가 나지막하게 속삭였다.

"아이가 생기면 볼프라고 부를 거야. 볼프와 쿠노. 기도합시다, 유모. 쿠노와 볼프가 과거에 그 이름을 가졌던 아이들보다 더 행복해질 수 있게!"

인간 공장

오스카 파니차

(1853-1921)

● ● ●

파니차(Oskar Panizza)의 아버지는 이탈리아 출신의 가톨릭 교도이자 부유한 호텔 소유주였다. 또한 권위적이고 폭력적이며, 사치스럽고 세속적인 인물이었다. 그의 어머니는 엄격한 경건주의자로 의지가 강했으며, 문학적 명예욕을 가지고 있어서 시오나라는 필명으로 소설을 발표하기도 했다. 24세의 늦은 나이에 고등학교를 졸업하고 의학을 공부한 파니치는 1882년 오버바이에른의 정신병원에 면허의로 고용된다. 그러나 그는 1884년 문학 활동을 하기 위해 의사라는 직업을 포기하고 시를 쓰기 시작했다. 그가 쓴 풍자적인 작품인 「교황의 순수한 피로연」(1893, 취리히)은 독일 제국 전역에서 출간 금지되었다. 그는 이 작품 때문에 가톨릭 교회와 평생에 걸친 싸움을 시작한다. 교황 알렉산더 6세의 궁전에 웃음 전염병이 퍼진 것을 소재로 한 「사랑의 협의회. 5막으로 된 천국의 비극」으로 그는 1년간 암베르크에 수감되었다. 그 후에 그는 스위스에 체류하면서 출판사를 설립했다. 그러나 1898년 스위스에서 추방당해 파리로 도주했다. 또한 독일에서는 빌헬름 2세에 반박하는 연작시 「파리스야나」(1900)가 황제의 명예를 손상했다고 해서 법정에 섰다. 이때 그의 재산은 압류되었지만 정신병을 이유로 그 재판은 기각되었다. 그는 피해망상증을 앓으며 파리에서 2년간 거주했다. 1905년 이후 그는 바이로이트 근처의 신경 정신 수용소에서 금치산 선고를 받고 살았다.

그는 정신적으로 건강하다는 판정과 정신병이 있다는 판정을 동시에 받았다.

「인간 공장」은 『어두운 작품들. 네 편의 단편소설』(1890, 라이프치히의 빌헬름 프리드리히 출판사)에 처음으로 발표된 작품이다.

……나는 아주 혼란스러울 때가 많다. 내 주위의 인간들이 창백해지며 아무 쓸모 없는 인형들처럼 비틀거리는 허상들이 된다. 나의 상상력이 만들어 낸 새로운 유색인이 땅에서 올라온다. 놀란 눈으로 나를 쳐다보면서.
　　　　　루트비히 티크(1773~1853, 독일의 낭만주의 작가)

　도보 여행을 많이 해 본 사람은 능숙하게 태양의 위치와 지도의 거리를 판단할 줄 안다. 그래서 미리 숙소로 정해 두었던 마을이나 소도시에 어두워지기 전에 안전하게 도달하기 위해서는 언제 어느 지점에서 출발해야 하는지를 정확하게 안다. 아마도 그런 사람이라면 수년 전 내가 겪었던 그런 일은 겪지 않았을 것이다.
　여행을 떠난 지 얼마 안 된 어느 날 저녁, 어두워지기 시작하는 것을 보고 나는 당황했다. 게다가 나는 지도나 나침반을 제대로 이용할 줄도 몰라서 두 시간 동안이나 혼자 국도에서 헤매고 다녀야만 했다. 지치고, 굶주린 채 말 거는 사람 하나도 없는 곳에서 방향감각마저 잃었다. 그곳은 중부 독일의 동쪽 지역이었다. 나는 내가 어떤 주에 있는지 아니면 어떤 도시 근처에 있는지 전혀 알 수가 없었다. 비록 알았다 해도 다음에 이어질 희극적 상황을 제대로 판단하는 데 아무 도움이 되지 않았겠지만.

그냥 서 있어 봐야 별 소용이 없었다. 그리고 땅에서 올라오는 습기 때문에 평원에서 밤을 지샐 수도 없었다. 나는 되도록 힘을 비축해 가면서 쉬지 않고 계속 걸어가기로 결정했다. 독일은 인구 밀도가 높으니, 밤새도록 걷다 보면 조만간 사람들이 사는 곳에 도착할 수 있을 것이다.

인내심을 발휘한 덕분에 다행히도 나는 하룻밤 묵을 숙소를 발견할 수 있었다. 그런데 그런 숙소를 발견한 것을 잘 된 일이라고 말할 수 있을지 모르겠다. 국도의 아주 더러운 웅덩이에서 밤을 보낸 것이 오히려 더 나았을지도 모른다. 이 이야기가 끝날 때쯤 독자들이 판단할 수 있을 것이다. 이 하룻밤에 일어난 불쾌한 사건이 다음에 이어질 이야기의 내용이다.

아마도 밤 12시가 조금 못 된 시간이었을 것이다. 땅만 쳐다보며 걷고 있던 내 앞에 갑자기 아주 거대한 검은색 건물이 나타났다. 그 건물은 국도에서 몇 발자국 떨어진 곳에 있었다. 어두워서 잘 보이지는 않았지만 5~6층 높이에 단단한 마름돌로 아주 견고하게 지어졌다. 또한 몇 채의 뒤채, 창고, 기관실, 굴뚝 등을 갖추고 있었다. 간단히 말해서 상당히 큰 산업 시설임에 틀림없었다.

불빛은 전혀 보이지 않았지만 나는 일단 그곳으로 가 보기로 결정했다. 곱게 자갈이 깔린 길이 국도에서 정문 쪽으로 이어졌다. 양쪽에 펼쳐진 아름다운 공원들로 보아 건물주가 상당히 부유하며, 예술 감각과 자연을 사랑하는 마음을 가졌음을 알 수 있었다.

  나는 초인종을 눌렀다. 날카로운 소리가 건물 전체로 울려 퍼졌다. 소리가 울리는 걸로 미루어 볼 때 이 건물의 현관과 복도가 어마어마하게 크다는 것을 알 수 있었다.

  '초인종 소리가 여러 사람을 귀찮게 하겠군.'

  나는 이렇게 생각했다. 그런데 초인종 소리가 나자마자 바로 내 옆에서 발자국 소리가 들렸을 때 나는 얼마나 놀랐던지.

  문 하나가 열리면서 열쇠 꾸러미에서 절거덕 소리가 났다. 다음 순간 갈색으로 칠한 무거운 출입문이 열렸다. 그리고 내 앞에는 매끈하게 면도한, 친근한 얼굴의 흑인 난쟁이가 서 있었다. 그는 아무 말 없이 손짓으로 내가 무엇을 원하는지를 물었다.

  내가 말했다.

  "이렇게 늦은 밤에 폐를 끼쳐서 죄송합니다. 이게 무슨 건물입니까?"

  "인간 공장인데요."

  이제 나는 이 이야기를 계속하기 전에 설령 이것이 말도 안 되는 것처럼 느껴진다 할지라도 이 이야기를 끝까지 읽어 줄 것을 독자에게 부탁하는 바이다. 어떤 질문이나 대답 혹은 언급 때문에 중단하지 말았으면 한다. 우리는 살아가면서 앞에서 나왔던 '인간 공장'이라는 대답이 암시하는 것보다 훨씬 더 이상한 일들을 만나는 경우가 자주 있다. 그럴 때 바로 그 자리에서 도망가거나 책을 덮지는 않는다. 중요한 점은 당황하지 않고 사실들을 조용히 숙고해 보며, 그러고 나서 타협점을 찾는 것이다.

  본론으로 들어가서 내가 말하고자 하는 바는 이것이다. 즉, 복합명사에서 한 단어가 다른 단어를 더 상세하게 지칭하거나 설명하기 위한 것이라면, 뒤에 있는 명사는 대체로 주체적인 것으로 받아들여지며 앞에 있는 명사는 관계 문장으로 풀어쓸 수 있다. 이 이상한 건물에서만 독일어가 다른 문법 규칙을 따를 이유는 없었으므로, 나는 '인간 공장'이라는 단어를 인간을 생산하는 공장으로 이해했다. 그리고 그 판단은 옳았다. 이제 나는 더 이상 지체하지 않고 이야기를 계속하겠다.

나 자신은 아무 말도 못하고, 마치 번개에 맞은 것처럼 그 난쟁이 앞에 서 있었다. 거의 정신을 차릴 수 없을 정도였다. 하물며 적당한 말을 꺼낼 수는 더더구나 없었다. 마침내 그 친절한 노인은 주저하고 있는 내게 조금도 짜증을 내지 않으며 들어오라고 손짓을 했다. 나는 현관으로 들어섰다. 그리고 정신을 집중해서 그의 눈을 쳐다보며 아주 정중하게 이렇게 말했다.

"비유적으로 말씀하신 거지요? 인간 공장이라는 것이 당신이 인간을 생산한다는 의미는 아니겠지요?"

"맞습니다, 우리는 인간을 만듭니다!"

"당신이 인간을 만든다고요? 그것이 도대체 무슨 뜻입니까?"

나는 이제 아주 흥분하여 소리쳤다. 마음속에서는 나도 모르게 이 사람 혹은 이 건물에 무슨 문제가 있지 않을까 하는 생각이 떠올랐다. 이 늙은 난쟁이는 내가 당혹스러워하는 것을 눈치 채지 못했거나 아니면 전혀 신경 쓰지 않는 듯 보였다. 우리는 이야기를 나누면서 계속 걸었고 어느새 유리문에 도착했다. 그는 유리문을 가리키며 이렇게 말했다.

"자, 이리로 들어가십시오!"

나는 외쳤다.

"인간을 만든다, 그것을 말 그대로 받아들일 수는 없습니다. 그것은 비유거나 아니면 시적 표현이겠지요. 우리가 빵을 만들듯이 인간을 만들 수는 없지 않습니까?"

"정말입니다."

늙은 난쟁이는 즐거운 듯 외쳤다. 그리고 전혀 흥분하지도 않았고, 마치 화랑의 학예 연구관이 '그렇습니다. 당신이 문의한 그 유명한 그림이 바로 우리 화랑에 있습니다.' 라고 말할 때처럼 그런 어조로 말하였다.

"정말입니다. 당신의 표현을 빌리자면 우리는 빵을 만들듯이 인간을 만듭니다."

우리는 넓은 돌 타일이 붙은 복도에 도착했다. 정원으로 이어지는 창가 구석에 서 있는 커다란 목재 타구는 양털같이 부드러운 톱밥으로 가득 채워져 있었다. 그것으로 보아 낮에는 여기로 많은 사람들이 지나다닌다는 것을 알 수 있었다. 모든 것에서 위생과 합리적인 경영의 흔적이 보였다. 벽은 방금 칠한 것 같았다. 수수한 색이었지만 세심하게 마무리되었다.

나는 다시 한번 늙은 난쟁이를 쳐다보았다. 그는 아주 이성적이며 성실하고 호의적으로 보였다. 그의 나이와 절제된 행동으로 보건대 상상이나 어리석은 농담을 전혀 용납하지 않는 듯했다. 나는 귓속을 끼적거렸다. 왜냐하면 귀 안에 단어와 내용을 왜곡하는 귀지가 있는 건 아닌가 해서.

"인간이라니!"

나는 혼자 중얼거렸다. 그러고 나서 아주 큰 소리로 이렇게 말했다.

"인간을 만든다고요, 무엇 때문에? 왜요? 당신이 인간을 만든다고 인정하지요. 인간들이 매일 수백 명씩 공짜로 태어나는데 왜 인간을 만듭니까? 당신은 어떤 종류의 인간을 만듭니까? 어떻게 그렇게 엄청난 생각을 하게 되었습니까? 당신은 도대체 누구입니까? 아직 중세에 사로잡혀 있는 몽상가입니까, 아니면 근세를 오래전에 잃어버린 파우스트 박사처럼 마력적인 명제에 빠져 있는 겁니까? 내가 동쪽으로 너무 멀리 와서 동방의 마술 부엌에 와 있는 건가요? 아니면 서구의 정신병원에 와 있는 건가요? 말씀해 보세요! 다시 한번 대답해 봐요! 이것이 도대체 무슨 건물입니까?"

늙은 난쟁이는 내가 흥분해서 질문을 퍼부어도 조금도 당황하지 않는 것 같았다. 그는 조용히 바닥 위를 멍하니 쳐다보았다. 마치 타일 공이 얼마나 정확하게 작업했는지를 검사하려는 것처럼. 아무렇지도 않다는 그의 태도 때문에 나는 더욱 흥분되었다. 또한 두려웠다. 그는 잠시 후 약간 근엄한 목소리로 말했다.

"당신은 한 번에 너무 많은 걸 묻는군요. 마지막 물음부터 하나씩 차례대로 대답해 보지요. 그러나 당신은 곧 다음과 같은 사실에 주목하게 될 겁니다. 한 바퀴 돌아보면서 보고 관찰하면 당신은 더 많이 이해하고 알 거라는 걸 말입니다. 내가 설명하고 당신이 질문하는 것을 통해서 알 수 있는 것보다 더 말이지요. 어쨌든 다시 한번 대답하지요. 이 건물은 공장입니다!"

"그렇다면 무엇인가 생산을 하겠네요?"

나는 거의 씩씩거리면서 덧붙였다.

"인간을 생산하지요."

인간, 인간이라고 그 남자는 전혀 당황하지 않고 말했다. 나는 골똘히 생각에 잠겼다. 나와 함께 걷는 사람은 너그럽게도 내 생각을 방해하지 않았다. '인간 공장'이라는 말의 갑작스러운 출현에 수많은 질문들이 별똥별처럼 꼬리를 물고 나의 마음속에서 스쳐 갔다. 나의 혀는 그런 질문들을 그렇게 빨리 표현할 능력이 없었다. '인간들이라, 좋아!' 라고 나는 혼자 중얼거렸다.

'그 생각은 나쁘지 않아. 그런데 무엇 때문에, 어떤 보조 수단을 사용해 인간을 생산하는 거지?'

난쟁이는 부드럽게 나의 팔을 잡고 첫 번째 홀로 들어서려 했다.

내가 외쳤다.

"잠깐만요! 질문이 하나 더 있어요. 더 가기 전에 한 가지 확인할 게 있습니다. 당신이 만든 인간에게는 생각하는 기능이 있습니까?"

"없습니다."

그는 아주 명확하게 확신에 찬 어조로 외쳤다. 그리고 마치 이 질문을 기대했다는 듯, 아니면 그 질문에 없다고 답할 수 있는 것이 기쁘다는 듯 흥분되면서도 즐거운 표정을 숨기지 않았다.

그는 외쳤다.

"없습니다! 우리는 그 기능을 완벽하게 제거했습니다!"

"그 대답을 들으니 당신의 작업에 특별히 관심이 가는군요. 나는 생각을 해야만 했던 어떤 사람을 알고 있습니다. 그는 싫지만 어쩔 수 없이 취미도 직업도 없이 오로지 생각만 하도록 강요받았습니다. 그것은 그가 아니라 그의 머리가 원했던 것이지요. 그 사람은 외적인 교육적 필연성 때문에 생각을 했던 게 아닙니다. 그것은 그가 자신과 동일시했던 내면적 충동에서 나온 겁니다. 그는 어쩔 수 없이 자기가 생각을 해야 했다는 것을 인정하지 않을 수 없었지요. 당신에게 말해야겠군요. 한 가지 문제가……."

그 사이에 갑자기 활달해진 난쟁이가 말했다.

"알고 있습니다. 알아요, 알고말고요. 우리는 이 시대의 욕구를 완전히 파악하고 있어요. 우리가 만드는 인종에게 무엇이 부족한지도 잘 알고 있고요. 그래서 우리는 최신형을 소유하고 있습니다!"

그의 장사꾼 같은 마지막 어투에 나는 다시 정신을 차렸다. 그러면서 동시에 기분이 나빠졌고 의심스러워졌다.

우리는 1층의 커다란 홀로 들어섰다. 거기에서 뜨거운 증기가 밀려 나왔다. 주위는 충분히 밝았다. 구석에는 진흙을 바른 가마들이 몇 개 있었다. 구멍이 나 있는 주머니 모양이었다. 우리가 그 홀의 중간쯤 갔을 때, 먼지가 뽀얗게 앉은 작업복 차림의 노동자 한 명이 손에 등 하나를 들고 옆방에서 나왔다. 그는 나의 존재에 조금도 놀라지 않은 채 말했다.

"공장장님, 방금 중국 사람을 만들었습니다."

나의 동반자는 거의 아버지처럼 온유하게 이렇게 말했다.

"그러면 찢어진 눈은 잘 나왔겠지?"

"약간 무표정합니다!"

그 노동자가 말했다.

"무표정하다고?"

늙은 난쟁이가 놀라서 되물었다. 그러나 화가 난 말투는 아니었다.

"유감이군. 지금은 이 사람을 잠깐 쉬게 하는 게 좋겠지요. 자, 이제 어떻게 만들어졌는지 직접 보러 갑시다."

그 노동자는 그 말에 동의한다는 듯 머리를 끄덕이며 사라졌다.

"노동자들이 밤새도록 일하는 것 같네요?"

나는 방금 들었던 말에 소름이 끼친다는 투로 말했다.

"이 생산 과정은 중단되어서는 안 됩니다!"

난쟁이가 대답했다.

"그리고 당신은 당신 조국이나 서구의 사람을 만드는 것으로 만족하지 않고 동양으로까지 손을 뻗쳤군요!"

"그것이 요즘 아주 인기가 있다니까요!"

"인기가 있다고 말씀하셨나요. 그게 무슨 뜻입니까? 인기가 있다니, 당신의 이 범죄적인 공장이 오래된 동업자 조합원들에게 인기가 있다는 뜻은 아니겠지요?"

잠시 후에 나는 다시 격렬하게 말하기 시작했다.

"세상에, 이 모든 것이 무엇을 의미하는지 말해 보시지요. 우주의 전능하신 창조자가 두렵지 않습니까? 당신은 하느님과 경쟁하려는 겁니까? 이런 뻔뻔스런 공장이 패러디처럼 보이지 않을까요? 서로 다른 두 종족, 즉 원래의 인간과 공장에서 만들어진 인간의 자손들은 거리에서 어떤 얼굴로 만나게 될까요? 그 둘 사이의 대비는 하느님의 창조물인 백인과 폴리네시아인 사이의 대비보다 더 크고 특히 더 끔찍하지 않을까요? 오래전부터 지구에 살던 인간이 그런 새롭고 인위적으로 만들어진 존재에 대해 얼마나 큰 불신을 가지고 다가가서 냄새를 맡고 만지게 될까요? 그것의 비밀스런 힘을 알아내기 위해서 말입니다! 그리고 새 종족이 오랜 숙고 끝에 나온 특별한 계획에 의해 만들어졌다면, 그 종족은 아마도 우리보다 더 큰 능력을 가지고 있을 겁니다. 또한 생존을 위한 투쟁에서 원래 지구에서 살던 종족보다 우월할 겁니다! 따라서 끔찍한 충돌이 일어날 수밖에 없습니다! 새 종족이 당신이 이미 말한 대로 생각하지 않고 오로지 기계적으로 행동한다면 어떻게 자신들의 실수에 대해 책임을 질 수 있겠습니까? 우리 사고와 행동의 기본 덕목이 되는 도덕은 어떻게 되겠습니까? 당장 그만두시오! 새로운 법을 만들어야 합니다! 그렇지 않으면 두 종족이 서로를 파괴할 겁니다! 당신이 도대체 무슨 일을 한 건지 아십니까? 당신은 무엇을 감행하려는 겁니까? 당신의 목적은 무엇이지요? 현재 사회질서의 전복입니까!"

그는 다시금 질문 세례를 조용히 진정시키듯이 쳐다보았다. 그리고 잠시 후에 말했다.

"새 종족은, 당신이 그렇게 확신한다면 세상으로 퍼지지 않을 겁니다. 그리고 고귀한 출신의 그 형제자매들과 경쟁하지도 않을 겁니다. 그들은 조용히 당신 집 응접실에 앉아 있을 겁니다. 아무 요구 없이 얌전하게 말입니다. 그리고 당신들, 즉 옛 인간들은 방금 생산된 화려한 존재의 밝은 면에 열광하며 자신의 안목이 높다고 느낄 겁니다. 그렇기 때문에 나는 당신에게 이런 섬세한 물건을 몇 개 구입하라고 권할 수 있습니다."

나는 대답했다.

"구입하다니요! 어떻게 그런 일이 있을 수 있습니까?"

"우리가 그것들을 팔고 있으니까요. 그렇지 않으면 이 공장이 왜 있겠소? 그리고 우리가 생산한 이 종족은 아무 일도 안 하고, 아무것도 벌지 못하는데 그들이 어떻게 존속하겠소? 생산비가 상당히 많이 드는데 말이오!"

나는 그의 마지막 설명을 듣고서야 눈에 띄게 안정을 찾았다. 그리고 앞에서 화를 내며 질문했던 것이 거의 부끄러울 지경이었다. 우리는 구석에 있는 비교적 큰 가마 쪽으로 걸어갔다.

그가 말했다.

"물론 그 과정은 비밀입니다! 창조자가 낙원에서 최초로 인간 종족 한 쌍을 창조했던 것과 마찬가지로 우리는 흙을 반죽하여 능숙하게 만듭니다. 그리고 그것들로 하여금 다양한 온도의 열을 겪게 합니다. 그리고 그 모든 과정을 나는 당신에게 보여 줄 수 있습니다. 그러나 핵심 기술인 생명을 주는 것, 특히 우리 인간 종족이 눈을 뜨게 하는 것은 공장 기밀입니다."

"나는 당신의 그 극악무도한 기술을 알고 싶지 않습니다."

나는 이렇게 대답하고선 계속 말했다.

"그리고 당신도 그 기술을 몰랐으면 하는 게 내 희망이오. 해마다 게으름뱅이에 불과한 수천 개의 피조물들을 이 세상에 내보내다니……."

"자 한번 이 멋진 자태를 살펴보십시오!"

내 마지막 말에 대해서는 아무 대꾸도 하지 않고 키 작은 공장장은 말을 끊었다. 나는 조그만 구멍을 통해 들여다보았다. 외부 공기가 차단된 후덥지근해 보이는 욕실에 아주 아름다운 소녀가 앉아 있었다. 마치 자는 것처럼 보였으며 옷은 반쯤 입은 상태였다. 인조 잔디 바닥에 기대어 앉은 그 소녀는 완전히 하얀색이었다. 모든 것이 촉촉한 진흙으로 방금 만들어진 것 같았고, 아직 미완성인 것처럼 보였다. 형태, 자세, 천의 주름, 작은 발, 신발, 작은 구멍이 있는 양말, 레이스 장식, 모든 것이 아주 조화를 잘 이루고 있었으며 예술적인 완성도를 지녔다.

공장장은 구멍을 통해 보고 있다가 이렇게 말했다.

"무엇인가 트집 잡을 게 있다면, 지금 말하십시오. 지금은 아직 모든 것이 부드러워서 고칠 수도 있고 늘일 수도 있습니다. 눈이 완성되고 심장이 뛰어서 뺨 위에 홍조가 나타나면 그녀는 깨어납니다. 그때는 고칠 수가 없지요. 그러면 보이는 그대로 굳어지지요. 모든 하자를 지닌 채 말입니다. 명랑하거나 변덕스럽고, 애교 있거나 고집스럽고, 뚱뚱하거나 날씬하고, 검은 피부거나 갈색 피부인 여자 아이겠죠."

내 눈에는 옷이 몸에 너무 딱 달라붙어 있는 것처럼 보였다. 나는 내 생각을 그에게 전달했다. 그 불쌍한 아이의 자세가 너무 고정되어 있어 제대로 된 옷을 찾아 주기가 힘들 것 같다는 평도 덧붙였다.

"옷은 전혀 필요 없습니다."

그가 대답했다.

"어떻게 그럴 수 있지요. 그 아이에게 속옷은 갈아입게 해 주어야 하지 않습니까!"

"우리는 생산 과정에서 속옷과 옷을 함께 생산합니다. 그것도 한 번에요."

"그것은 내가 지금까지 들어 본 것 중 가장 말도 안 되는 이야기군요. 그렇다면 당신은 옷을 입은 사람을 만들어 낸단 말입니까?"

"그렇습니다!"

"그리고 그렇게 만들어진 인간들은 평생 그 옷만 입고 있어야 합니까?"

"물론이지요! 그것이 훨씬 간단하니까요! 옷은 전체 몸의 일부입니다!"

"다른 질문은 그만두고라도 땀이 날 경우를 한번 생각해 보세요!"

"우리는 그런 경우를 최소한으로 줄였습니다! 어쨌든 나는 이 문제에 관해 더 상세히 말해 드릴 수가 없군요. 왜냐하면 그것은 가장 중요한 핵심, 즉 우리가 만든 인간의 비밀스런 생활 원칙을 건드리는 것이니까요."

우리는 가마에서 천천히 멀어졌다. 나는 생각에 깊이 잠겨 있었으며, 아주 혼란스러웠다.

나는 마침내 이렇게 말했다.

"내가 제대로 생각한 거라면, 당신이 세운 인간 생산 원칙들은 그렇게 나쁘지 않군요. 당신은 생산 과정에서 당신이 만드는 인간 개개인에게 특정한 수의 육체적 자산과 정신적 자산을 갖추어 주고는 그것을 변하지 않게 고정하는군요."

"물론이지요!"

늙은 난쟁이는 거의 열정적으로 나의 말을 가로챘다. 그리고 내가 마침내 자기 생각의 골자를 파악했다는 것에 기쁨을 느끼는 것 같았다.

"물론이지요! 오늘날은 모든 것이 동요하는 시대입니다. 대다수 인간들이 불신하고 의심하며 어렵게 직업을 선택하고, 모든 영역에서 망설이고 주저합니다. 이런 상황에서 결국 어떤 사람이며, 어떤 성향을 가졌고, 어떤 경향의 기질이 있는지, 그리고 그 성향과 기질이 변함없이 그대로 지속될 것인지 아는 그런 인간을 가지려는 욕구가 생기지 않을 수 없습니다. 우리는 우리가 생산하는 인간들이 태어날 때 최고의 규범에 따라 정신적, 육체적 탁월함을 그들에게 부여합니다. 그리고 그것은 어떤 상황에서도 그들에게 남아 있지요. 우리끼리 이야기지만 당신에게 확언하건대 인위적으로 생산된 우리 인간들이 오래되고 유명한 인간 종족들보다 내게는 더 사랑스럽답니다!"

"그렇지만 자유의지는요!" 내가 대답했다.

"자유의지란 다른 인간 종족에게도 망상에 불과합니다!"

그는 계속 강변했다.

"그러나 그것을 소유하고 있다고 착각하는 게 얼마나 기분 좋은 일인데요!"

"내 종족은 자유의지를 잃었다는 것을 감지하지도 못합니다!"

나는 고개를 저으면서 말했다.

"사색가들, 사색가들, 당신이 생각을 제거해 버렸다면! 사색가들은 당신의 공장 노동과 친숙해질 수가 없을 텐데요."

"선생, 15분 전에 당신 자신이 생각은 옛 종족에게 가장 부담스러운 활동이라고 말하지 않았습니까?"

"그래요, 그것은 가끔 혹독하기도 하지요. 그래도 잘 간수하세요!"

"당신은 확고한 상업적인 원칙이 없는 몽상가, 이상주의자군요!"

그는 이렇게 짧게 말하고선 앞서 갔다. 그 주제에 관해 더 이상 언급하고 싶지 않다는 태도로. 우리는 몇 개의 홀을 지나갔다. 홀에서는 장뇌와 약초, 그리고 여러 향료 냄새가 강하게 풍겨 왔다. 주위에 널려 있는 특이한 종류의 도구들로 보아 여기에서 계속 열심히 작업이 이루어지고 있음을 알 수 있었다. 나는 거기서 특히 세심하게 밀폐된 유리 상자를 보고 경악할 수밖에 없었다. 상자 안에는 회반죽 같은 것으로 만들어진 듯한 완성된 육체의 일부분들, 즉 심장, 귀, 손가락 등이 있었다. 그리고 그 옆에는 특이하게도 화살표, 왕관, 무기, 번개 등등의 상징물이 있었다.

그런데 아주 색다른 광경이 눈에 들어왔다. 가마가 있던 홀의 다섯 번째 혹은 여섯 번째 구역쯤에서 여덟 내지 열 명쯤 되어 보이는 귀엽고 사랑스럽게 생긴 아이들이 우리에게 인사를 했다. 그 아이들은 모두 들떠 있었으며, 눈은 반짝이고 있었고 뺨은 붉고 건강해 보였다. 나는 그들이 공장장의 아이들임을 이미 짐작했다. 그런데 아이들의 표정은 약간 굳어 있었다. 몇몇 아이들은 자유롭게 서 있거나 부드러운 의자 위에 앉아 있는 반면, 다른 아이들은 받침대 위에 서 있었고 주위에는 회반죽 스프레이가 있었다.

"당신에게 내 아이들을 소개하겠소!"

그는 다시 내게로 몸을 돌렸다.

나는 당황하여 소리쳤다.

"뭐라고요? 이 아이들이 당신의 아이들이오?"

"그런데요!"

그가 약간은 무미건조하게 대답했다.

"당신의 아이들이란 당신이 만든 아이들이라는 뜻입니까?"

나는 활기차게 덧붙였다.

"옛날 방식으로 태어나지는 않았지요. 이것은 내 생산품이오. 그러나 그것은 아무 상관없소. 이것들이 더 아름답소!"

내가 대답했다.

"세상에, 어떻게 당신은 인위적인 자녀를 만들 생각을 했습니까?"

"오늘날 우리의 비참한 결혼 제도 때문에 그런 생각을 한 거지요."

"오늘날의 우리 인류와 그 번성을 문제 삼고 싶은 것은 아니겠지요?"

"우리는 단지 몇 가지를 개선하려고 했습니다!"

"인류에게서 몇 가지를 개선한다고요? 당신이 차갑게 웃으면서 말하는 이 문장 속에 뻔뻔스러움과 무시무시함이 들어 있는 걸 느끼지 못합니까?(그가 어깨를 으쓱한다.) 어깨만 으쓱하면 다입니까? 당신은 부모와 자식 사이의 관습적인 구속을 파괴하려는 겁니까?"

"여기 이것들은 아주 잘 팔립니다!"

그는 자신의 생산품을 가리키면서 아주 평온하게 대답했다.

"당신은 도대체 인류를 어떤 궤도로 몰아넣는 거요!"

나는 커다랗게 몸짓을 해 가면서 계속 말했다.

"헤겔이라면 그에 대해 뭐라고 말하겠소! 당신은 헤겔이 아주 오래전부터 우리 시대까지의 인류 전체를 '절대적인 이념'의 지속적인 형태로 생각했다는 것을 모르시오! 또한 그가 현명한 선견지명으로 인간에게 도덕적, 정신적 완성에 이르는 확실한 궤도를 지정하여 그것이 19세기 말까지 지속되었다는 것을 모른단 말이오! 헤겔이 당신의 범죄적 시도에 대해, 인류를 자유의지를 빼앗긴 인위적인 종족으로 대체하려는 시도에 대해 뭐라고 말하겠소!"

"우리는 경쟁자를 고려할 필요가 없소!"

"헤겔은 경쟁자가 아니오! 그는 제조 업자가 아니었단 말이오! 세상과 자연, 인간들을 그것들의 가장 중요한 형태로 고정하고, 모든 것이 필연적으로 생성되는 것처럼 보이게끔 고안된 체계를 세우려고만 했단 말이오……."

나는 이런 억지로 꾸민 말투로 조금 더 이야기했다. 하지만 그가 나의 진술에는 전혀 관심 없으며 색이 약간 탁하게 빠진 아이들의 짧은 앞치마를 끼적거리고 있음을 곧 알아차렸다.

"선생, 여기를 보십시오."

그는 잠시 후 전혀 아무 일도 없었다는 듯이 그렇게 말을 시작했다.

"여기 우리 생산품의 생산 과정을 보십시오. 물론 살아 있다고는 말할 수 없다 하더라도 모든 것이 더욱 생생하고 더 빛납니다. 거의 맥박이 뛰는 것처럼 보이지요. 여기서 모든 형태가 완성되고 고정됩니다. 직공장이 약간만 신경을 덜 써도 이런 매력적인 작은 형상들 자체의 질은 더 이상 높아질 수 없습니다. 여기 있는 바로 이것들은 전혀 변하지 않습니다. 즉 이 단계에서 계속 머물러 있다는 말입니다. 이런 매력적인 어린이들의 감각은 평생 지속됩니다. 나는 프뢰벨에게서 많은 것을 배웠지요. 이 파란색 눈동자를 잘 관찰해 보십시오. 우리 아이들은 눈이 예쁜 것으로 특히 유명하답니다."

나는 신을 모독하는 이런 발언에 아무 대꾸도 하지 않았다. 우리는 맨 끝에 있는 홀로 향했다. 복도를 지나 이중 쇠문으로 아주 굳게 닫힌 여러 개의 물품 창고를 지나갔는데, 거기서 심하게 윙윙거리는 소리와 쉿쉿 소리가 밀려 나왔다. 둘씩 짝을 지어 매우 급하게 다니는 노동자들은 이마가 땀으로 번들거렸다. 그들은 가끔 웅웅거리는 소리가 흘러나오는 커다란 짐을 주름 잡힌 아마포로 나르면서 자주 우리 길을 방해했다.

늙은 난쟁이가 나를 날카롭게 쳐다보면서 말했다.

"죄송하지만 여기에서는 멈춰 서지 마십시오. 그리고 둘러보지 마십시오. 여기에는 이 공장에서 끊임없이 계속 작동되어야 하는 부분들이 있습니다. 또 혹시 부주의로 열린 문 때문에 당신이 쉽게 정신을 빼앗길 수 있으니까요. 차라리 완성된 인간들이 있는 창고를 보러 갑시다!"

우리는 나란히 아무 말도 하지 않으면서 천천히 걸어갔다. 창고는 여러 개의 뒤채 가운데 하나였다. 공장의 모든 부서들은 문으로 막아 놓은 통로를 통해 서로 연결되어 있었다. 아마 각 부서들에서 나는 강한 냄새를 막기 위해서 그렇게 해 놓은 것 같았다. 사방에서 뜨겁고 습기를 가득 머금은 식물의 공기를 내뿜었다.

아이들이 내 머리에서 떠나지 않았다. 그 아이들이 아이로 머물러 있다는 것에 사람들이 더욱 만족한다는 것은 이 인간 개선자의 말도 안 되는 생각이었다. 크게 자라지 않도록 하기 위해 작은 애완견과 경마 기수에게 술을 주는 것과 마찬가지이다. 모든 도덕적 성향의 결핍, 인위적인 웃음, 그리고 어린이 선호, 모든 교육적 경향의 결핍, 한마디로 도덕적 기반의 부재는(그것을 바탕삼아 아이들은 사물의 이치를 묻는다. 또한 그것을 바탕삼아 아이들은 선과 악을 구분한다.) 청교도인 나에게는 참아 내기 힘든 것이었다. 공장장을 불쾌하게 만들지 않으려고 주의하면서 나는 직설적으로 이렇게 토로했다.

"공장장님, 당신은 우리가 마지막 방에서 보았던 그 아이들을 그렇게 완전히 타락시켜 놓고도 마음이 편할 수 있습니까?"

그는 아주 냉정하게 말했다.

"그 아이들은 타락하지 않습니다. 미숙한 하녀의 손에 들어가지 않는다면 말입니다!"

나는 신경질적으로 대답했다.

"내 말은 그런 뜻이 아닙니다. 당신이 이 가련한 녀석들의 마음속에 도덕적인 영감을 넣어 주어야 한다는 생각을 해 보지 않았느냐는 겁니다. 그리고 당신이 모든 것을 자동으로, 그리고 변하지 않게 구성해 놓았다면, 당신은 저 어린것들의 어디에 도덕적 기반을 심어 놓았습니까? 머릿속입니까, 아니면 가슴속입니까?"

"아, 선생, 그건 어렵습니다. 왜냐하면 도덕적 기반은 사람들이 알아차리지 못하거든요. 그것과는 전혀 상관없이 우리는 우리가 만든 인류가 겉으로 보기에 아주 친절하고 고귀한 것 같다면 기쁠 따름입니다."

"친절하고 고귀한 인간이라! 그것이 우리가 지향해야 할 목표 같군요! 용감하고 정직한 인간, 이것이 훨씬 더 낫지 않습니까? 공장장님, 당신이 남보다 앞서 그런 방향을 지향한다면 말입니다."

나는 오른손을 계속 사용해 가면서 아주 활발하게 이야기했다.

"당신이 특히 도덕적 추진력을 가진 인간, 말하자면 도덕적 인종을 만들어 낸다고 합시다. 마음속에 심어져 있어서 점차 강해지는 그런 충동을 토대로 해서 도덕적으로만 행동할 수 있는 그런 인간을 억지로라도 만든다면, 나는 당신을 존경할 겁니다. 그들의 반짝이는 도덕적 방패를 어디서나 보여 줄 수 있는 그런 인종, 그들의 육체적인 형제자매들에게 빛나는 모범이 되는……."

"그런 것들은 절대 팔리지 않을 겁니다!"

"상관없어요. 정부가 그것들을 정부 예산으로 사면 되지요. 아주 훌륭한 그림을 사서 그것을 모방하도록 공식적으로 전시하는 것처럼 말입니다. 생각해 보십시오. 도덕이 이미 혼란에 빠진 인류의 윤리적 발전에 얼마나 큰 기여를 할 수 있겠습니까!"

"당신은 이상주의자군요!"

그는 짧게 말했다.

"나는 당신의 의견에 동의할 수 없으며 이 세상을 있는 그대로 받아들입니다. 우리는 인간을 지금 모습 그대로 모방할 수 있어 기쁩니다. 나는 당신에게 확실하게 말합니다. 그것은 절대 쉬운 과제가 아닙니다. 우리는 많이 노력했고, 또한 많은 돈을 투자했습니다!"

이런 상업적인 말투에 나는 다시 침묵할 수밖에 없었다. 나는 우리 사이에 엄청난 거리가 존재한다고 느꼈다. 이 장사꾼은 그가 만든 인간으로 다른 무엇보다 돈을 벌기를 원한다. 다른 것은 그에게 부차적인 것일 뿐이다. 우리는 다시 아무 말도 하지 않은 채 오랜 시간 같이 걸었다.

"한 가지가 이해되지 않는군요. 인간을 만들려고 한다면 당신은 해부학과 심리학을 매우 정확하게 알고 있어야 할 겁니다. 프로메테우스는 일종의 오물로 인간을 만들었고, 지혜의 여신인 팔라스 아테네가 그들에게 생명을 불어넣었지요. 신의 도움을 받았으면 하는 것이 있습니까?"

"화학과 물리학 덕분에 오늘날 우리는 많은 것을 무시할 수 있지요!"

"그렇군요. 우리는 자연법칙을 놀랄 만큼 잘 알고 있습니다. 그러나 조직화되지 않은 자연과는 아주 다른 조건들이 지배하는 인간의 육체에 그 자연법칙들을 어떻게 적용합니까? 인간의 가슴속에 자리 잡고 있는 아주 복잡한 일련의 감정들만 취하는 겁니까? 마치……."

"우리는 그것 모두를 인간과 똑같이 만듭니다!"

다시 활달해진 난쟁이가 나의 말을 가로챘다.

내가 대꾸했다.

"그러면 어떻게? 예를 들어 미적 감각을 어떻게 구성합니까? 헤르바르트(Herbart)식입니까? 아니면 로체(Lotze)식입니까?"

"그게 함부르크 회사인가요? 아니면 베를린 회사인가요?"

나는 화를 내며 말했다.

"그것은 함부르크 회사도 아니고 베를린 회사도 아닙니다. 그들은 독일의 철학자들로 어느 시대에나 적용되는 심리학의 기본 법칙을 밝혀냈지요. 특히 인간에게 어떤 감정들이 불가능한지를 말입니다!"

"당신은 인간을 만드는 것에 대해 너무 어렵게 생각하는군요, 선생!"

그가 약간 당황한 듯 대답했다.

"너무 어렵다니요!"

나는 외쳤다. 이런 세속적인 말투에 화가 나서 나는 반쯤 이성을 잃고 복도 중간에 멈추어 섰다. 그래서 그는 나와 마주 볼 수밖에 없었다.

"당신이 인간이 가진 가장 귀한 재산인 사고와 감정을 그들에게서 빼앗는다면 물론 어렵지 않겠지요!"

"당신이 보았던 아이들이 석고 머리라도 이고 있었단 말입니까?"

이제 그 역시 흥분한 어조로 말했다.

"아닙니다. 그 아이들이 정말 살아 있는 것처럼 보이고 감탄스러우리만치 생기발랄했다는 것만은 인정합니다. 그러나······."

"'그러나' 라니요? 생산품을 변화시키기 위해서는 생산 조건의 변화가 결정적이라는 것을 잊어서는 안 됩니다! 당신의 선생인 레버르트와 코체, 아니 그 이름이 어떻든지 간에 내가 처음에 경쟁 회사라고 여겼던 그들이 그들의 저서에 쓴 것은 옛 인류에게는 해당될 수 있을지 모릅니다. 하지만 내 공장에서 생산되는 인간에게는 적용되지 않습니다!"

내가 좋아하는 철학자를 모욕하기까지 했지만 이 반박은 옳았다. 나는 당황하기 시작했다. 우리는 둘 다 골똘히 생각에 잠겨 천천히 걸어갔다. 오른쪽에서 여러 가지 기계와 송풍기 소리가 났다.

나는 잠시 후에 다시 말을 시작했다.

"당신은 공장 기밀이 새어 나가기를 원하지 않겠지요. 하지만 당신은 당신의 인간들에게 영혼을 표현하게 하는 특별한 방법을 가지고 있을 겁니다. 그렇지 않습니까?"

"우리는 그것을 고정합니다!"

"고정한다고요?"

"그렇습니다. 고정합니다!"

"고정한다는 게 무슨 뜻입니까?"

"우리는 한 인간을 지배하는 특정한 감정이 항상 동일한 방향과 분위기, 즉 동일한 뉘앙스 속에서 나타날 수 있도록 노력합니다. 그럼으로써 부담스런 동요를, 희망과 노력이 흔들리는 것을, 우유부단함을 피할 수 있지요."

"특이하신 공장장님, 그러나 인간적 삶의 매력은 바로 우리의 의지와 충동이 아주 상반되는 동기와 성향의 결과라는 데 있습니다. 오늘도 그렇고 내일도 그렇습니다. 이런 갈등 속의 '자아'를 보는 것이 우리가 삶이라고 부르는 것이지요."

"그러나 그 결과로 많은 불쾌한 일이 일어나지 않소! 열광을 최소화하면 혐오감이, 호의를 중단하면 무관심이 생기고, 그러고 나서는 증오가 생기지요."

"좋소, 그러나 바로 이러한 변화가……."

"이런 변화가 오늘날 우리를 무절제하게 만든 원인이지요. 우리는 안정을 되찾아야 합니다!"

"바로 그런 이유로 당신은 노예 같은, 인간이라는 이름에 걸맞지 않은 인종을 만들어 내는 거군요."

"하지만 아주 인기가 있답니다!"

그는 아주 짧게 말하고 코담배 한 줌을 집었다.

"인기가 있다고요? 도대체 누구에게 인기가 있단 말입니까?"

"우리 고객들한테요!"

"그렇군요. 당신의 그 떼거리 인간들을 사려는 정식 구매자들이 있습니까?"

"떼거리라니요? 선생, 부탁입니다!"

"좋아요, 그렇다면 당신의 종족을 사려는 사람들이 있느냐는 말입니다."

"물론이지요! 그렇지 않다면 누가 생산 비용을 감당할 수 있겠습니까? 바로 얼마 전에 우리는 치치코프 백작 부인에게 한 상자를 보냈습니다."

"상자라고요? 그렇다면 당신은 당신 인간들을 마치 소화물처럼 포장한단 말입니까?"

"아, 우리 종족은 해롭지 않으며 유연합니다. 그들은 한정된 공간만을 필요로 하지요. 그 공간은 그들에게 배당된 특유의 몸짓을 하는 데 필요한 크기를 유지해야 합니다. 나머지 것들은 어떻든 그들과 아무 상관이 없습니다. 물론, 기차에서는 '취급 주의' 화물로 다루어져야겠지요. 그리고 운송 시의 사고에 대해서는 우리 고객들이 '책임' 져야 합니다."

나는 화를 내며 대답했다.

"오, 왜 당신은 자유로운 신의 피조물을······."

그가 약간은 퉁명스럽게 말했다.

"제발, 선생. 그것은 나의 피조물입니다!"

나는 어지러웠다. 두 인류 사이의 이런 대비, 약삭빠른 장사꾼의 냉정하고 이중적인 태도, 그가 고귀한 과거의 인류, 즉 아마도 그렇게 능숙하지는 않지만 신을 닮은 인종에 대적해 기계 인간을 개들처럼 풀어놓았을 때 발생할 수 있는 싸움, 옆에 서서 코담배를 피는 저 남자······. 내가 마음속에서 그려 보았던 이런 상황은 나의 이성을 무너뜨리기 시작했다. 나는 손으로 이마를 짚고 비틀거리기 시작했다.

"내가 도대체 어디로 들어온 거지?"

나는 거의 절망적인 발작을 일으키며 외쳤다.

"이 끔찍한 건물과 살인자들의 소굴, 모든 아름다운 것과 고귀한 것의 죽음에서 떠나자!"

그리고 나는 무작정 앞으로 달렸다. 어디로 가는지 알지도 못했다.

"멈춰요."

키 작은 공장장이 숨을 헐떡이며 내 뒤에서 소리쳤다.

"조심해요, 거기 내 중국인이 서 있지 않소!"

나는 주위를 돌아보았다. 벽에 몸을 떨고 있는 훌륭한 생산품이 서 있었다. 지나치게 화려한 옷을 입고 찢어진 눈을 깜박거리고 있었다. 그리고 붉은색의 뾰족한 혀를 날름거렸다.

"어떻게 이것이 여기 와 있는 거요?"

나는 약간 정신을 차린 다음 물었다.

"방금 만든 겁니다."

"중국에서요?"

"가마에서요!"

"그렇다면 이건 진짜가 아닙니까?"

"진짜입니다. 물론 내 생산품이란 말입니다. 아주 잘 나왔군요."

나는 약간 안정을 되찾았다. 발작은 지나갔다. 그러나 나는 더 이상 어떤 토론도 하지 않겠다고 결심했다.

"우리는 완성된 인간들을 전시하는 방 입구에 도착했소!"

늙은 난쟁이는 이렇게 말하고 커다란 홀로 들어가는 날개 문을 열어 주었다. 우리는 안으로 들어갔다. 화려하게 치장한 사람들이 여기에 모여 있었다. 모든 계급의 신사 숙녀들이 있었다. 어떤 이들은 앉아 있고, 어떤 이들은 서 있었다. 편안한 소파에 앉아 휴식을 취하고 있는 이들도 있었다. 그들의 얼굴은 약간 번들거렸으며, 몇몇은 피곤하게 눈을 떴다. 모두들 거대한 유리 상자 속에 갇혀 있었다. 그들은 마치 무리를 지어 함께 앉아 서로 이야기를 나누는 것처럼 보였다. 어떤 사람들은 웃었고, 어떤 사람들은 농담을 했으며, 또 어떤 사람들은 뛰었다. 그러나 몸짓은 특정한 순간에 고정된 것처럼 보였으며, 움직임은 경직되었다. 살아 있는 듯한 표정을 짓고 있었지만 슬픔, 말로 표현할 수 없는 슬픔이 얼굴에 남아 있었다. 자신이 원하는 대로 움직이는 것이 아니라 태엽 손잡이의 조작을 기다리는 삶에 지친 인종들. 인간 같은 움직임, 공손한 태도, 감정, 자연스럽게 만남이 이루어지는 상황, 자세 등등은 아주 깔끔하게 모방되었다. 모든 의상, 모든 패션, 모든 장식, 모든 상징들은 대표적인 것들이다.

그가 언급했다.

"여기 있는 것들은 대부분 잠자는 것과 비슷한 상태입니다. 어떤 것이 예약되면 그것을 한 번 더 깨끗이 씻고 살펴보지요!"

나는 아무 대답도 하지 않았다. 어떤 일에도 더 이상 간섭하지 않겠다고 결심했다.

아무 말도 하지 않은 채 나는 차갑게 경직된 이 사람들의 대열을 지나쳐 갔다. 허상의 삶을 살도록 강요된 인류가 여기서 영위하게 될 재미 없는 삶에 거의 슬픔을 느낄 지경이었다. 그 홀의 끝에서 갑자기 젊고 아름다운 여자와 마주쳤다. 나는 처음에 그녀가 이 화려한 홀에서 먼지를 떠는 일을 맡은 사환인 줄 알았다. 그녀는 파란색 수건과 열쇠 꾸러미가 들어 있는 작은 바구니를 들고 있었다. 아래로 섬세한 코바늘 뜨개질 감이 반짝였으며, 그녀의 행동거지와 옷매무새에서는 품위와 우아함이 배어났다. 그녀는 꽃무늬가 있는 짧은 원피스를 입었는데, 주름 하나가 우연인 듯 가볍게 벌어져 그 사이로 속치마의 흰 레이스가 보였다. 검은 죔쇠가 있는 가벼운 구두에 숨겨져 있는 눈이 부시도록 하얀 양말, 구멍 뚫린 레이스로 된 앞치마, 장미색 리본이 달린 모자. 내가 그녀 앞에 멈춰 서자 지금까지 먼 곳을 쳐다보던 아름다운 푸른 눈이 갑자기 나를 향했다. 나는 조그만 소리로 혼자 중얼거렸다.

"아름다운 소녀여, 너라면 사랑할 수 있을 텐데, 너라면 나의 모든 것을 희생할 수 있을 텐데, 네 옆에 있을 수 있다면 나에게는 모두 혐오스러운 진짜 인류와 모방된 인류 사이의 갈등을 잊을 수 있을 텐데. 그런데 당신은, 당신은 내 사랑에 화답할 수 있는가?"

이 순간 그녀는 숱 많은 속눈썹을 내리깔았다. 그리고 두 뺨에 명확하게, 거의 심하다고 생각될 정도의 홍조가 떠올랐다. 나는 놀라서 뒤로 물러섰다. 내 뒤에는 공장장이 서 있었다. 그는 말참견하고 싶은 얼굴을 하고 아무 소리 없이 다가왔다.

나는 소리쳤다.

"당신은 추악한 공장장이야. 심지어 부끄러워 얼굴을 붉히는 것까지 인간에게서 훔치다니. 사랑하는 하느님의 인류를 모방하기 위해 인간적인 감정 가운데 가장 섬세하고 가장 순수한 것을 훔치다니!"

그리고 나는 구역질이 나서 그곳에서 뛰쳐나갔다. 앞서 있었던 것과 같은 발작을 다시 느꼈다.

"그것은 단지 얼굴에 바른 진홍색일 뿐이오!"

작고 무뚝뚝한 난쟁이가 내 뒤에서 헐떡이면서 외쳤다.

인간 공장 **149**

"그건 진홍색일 뿐이라니까!"

출구에서 나는 입구에서 보았던 중국인과 비슷한 두 번째 중국인을 거의 쓰러뜨릴 뻔했다. 나는 멈추지 않고 모든 복도와, 칙칙 소리를 내며 증기가 새어 나오는 방을 지나쳐 달렸다. 공장장은 아주 힘들게 나를 따라왔다. 건물 안에 아직 불이 환하게 켜져 있었다. 그럼에도 아침놀이 벌써 시작되고 있음을 알 수 있었다. 곧 나는 어쩔 수 없이 천천히 갈 수밖에 없었다.

멀리서 그의 목소리가 들려왔다.

"당신은 아무것도 사지 않을 겁니까? 내 인간들 몇 개를 가져갈 생각이 없습니까?"

나는 화가 나서 대답했다.

"필요 없어요. 나는 이 건물에서 나갈 겁니다. 비난받아 마땅한 당신 제품과는 아무 관계도 맺고 싶지 않아요!"

건물의 입구 근처, 커다란 아치 정문에서 우리는 다시 만났다.

"1마르크를 내십시오."

키 작은 공장장은 말도 안 되는 소리를 했다.

"1마르크요, 1마르크."

마치 태엽이 감긴 기계처럼 계속 혼자 외쳤다.

"이 공장을 견학하려면 1마르크를 내야 합니다."

나는 지갑을 꺼내어 계산을 하고 나서 말했다.

"헤어지기 전에 질문을 하나 더 하지요. 공장장님, 당신은 자연적으로 태어난 인류에 속합니까? 아니면 창백하고 밀대처럼 경직된, 물감이 칠해진 이런 인류에 속합니까?"

"맞아요."

그가 말을 시작했다. 비교적 길게 설명하기 위해 잠시 쉬었던 것처럼 보였다.

"나는 나의 공장에서 만들어진 종족과 아주 친숙하지요. 그러나 당신의 질문에 관해서는……."

나는 외쳤다.

"됐습니다! 더 이상 아무것도 듣고 싶지 않습니다!"

그리고 나는 문밖으로 뛰쳐나갔다. 서늘하고 신선한 아침 바람이 불어왔다. 나는 밤을 꼬박 샜고, 특히 밤 사이에 했던 경험 때문에 무척 피곤했다. 해는 아직 떠오르지 않았지만 매우 화창한 날이 될 것처럼 보였다. 나는 이 끔찍한 환경에서 벗어나려고 달렸다. 배도 무척 고팠다. 그러나 이웃 마을이 얼마나 멀리 떨어져 있을지 전혀 감을 잡을 수가 없었다. 자갈길을 지나 다시 국도에 접어들었을 때, 나는 그 이상한 건물을 살펴보기 위하여 다시 한번 뒤를 돌아보았다가 놀라서 거의 뒤로 쓰러질 뻔했다. 거기 그 건물 1층과 2층에, 아주 아름답지만 창백한 얼굴에 유리질의 황홀한 눈과 노란 손가락을 가진 그런 인간 수백 명이 창문으로 빽빽하게 몰려들어 나를 쳐다보고 있었다. 그들은 마치 나를 조롱하는 것처럼 보였다. 나는 재빨리 얼굴을 돌리고 이 끔찍한 건물에서 벗어나기 위해 마구 달렸다. 그러나 두려움을 주는 생생한 인상들은 가끔 우리 마음속에서 살아나서 말과 행동, 소리로 나타나는 법이다. 내가 힘차게 계속 달리는 동안, 2층에 있던 유리질 사람들은 이런 대화를 나누는 것 같았다.

"봐라. 저기 그가 간다. 봐라. 저건 피와 살을 가지고 있고 생각을 하는 기이한 인종 중의 하나이다. 그가 어떻게 가는지, 어떻게 움직이는지, 어떻게 다른 자세를 취할 수 있는지를 보라. 그의 얼굴을 보라. 그 표정이 어떻게 바뀌는지를 보라. 지금 그가 웃는다. 그리고 다시 진지해진다. 저 기이한 피조물들은 마치 고무로 만든 것 같다. 그들은 어떤 자세도 취할 수 있다. 마음속으로 어떤 감정이든 느낄 수 있다. 그러고 나면 얼굴이 변한다. 얼굴 근육이 움직이며, 혀를 차기도 하고, 심홍색이 되었다가 백묵처럼 하얘지기도 한다. 보라. 그가 어떻게 걸어가는지, 겉껍데기에 불과한 양모 바지가랑이가 숙명적인 움직임을 숨기기 위해 이리저리 흔들리는 것을 보아라. 정말 대단한 종족이야! 그들이 도로로 접어들면서 서로 눈짓을 하다가 갑자기 멈추는 것, 커다랗고 투명한 유리를 통해 들여다보고 책 제목을 읽고 나서 갑자기 굳어 버리는 것, 그리고 눈을 두리번거리는 것을 봐. 그들의 겉모습은 그들의 내면에 끔찍한 변화가 일어나고 있음을 보여 주고 있지. 내면에 변화가 일어나면 그들의 머리는 생각하기 시작하고, 그들의 육체 속에 있는 붉은 즙이 혈관을 통해 바람처럼 빨리 사지로 뻗어 나가지. 그러고 나면 그들은 머리가 원하는 것을 생각하고, 가슴에 있는 붉은색 고무공이 그들에게 지시하는 것을 느껴야만 하지. 그리고 머리와 가슴이 원하는 대로 움직여야 해. 그들은 뛰고, 혀를 차고, 목을 돌리고, 이곳저곳을 쳐다보지. 가슴을 내밀고 거칠게 숨을 쉬다가 다시 무릎을 구부리고 절을 하지. 그 모습이 너무 우습군……."

  나는 되도록 빨리 달렸다. 다시 무시무시한 생각이 엄습했다. 아침 바람이 차가웠지만 내 이마에서는 진주 같은 땀방울이 떨어졌다. 태양은 벌써 떠올랐을 것이다. 멀리서 화려하게 반짝이는 성이 보였다. 그리고 바로 길이 구부러지는 곳에서 교회와 공원이 있는 친근한 소도시가 내 앞에 펼쳐져 있는 것을 보았다. 끔찍한 저승 여행을 하고 이 세상으로 다시 돌아온 것 같은 느낌이 들었다. 감격에 겨워 나는 많은 슬픔을 지넌 이 세상을 나의 가슴에 껴안을 수 있을 것 같았다.

  거의 100걸음도 가지 않아서 나는 등에 갈퀴를 진 성실하게 생긴 농부가 내게 다가오는 것을 보았다. 나는 그가 자연스런 출산으로 생성된 나와 같은 종류의 인간이라고 추정했다. 그것은 인조인간이 아니었다. 왜냐하면 그는 가끔 입에서 파이프를 빼기도 하며 모자를 살짝 쳐들기도 했고, 하늘을 쳐다보고 바람을 살펴보는 등 어쨌든 아주 자연스럽게 움직였기 때문이다.

  우리가 서로 가까이 다가갔을 때 내가 말했다.

  "여보세요. 국도에서 100걸음도 떨어져 있지 않은, 저 뒤에 있는 건물이 무슨 건물인지 아십니까?"

  나는 그가 독일 사람들 가운데 가장 사랑스런 작센 사람임을 바로 알아보았다. 그는 이렇게 외쳤다.

  "이봐요, 신사 나리. 그것은 제가 말씀드릴 수 있지요. 저 공장은 그 유명한 작센 왕실의 마이센 자기 공장 아닙니까!"

경이로움

하인리히 만
(1871-1950)

● ● ●

하인리히 만(Heinrich Mann)은 유명한 토마스 만의 형으로 독일 북부의 자유도시 뤼베크에서 부유한 상인의 아들로 태어났다. 1889년 고등학교 졸업 후에 만은 서적 판매 도제로 드레스덴으로 간다. 1890년부터 베를린의 피셔 출판사에서 일하면서 대학에서 철학 강의를 듣는다. 하인리히 만은 토마스 만과는 달리 일찍부터 서구적 민주주의와 라틴 문화 및 예술에 이끌리는 경향을 지니고 있었다. 이로 인해 1차 대전 전후에는 동생과 이념적으로 적대적인 관계에 있었다. 그는 과장되고 공상적이며 도취적인 문체를 사용해서 표현주의 문학에 영향을 주었다. 또 한편으론 에로틱과 그로테스크의 경향을 띤 베데킨트와 가까이 지냈다.

대표작으로는 「운라트 교수」, 「충복」 등이 있으며 이 밖에 역사에서 취재한 작품들, 문학 및 정치에 관한 평론들을 남겼다. 나치 집권 당시에는 문예원 원장으로 있다가 토마스 만과 함께 추방된 바 있다. 미국 망명 생활을 거쳐 전후에 다시 예술원장의 명예를 회복하였으나 독일 귀환 직전에 사망하였다.

「경이로움」은 1894년 뮌헨에서 집필되었으며, 초기 소설 중에서 그의 전집(1925년부터 1932년까지 총 12권이 발간됨)에 수록된 유일한 작품이다. 《판(목축신)》 2(1896. 11)에 처음으로 발표되었다.

작년 늦여름 나는 여행을 하다가 소도시 N에 잠시 들렀다. 그 도시에 있던 김나지움(독일의 중등 교육 기관)을 졸업한 후 처음 방문하는 것이었다. 그래서인지 그곳은 내게 무척 낯설었다. 그리고 N에 살고 있는 동기들은 로데 말고는 아무도 없었다. 그는 내가 알고 있기로는 변호사이자 시의회 의원이었다. 나는 학창 시절 그와 친했다.

보통 학창 시절 서로의 공통점이 우정의 고리가 되는데, 우리는 이런 공통점을 지니고 있었다. 서로 호의를 갖고 있는 경쟁자로서 같은 과목에서 뛰어난 성적을 보였고, 동일한 문학적 성향을 소유했으며, 선생님들에게서 같은 웃음거리를 찾아내곤 했다. 특히 우리는 불같은 열정으로 예술만을 사랑했다. 우리가 예술에 관해 이야기할 때면 서로의 정신에서 최고의 열정이 더욱 화려하고 따뜻하게 빛을 내뿜는 것을 느꼈다.

우리는 용기를 북돋워 주면서 서로에게 경탄했다. 또한 우리는 한 번도 우리 가운데 누구도 예술 이외의 다른 직업에 종사하게 되리라고 상상하지 못했다. 지그문트는 평생에 걸쳐 '이상에 봉사하는 일'을 당연한 것으로 간주했다. 정체를 알 수 없는 어떤 힘이 닥쳐도 침해받을 수 없다고 생각한 것이다. 하지만 오히려 나는 나 자신에 관해서 가끔 약간 더 회의적이었다.

내가 김나지움을 졸업하고 전문학교에 들어갔을 때 그는 전에 말했던 대로 '임시로' 법대에 진학했다. 원래의 계획대로 틀림없이 아버지의 마음을 움직일 수 있을 거라 믿었기 때문이다. 그러고 나서 수년 동안 우리는 서로에 관해 안부 정도만 접할 수 있었다.

이제 나는 예전의 그를 만나게 될 것이다. 그는 결국 거기서 자신이 지속해 갈 삶의 과제를 발견했으며, 아마도 거기서 삶을 마감하게 될 것이다. 나는 내 머릿속에 선입견이 남아 있다는 점을 인정한다. 중간 길이의 머리에 약간은 소녀처럼 연약한 몸짓을 하고 생각에 잠기곤 하던 당시의 소년을 떠올리면, 그가 이제는 소도시의 변호사로서 그리고 시의원으로서 살아가면서 내면과 외모가 얼마나 바뀌었을까 궁금해지기 때문이다. 물론 그는 육체적으로는 크고 강해졌지만 정신적으로는 비교적 빈약해졌을 것이다.

게다가 나는 그가 결혼했다는 소식도 들었다. 그 소식을 들었을 때 나는 바로 그의 아내가 평범한 시골 여자일 거라고 상상했다. 그런 여자들은 정신을 정말 명예롭게 생각하는 남자조차도 점차 확실하게 자기 영역으로 끌어들이는 법이다. 가족, 다시 말해 그가 주변에서 만들어 냈으며 그의 삶의 일부를 형성하고 있는 그 존재들에 대한 자잘하고 끊임없는 걱정들 때문에 아마도 오래전부터 그의 내적인 자아는 제대로 활동하지도 형성되지도 못했을 것이다.

내 경우에는 그런 내적인 자아가 제대로 성장하지 못하게 되는 일을 전혀 겪어 보지 않았다. 그가 얼마나 낯설어 보일까 궁금했다. 그것은 나로서는 약간 고통스럽긴 하지만 우쭐한 호기심임에 틀림없었다. 즉 귀향할 때 삶이 우리에게 남겨 놓은 변화를 반드시 직접 눈으로 보고 싶었던 것이다.

그가 사는 집은 도시의 성문 앞 공원 비슷한 정원 안에 있었는데, 그 안락한 흰색 주택에 들어섰을 때 나는 약간 실망하지 않을 수 없었다. 안내를 받아서 들어간 널찍한 살롱의 원래 가구들은 분명히 소도시의 가구 창고에서 받아 온 것이었다. 그러나 곳곳에 더 섬세한 취향이 곁들여진 장식품과 예술품이 보였다. 그것들 하나하나를 보면서 나는 그가 여러 번 여행을 했다는 것, 그리고 자주 중단되긴 했지만 더 높은 문화 사조에 대한 관심을 절대 포기한 적은 없었음을 확인할 수 있었다.

그 친구의 아내가 들어왔다. 그리고 나는 그 방이 그녀에게 잘 어울린다는 것을 바로 알아차렸다. 그녀의 의상에는 확실하면서도 개성 있는 그녀 특유의 안목이 묻어 있었다. 호감이 가는 그녀의 조용한 표정은 편안한 머리 모양 덕분에 더 잘 살아났다. 그러나 그녀가 우아하고 침착한 몸짓을 하고 있어도 살림살이의 습관이 완전히 숨겨지지는 않았다. 그녀와 대화하는 일에서 특별히 매력을 느끼진 못했지만 어떤 편안함은 충분히 느낄 수 있었다. 그녀는 아들들을 불러들였다. 잘생기고 활발한 사내아이 둘 가운데 막내는 내 친구의 유년시절을 생생하게 떠올리게 했다. 그러면서 나는 로데를 직접 만나 보고 싶은 마음이 더욱 간절해졌다. 그는 30분이 지나서야 사무실에서 돌아올 수 있었다.

멀리서 정원 문이 절거덕거리는 소리가 들렸을 때는 이미 어두워진 뒤였다. 나는 허리선은 불명확해졌지만 보기 좋은 체격의 키 크고 건장한 남자가 자갈길을 걸어오는 것을 보았다. 그는 유연하게 걸어오고 있었는데, 그 걸음걸이에서는 강한 자의식이 느껴졌다. 그리고 그는 가끔 멈추어 서서 검사라도 하는 듯 장미 관목을 내려다보곤 했다.

우리는 정말 진심으로 반갑게 인사를 나누었다. 내가 그렇게 갑자기 그 도시를 방문한 것에 그는 그다지 놀라지 않았다. 자기 말대로 그는 예기치 않은 잦은 전근에 익숙해져 있었다. 그는 많은 것을 묻지도 않았다. 그는 마치 내가 영위했던 불안한 삶을 아는 것처럼 보였으며, 내가 몰두해 온 것들 또한 전혀 낯설지 않은 듯했다. 내가 그의 가족과 함께 식탁에 앉았을 때 그는 예술의 발전, 시대 정신의 새로운 방향에 관해 이야기를 했다. 그의 관찰은 예리하고 현명했다. 청년기에 깃들곤 하던 불확실함, 희미함은 이미 사라졌지만 열정은 아직 남아 있었다. 열정을 가지고 그는 이념과 형식의 영역에서 자신이 원하는 것을 표현했다. 그것만이 항상 갈구하던 휴식의 대상으로서 부각되었다. 하지만 지금 그가 주로 관심을 가지는 것은 시 당국이 계획했던 작은 운하의 건설인 것 같았다. 그리고 그는 지방자치단체의 사안들과 공적인 사안들에도 관심이 많았다.

그의 아내는 대화에 조심스럽게 끼어들었다. 그녀는 남편이 좋아하는 주제로 이어질 수 있게끔 대화를 끌어갈 줄 알았고, 남편이 이야기할 때면 그녀는 귀 기울였다. 그녀는 순종적이었으며, 남편을 진정으로 존경하고 있는 것처럼 보였다.

식탁에서 일어나고 나서 친구 부부는 바로 아이들을 각자 방으로 보냈다. 잠시 후 친구가 우리의 옛 기억과 관련된 이야기를 시작하자 그의 아내 역시 곧 자리를 비웠다.

우리는 앞이 탁 트인 베란다에 앉았다. 여름밤의 부드러운 공기가 밀려 들어왔다. 갖가지 향내가 깃든 정원의 공기를 가득 품은 채. 아주 가벼운 안개는 달빛의 차가움을 완화해 주고 있었다. 그리고 오래된 나무 꼭대기 주위에서 장난치듯 움직이는 달빛으로 골목길의 한쪽은 마법처럼 빛나고 다른 쪽은 더욱 깊은 어두움 속으로 빠져 들었다. 빛과 그림자의 강렬한 대비는 정원을 엄청나게 커 보이게 했다. 달빛이 서서히 깊숙하게 내리깔렸다. 흰색 담 일부가 어두운 나뭇잎들 한가운데에서 빛날 때까지.

우리는 서늘한 기운을 내뿜는 키 큰 잎 식물의 그늘 속에서 기대고 앉았다. 여기서는 꽃이 전혀 보이지 않았다. 열린 아치 문 하나를 통해 휘감고 들어오는 탁한 색의 볼품없는 메꽃 말고는. 그리고 이 향기 없는 꽃들이 밖에서 들어오는 아주 강한 향내들을 모두 가져가는 것처럼 보였다.

저녁이 지나면서부터 나는 친구의 생활 방식을 아주 다르게 파악할 수 있었다. 시간의 움직임 한가운데 서 있는 다른 사람들이 그보다 우월하다고 할 수 없는 것처럼 느껴졌다. 시간의 흐름 밖에 존재하는, 집중력 강한 최선의 정신을 모아서 그는 여기 이 은신처에서 계속 키워 가고 있었다. 나는 그런 느낌을 말로 표현하고 싶었다.

"결혼 생활을 축하하네. 행복하지?"

"운이 좋았지."

"자네 막내아들은 내가 알고 있던 자네랑 꼭 닮았군."

"그 아이는 가끔 젊은 시절을 기억나게 하지."

"자네도 그 아이를 보고 나를 떠올리나 보군. 자네의 사회적 지위는 높아졌지만 아직까지 자네에겐 그 시절의 예술가 기질이 약간 남아 있어. 단지 자네는 예전에 그랬던 것처럼 이상에 대해 더 이상 이야기하지 않을 뿐이야."

그는 수줍은 듯 웃었다.

"경이로움을 일상적인 것으로 만들어서는 안 되지."

"경이로움이라고?"

"나 혼자서는 그렇게 부르지. 사람들이 알지 못하는 것, 모든 것을 정확하게 알고 있는 일상적인 생활에서는 믿지 않는 그런 것을 말하는 거야. 멀리 있는 것, 무의미한 것, 아주 불가능한 것, 체험했다 하더라도 사람들은 단지 꿈으로만 기억하고 꿈속에서만 체험하는 그런 것을 의미하는 거지."

그의 말 속에 숨겨져 있는 흥분에 놀란 나머지 나는 기대감으로 아무 말도 하지 않았다. 그는 일어나서 메꽃 가지들이 뻗어 들어온 아치 창문으로 다가갔다. 그는 메꽃 가지를 들어 올리고는 계속 말했다.

"내가 생각하고 있는 꽃은 이 꽃과 비슷해. 단지 그 꽃이 훨씬 밝고 부드러워. 사람들은 감히 그것을 건드리려고 하지 못하지. 그 꽃은 아주 순수한 빛의 입맞춤만 견디어 낼 수 있어. 그 꽃은 조용한 녹지 사이로 수없이 퍼져 나가, 푸른 바다 위를 넓게 만곡을 그리며 감아 나가지. 해변에서 그 꽃은 붉은색 덤불 한가운데 있는 바위를 지나 계속 퍼져 가고, 창백한 가지는 저기 흰색 주택을 휘감고 있어. 대리석 테라스는 팽팽하게 당겨진 푸른 하늘 밑에서 반짝이고, 석류 열매는 붉은 보석처럼 빛나며, 호수는 다이아몬드처럼 투명해. 그러나 그 꽃들이 맑고 투명한 모든 것을 부드럽고 온화하게 가려주고 있지. 그 꽃의 흰색에는 모든 색의 흔적이 들어 있어."

그는 몸을 돌렸다. 그리고 점점 놀라는 내 눈을 보고는 웃었다.

"나는 상상을 하는 게 아냐. 내가 묘사하는 것은 가상의 풍경이 아니라 내가 체험한 걸세."

나는 부탁했다.

"이야기 좀 해 보게."

그는 이야기를 시작했다. 내용은 이랬다.

젊은 시절 내가 간절히 원하던 바는 실현되지 않았다. 대학에서 나는 내 인생에서 처음 맞이한 큰 절망을 불규칙하고 거친 쾌락을 통해 보상하려 했다. 더 이상 젊은 학생이라 할 수 없는 스물네 살의 나이에 나는 각혈을 했고, 그리하여 나는 어리석은 짓을 끝내게 되었다. 겨우 병을 완치한 나는 휴양하기 위해 1년 동안 남쪽 지방으로 내려갔다.

내가 겪었던 그 힘든 겨울은 끝이 났다. 이탈리아에서 나는 경이롭게 활짝 피어나는 봄을 그렇게 맘껏 누리질 못했다. 나의 감정은 아주 둔해졌고, 나의 사고는 침체되었다. 나는 내가 잘난 체했던 게 아닌가 하는 생각이 들었다. 깊이 각성했고, 나는 청년기 초기의 평범하지만 격렬했던 체험들을 되돌아볼 수 있었다. 사람들은 삶이 원래 아주 진부하며 진실하지 못하다고 믿는다. 그리고 잃어버렸던 믿음을 다시 찾고 싶어하지 않는 법이다. 게다가 나는 건강도 회복하였다. 육체가 허약해 아무 일도 못하고 멍청하게 세월을 보내야 했는데 말이다.

분주한 도시 생활은 별 재미가 없었고, 주변의 낯선 것들은 전혀 눈에 들어오지 않았다. 예술의 세계가 불명확하게 아무 감동도 없이 그렇게 나의 영혼을 스쳐 갔다. 그렇게 갈망했던 명장의 작품과 나의 첫 번째 만남이 너무나도 무심결에 지나간다는 것을 누가 나에게 말해 줬더라면! 한번은 피렌체 교회의 프라 안젤리코 그림 앞에 오랜 시간 서 있었던 것이 기억난다. 고뇌에 찬 품위 그 자체였던 마돈나의 머리에서 그녀를 우러러보며 경외를 느끼는 인물들 위로 부드러운 광휘가 흘러나왔다. 결국 나는 다른 것을 더 보고 싶다는 생각도 못한 채 밖으로 나오고 말았다. 나는 약간 비틀거렸으며, 거의 눈물이 날 지경이었다.

모든 것이 불만족스러웠다. 그래서 아주 게으른데도 나는 아무 계획도 없이 무엇인가를 찾고자 하는 감정은 항상 가지고 있었다. 결국 나는 단거리 여행을 떠났으며 어딜 가든 잠시만 머물렀다.

여름이 시작될 무렵 나는 어느 산인지 모르지만 산속에 있었다. 어떻게 거기까지 가게 됐는지 도통 알 수가 없었다. 나는 외진 언덕 위에 외로이 서 있는 여관을 숙소로 정했다. 그것은 여관이라기보다는 농가에 더 가까웠다. 하지만 그곳은 별로 안락한 느낌이 들지 않았다. 본 적이 없는 지방을 살피면서 앞으로 나아가겠다는 뚜렷한 생각도 없이 나는 천천히 걸어가면서 이름조차 들어 보지 못한 지역을 둘러보았다. 내가 가끔 우연히 다시 집에 돌아가는 길을 발견했다 해도 그것은 차라리 원하지 않는 바였다. 나는 예감은 해 왔지만 알지 못했던 어떤 낯선 것을 찾아 돌아다녔던 것 같다.

한번은 끝없이 완만하게 펼쳐지는 넓은 삿갓솔 숲에서 포장도로를 잃어버렸다. 주위는 너무나 적막했고, 나의 마음은 그 속에 계속 빠져들었다. 나는 긴장하여 미지의 나라가 나에게 행사하는 그 기이한 매력에 이끌렸던 것이다. 그래서 그것이 더 명확하게 내 눈에 보일 때까지 따라갔다.

끊임없이 오르막으로 이어지던 숲은 가파른 절벽에서 갑자기 중단되었다. 그 밑으로 빽빽한 나무들로 가려진 채 반짝이는 푸른 호수가 보였다. 그리고 그 너머로 이쪽 절벽보다는 훨씬 덜 가파른 산이 있었다. 아주 무성하게 우거진 그 산은 완만하게 조금씩 그 기슭을 물속에 잠그고 있었다. 마치 산이 넓게 쑥 들어가 있는 한 지점에 정원이 자리 잡고 있는 것처럼 보였다. 그 위로 산 정상의 중간쯤에 구식 별장 스타일로 지어진 흰색 주택이 있었다. 그 주택은 그렇게 크지는 않았지만 컴컴한 실측백나무를 배경으로 해서 반짝이고 있었다.

숨겨진 좁은 계곡의 가장자리, 호수 위에 자리 잡고 있는 그 고독한 집을 보자 나는 불안해졌다. 물소리조차 들리지 않았다. 이런 무시무시하고 깊은 정적을 마주하자 내 가슴속에서는 그리움 같은 것이 솟아났다. 나는 튀어나온 바위에 기대어 내려다보았다. 따뜻한 초원 위로 아지랑이가 흔들리는 것이 보이는 것 같았다. 저 아래는 틀림없이 따뜻하고 한적할 것이며, 그곳에서는 삶이 더 느리고 더 부드럽게 흘러갈 것이다.

어떤 예감에 사로잡혀 나는 좁은 산에서 내려가는 길이 있는지를 살펴보았다. 그런대로 덜 가파른 내리막을 발견했고, 그리로 해서 숲으로 돌아가려고 했을 때 그 내리막길을 오랫동안 다시 발견할 수가 없었다. 그 길은 마치 마법에 걸린 것 같았다. 몇 번씩이나 위험을 겪으면서 오랫동안 기어 내려가서야 마침내 나는 간신히 아래에 도착할 수 있었다.

조용한 여름의 비밀에 대한 두려움 때문인지 나의 발걸음은 그 작은 계곡에 들어가기를 주저했다. 따뜻한 공기 속에서 오직 벌들이 윙윙거리는 소리만 들렸다. 수정처럼 맑게 빛나는 호수 바로 옆으로, 덩굴식물로 덮인 좁은 오솔길을 향해 조금씩 나아갔다. 그 길은 절벽 가까운 곳에서 구부러졌기 때문에 나는 짧은 구간을 기어가야 했다. 그리고 가끔 덩굴로 뒤덮인 구간을 통과하기 위해서 몸을 구부렸다. 덤불숲이 어지럽게 호숫가까지 이어지다 물속으로 사라졌다. 여러 곳에서 갈대들이 자라고 있었으며 그 앞에 커다란 백장미들이 투명할 정도로 푸른 호수 표면 한가운데에 놓여 있었다.

곧 숲길은 다시 약간 넓어졌다. 호숫가 중간 부분에서 더 좁아지지 않는지 확인하기 위하여 나는 호수를 아주 넓게 돌았다. 호숫가 양쪽에 형성되어 있는 돌출부는 함께 자란 느릅나무와 감람나무의 화관으로 서로 연결되었다. 그래서 균형 잡힌 아주 빽빽한 아치가 생겨났다. 여기서 나는 처음으로 담색의 메꽃을 알아보았다. 그제야 그 꽃이 호숫가 사방에 퍼져 있음을 보았다. 바로 여기서 빛바랜 회녹색 감람나무 잎을 타고 메꽃이 호수 위로 편안한 만곡을 그리며 올라갔다.

아주 침착한 시선으로 나는 반짝이는 물위에 나타나는 나뭇잎 그림자의 유희를 따라가고 있었다. 그때 갑자기 이런 살아 있는 듯한 화관 아래를 배를 타고 미끄러져 가고 싶다는 욕구에 사로잡혔다. 마치 이것이 내가 전혀 알지 못하지만 나를 끌어당기고 있는 기이한 나라로 들어가는 문인 것처럼 느껴졌다.

천천히 고개를 숙이고 나는 가던 길을 계속 갔다. 내가 다시 위를 쳐다보았을 때 산은 호숫가에서 멀리 뒤로 물러나 있었다. 나는 언덕까지 이어져 있는 정원에 도착했다. 푸른 언덕에서 흰색 빌라가 희미한 빛을 뿜었다. 빌라 아래쪽의 나뭇잎들 사이로 환한 테라스 계단이 나타났다. 나뭇잎들은 점점 더 빽빽하게 테라스 계단을 덮었고 깊숙한 곳까지 완전히 휘감았다. 주위를 빙 둘러싼 계곡에는 바람이 불지 않았고, 계곡의 양지바른 쪽에 자리한 정원의 식물은 무질서하고 무성하게 자라 있었다. 주목 산울타리는 황폐하였다. 이곳저곳에서 레몬의 노란 잎, 감람나무의 은녹색 잎이 오렌지의 검은 잎, 석류의 어두운 색 잎과 함께 휘감겨 올라갔다.

이전에 오목하게 파인 벽감이었던 부분과 어떤 곳이었는지 윤곽이 확실하지 않은 부분들이 대조를 이루는 지점에, 비바람으로 상한 대리석상들이 푸른 숲 소리에 귀를 기울이며 서 있었다. 꽃으로 둘러싸인 넓은 문설주에는 꽃과 봄의 여신이 그리고 얼굴에 주름이 지도록 입을 비죽이며 웃고 있는 숲의 신이 감시하는 듯 몸을 앞으로 숙이고 있다. 숲 속의 작은 빈터 한가운데에는 저수조가 있었다. 수선화가 사이사이로 보이고 높게 자란 밝은 색 수풀 속에 반은 잠긴 채, 저수조는 여러 군데 깨어졌지만 아주 정교하게 조각되어 있었다. 초록빛이 아른거리는 샘물이 그리로 흘러들었지만, 저수조에서는 물 흐르는 소리가 거의 들리지 않았다. 대리석 소년상이 감미로우면서도 슬픈 웃음을 띠고 바싹 마른 물을 손에 받아 모으고 있다.

  빈 터 주위는 우뚝 솟아오른 아주 오래된 실측백나무들이 둘러싸고 있다. 산을 올라갈 때는 거칠게 자란 덤불들 때문에 길이 보이지 않았고, 흰 메꽃만이 사람들의 눈길을 끌었다. 그 꽃은 호숫가에서부터 주목 담을 기어올랐으며, 여기저기에서 가지들이 흔들렸다. 메꽃은 구불구불 돌아서 분수 주위를 장식하고, 회색빛 석상들을 휘감고 올라갔다. 석상은 생생한 메꽃 때문에 젊어진 것처럼 보였다. 그리고 나서 메꽃은 다시 테라스로 가는 길을 찾아냈다. 메꽃은 자신 말고는 아무도 거기 있는지 알아채지 못했을 그 집 안으로 들어가고 싶어했다. 그 집의 격자 울타리는 상당히 높았으며 녹이 슬어 있었다. 바로크 양식의 아라베스크 사이로 보이는 모든 것 위에 마치 마법에 걸린 듯 음산한 분위기가 감돌고 있었다. 나는 이 격자문을 감히 열 엄두를 내지 못했다.

  오래 서 있으면 서 있을수록 나는 어떤 무시무시한 감정에 사로잡혔다. 마치 뒤에서 누군가가 내 어깨에 손을 얹는 것 같았다. 가볍게 전율을 느끼면서 나는 몸을 돌렸다. 그리고 다행히도 바로 사람의 흔적을 발견했다. 밝은 색으로 칠한 보트가 좁은 상륙용 잔교에 묶인 채 잠잠한 물 위에 떠 있었다. 나는 저 위 푸른 그늘 속으로 들어가기 위해 그 배가 가로질러 갔을 반짝이는 수면을 눈으로 쫓아갔다. 나는 그 끈을 풀고 싶었다. 그 강한 유혹을 이겨낼 수가 없었다. 누가 그것을 못하게 하겠으며,

이리로 되돌아오려 하는 사람이 누구겠는가? 이 세상에서 나쁜 일을 겪어 은둔자가 된 사람인가 아니면 나처럼 환자일까? 그가 누구이든 간에 나는 그에게 공감을 느꼈다.

나는 생각에 잠겨서 그 길이 끝나는 곳까지, 물이 가파른 암석을 씻어주는 곳까지 호숫가를 돌아다녔다. 쉴 만한 작은 자리를 찾다가 나는 갈대 숲에서 검은 물체를 발견했다. 그 위에 무성하게 덮여 있는 덤불을 걷어 내자 나는 상당히 무겁지만 깊이가 얕은 나룻배를 끌어 올 수 있었다. 그 배는 이끼가 끼고 제대로 손질되지 않았다. 하지만 적어도 그 배를 사용하지 못하게 하는 사람은 없을 것이다. 그렇게 나는 그 배 안을 치우고, 배가 가는 대로 흔들리는 널빤지에 내 몸을 맡겼다.

그것은 물론 내가 생각했던 것처럼 그렇게 편안하지는 않았다. 다루기 힘든 노는 철썩거리는 소음을 냈으며, 나룻배는 짧은 충격에 반항하듯이 힘들게 앞으로 나아갔다. 그렇지만 가야 할 거리가 멀지 않았다. 나는 곧 둥근 모양의 정자에 도착했고 내 보트를 대기에 적당한 아주 비밀스런 자리를 발견했다. 거기서 나는 팔을 무릎 위에 괴고 앉아 있었다.

내가 점유했던 작은 초록색 제국은 물위로 깊이 고개를 숙인 아카시아에 완전히 가려 보이지 않았다. 만개한 아카시아의 붉은 꽃잎이 내게 떨어졌다. 나는 지금 내가 꿈꾸어 왔던 이상한 나라의 한가운데 있다. 아주 고요한 가운데 나는 여름 공기의 움직임을 느꼈다. 물속 나뭇잎 그림자들은 메꽃이 여기저기 나무 아치의 표면에서 내려 보낸 흰빛을 받아 밝아졌다.

내가 와서 위협을 느꼈는지, 물위의 생명체들은 작은 소음을 점점 더 많이 냈다. 내 뒤로 귀뚜라미들이 낮게 찌르륵찌르륵 울기 시작했다. 붉은색 딱정벌레들은 나뭇잎 위로 기어올라 배 안으로 뛰어들었다. 가느다랗게 웅얼거리는 소리가 내 귀를 스쳐 지나갔다. 그리고 물 밖으로 가끔 눈에 띄지 않게 꾸르륵 소리가 들렸다. 내 초록색 제국의 경계가 만들어 주는 황금색 햇빛 띠 속에 잠자리와 나비의 푸른빛이 여기저기서 반짝였다.

내가 얼마나 오래 거기 머물렀던가. 그때 그 햇빛 띠 위로 날씬한 그림자 하나가 내게로 미끄러져 왔다. 그 그림자 뒤로 밝은 색 배의 좁은 뱃머리가 나타났다. 그리고 아주 천천히, 햇빛 아지랑이 속에 아른거리는 여자의 형체가 보였다. 그녀는 다시 한번 노를 잡아당겼다. 하얀 겉옷에 생긴 가벼운 주름에서 가는 팔의 부드러운 움직임과 육체의 매력이 그대로 드러났다. 노는 아무 소리 없이 수면 위로 끌려갔다. 그녀가 나를 쳐다보았다. 넓은 밀짚모자에는 투명한 레이스가 길게 내려와 그녀의 창백한 이마와 크게 뜬 진지한 눈에 그늘을 드리웠다. 나는 계속 몸을 숙인 채 그녀의 시선을 견디었다. 나는 그 시선을 거의 느끼지 못했으며 별로 놀라지도 않았다. 그녀는 마치 꿈 같았다. 나도 모르게 어떻게 내 화려한 꿈을 끌어내고, 호수와 정원 그리고 집에 생명을 불어넣었을까. 내가 원했던 모든 것, 우리가 이런 게 사랑과 행복일 거라 생각하는 모든 것과 함께. 이제 그녀가 없으면 이곳에 있는 어떤 생명체도 견디어 낼 수 없는 것처럼 느껴졌다. 그녀는 이 풍경 자체의 영혼이다. 나는 그녀를 기다렸다.

작은 배는 살며시 계속 앞으로 나아갔다. 그녀가 빛의 착시현상인 듯 우아하게 내 옆을 지나갔다면 나는 그녀를 붙잡지 않았을 것이다. 그러나 그녀는 초록색 만곡의 중간에 도착하자 노를 가지고 알 수 없는 행동을 했다. 마치 방향을 돌리려는 듯 보였다. 그때 갑자기 내가 자리 잡았던 이곳이 그녀가 늘 배를 대던 자리일 거라는 생각이 들었다. 나는 재빠르면서도 단호하게 말했다.

"제가 실수를 했나 보군요."

그녀는 조용히 고개를 흔들면서 아니라고 했다. 그리고 침착하지만 분명치 않게 낮은 목소리로 말했다.

"그냥 거기 계셔요. 그 곳에 배 두 척을 충분히 댈 수 있으니까요."

짧게 노를 저으면서 그녀는 작은 배를 내 배 옆에 댔다.

그녀는 노를 집어넣고 옷의 주름을 정돈했다. 그러고 나서 팔을 무릎 위에 얹고 턱을 괴었다. 그녀의 모든 움직임은 마치 아무도 그녀를 쳐다보지 않는 것처럼 무심하면서도 물 흐르듯 자연스러웠다. 그렇게 그녀는 자기 보트 저 너머 물속을 쳐다보았다. 골똘히 생각에 잠겨 있는 눈으로 이상할 정도로 조용히, 그리고 별로 움직이지도 않고. 그녀는 모자를 벗었다. 그녀의 틀어 올린 머리는 약간 풀려 있었다. 머리카락은 윤기 없는 금빛이었고, 아주 가늘어 보였다. 머리숱이 많았지만 머리를 단정하게 뒤로 묶었기 때문에 드러난 하얀 이마 위에 머리카락이 하나도 달라붙어 있지 않았다. 그녀는 아무것도 들지 않은 오른손을 무심하게 배의 가장자리에 내려뜨렸으며, 눈같이 창백한 손 위에는 마치 열을 받은 것처럼 가느다란 푸른 혈관이 두드러져 보였다. 그녀의 손에는 특유의 허약함이 배어 있었다. 이런 허약함은 옆얼굴에도 나타났다. 약간 둥근 이마, 오뚝한 가는 코와 약간 벌어진 붉은 입술에서.

나에게는 이런 것을 파악할 수 있는 시간이 충분히 있었다. 그녀는 내가 옆에 있다는 것을 잊어버린 것처럼 보였다. 그리고 그녀가 옆에 있다는 것을 오래 느끼면 느낄수록 몽상적인 감정의 물결이 그녀로부터 점점 흘러 나왔다. 마치 자장가를 불러 잠재우는 듯했다. 돌연 그녀는 머리를 들고 바로 나에게 눈길을 고정했다. 그녀는 내 무릎 위에 공책이 놓여 있는 것을 보고 물었다.

"여기서 그림을 그리시나요?"

"한 번도 그런 시도를 해 본 적이 없습니다."

"그래요?"

그녀는 뭔가 설명하려는 듯 손을 들었다가 바로 다시 내렸다. 그녀는 어떤 표현을 찾는 것처럼 주저하다가 이렇게 말했다.

"그림을 그릴 수 있다 할지라도 나는 여기 이것을 그대로 재현하고 싶지는 않을 겁니다. 내가 그것을 묘사한다면 그것은 더 이상 그것으로 머물지 않지요. 나는 그것을 분해하지 않고 그대로 받아들이고 싶습니다."

그녀가 어떤 다른 단어로 설명하지 않은 '그것'이 수수께끼 같으면서도 친밀하게 느껴졌다. 아무 말도 하지 않고 나는 내 귓속에서 여전히 울리지 않는 그녀의 목소리에 귀를 기울였다. 마침내 무슨 말인가를 해야 할 것 같아서 나는 물었다.

"이 호수는 매우 깊겠지요?"

그녀가 재빨리 대답했다.

"예, 아주 깊어요!"

그녀는 계속 이야기하기 전에 잠시 생각에 잠긴 것처럼 보였다.

"누구도 얼마나 깊은지 알지 못하지요. 깊이를 알려 한다면 그것은 신성모독과 같은 거예요. 바닥을 찾으려 하지 않고 호수 아래로 끝없이 내려간다고 생각하면 얼마나 아름다운지."

우리는 계속 침묵했다. 그녀가 사용하는 단어들이 좀 이상하지 않은가? 그렇지만 내게는 전혀 이상하게 들리지 않았다.

그러고 나자 빌라가 있던 방향에서 일곱 개의 종이 울렸다. 종소리는 깊은 정적을 깼다. 그 종소리는 맑은 고음이었으나 명확하지도 않고 메아리도 없었다. 그리고 나는 갑자기 그녀의 목소리가 갈라진 종소리와 비슷하다는 것을 깨달았다.

그녀는 노를 잡은 다음 가볍게 보트를 움직이면서, 나에게 말한다기보다는 그녀 자신에게 말하듯 이렇게 말했다.

"벌써 내 시간이 되었군요."

이유를 알지도 못한 채 나는 그녀를 따라갔다. 그녀는 아무 말 없이 안전하게 물위를 미끄러져 갔고, 내 배는 이리저리 흔들리며 느리게 앞으로 나아갔다. 배가 흔들리면서 심하게 철썩거리는 소리가 났다. 나는 마치 육체가 영혼의 비상을 따라가려는 것 같다는 생각이 들었다.

지금까지 나는 황혼이 어떻게 시작되는지를 눈여겨보지 않았다. 이제 태양은 옅은 회청색 안개에 가려진 채 산등성이 바로 위에 걸려 있었다. 태양이 이제 좁은 계곡을 떠나려 한다. 호수 위에도 빛이 뚫고 들어올 수 있을 정도로 옅게 하얀 안개가 서려 있었다. 그러나 호숫가 근처, 수면이 암석과 부딪치는 그 지점을 하얀 안개는 벌써 짙게 감싸 안았다.

나와 함께 가던 그 여자는 목과 어깨 주위에 부드러운 노란색 숄을 주름이 잡히도록 풍성하게 두르고 있었다. 그리고 숄에 파묻혀 반 정도밖에 보이지 않는 그녀의 옆얼굴에는 이제 고통스러운 표정이 더욱 뚜렷하게 드러나 있는 듯 보였다.

내가 보트를 발견했던 지점의 맞은편에 도착했을 때 나는 작별을 해야겠다고 생각했다.

그녀는 내가 방향을 돌리려고 하는 소리를 듣고선 뒤돌아서서 나를 쳐다보았다.

"어디로 가시게요?"

그녀가 물었다. 그녀는 내가 배를 육지에 대고 싶어한다는 것을 알아채고 이렇게 말했다.

"저쪽으로 가면 더 편하게 배를 댈 수 있어요."

그러고 나서 그녀는 앞으로 계속 나아갔고 나는 그녀를 따라갔다.

우리는 정원 아래쪽에 있는 상륙용 발판에 배를 댔다. 내릴 때 나는 그녀에게 손을 내밀었고 그녀는 차가운 손을 내 손 위에 놓았다. 나는 그녀의 손에서 감촉을 거의 느낄 수 없었다. 배를 대고 나서 우리는 결단을 내리지 못해 잠시 호숫가에 서 있었다. 둘 다 몸은 반쯤 호수를 향한 채 아마도 다른 사람이 무슨 말인가 하기를 기대하면서. 마침내 나는 모자를 벗었다. 그녀가 나에게 감사 인사를 하는 동안 그녀의 눈길은 먼 곳을 향하지 않고 나를 향했다. 그런데 이상했다. 그 눈길이 나에게 머물 때도 그녀는 나를 보지 않는 것처럼 느껴졌다.

그녀는 천천히 몸을 돌렸다. 나는 이상하게 긴장하여 그녀의 발걸음을 따라갔다. 격자문을 뒤로 밀고 그녀는 점점 어두워지고 있는 잔디 위로 걸어 들어갔다. 나는 그녀의 움직임을 거의 감지할 수 없었고 그녀는 점점 더 멀리 사라졌다. 불현듯, 그녀가 드러나지 않는 발로 꽃 양탄자 위를 떠다니는 것이 아닌가 하는 의심이 들 정도였다. 꽃 한 송이도 상하게 하지 않으면서 말이다.

갑자기 그녀는 뜻밖에도 테라스 위에 서 있었다. 나는 그녀가 기대고 선 대리석 난간의 뾰족한 끝이 안개 같은 초록색 나무들 사이에서 반짝이는 것을 보았다. 그녀는 팔을 흔들며 나에게 손짓했다. 그리고 곧이어 나는 그녀가 갔던 길을 본 대로 따라갔다. 반쯤 꿈에 잠긴 채.

나는 그녀가 말하는 것을 듣기 위해 그녀가 서 있는 곳 약간 아래에 멈춰 섰다. 그녀의 목소리는 힘들게 울려 나왔다. 계단을 올라가느라 힘겹고, 무거운 저녁 공기에 숨이 찬 것 같았다.

"당신은 저쪽에서 오셨습니까?"

그녀는 높은 산 너머를 가리키면서 물었다.

나는 그렇다고 했다.

"그러면 그리로 돌아가실 거지요?"

나는 바로 대답하지 않았다. 그제야 나는 어둠이 시작되고 있으며 우리가 낯설고 호젓한 장소에 있다는 사실을 깨닫고 놀랐다. 그녀는 내가 당황하는 것을 개의치 않고 계속 말했다.

"오늘은 돌아갈 수 없을 겁니다. 이미 어두워진 데다 쉬운 길이 아니니까요. 따라오세요."

내 대답을 기다리지도 않고 그녀는 계속 갔다. 끝없는 언덕을 올라가다 길을 잃은 것처럼 나는 짙은 초록색 덤불 사이 여기저기에서 나타나는 하얀 형체를 따라갔다. 길이 구부러지는 곳에서 갑자기 가느다랗고 검은 측백나무 사이로 집이 어슴푸레 나타났다. 가물거리는 불빛 속에서 흔들리는 동상을 지나 우리는 허름한 정문을 지나갔다. 그러고는 불빛이 희미하게 비치는 넓은 계단으로 다가갔다. 마치 내가 올 거라는 걸 알기라도 한 듯 늙은 하인이 계단 위에서 나를 맞아 주었다. 그는 나를 넓은 침실로 안내했다.

그 남자가 입을 꽉 다물고 있어서 나는 감히 그에게 아무것도 물어 볼 수 없었다. 그는 아무 말도 하지 않고 나가 버렸다. 나는 난로 위 낡은 은 촛대 위에서 타고 있는 촛불의 불꽃을 잠깐 응시했다. 그리고 방금 그녀가 내 방을 나가면서 했던 고갯짓을 다시 떠올렸다. 알 수 없는 편안한 분위기를 풍기면서 그녀는 나를 보며 머리를 끄덕여 주었다. 내가 주저하면서 몸을 돌렸을 때 하인이 다시 들어왔다. 그는 어려운 이탈리아어로 내게 저녁 식사로 무엇을 원하는지를 물었다. 나는 그에게 고맙지만 필요없다고 말했다. 기분 좋은 나른함이 무겁게 나를 사로잡았다. 나는 넓은 소파에 파묻혀 꼼짝도 하지 않았다.

잠시 후 나는 일어나서 옷을 벗었다. 촛불을 끄고 나서 한동안 어둠 속에 누워 있었다. 어둠은 나를 편안하게 감싸 주었다. 마치 고향처럼 친밀하게 느껴졌다. 나는 어떤 특별한 생각을 하지는 않았다. 특별히 거기에 신경 쓰지는 않았지만 내 앞 먼 곳에 어떤 흰 것이 있는 것 같다는 희미한 느낌이 계속 들었다. 마치 내가 끝없이, 그리고 움직인다는 느낌도 없이 따라갔던 희미한 불빛처럼. 그것이 있는 동안은 모든 것이 달랐다. 나는 나 자신에게 이방인이었다. 스스로 놀라지 않고도 불가능한 일을 해낼 수 있는 그런 이방인.

아침 여명에 나는 깊은 잠에서 깨어났다. 그리고 불안해서 바로 정신을 차렸다. 나는 햇빛이 들어오기를 간절하게 기다렸다. 그러나 꽤 오랫동안 바닥부터 천장까지 모든 것이 깊은 그늘 속에 잠겨 있었다. 화려한 로코코 양식으로 천장에 그려진 수많은 사랑의 신들이 점점 뚜렷하게 드러났다. 그들 덕분에 천장은 마치 생명을 얻은 듯했다. 장밋빛 육체들이 제각각 혹은 무리를 지어 뛰어다니거나 악기를 연주하며 웃고 있었다. 어떤 신은 커다란 조개 뒤에서 무언가를 엿듣고 있었으며, 어떤 신은 가느다란 기둥에 기대어 서 있었다. 조개나 기둥 같은 장식들 역시 신들의 육체처럼 노랗게 반사되는 장밋빛이었다. 바로 그 위를 비추는 햇빛이 천장의 회화를 진실한 예술 작품으로 만들었다. 왜냐하면 햇빛이 그 모든 것을 역동적인 것처럼 보이게 하기 때문이다. 햇빛을 받아 그 모든 것들은 마치 공기를 뒤흔드는 생명을 지닌 듯했다. 어린 천사들은 어머니, 즉 태양의 팔 위에서 날갯짓하는 것처럼 보였다. 그리고 태양이 머무르기만 하면 천사들은 자유분방한 행동을 계속할 수 있었다.

생기발랄한 매력으로 시선을 사로잡았던 그림에서 마침내 눈을 떼자, 방 전체를 둘러싸고 있는 어두운 색 나무 판자가 눈에 들어왔다. 그러자 다시금 곤혹스러운 낯선 느낌에 사로잡혔다. 폭이 넓은 난로 앞에는 어두운 색의 소파가 놓여 있었으며, 팔이 여럿 달린 낡은 은 촛대가 애처로운 모양으로 검은 대리석 판 위로 반사되었다. 그리고 그 방 한구석의 빈 기도대 위에는 근엄한 마돈나 상이 발끝을 쳐다보고 있었다. 이런 분위기에서 나오는 침묵에 완전히 사로잡혀서 나는 일어나 옷을 입었다. 그러고는 창문으로 다가가 밖을 쳐다보았다. 어린 식물의 숨결이 가득 찬 아주 순수한 아침 공기가 내게 다가왔다. 아름다운 풍경이 옅은 아침 안개 사이로 수줍은 아름다움처럼 절제된 빛을 발하면서 나를 바라보고 있었다. 그렇지만 전날의 독특한 마력은 다시 찾을 수가 없었다.

나는 몸을 더 앞으로 숙였다가 깜짝 놀랐다. 왜냐하면 그녀가 아래 테라스의 흰색 돌 옆에 하얀 옷을 입고 서 있었기 때문이다. 그녀는 아주 오랫동안 꼼짝도 않고 거기 서 있는 듯했다. 기둥을 휘감고 있는 메꽃 가지 하나가 마치 애무라도 하듯 그녀의 어깨를 타고 올라갔다. 나도 모르는 사이에 그녀에게서 몸을 돌렸다. 천장에는 사랑의 동신이 생기발랄한 몸을 장밋빛 기둥에 기대고 있었다. 그에 비하면 살아 있는 사람의 태도는 얼마나 의기소침해 보이는지!

그런데 그녀 이름이 뭐지? 그녀의 이름을 한 번도 불러 본 적이 없다는 것을 그제야 깨달았다. 그녀를 어떻게 마주 대해야 할지, 어떤 방식으로 그녀에게 감사 내지는 유감의 뜻을 전해야 할지를 생각해 보니, 아직 젊은이였던 나는 더욱 당혹스러웠다. 그리고 어제의 피로도 채 가시지 않았다는 게 느껴졌다. 거의 회복되었던 육체는 다시 지치기 시작했고 머리는 둔해졌다.

어찌할 바를 모른 채 나는 모자와 지팡이를 들었다. 내가 들어선 대기실은 전날 묵었던 방처럼 어두운 색으로 소박하게 장식되어 있었다. 오래되고 튼튼한 가구들이 품위 있으면서도 편안한 느낌을 주었다. 여주인의 거실 옆으로 나 있는 것처럼 보이는 복도는 화려하고 밝은 계단참으로 이어졌다. 독수리 머리와 날개에 사자 몸을 한 괴물 동상 사이를 지나 나는 계단을 내려갔다. 거기 테라스에 서서 그녀를 마주 보았다. 그 상황에 아무 대비도 하지 않았지만 나는 전혀 놀라지 않았다. 그녀가 내 쪽으로 몸을 돌리고, 차가운 손으로 가볍게 건드리면서 나에게 인사를 했다. 나는 잠시라도 그녀와 떨어져 있었다는 느낌이 들지 않았다. 그만큼 그녀의 모습은 나에게 친숙했다. 그녀가 말을 걸어오는 것은 너무나도 당연했다. 좀 전에는 내가 그녀의 이름을 전혀 알지 못한다는 생각이 들기도 했지만 지금은 그녀를 알지 못했던 시간을 기억할 수조차 없었다. 이런 장소에서 내가 그녀를 마주 보고 있다는 사실이 그리고 결국은 계속 그럴 거라는 것이 나에게는 아주 단순하고 자연스러워 보였다.

"우리가 함께 보낼 수 있는 가장 아름다운 아침일 겁니다."

그녀는 이렇게 말했다. 그 말은 마치 내가 과거에 그녀 곁에서 보낸 많은 아침을 이 날 아침과 비교해야 한다는 것처럼 들렸다.

그러고 나서 그녀는 특별한 표정 없이 가볍게 눈짓을 했다.

"그런데 얼굴이 창백하군요. 충분히 쉬지 못하셨나요?"

그녀는 같은 말을 되풀이했다.

"그래요, 얼굴이 창백해요."

그녀는 특별한 관심 없이 말했지만, 그녀의 말을 듣자 나는 내가 창백하고 고통스러워하고 있음을 느끼기 시작했다.

어쨌든 그녀 역시 어제보다 더욱 창백하고 피곤해 보였으며 그녀의 목소리는 더욱 고통스럽게 들렸다. 나 때문에 그녀가 차가운 저녁 안개 속에 너무 오래 머무른 것이나 아닌지 미안하다는 말을 막 꺼내려는데 그녀는 이런 질문을 해서 내 말을 중단시켰다.

"돌아가고 싶으신 거군요. 그런데 어디로 가시지요?"

나는 내가 묵고 있는 곳을 말했다.

"그곳까지는 상당히 멀어요."

"하루 거리이지요."

"거기서 무엇을 하실 건가요?"

그런 질문에 놀랐어야 했지만 나는 놀라지 않고 단지 어깨를 으쓱하기만 했다. 그녀가 직접 내가 해야 할 대답을 대신했다.

"별일 없다는 것을 알고 있지요. 게다가 당신은 저 산을 넘어 돌아간다는 것이 두렵기도 할 겁니다."

실제로 그 순간 내가 그 계곡을 떠날 수 있으리라는 생각은 전혀 들지 않았다.

그녀는 거의 이야기할 가치도 없는 것처럼 이렇게 말했다.

"당신 물건들을 가져오라고 시킬게요."

잠시 우리는 그렇게 서 있었다. 눈빛과 생각은 정원과 호수를 가득 채우고 있는 부드러운 햇빛 아지랑이 속에 감춘 채. 그러고 나서 그녀는 여느 때처럼 느리고 나약해 보이는 몸짓으로 공책 한 권을 자기 앞으로 끌어당겼다. 그 공책은 내가 도착했을 때 그녀가 난간 위에 놓아두었던 것이다. 그녀는 우아하고 긴 소파에 누웠다. 그 소파는 화려한 색의 양탄자가 걸린 벽에 기대어져 있었다. 그녀의 손짓에 따라 나는 그녀를 비스듬히 마주 보면서 다른 소파에 앉았다. 나는 난간에 기대어 나의 발밑 계단까지 휘감고 올라오는 푸른 바다를 내려다보았다. 그러고는 그녀를 쳐다 보았다. 어제 보았던 대로 그녀는 감동적이리만치 자연스런 움직임으로 옷의 주름을 정돈한 다음 그 공책을 펼쳤다. 그녀는 눈길을 오랫동안 거기에 고정하였다. 시간이 흘렀고 그녀는 내가 있다는 걸 잊어버린 것처럼 보였다. 그녀의 첫 마디 말이 친근하게 나를 감싸 주었다면, 지금은 오랜 친지들끼리 주고 받곤 하는 그런 침묵이 지배했다.

그녀의 가느다란 손가락이 가볍게 미끄러지면서 따라가는 것은 악보였다. 반쯤 열린 그 입술은 거의 눈에 띄지 않게 움직였다. 노랫소리는 전혀 들리지 않았지만 그 노래의 단조롭고 달콤한 멜로디는 내 귀에서 맴돌았다. 차분하고 고상한 그 이마가 내게는 투명해 보이는 듯했다. 마음속에서 울리는 노래의 메아리는 조용한 기도와 절망적인 비탄과 함께 퍼져 나갔다. 순진하게 더듬거리기도 하다가, 어떤 때는 정신이 나갈 정도로 불안하게. 그녀를 오래 보고 귀를 기울일수록 나는 이해할 수 없는 숙명적인 일련의 음악 소리에 내 영혼이 휘말려 들어가는 듯한 느낌을 받았다. 잠깐 동안 나는 내 상태에 대해 특별한 생각을 하게 되었다. 난간 위에서 나는 떨리는 손으로 전에 그녀의 어깨 위에 내려져 있던 흰 메꽃 가지를 잡았다. 그때 마치 악보가 마른 가지들이 뒤엉켜 있는 것처럼 보였다. 그리고 악보 위를 따라가는 그녀의 손가락은 그 가지에 담색 꽃들을 붙여 주었다. 덩굴식물의 가는 넝쿨이 나를 휘감으면서 나의 모든 존재까지 더욱 꽉 휘감았다. 포옹하는 듯하면서 동시에 숨막히게 했다. 나는 그것에 저항하고 싶지 않았다. 그 넝쿨의 점점 약해지는 포옹을 견디어 내는 것이 아주 기분 좋았기 때문이다.

마침내 일어섰을 때 나는 실제로 오래전보다 더 약해지고 아픈 것처럼 느껴졌다. 하지만 그 느낌은 나에게 이상한 만족감을 주었다.

그녀는 일어나서 난간 가까이 다가갔다. 그리고 난간 위에 팔을 얹었다. 그녀의 빈약한 가슴이 낮게 뛰었다. 점점 더워지는 한낮의 열기 속에서 그녀의 형체와 존재가 더욱더 확장되는 것을 느낄 수 있었다. 그녀는 저 너머 물의 반짝임과 공기의 흔들림을 쳐다보았다. 크게 뜬 그녀의 눈은 강한 빛에도 전혀 깜박이지 않았다. 그녀는 변함없는 태도로 잠시 후에 물었다.

"이 노래를 아세요?"

"전에 어디선가 들은 것 같아요."

나는 대답하고 나서 이렇게 덧붙였다.

"그 노래를 부르지 않을 건가요?"

나는 방금 그녀가 그 노래를 부른 것을 듣지 못했던 것처럼 말했다.

그녀는 간단하게 대답했다.

"안 할 거예요. 나는 아주 조용한 음악만을 한답니다. 방금처럼요."

그리고 이 말은 당시에 내가 그녀 자신에 대해, 그녀의 상태에 관해 그녀로부터 직접 들었던 유일한 암시였다. 그녀는 다시는 그런 말을 하지 않았다. 그렇게 많은 날들이 지나갔다. 나는 그녀와 함께 테라스에서, 황폐해진 높은 울타리와 회색 대리석 상 사이에서, 혹은 호수 위에서 혹은 그녀와 처음 만났던 그 나뭇잎 아치 밑에서 숱하게 많은 시간을 보냈다. 우리는 천천히 그리로 걸어갔으며 멈춰 섰다. 그리고 우리가 거의 보지 못했던 함께할 미래의 모습을 쳐다보았다. 우리가 함께 움직였던 공간이 원래는 아주 좁았다 할지라도 우리는 나란히 걸으면서 끝없이 먼 곳을 산책했던 것처럼 느꼈다. 그녀의 존재 때문에 나는 말로 표현할 수 없는 마력에 사로잡혔다. 그리하여 공간과 시간에 대한 감각마저 잃어버렸다. 나는 단지 빛과 안개 그리고 그 속에서 그녀와 함께 드러나는 고적한 아름다움만을 애타게 원했다.

아주 이상하게 들릴지 모르겠지만 나는 그녀가 일상적인 삶의 조건에 순종하고 있는지 거의 알지 못했다. 그녀의 곁에서는, 아무렇지도 않게 스치며 지나가는 그녀의 손 밑에서는 모든 것이 육체를 벗어 버리는 것처럼 보였다. 나는 자주 천장이 높은 식당에서 그녀와 마주 앉아 있곤 했다. 열린 창틀이 마치 액자처럼 그녀를 둘러싸고 있었다. 그런 그녀의 모습은 햇빛을 받은 초록색 나뭇잎과 푸른 하늘에 무척 두드러져 보였다. 벽의 한 면에는 밝은 빛의 파엔차 그림이, 그리고 그 그림 위로 여러 곳에 잿빛의 고블랭직(벽 장식용 양탄자)이 걸려 있었다. 도자기로 만들어진 양치기 소녀가 곧게 뻗은 기둥에 기대고 있었다. 그 소녀는 애교를 부리고 있어서 이런 진지한 배경과 대비를 이루었다. 탁자 위에는 골라 꽂은 꽃으로 가득 찬 은 화병과 남태평양의 조개들이 놓여 있었다. 꽃들은 과일, 심지어 식탁 위에 차려진 음식의 색과도 잘 어울렸다. 형태, 색깔, 향내, 그녀를 둘러싸고 있는 모든 것은 동시에 하나의 아름다움을 뿜어냈다. 그녀는 마치 음식이 아니라 그 아름다움으로 생명을 이어 가는 것처럼 보였다.

  그리고 그녀가 주관하고 있는 모든 상황과 그 아름다움은 나에게 비현실적인 꿈처럼 느껴졌다. 그녀는 나를 의식해서 행동하지는 않았다. 그녀는 내가 있는 것에 전혀 신경을 쓰지 않을 때가 많았다. 언젠가 한번은 그녀가 하인에게 돈을 건네주는 것을 보았다. 그녀는 닫혀 있는 작은 장에서 기품 있게 생긴 금속 보석함을 꺼냈다. 그녀가 보석함에 넣었던 손을 다시 꺼냈을 때 황금빛이 새 나왔고, 금화는 그녀의 흰 손가락을 거치자 회청색 금속으로 바뀌었다. 그것이 금화였던가 아니면 단순한 색의 유희였던가? 그 모습을 보며 나는 그녀가 이 세상으로부터, 그리고 이 세상에서 통용되는 가치와 관계들로부터 얼마나 자유로운지를 다시 한번 느낄 수 있었다.

  여기 도착했던 날 그랬듯이 나는 아직 그녀의 이름이 무엇이며 고향이 어디인지를 알지 못한다. 그녀는 나에게 자신을 리디아라고 부르라고 했다. 그녀는 모든 언어를 아주 거침없이 말했는데 그녀의 독일어에는 부드럽게 울리는 슬라브식 악센트가 가끔 배어 있었다. 그리고 그 사이사이에는 남부 독일식 발음도 들어 있었다. 나이 든 두 사람, 즉 하인과 그 아내는 그녀와 내가 알지 못하는 낯선 언어로 이야기했다. 그들이 이야기할 때 나는 아무것도 알아들을 수가 없었고 질문을 해서도 안 될 것 같았다. 그녀의 입술이 나나 내 출생에 관해 물으려고 열리는 것을 거의 본 적이 없었던 것처럼.

  이미 보고 체험했던 것들과의 관계가 애매모호해지면서 나는 아주 가끔씩만 그녀와 함께 있을 수 있었다. 어느 후덥지근한 날 우리는 테라스에 앉아 있었다. 비는 오지 않았지만 공기는 솜털같이 하얗게 흘러내렸으며, 더운 습기가 아주 가벼운 솜처럼 모든 것을 감쌌다. 호숫가, 덤불, 나무 줄기, 대리석과 우리 자신조차도. 부드러운 노란색 캐시미어 원피스 칼라 위로 그녀의 목과 얼굴 피부는 탁한 상앗빛을 띠고 있었다. 한낮이었지만 그렇게 강하지 않은 가련한 빛 한 가닥이 천천히 애무하듯 그녀의 머리 위로 스며들었다. 그녀의 머리카락은 반짝이는 햇빛조차도 전혀 반사되지 않을 정도로 윤기가 없었다. 그녀로부터 흘러나와 그녀 주위에 있는 모든 것을 감싸는 것처럼 보이는 미광이 그녀의 머리카락 위에서 이런 수줍어하는 듯한 약한 빛과 하나로 아우러졌다. 그녀의 그런 모습을 보자 반쯤은 무의식적으로 피렌체의 마돈나 상이 떠올랐다. 나를 그 고통스런 매력에 빠뜨렸던.

  그 성녀에 대해 거의 몰랐던 것처럼 나는 그녀에 대해서도 거의 알지 못한다. 어쩌면 더 모를지도 모른다. 하지만 단 한 가지, 그녀가 죽었다는 사실만은 알고 있다.

구름이 심하게 낀 흐린 날들이 며칠 동안 계속된 뒤 나는 그녀의 병이 전보다 더 깊어졌다는 것을 알 수 있었다. 그녀의 투명하고도 창백한 얼굴에서 오직 입술만이 붉게 불타는 듯했다. 그녀의 존재는 거의 다 타 버린 듯했고, 그 자태의 윤곽은 내 눈에 흐릿하게 보였다. 그러자 끔찍한 공포가 나를 사로잡았다. 그녀는 그렇게 사라지고 싶어한다. 벌써 이 세상에서도 제대로 볼 수 없는 그녀가 내가 찾을 수조차 없는 그런 곳으로 가고 싶어한다.

그녀는 은둔 생활을 하기 위해 이곳으로 들어왔다. 다른 영역의 생활 조건들이 더 이상 적용되지 않고, 그 경계가 영원한 공허함으로 흘러가는 영역, 그런 예술적이며 비세속적인 영역이 바로 이곳이다. 더 빠르게든 혹은 더 느리게든 사람들이 시간에 대한 의식 없이 살아가고 있는 여기에서 그녀의 존재는 벌써 무한함과 맞닿아 있었다. 언젠가 들었던 것 같은 천상의 소리처럼 그녀가 사라지고, 그녀 없이는 빠져나올 수 없을 것 같은 이 무한함 속에 나만 남겨진다면 어떻게 될까. 나는 형용할 수 없는 고독을 예감했다. 그녀를 따라가야 한다. 그리고 그녀를 따라가지 않는 것은 불가능하다. 나는 그녀처럼 고통스러웠으며 또한 그녀처럼 죽어 갔다. 나는 그렇게 되기를 바랐다.

그녀의 상태가 변할 때마다 나는 너무나 불안했고 희망과 두려움 사이를 오락가락했다. 그녀가 갑자기 소파에서 벌떡 일어나고, 그녀의 부서질 듯한 어깨가 소파의 가파른 등받이에서 튀어 오르며, 그녀의 손이 팔걸이를 꽉 움켜잡았을 때의 그 끔찍한 순간을 나는 잘 알고 있다. 그녀의 눈은 지나치게 크게 열려 있었고 투명해 보였다. 이 세상의 것은 더 이상 아무것도 보지 않는 그런 눈이었다. 그녀가 일어나 물건을 만지면서 몽유병자 같은 걸음걸이로 계속 걸어가는 동안 나는 더 이상 내가 그녀를 위해 거기 존재하지 않는다는 느낌을 받았다. 아마도 그것은 그러한 발작과 고통 그리고 죽음의 추함을 나에게 보여 주지 않으려고 그녀가 떤 감동적인 아양이었을 것이다.

아름다운 그녀는 마지막까지 잘 이겨 낼 것이다. 그러나 그녀가 계속 나에게서 멀어진다는 것을 느끼는 동안 나는 절망적인 그리움을 맞아 서서히 쓰러져 갔다. 마치 나만이 그렇게 그녀의 죽음을 맞이하고 그녀의 죽음과 나를 결합할 수 있다는 듯이. 그럼에도 그녀가 아주 담담한 표정으로, 단지 창백한 뺨에 두 개의 암적색 반점만을 지닌 채 힘들게 발을 질질 끌면서 복도를 걸어가는 것을 보았을 때, 나는 비현실적이고 비합리적인 희망을 갖고서 그녀의 회복을 기대했다. 그리고 구원의 느낌에 몸을 떨었다.

그러고 나면 그녀를 거의 보지 못한 채 여러 날이 지나가곤 했다. 나는 고독하게 집과 계곡을 돌아다녔다. 의식이 없는 저 깊은 곳에 존재하며 잠복하고 있는 어떤 것에 두려움을 느끼면서 나는 앞으로 내몰렸다. 그것은 모든 것이 충족되기를 기다렸으며 그때가 곧 올 거라고 말하는 듯했다. 내가 한순간이라도 그녀보다 오래 산다는 것은 불가능했다. 나는 그녀의 영혼에 의해서만 살아갔고, 내게는 더 이상 비밀이 아닌 그녀 존재의 비밀에 완전히 사로잡혀 있었다. 나는 그녀와 하나이기에 그녀를 너무나 잘 알고 있다. 마지막 순간에 육체가 분리된다고 해도 그녀와 나의 합일을 어떻게 분리할 수 있겠는가.

흐리고 후덥지근한 날 나는 호숫가를 따라 오래 거닐었다. 산 위에는 구름이 낮게 드리워져 있었다. 저녁이 돼서야 나는 집으로 돌아갔지만 쉴 수가 없었다. 내가 앉자마자 어떤 내적 충동이 일었다. 그리하여 나는 피곤한 발걸음을 방해하는 양탄자 위에서 계속 서성이게 되었다. 나는 식당에서 커다란 거실로 갔다. 거장의 동상들이 둘러싸고 있는 한가운데 그랜드 피아노가 있었다. 거기에는 늘 악보가 펼쳐져 있었는데 물론 그녀는 그 노래들을 단 한 번도 부르지 않았다.

  별 생각 없이 나는 그동안 전혀 주목하지 못했던 어두운 색 커튼으로 다가갔다. 그 커튼을 젖히자 낮은 문을 통해 작은 방이 들여다보였다. 그곳은 가정 예배실로 꾸며진 방으로 아주 어두웠다. 그 방은 절벽과 경계를 이루고 있었으며, 창이라곤 고딕식의 뾰족한 창문뿐이어서 빛은 거의 들어오지 않았다. 벽지 바른 천장에 달린 작은 등에서 초록색 불빛이 떨어지고 있었다. 하얀 벽 쪽에는 조각으로 장식된 교회 의자들이 놓여 있었다. 나의 시선은 상아로 만들어진 실물 크기의 십자고상에 고정되었다. 좁은 제단 위, 팔이 여럿 달린 두 개의 은 촛대 한가운데 걸린 예수상은 무겁게 아래로 펄럭이는 은 자수를 배경 삼아 무척 비밀스러운 느낌을 주었다.

  내 눈이 약한 빛에 익숙해지고 나서야 나는 제단 발치에서 검은 천을 씌운 낮은 기도대를 발견했다. 그리고 그동안 내가 빛이 약하게 반사된 것이라 여겼던 것이 희끄무레한 사람의 형체임을 알 수 있었다.

  그녀는 아주 기진맥진하여 마치 생명이 없는 물체처럼 낮은 계단 위에 쓰러져 있었다. 품이 큰 겉옷 때문에 몸의 형태는 전혀 드러나지 않았다. 설교단 가장자리로 튀어나와 있는, 그녀의 축 늘어져 있는 팔들 위에서 그녀의 머리는 휴식을 취하는 것처럼 보였다. 흐린 초록색 빛 속에서 목덜미 털만이 가끔씩 떨리고 있었다. 그것이 살아 있다는 유일한 신호였다.

갑자기 그녀는 내가 이해할 수 없는, 높낮이가 없는 긴 단어들을 속삭이기 시작했다. 잠깐 뒤 다시 모든 것이 조용해졌고 침묵은 오래 지속됐다.

그때 다시 그녀가 속삭였다. 더욱 급하고 격렬하게, 무거운 호흡 때문에 자주 끊기면서, 마치 그녀의 부탁을 억지로 강요하는 것처럼. 그녀가 갈구하는 것은 생명인가 아니면 죽음인가? 나는 숨을 죽이고 몸을 떨면서 온 신경을 곤두세웠다. 모든 근육에 힘이 빠졌다. 내 안에 잠복해 있는 어떤 것, 내가 그녀의 영혼 속에서 그녀와 함께 갈구했던 것이 충족되었다고 바로 나에게 알려 줄 그 어떤 것이 존재하지 않았다면 나는 맥없이 쓰러졌을 것이다.

그러고 난 뒤 내가 두려워하면서도 바랐던 일이 일어났다. 그녀는 힘없는 긴 신음 소리를 낸 뒤에 머리를 들었다. 그리고 경직된 채로 예수상을 향해 느리게 팔을 뻗었다. 축 늘어져 있는 소매에서 빠져나온 팔이 심하게 마른 것을 보고 나는 무척 놀랐다. 그것은 마치 예수 상처럼 상아로 만든 듯 보였다. 힘있게 그녀의 몸은 그리움에 가득 찬 팔의 움직임을 따라갔다. 그 마른 몸에서 어떻게 그런 힘이 나왔나 싶을 정도였다. 그녀는 일어섰다. 겉옷의 주름 밑으로 그녀의 가녀린 몸이 펴지는 것이 보였다. 머리는 몸을 뻗으려고 하는 예수 상의 발 높이에 있었고, 입술은 십자가를 진 예수의 발 위를 스쳐 갔다. 그러나 그녀는 계속 몸을 일으켰으며, 더 이상 무릎을 꿇지 않았다. 그러면 그녀는 서 있는 것인가? 하지만 그녀는 마치 떠 있는 것처럼 보였고, 머리를 비롯한 그녀의 모든 것들은 구원자의 얼굴을 향해 있었다. 마치 그녀가 그의 얼굴에 대고 한마디 말을 하려는 것처럼 보였다. 그러나 그는 그 말을 듣지 않았다. 그녀는 고통스런 예수 아래에서 그의 시선을 받으며 아무 말 없이 머물렀다. 다시 한번 초인적인 노력으로 그녀의 팔이 옆으로 뒤틀렸다. 마치 발작을 일으키는 것 같았다. 관절이 삐걱거리는 소리가 들렸다. 팔의 관절 하나가 촛대에 맞았고 그래서 촛대가 덜거덕 소리를 냈다.

촛대가 쓰러졌는지는 모르겠다. 불가능해 보일 정도의 팽팽한 긴장감이 갑자기 풀어져서, 그녀의 육체가 갑자기 허약하고 무겁게 무너지는 것을 보았을 뿐이다. 마치 한 번의 미풍에 모든 의지가 날아가 버리듯이 말이다. 그리고 나의 영혼이 그녀의 영혼과 함께 머물렀던, 알 수 없는 동일한 정점에서 나 자신도 공허함 속으로 떨어졌다. 그녀처럼 종말의 예고에 순종하면서.

밤에, 아마도 새벽쯤에 나는 잠에서 한 번 깼다. 처음에는 내 마음속에 있는 모든 것이 아무 소리도 내지 않고 희미했다. 그런데 갑자기 무언가가 내 안에서 밖으로 나와 날뛰기 시작했다. 그것은 내 주위에서 소용돌이치다가, 갑자기 마치 은이 절거덕거리며 부딪치는 것 같은 혼란스런 소음으로 변했다. 이어서 희미한 빛이 번지기 시작했는데, 그 빛 속에서 나는 마침내 창틀을 발견할 수 있었다. 그녀는 창문 앞에 서 있었다. 그녀의 하얀 형체는 거기서 천천히 십자 창살을 향해 몸을 뻗더니 밖으로 나갔다. 그녀는 밖으로 떠다녔다. 한순간 그녀는 발이 드러나지 않은 채 공중에 떠 있었다. 그리고 자신이 끌고 온 빛을 받으면서, 휘감아 오르는 흰 메꽃 가지 위로 계속 미끄러져 올라갔다. 보이지 않는 그녀의 발은 그 가지들을 전혀 건드리지 않았다. 그녀 뒤는 어둠이 감싸고 있었으며, 나는 여전히 그 어둠 안에 머물렀다. 나는 소리를 지르려 했다.

'도와주세요, 나도 여기 있어요!'

그러나 나는 이내 정신을 잃었다.

매일 밤 똑같은 일이 일어났고, 얼마나 많은 밤이 지났는지 모르겠다.

나는 깨어났으며 천천히 내 눈은 떠다니는 성스러운 회녹색 형체를 찾았다. 나의 피는 용솟음쳤고, 나의 뇌는 시로 넘쳐 났다. 땅에 묶여 있으면서 비상을 요구하는, 그야말로 비인간적인 그리움의 시, 인간의 단어로는 표현할 수 없는 열정의 시였다.

마침내 어느 날 아침 나는 다시 보기 시작했다. 아직은 둔한 감각으로 베일을 통해서이긴 했지만 그래도 내가 본 것은 이 세상의 사물들이었다. 어두움이 걷히고 방 한구석, 그녀가 앉았던 책상에서 내 꿈의 형상이 일어났다. 그녀는 은 촛대 두 자루를 난로로 가져갔고 난로의 대리석 판 위에서 그 촛대들은 낮게 잘그락거렸다. 촛불을 끈 뒤 그녀는 떠다니는 듯한 발걸음으로 창문으로 다가갔다. 그러고는 창문을 열어 가을의 아침 공기를 받아들였다.

나는 눈으로 그녀를 쫓기 위해서 머리를 돌렸다. 그녀는 내가 움직이는 소리를 듣고 나를 쳐다보았다. 우리가 눈을 서로 마주치고 오래오래 서로에게 빠져 있는 동안 나는 마침내 우리 육체가 분리되었다는 것을 알았다. 그녀는 이제 완전히 나의 꿈이 되어 버렸으며 나는 그녀의 꿈이 되었다는 것, 그리고 계속 두려움도 없지만 확실한 진전도 없이 우리가 무한의 세계를 떠돌고 있음을 알게 되었다.

그녀는 내 침대 곁으로 다가와서, 빛이 그대로 관통하는 손을 나에게 내밀었다. 나는 두근거리는 가슴으로 그녀를 쳐다보았다. 그녀의 손 위에 몸을 굽혀 입을 맞추었지만 그 손을 거의 느낄 수 없었다. 그녀의 얼굴에는 눈 말고는 아무것도 없는 것처럼 보였다. 그 눈은 커다란 별이었다. 내가 더 이상 풀려날 수 없는, 낯설면서도 친밀한 다른 세계의 별.

그녀는 내 위로 몸을 숙이고 숨결에 불과한 목소리로 말했다.

"당신은 아주 조용히 머물러야 해."

그러나 나는 그녀에게 무슨 말을 해야 할지 전혀 생각이 나지 않았다. 내가 아무 말도 하지 않자 잠시 후 그녀가 다시 물었다.

"몸이 몹시 약해진 것 같지?"

"당신 계속 내 곁에 있었지?"

나는 이렇게 물었다. 처음으로 그녀에게 말을 놓은 것을 전혀 의식하지 못했고, 그녀 역시 그것을 거의 의식하지 못했다.

그녀는 고개를 끄덕였으며, 나는 다시 말했다.

"밤마다 내가 말했던 것을 모두 들었어?"

"아무것도 듣지 못했지만 나는 모든 것을 알아. 조용히!"

나는 아무 말도 하지 않았다. 아주 조용히 있었다. 그리고 그녀가 내 침대에서 함께 보냈던 그날은 내 마음을 충분히 달래 주었다. 나중에 다시 우리는 여러 시간 동안 함께 테라스에 앉아 있었다.

우리는 전처럼 그 실체를 거의 느끼지는 못하지만 서로의 생각을 알고 있었기 때문에 좀처럼 이야기를 하지 않았다. 기다림의 시간은 지나갔으며 우리는 두려움과 희망 저편에 존재했다.

우리는 노란색과 붉은색의 나뭇잎들이 떨어지는 한가운데 앉았다. 우리 주위로 이상한 색깔의 커다란 꽃들이 피어 있었다. 그리고 아주 밑으로는 비현실적일 정도로 파란 베일로 가려진 영원의 세계가 펼쳐져 있었다. 그것을 우리는 무표정한 눈으로 바라보았다.

가을 날씨는 더욱 추워졌다. 몸을 움츠리면서 나는 옆에 있는 창백한 그녀에게 말했다.

"우리는 떠날 거야. 죽어 가는 세계에서 우리는 무엇을 하지?"

그녀가 대답했다.

"조금만 더 머물러 봐. 그러면 나를 따라오게 될 거야."

"당신을 따라간다고? 도대체 무엇이 우리를 갈라놓을 수 있단 말이야?"

"아무것도 갈라놓을 수 없지. 단지 당신은 잠시 나에게서 멀어져야 해. 궁극적인 일, 불쾌한 일이 나에게 일어나기 전에 유한의 세계로 가야 해."

"내가 당신과 헤어져야 한다고!"

"내가 당신을 앞서 가는 것이기 때문에 잠깐이면 돼. 그러면 당신은 어디서나 나를 다시 찾아낼 수 있을 거야. 당신이 어떻게 마지막을 볼 수 있겠어? 우리는 보지 못할 때만 믿지."

그녀는 또 이렇게 덧붙였다.

"그 순간이 언제 올지 당신은 알 수 있을 거야."

그리고 다시 하루가 지나, 내가 그녀를 떠나야만 하는 그날이 왔다.

내가 아침 산책에서 돌아와서 천천히 빌라로 올라갔을 때 멀리서부터 그녀의 형체가 보였다. 햇빛을 받은 나뭇잎 사이로 그녀의 하얀 형체는 테라스 위에서 희미하게 아른거리고 있었다. 바로 내 눈앞에서 사라져 버릴 것처럼 느껴지는 환영 같았다. 그녀는 이제 더 이상 호숫가로 내려오지 않았으며 아주 가끔 테라스에 나올 뿐이었다. 파란 가을날이 보내주는 마지막 따뜻한 햇살이 내리쪼였다. 가까이 다가가자 허약하지만 아름다운 그녀의 형체가 기둥에 기대어 서 있는 것이 보였다. 뚜렷하지 않은 표정을 짓고 있는 그녀의 얼굴에서는 눈만이 육체와 분리되어 독자적인 생명을 지니고 있었다. 그 눈은 그녀가 나를 기다리고 있었으며 곧 그녀의 결정을 이야기할 것이라는 예감, 아무 근거는 없지만 반박할 수 없는 그런 예감을 말해 주고 있었다.

그녀는 나에게 어떤 신호도 보내지 않았다. 내가 시간을 벌기 위해 느린 발걸음으로 그녀 앞에 가까이 다가갈 때까지 꼼짝도 하지 않았다. 아주 조용히, 슬퍼하지도 않고, 어떤 특별한 것을 강조하지도 않으면서 그녀가 말했다.

"내가 밖으로 나오는 것은 이번이 마지막이야. 시간이 됐어."

나는 한순간 벌컥 화를 냈다.

"당신을 떠나야 한다고!"

내가 외쳤다. 그 소리는 아주 적막한 가운데 거칠게 울려 퍼졌다.

그녀는 아주 힘들게 손가락을 입술 위에 갖다 댔다. 그리고 나는 그 모든 일이 그녀가 오래전에 예언했던 대로 일어나야 한다는 것을 깨달았다.

그녀는 한 걸음 옆으로 비켜났다. 하인이 내 짐을 들고 문에 서 있었다.

하인은 벌써 테라스를 조금 내려갔고 우리는 여전히 거기 서 있었다. 그리고 그녀가 나에게 손을 내밀고 말했다.

"안녕."

나도 똑같이 그 말을 반복했고 그것이 우리가 말했던 유일한 단어였다. 몸을 돌리고 걸어가면서 나는 아무 생각도 들지 않았다. 타는 듯한 내 손에서 그녀의 손이 방금 놓였던 그 자리에만 차가운 숨결이 느껴진다는 것 말고는.

반쯤 가다가 나는 돌아보았다. 저기 위, 나뭇가지들 사이로 나풀거리는 하얀 빛을 보기 위해서였다. 그 빛은 막 꺼지는 중이었다. 다시 한번 몸을 돌렸을 때 더 이상 그 빛을 찾을 수 없었다.

이제 내가 어떻게 그녀를 잊어버렸는지를 설명해야 되겠지?

다른 무엇보다 더 이상한 것은 내가 그녀를 잊어버렸다는 것이다. 그것도 아주 자연스럽게 말이다. 그녀를 떠나자마자 나의 이성에 의해서는 제대로 파악되지 못했던 그 형체의 윤곽이 나의 기억 속에서 사라지기 시작했다. 밤에 잠이 깰 때면, 감긴 내 속눈썹 앞에 베일에 가린 조용한 광채, 멀리 있는 별, 즉 그녀의 눈이 반사된 것을 발견한다. 그 광채는 점점 희미해졌다. 하지만 나는 내가 언젠가 살았던 적 있는 놀라운 별들의 반사를 영혼 속에 기억하고 있다. 그 광채는 여전히 살아 있다. 그 별들을 그리워하는 영혼이 전보다 더 건강해지고 더 강해진 육체에 의해 제압당했다 해도. 삶은 나에게 영향력을 행사했고 더 나아가 내가 해야 할 일까지 나에게 제시해 주었다. 나는 집으로 돌아와서 평범한 행복을 얻었다.

우리의 이별은 이제 긴 시공간이 되어 버렸다. 그녀가 오늘날 나를 알아볼 수 있을까? 나는 그녀를 견디어 냈다. 그리고 어떻게 그 일이 일어났는지 모르겠지만 나는 그녀가 거의 인간이라고 느껴지지 않는다. 그럼에도 어떤 인간의 영혼도 그녀의 영혼보다 더 가깝게 느껴진 적은 없었다. 그녀 옆에 머무는 동안 나는 그녀에 관해 아무것도 알지 못했다. 하지만 그때처럼 다른 사람의 감정 변화 모두를 함께 체험한 적은 없었으며, 불가사의로 가득 찬 완전한 존재를 나의 존재로 만든 적 또한 없었다. 왜냐하면 이해할 수 없는 것이 삶이 되어 버렸기 때문이다. 사람들은 수수께끼로 가득 찬 세상에서 살아간다고 생각하지만 어떤 의문도 풀 수 없기 때문에 그것은 수수께끼가 아니다. 사람들은 경이로운 것의 개념을 완전히 잃어버렸기 때문에 경이로움을 완전히 파악했다고 생각하는 것이다.

사람들은 보지 못할 때만 믿는다는 말을 그녀가 하지 않았던가?

나는 그녀뿐 아니라 경이로운 것도 겪어 보았다. 경이로움이 외부 세계를 향해 내놓는 빛이 나에게 떨어졌다. 사람들은 그것을 체험했다 할지라도 나중에는 비현실적인 어떤 것으로서만 기억한다.

경이로움! 가끔 나는 의심을 하지만 다시 생각해 본다. 한번은 꿈에 취해서 경이로운 세계에서 나오는 완전한 빛을 받는 것이, 다른 사람들이 젊은 시절의 공통된 이상에 가까이 다가가려고 시도하는 방식보다 더 낫다는 것을 말이다. 사람들은 노력하고 서두른다. 그러면서 가끔 자신이 원하는 이상(理想)의 한 부분을 낚아채기도 한다. 그러나 그것은 그것을 시험하는 사람들의 손에서 바로 다시 빠져나가 버린다. 그것을 완전히 할 수 있거나 완전히 이해하거나, 아니면 완전히 잊어버리지도 못했는데 말이다.

이상한 도시

파울 에른스트
(1866-1933)

• • •

에른스트(Paul Ernst)는 하르츠 지방에서 광산 감독의 아들로 태어났다. 클라우스탈과 노르트하우젠에서 김나지움을 다녔으며, 1885년 괴팅겐 대학에서 철학과 신학을 공부했다. 튀빙겐을 거쳐 베를린으로 가서 에른스트는 자연주의자들과 사회주의 노동당의 문학 정치 연합인 '두르히!'와 가까이 지냈다. 1890년 이후 그는 노동당을 위해 베를린 민족 잡지의 편집자로 일했으며 1892년에는 베른에서 국민경제학으로 박사 학위를 받았다. 유쾌하며 비극적인 단막극으로 문단에 등단했다. 노동당에서 나와 클라우스탈로 돌아가서는 1903년부터 1914년까지 바이마르에서 극 평론가이자 매우 생산적인 극작가로 정착했다. 처음에는 신낭만주의의 감상적인 문체로, 나중에는 신고전주의의 엄격하고 지루한 문체로 작품을 써 나갔다. 그는 희곡과 장·단편소설 등을 발표했는데 희곡보다 소설이 더 뛰어났다. 작센 왕, 프랑켄 왕, 슈바벤 왕의 역사를 이야기한 세 권짜리 산문집 『황제 연대기』(1923년부터)가 그의 대표작이다.

「이상한 도시」는 1900년 인젤 사에서 출간된 소설집 『여섯 가지 이야기』에 실린 작품이다.

일본과의 전쟁이 끝나자마자 중국 철도 회사는 중국 정부로부터 측량 허가를 받았다. 광저우에서 아커쑤까지 철도를 건설하기 위해 부담해야 할 잠정적인 비용과 대강의 수익을 계산하기 위해서였다. 정부가 실제의 철도 건설 작업에 여전히 방해 공작을 하리라는 것은 알고 있었다. 그러나 사전 정보들로 확인할 수 있는 것처럼 그들은 뇌물 등을 동원해서 방해 공작을 막을 수 있으리라고 생각했다. 철도 건설로 나중에 충분히 보상 받을 수만 있다면 말이다. 중국 측의 자료에 따르면 그 철도는 반드시 교통수단이 제공될 가능성이 없는 황폐한 지역을 횡단해야만 한다. 따라서 물론 수익률이 지나치게 낮아질 수밖에 없을 것이다.
　이런 사정 때문에, 조사를 위해 파견된 학자들의 과제는 순수한 기술적 작업에 제한되지 않았다. 회사는 일종의 경제적 조언을 듣고 싶어했다. 그래서 기술자들은 이런 분야에서 전문 교육을 받은 다른 사람들을 많이 데리고 왔다.

중국 지도는 지극히 정확하지는 않지만 주민들이 거주하는 지역의 경계까지는 어느 정도 믿을 수 있는 것으로 증명되었다. 대략 6주 동안 행군하여 그들은 자신들이 가져간 지도들에 수치가 기록되어 있는 경계까지 도착했다. 며칠 전부터 지평선에서는 구름이 계속 이어지는 것만 보였다. 동쪽에서 완만하게 높아졌다가 서쪽에서는 가파르게, 거의 수직으로 떨어지는 것처럼 보였다. 가까이 다가가 보니 빽빽한 숲을 경계로 해서 산맥 기슭과 주변의 땅들이 나누어지고 있음을 알 수 있었다. 이 숲에 도달하기 전에 마지막으로 들른 마을에서 사람들이 아주 이상한 옛날 사투리로 길은 없다고 말했다. 단지 나무를 실은 나귀가 지나갈 수 있을 정도로 좁은 계단만이 그 숲으로 이어지며 한나절 정도 나아가면 이 길 역시 사라진다고 했다. 그 다음에는 동행한 일꾼들로 하여금 나침반을 보면서 길을 내도록 해야 한다는 말이었다.

대략 닷새 동안 그 행렬은 빽빽한 숲을 통과해 천천히 앞으로 나아갔다. 높은 나무에 올라 망원경으로 완전히 벌거숭이 산이었다는 것을 이미 확인했다. 엿새째 되는 날 아침에 그들은 숲을 벗어났다. 숲은 그 앞에 대략 45도의 각도로 가파르게 솟아 있는 언덕 때문에 마치 잘린 듯이 갑자기 중단되었다.

겉으로 보기에 돌들은 일종의 흑요석이었다. 대개 크기가 몇 미터나 되었으며 표면은 대부분 암회색이나 암갈색 거울처럼 반짝이고 있었다. 가끔은 밝은 빛을 투과시키기도 했다. 과거에 언젠가 불에 녹았던 물질이 굳으면서 생성되었을 균열들에서는 마치 부서진 유리처럼 매우 날카로운 모서리가 드러났다. 이런 균열 때문에 그 물질은 손가락 한두 개가 들어갈 정도로 양쪽으로 벌어져 있었다. 이미 말했듯이, 살아 있는 식물의 흔적은 전혀 없었다. 숲의 가장 바깥쪽에 있는 나무들은 가지가 완만한 곡선을 이루면서 땅바닥까지 축 늘어져 있었다. 가지들의 마지막 나뭇잎 사이로 반짝이는 빙산이 솟아올랐다. 태양이 산등성이를 넘어서 햇빛을 암석 위에 내리쪼이면 누구도 그것을 쳐다볼 수 없을 것이다. 눈을 보호할 수 있다 하더라도 이 산에는 결코 올라갈 수 없을 것처럼 보였다. 경사가 심한 데다 돌이 너무 미끄러워서 발을 디딜 수가 없기 때문이다. 아마도 끝없이 노력해야 아주 힘들게 정상까지 올라갈 수 있을 것이다. 그 암석을 부수면 조개 모양의 커다란 반원으로 나누어진다. 그 길은 그렇게 해서 생겨난 날카로운 파편 때문에 더욱 위험해질 것이다.

주위를 둘러보던 일꾼 한 명이 초록색 도자기 주전자 조각을 가져왔다. 그는 산기슭에서 그것을 발견했다고 한다. 용의 인장이 찍힌 것으로 보아 그것이 왕실의 도자기임을 알 수 있었다. 그리고 전체적인 솜씨로 판단하건대 고대 작품의 잔해임에 틀림없었다. 아마도 5000년 전 꽃을 피웠던 주 왕조 시대의 유물 같았다. 깨어진 조각들은 가장자리에 독일 은화 크기 정도의 조각 하나가 부족했기 때문에 완전히 짜 맞추어지지는 않았지만 사람들은 그 발굴품을 아주 조심스럽게 포장했다. 그렇게 오래된 시대의 도자기들은 매우 귀중하기 때문이다.

원정대장은 곧 여기서 아무리 노력해 보았자 소용이 없다고 확신했다. 그는 바로 결심하고 오른쪽으로 빽빽한 수풀을 통과하는 좁은 길을 내라고 명령했다. 산맥을 따라서 있는 조금 덜 가파른 언덕을 찾기 위해서였다. 왜냐하면 멀리서 볼 때 산 왼쪽은 급경사인 것 같았기 때문이다. 원정대 가운데 기술자인 리처드슨과 가렛은 왼쪽으로 가면 곧 덜 가파른 경사를 발견할 수 있으리라 생각하고 나머지 사람들과 헤어졌다. 나머지 사람들은 매번 도끼와 칼로 길을 내야 했기 때문에, 길을 잃지 않고 빨리 되돌아올 수 있었다. 물론 두 사람은 멀리서 관찰했던 산의 오르막이 왼쪽으로 경사가 더 심하게 졌다는 것을 알고 있었다. 그들은 화산암이 불규칙하게 응고되었으며, 그 때문에 가파른 습곡이 형성되었을 거라는 결론을 내렸다. 운이 나쁘면 그 습곡에 빠질 수도 있지만 습곡 사이에는 평평한 지역들이 존재할 것이다. 그들은 짐승들을 데리고 가지 않았기 때문에 수풀 속을 통과하는 길을 낼 필요가 없었다. 그래서 간편하게 숲 가장자리를 따라 움직일 수 있었다. 그들은 각자 엽총과 탄약통, 그리고 동 손잡이가 달린 커다랗고 강한 칼을 가지고 있었다. 칼은 원시림 속에서 길을 내기 위해, 그리고 팔뚝만 한 덩굴식물을 자르기 위해 필요한 것이었다. 그들은 약간의 생필품을 지고 갈 일꾼 몇 명을 뽑고는 바로 길을 떠났다.

가지들을 헤치고 미끄럽고 가파른 바닥 위로 반 시간 정도 올라가자 진짜 수직 절벽이 나타났다. 그 절벽을 바로 올라가는 것은 거의 불가능해 보였다. 두 유럽인은 매끄러운 바닥을 더 잘 디디기 위하여 장화를 벗었다. 그리고 갈라진 틈과 단층을 피해 가며 조심스럽게 위로 올라갔다. 두 시간 조금 못 되어 그들은 정상에 도착했다. 지금까지 산 뒤에 숨어 있던 태양은 모두가 바로 눈을 감아야 할 정도로 강한 빛을 고원에서 뿜어냈다. 다행히도 두 유럽인은 안경을 끼고 있었다. 그들은 성냥을 켜서 안경 유리에 그을음을 만든 다음에야 모든 것을 관찰할 수 있었다. 그들은 짐꾼을 모두 돌려보냈다. 리처드슨은 그들의 시도가 성공했음을 알리는 편지 한 통을 일꾼 우두머리에게 들려서 보냈다.

두 사람은 자신들뿐 아니라 짐꾼들까지 정적 때문에 속삭이듯 이야기한다는 것을 알 수 있었다. 나머지 사람들이 도착할 때까지는 시간이 많아서 그들은 주위를 충분히 둘러볼 수 있었다. 적어도 그들은 다섯 시간 정도 여유가 있었다. 자신들이 있는 위치에서 그들은 아주 평평한 대지를 멀리 내려다볼 수 있었다. 평지에서 시작하여 처음에는 단조로운 초록색 숲이 마치 이끼 융단처럼 끊임없이 펼쳐졌고 그 너머에는 직선으로 구분된 경작지가 보였다. 초록색 수풀이 있는 여러 마을들. 지평선 뒤로 아주 멀리 강 하나가 보였다. 그것은 열흘 전에 그들이 건너왔던 필리 강이었고 항공로로는 기껏해야 나흘 거리였다. 언덕처럼 고원의 바닥은 유리 같은 물질로 되어 있었다. 그러나 고원의 이 유리 같은 물질은 결정질의 구조를 지녔다. 그것들은 대부분 길이 대략 1미터에 폭 50센티미터, 두께 대략 5밀리미터의 4각형 판으로 균열되어 있었다. 두 기술자는 어느 건축에나 사용될 수 있는 훌륭한 자재들이 여기 있음을 바로 알게 되었다. 철도가 있다면 이 판을 육로로 필리 강까지, 거기서는 저렴한 수로를 통해 광둥성까지 운반하여 사용할 수 있을 것이다. 여기서 그들은 근대의 교통수단이 겉으로 보기에 아무 전망이 없는 것 같은 지역에서 예상 밖의 자원을 발굴할 수 있다는 것을 다시 한번 깨달았다.

  평지는 여러 시간 거리로 넓게 펼쳐져 있었고, 사방은 자주 겹쳐지면서 부서지는 포석으로 뒤덮여 있었다. 두 사람은 우선 자신들의 위치를 나침반으로 세심하게 확인하고, 장화를 다시 신었다. 그러고는 유리 파편을 조심해 가면서 앞으로 나아갔다. 항상 기술적 업무와 사업만을 생각하는 그들은 대담한 사람들이었다. 그럼에도 그들은 폐허의 정적 때문에 두려움을 느꼈다. 움직이는 생명체도 전혀 없었고 앞을 내다볼 수조차 없었다.

  30분 정도 돌아다닌 후에 갑자기 그들은 놀라운 광경을 목격했다. 그들은 두려운 듯 눈을 앞의 바닥에 고정했다. 그들은 지름이 거의 800미터이나 되는 원 모양의 둥근 저지대가 갑자기 발밑에 나타난 것을 발견했다. 사방에서 유리 암석들이 깊이 100미터쯤 되어 보이는 저지대 아래로 미끄러졌다. 태양이 상당히 비스듬하게 걸려 있었기 때문에 그 웅덩이의 반 정도는 아직 그늘 속에 있었고 나머지 반은 햇빛을 받았다. 밑에 있는 바위들은 인위적으로 집과 도로로 정리되어 있는 것처럼 보였다. 그리고 광장 중앙에는 비교적 뚜렷하게 큰 건물이 보였다. 그러나 여기에도 생명을 가진 것이나 움직이는 것은 아무것도 없었다.

가렛은 웃으려고 했지만 그의 목에서는 아주 이상한 소리만 흘러나왔다. 리처드슨은 몸을 돌려 날카로운 눈빛으로 그를 쳐다보았다. 그러고 나서 그는 폭이 90센티미터 정도 되는 좁은 계단 입구로 들어섰다. 그 계단은 나선을 이루면서 아래로 이어져 있었다. 두 사람은 아무 말 없이 아래로 내려갔다. 집들은 포석으로 짜 맞추어졌으며, 다른 재질은 전혀 사용하지 않은 것처럼 보였다. 지붕은 포석이 그 자체의 무게로 유지할 수 있는 만큼의 경사도를 유지하고 있었으며, 높이는 사람 키 두 배 정도였다. 불규칙하게 짜인 벽 가운데서 한 뼘 정도 갈라진 틈이 창문 역할을 했으며 문들 역시 포석으로 만들어졌다. 문에는 위와 아래로 뻗어 나온 장부촉이 매끄럽게 갈려서 달려 있었는데 장부촉은 위아래 문턱의 둥근 구멍 속에서 움직였다. 이 장부촉을 연마하는 데 어떤 소재가 사용되었는지를 알아보는 것이 이 두 사람에게 중요한 일이었을 것이다. 왜냐하면 이 돌은 철보다 더 강하기 때문이다.

그들은 첫 번째 집 문을 열었다. 문은 삐걱 소리도 내지 않고 가볍게 움직였다. 내부 공간은 상당히 밝은 편이었고 완전히 비어 있었다. 그리고 바닥에는 작은 청동 조각 몇 개가 놓여 있었다. 그들은 그 배치가 무엇을 의미하는지 확실히 알 수가 없었다. 두 번째 집과 세 번째 집을 열어 보았으나 그곳에서도 똑같은 것을 발견했을 뿐이었다. 그러고 나서 그들은 가벼운 발걸음으로 좁지만 직선으로 뻗은 도로를 걸어갔다. 바닥이 매끄러워 거의 미끄럼질 치듯 했다. 이번에는 지금까지 보았던 집보다 더 큰 집으로 들어갔다. 여기도 내부는 하나의 공간으로 이루어졌는데 바닥에는 커다란 보석이 놓여 있었다. 그들이 귀에 걸었음 직한 커다란 금 고리, 금팔찌, 왼쪽 팔에 차는 연결 쇠 세 개, 허리띠 버클, 다리에 차는 두 개의 장신구. 이 모든 것이 아주 질서 정연하게 놓여 있었다. 마치 이런 장신구를 착용한 사람이 누워 있는 것을 보는 듯했다. 그의 육체와 머리카락, 뼈, 옷은 완전히 소멸되고, 파괴되지 않는 금속과 돌만이 남아 있었다. 두 사람은 다른 집에서 발견된 알 수 없는 청동 조각들이 지금은 사라져 버린 나무 기구에서 나왔을 수 있다고 생각했다.

 이 사람이 여기서 사망한 것은 적어도 도자기 주전자 조각이 입증하듯이 상당히 오래전 일일 것이다. 가렛은 아마도 개미들이 자연스런 소멸 과정을 도와주었을 거라고 생각했다. 이 개미들 역시 5000년 전에 죽었으며, 그 뒤로 개미나 도마뱀, 쥐마저 여기에는 없다고 생각하자 갑자기 일종의 감동이 느껴졌다. 그 육체는 십자가 형태로 놓여 있었을 것이다. 다리는 붙이고 팔은 양쪽으로 쭉 펼친 채. 그들은 비싼 장신구 가운데 어느 것 하나 가져가지 않았다. 단지 발끝으로 살금살금 걸으며, 몸을 앞으로 숙인 채 그것들을 쳐다보았다. 그러고는 다시 발끝으로 살살 걸어 나갔다. 문득 여기에 어떻게 인간들이 살 수 있었을까 하는 생각이 들었다. 이 도시에는 수천 명의 주민이 살았을 것이다. 여기는 풀 한 포기도 안 자라고 물 한 방울도 나지 않는데!

 그들은 광장으로 갔다. 리처드슨은 몸을 숙이고 손가락으로 많은 양의 장신구를 가리켰다. 청동으로 만들어진 것이 많았고, 간혹 보석으로 만들어진 것도 있었다. 작은 반지, 목걸이, 또는 그와 비슷한 것들이 사방에 흩어져 있었다. 여기에, 쪽매 널마루 같은 이 석판 위에 많은 시체들이 누워 있었고 그 가운데 이런 금속 부분만 남아 있는 것이 아닐까. 그들은 조심스럽게 걸었다. 주위에 놓여 있는 물건들 어느 것 하나라도 밟지 않도록 조심해야 할 것 같은 생각이 들었다. 광장 한가운데 자리 잡고 있는 궁전 쪽으로 넓은 야외 계단이 이어졌다. 이 계단에는 아래 광장에 있던 것보다 더 많은 금속 조각들이 놓여 있었다. 하지만 여기서는 가끔 반지나 그 비슷한 장신구들을 밟지 않을 수 없었다. 그럴 때마다 이 금속 조각들은 뼛속까지 스며드는 듯한 날카로운 소리를 냈다. 여기에는 시체들이 겹겹이 높게 쌓여 있었을 것이다.

그런데 어떻게 이럴 수 있는가! 청동에는 푸른 녹이 슬지 않았고 반짝반짝 빛까지 났다. 계속 사용하면서 자주 닦아 주어야만 날 수 있는 빛이었다. 이런 숲 근처에서는 공기가 그만큼 건조할 수도 없었다. 그리고 시체들은 아주 천천히 소멸되지 않는가! 그렇기 때문에 청동에는 푸른 녹이 슬어야 했다. 성 입구에는 중국 글자로 뒤덮인 기둥이 있었다. 중국어를 할 줄 아는 리처드슨이 그 글자를 읽었다. 그러고 나서 그는, 그동안 계단의 맨 위에서 죽은 도시를 관찰하고 있던 가렛에게 그 글자가 의미하는 바를 말했다. 즉 성에는 그들이 만져서는 안 될 젊은 여자가 앉아 있었다.

그들은 성으로 들어갔다. 중간의 몇 계단 위에 왕좌가 놓여 있었고, 그 왕좌에는 유럽식 얼굴 표정을 한 여자가 옛 포르투갈식으로 보이는 벨벳 옷을 입고 앉아 있었다. 그녀의 검은 눈은 멍해 보였으며, 이마의 중간과 눈 사이에는 미세한 주름이 하나 있었다.

두 기술자는 왕좌로 올라갔다. 하지만 그 여자는 움직이지 않았다. 마치 옷을 입혀 놓은, 유리 눈의 밀랍 인형을 보는 것 같았다. 가렛은 두 손을 그녀에게로 뻗었다. 리처드슨은 그를 막으려 했지만 가렛은 중심을 잃었다. 그래서 불행하게도 그 여자에게로 쓰러지면서 그만 왼손으로 그 여자의 손을 잡고 말았다. 그 순간 그는 끔찍한 비명을 지르며 뒤로 물러났다. 집게손가락과 가운뎃손가락의 끝이 숯처럼 검게 탔다. 리처드슨은 바로 허리춤에서 칼날을 꺼내고는 손을 계단 위에 놓으라고 손짓했다. 그리고 첫 번째 마디를 잘랐다. 처음에는 흰색이던 절단면들이 붉어졌다. 피가 쏟아져 나오는 동안에는 손가락의 남은 마디에 반점이 생기기 시작했다. 반점은 처음에는 밝은 색이었다가 점점 어두워지면서 커져 갔다. 리처드슨이 다시 한번 잘라 냈다. 가렛은 이를 악물었다. 손가락이 손바닥에서 완전히 잘려 나갔다. 가렛은 웃으려고 했다. 그러나 갑자기 손등 위 한가운데에 핀 대가리만 한 아주 작은 반점이 나타났고 순식간에 후추알 크기로 자랐다. 리처드슨은 큰 소리로 비명을 지르면서 다시 잘라 냈다. 이번에는 손 전체가 손목에서 잘려 나갔다. 피가 심하게 흘러나왔지만 두 사람은 신경 쓰지 않았다. 가렛은 외투를 벗고 셔츠 소매를 걷어올린 채 팔을 샅샅이 살펴보았다. 위쪽은 더 이상 감염되지 않은 것 같았다. 리처드슨은 그에게 손수건을 건네준 뒤, 상처 부위에 감기 위해 칼로 아마포 재킷을 길쭉하게 잘라 냈다. 그런데 갑자기 가렛이 끔찍한 비명을 질렀다. 상처에서 손가락 두 개 정도 올라간 부위에 이미 10페니히 동전 크기의 반점이 보였다. 리처드슨은 칼로 목표를 정한 다음 팔꿈치를 잘라 냈다. 가렛이 이렇게 이야기한 것은 이번이 처음이었다.

"전혀 아프지 않은 게 이상하군."

그러나 새로운 상처 위에 다시 반점들이 생겨나자 그는 스스로 칼을 들고 뼈 밑에서 살을 후벼 냈다. 그러면서 그는 빙긋이 웃었다. 리처드슨은 그가 두려움을 이기지 못해 계단에서 떨어질까 두려웠다. 가렛은 성

급하게 자기 살을 갈기갈기 찢었다. 갑자기 그는 칼을 떨어뜨리더니 이상한 소리로 비명을 질렀다. 그 소리에 리처드슨은 가슴에 통증까지 일 지경이었다. 그 뒤 가렛은 이내 무릎을 꿇더니 다시 한번 경련을 일으키고 죽어 버렸다.

왕좌에 앉아 있는 인물은 움직이지도 눈을 깜박거리지도 않았다. 리처드슨은 어깨에서 소총을 꺼냈다. 런던에서 18파운드나 주고 산 훌륭한 윈체스터 소총이었다. 그리고 그 총을 장전했다. 그는 눈 사이의 주름을 겨냥하여 쏘려고 했다. 그때 그녀의 시선이 그의 눈으로 들어왔다. 그 순간 자신의 삶이 그의 영혼 앞에서 마치 제비처럼 빠르게 스쳐 지나갔다. 그는 총을 내려뜨리고 안전장치를 풀지 않은 채 걸어갔다. 그는 가렛과 함께 왔던 길을 돌아갔다. 그리고 짐꾼들과 헤어졌던 지점까지 왔다. 혼자 있다는 것이 갑자기 무서워졌다. 그래서 그는 밑으로 내려가 동료들을 만났다. 그런데 이상했다. 아무도 그에게 가렛에 관해 묻지 않았다. 그는 놀랐지만 자신이 겪은 일에 대해 아무 말도 하지 않았다. 저녁에 원정대는 언덕을 기어 올라갔다. 고원은 처음에 보았던 것처럼 그렇게 넓지 않았다. 그들은 그 고원을 바로 횡단하고 다른 편에서 다시 경작지를 발견했다.

얼마 후에 리처드슨은 무심한 체하면서 가렛에 관한 이야기를 꺼냈다. 그런데 사람들은 가렛이 원정대가 출발하기 전 광둥성에서 죽었다고들 했다. 어떻게 그가 그 사실을 그렇게 완전히 잊어버릴 수 있단 말인가.

그러면 광둥성을 출발한 뒤로 지금까지 그는 꿈을 꾸어 왔던 것인가? 그렇지만 그의 기억은 나머지 사람들의 기억과 일치하는데! 필리 강을 건널 때 중요한 기구들을 실은 당나귀를 그가 구해 주어서 사람들이 그에게 고마워하지 않았던가. 그때처럼 가렛과 관련된 사건에 관해 이야기하자 나머지 사람들도 약간 당황하는 것처럼 보였다. 그리고 가렛의 신부는 작별할 때 무척이나 울면서 그에게 흰 장미까지 주지 않았던가!

　살아 있는 듯한 여자 상이 앉아 있던 왕좌 계단에 누워 가렛의 육체는 수천 년에 걸쳐 먼지로 소멸될 것 같았다.

백만장자 라콕스

파울 셰어바르트
(1863-1915)

● ● ●

셰어바르트(Paul Scheerbart)는 선박 목수의 자녀 11명 중 막내로 태어났다. 네 살 때 어머니가, 열 살 때 아버지가 돌아가셨다. 일찍이 그는 동양 철학과 독일 이상주의에 빠졌으며, 쇼펜하우어의 비관주의를 과격하게 거부했다. 라이프치히, 할레, 뮌헨과 빈에서 미술사를 공부했다. 그리고 1887년에는 베를린에서 종교사를 공부하기 시작했다. 그는 베를린의 보헤미안이 자신에게 가장 적합한 생활양식임을 발견했다. 그는 항상 외톨이, '그로테스크한 익살꾼'으로 남았으며 자신의 문학적 상상력에만 몰두했다. 1900년에 그는 나이가 자신보다 여덟 살 많은 집주인 여자와 결혼했다. 셰어바르트는 1892년에 '환상가들의 출판사'를 설립했지만 자신의 작품을 출판할 출판 업자를 찾는 데 평생토록 어려움을 겪었다. 자유분방한 환상, 사회 비판적인 괴팍스러움, 그리고 언어적인 관용이 뒤섞인 그의 작품들을 읽어 줄 만한 독자는 그리 많지 않았기 때문이다.

「백만장자 라콕스」는 《인젤》 1(1900년 3월)에 처음 발표된 작품이다.

백만장자인 라콕스는 진짜 세력가로서 아시아와 유럽의 대도시에서 돈을 물 쓰듯이 낭비하며 만족스러운 삶을 살았다. 그는 그러기 위해 돈을 가지고 있었다. 이 위대한 인간은 물론 모든 멋진 것과 군사적 사업을 위해서도 돈을 아끼지 않았다. 그럴 만한 돈이 없는데도 자기처럼 그렇게 돈을 낭비하는 사람들을 그는 비웃었다.

그는 더 원대하고 실용적인 계획을 실현하려면 우선 권력 수단을 확장할 필요가 있다고 생각했다. 그렇게 그의 환상은 점차로 군사적인 환상으로 변했다. 그는 당연히 그 계획, 즉 군사적 계획 역시 실현하기를 원했다. 그래서 그는 약삭빠른 천재 200명이 일하고 있는 발명부의 부장에게 전보를 쳤다.

'빨리 새로운 군대를 발명하라, 사용 설명서와 함께. 라콕스.'

발명부 부장은 그 전보를 즉시 부하 직원들에게 읽어 주었다. 부하 직원들 사이에서는 일대 소동이 벌어졌다. 부하 직원들은 24시간이나 정신 노동을 한 끝에 '새로운 군대'라는 천재적인 계획을 라콕스에게 바칠 수 있었다.

"전쟁 이념이 결실을 맺으면 인적 자원이 과거의 군국주의에 계속 만족할 수 없으리라는 것은 이미 예견된 사실이다. 그래서 '새로운 군대'를 창출해야 할 필요성이 점점 더 커지고 있다. 군인으로 쓰자니 인간은 너무 약하고 생각이 깊다. 반면에 기계는 비용이 너무 많이 들고 제때에 퇴각하지도 못한다. 따라서 '새로운 군대'를 창출하는 작업에서는 동물 세계만이 고려의 대상으로 남는다. 동물 세계에서는 약하지도 않고 생각이 깊지도 않으면서 비용이 너무 많이 들지도 않는 수많은 생물체를 발견할 수 있다. 경험에 의하면 배고플 때 동물들은 가장 무분별하기 때문이다. 그렇지만 동물 전체는 제때에 물러설 수 있는 충분한 지능도 갖추고 있다. 따라서 우리의 과제는 동물 연대를 만드는 것이다. 잘 조직된 동물 연대만이 진부해진 우리 시대의 군국주의에 새로운 생명력을 불어넣을 수 있을 것이다.

발명부 부원들은 우선 비교적 덩치가 큰 동물류를 소집할 것을 추천한다. 주지하다시피 네 발 달린 후피(厚皮)류를 훈련시키는 일은 그다지 어렵지 않다. 그리고 고래와 물개를 훈련하는 일은 우리 시대의 위대한 조련사들에게는 쉬울 것이다. 고래와 물개는 전체를 싸는 방탄 코르크 표범 셔츠로 무장할 수 있으며 알루미늄과 철로 만든 거대한 인공 지느러미를 쓰면 자연적인 지느러미 힘을 아주 강하게 만들 수 있을 것이다. 그런 인공 지느러미라면 폭풍처럼 어떤 바다라도 쉽게 흥분시킬 수 있다. 대부분의 동물들은 마치 뿔 장식처럼 각종 쏘는 무기와 방패를 머리에 쓸 수 있다. 동물 연대의 장교단은 물론 검증된 조련사들로만 이루어진다.

동물들의 사지를 이용하는 가장 좋은 방식에 대해 아이디어를 내는 일은 당연히 참모부의 특별 과제이다. 가령 코끼리를 교육해서 그 긴 코를 탈수기로 사용할 수 있다. 그리고 사자는 가죽 끈으로 서로 잡아매야 가장 효과적으로 이용할 수 있다. 군복에 관한 질문은 아주 흥미롭지만 여기서 간단하게 처리할 수 있는 문제가 아니다. 어쨌든 수컷 들소, 기린, 낙타를 가장 잘 획일화할 수 있는 방안에 관해 특별 팸플릿이 사흘 내에 나올 것이다. 이 팸플릿에서는 군대가 전통적으로 요구하는 사항들을 힘닿는 대로 고려할 것이다.

더 나아가 우리는 많은 새들이 군대의 목적에 가장 적합할 거라는 사실에 이의를 제기할 수 없을 것이다. 까마귀는 청산가리 주사로 쉽게 무장할 수 있다. 그리고 독수리, 올빼미, 황새를 훈련시키면 작은 다이너마이트 폭탄을 제때에 떨어뜨리게 할 수 있다. 슈몰러 캐제바우흐는 전염병 세균으로만 가득 채운 섬세한 구조의 긴 관 모양의 폭탄에 관한 한 최고의 천재라 할 수 있는데, 그는 학술서 두 권을 썼다. 전쟁을 위해 해충을 조직적으로 훈련시키는 것에 관해서……."

여기서 백만장자는 계획서를 손에서 떨구고 그것을 발로 짓이겼다.

"이상하군!"

뚱뚱한 백만장자는 이렇게 중얼거리며 일어나서는 계속 말했다.

"내 직원들은 말이야, 나를 웃음거리로 삼는 것보다 쉬운 일은 없다고 생각하는가 본데. 이상한 일이야! 내가 모든 것을 웃음거리로 만들기 때문에 사람들은 나에게 보복하려 하는군."

그리고 그는 몸을 굽혀 그 서류를 다시 들어 올렸다. 양피지의 뒤쪽 면을 들춰 보던 그는 거기서 '해저 전쟁에서 청어를 사용하는 것'에 관해 상세하게 기술하고 있는 장을 발견했다. 오! 그는 그 장을 읽지 않았지만 직원들이 거기에 관심이 있다는 사실만으로도 만족했다. 왜냐하면 해저와 관련된 사안은 항상 그에게 사랑스럽고 귀하게 여겨졌기 때문이다.

오랫동안 생각한 후에 전능한 백만장자는 발명부 부장에게 전보를 보냈다.

'해저 전쟁 기술의 궁극적 목표에 관해 빨리 간략한 보고서를 작성하라. 그러나 진지하게! 위대한 것은 바보들만을 위한 것이어서는 안 된다. 라콕스.'

대부호는 아침 식사를 하곤 하던 지옥의 방에 앉아 있었다. 지옥의 방은 불꽃처럼 붉은 종유석으로 지어졌으며, 벽들은 대칭으로 나누어진 인공 동굴 벽감으로 만들어졌다. 홀 전체에는 종유석의 형태가 원래대로 남아 있었지만, 대칭에 광신적일 정도로 신경을 쓴 흔적이 역력했다. 벽감 앞에는 검은 튤립이 꽂힌 황금 항아리가 놓여 있었는데, 튤립의 숫자와 형태조차도 대칭으로 정리되어 있을 정도였다. 방 한가운데 아침 식탁이 차려져 있었으며, 식탁 위에는 각이 진 거대한 에메랄드 현등이 타고 있었다. 불꽃처럼 빨간 종유석 인공 동굴에는 전기등 여러 개가 눈에 띄지 않게 효과적으로 켜져 있었으며 흰 식탁보 위에서는 원뿔 모양의 초록색 빛과 붉은색 빛이 위아래로 겹쳐졌다. 황금 항아리에서도 마찬가지로 초록색 빛과 붉은색 빛이 났다. 라콕스가 열한 번째 요리를 막 들려고 할 때 둔탁한 종소리가 들렸다. 그는 하던 일을 멈추었다. 흰옷을 입은 하인이 들어와 아침 식탁 위에 살며시 새로운 양피지 원고를 내려놓았다. 그러고는 홀 전체를 덮고 있는 붉은 양탄자 위로 아무 소리 없이 급하게 걸어 나갔다.

백만장자 앞에는 '해저 전쟁 기술의 최종 목표에 대하여' 라는 보고서

가 놓여 있었다. 그 보고서는 천재들의 우두머리이자 유명한 인사인 슐체 7세가 쓴 것이었다. 이 이야기의 1부는 이렇게 시작했다. '구원의 이념.'

"사랑하는 형제! 귀한 자매들! 친애하는 친척, 친지 그리고 모르는 사람들이여! 나는 당신들에게 이성적인 것을 전하기 위하여 자주 연구를 했습니다. 이번에는 당신들에게 구원의 이념을 전하고자 합니다. 그러니 영리한 쥐들처럼 귀를 쫑긋 세우길 바랍니다! 당신은 우리가 바다의 심연에서 마치 넙치처럼 올라올 수 있는 배를 만들고 있다는 것을 아실 겁니다. 해저 함대는 우리 시대 최고의 함대입니다. 그런데 무엇이 해저 전쟁 기술의 최종 목표일까요? 그것에 대해 생각해 본 적이 있습니까? 해저 군국주의의 중요한 목표가 남태평양의 상어에게 해저 전쟁의 광경을 보여 주는 것이라고 생각하십니까? 오, 아닙니다! 속지 마십시오! 진짜 진짜를 말하는 겁니다! 진짜 현대 군국주의는 시종일관 국가의 방어와 강화를 원합니다. 그것은 확고합니다. 그렇다면 해저 전쟁 기술에서 방어와 강화를 기대할 만한 국가는 어떤 국가들입니까? 흠, 항상 유감스럽게도 너무 건조한 대륙에 있는 국가들은 해저 전쟁 기술을 그다지 필요로 하지 않습니다. 그들이 해저 전쟁 기술에 대해 무엇을 말할 수 있겠습니까? 해상 함대의 수면 정책에서 모든 해저 세계는 장식적인 부수 현상일 뿐이었습니다. 그동안은요, 하지만 이제 때가 됐습니다! 용기 있는 국가를 위해, 나지막한 소리로 읽도록! 물 밑, 동화에서처럼 넓고 거대한 대양의 심연에 주둔하려는 용기를 지닌 국가에게 해저 함대는 더 큰 의미를 가질 겁니다. 존재의 토대를 다지는 셈이지요! 내 말을 벌써 이해하셨습니까? 그렇다면 당신들은 해저 전쟁 기술의 최종 목표가 바로 해저 국가의 설립과 보존임을 파악하셨겠군요. 그것은 슐체 7세가 당신에게 알려 주는 구원의 이념입니다. 가장 훌륭한 전망이 열림에 따라 지구 주민들도 행복해집니다. 지구의 크기는 해저 전쟁 기술의 최종 목표를 통해 세 배가 됩니다. 바다 밑바닥에서 국부적으로 물을 빼내는 일과 대양의 수압을 견딜 수 있는 거대한 아치형 천장을 만드는 일은 우리 시대의 천재적인 건축사에게는 식은 죽 먹기일 겁니다. 친애하는 지구 주민들이여! 해저 국가 전체가 표준 온도를 유지할 수 있습니다. 그래서 거기서는 '기류'와 '주택 건축'이라는 개념이 성립하지 않을 것입니다. 임대료는 신화 속의 괴물 키마이라가 될 거고 건물 소유주와 코담배 맡기는 더 이상 존재하지 않습니다. 해저 세계 제국이 인류에게 구원을 의미한다는 것은 우둔한 사람도 알 겁니다. 웃으면서 이런 것을 이야기해서 미안합니다. 그러나 나는 그렇게 할 수 있습니다. 모든 이상적인 국가 이념이 거기 해저에서는 쉽게 실현됩니다. 귀족적인 이상 국가, 민주주의적 이상 국가, 자동으로 돌아가는 정부가 있는 국가 및 의회 정부, 독재 군주 정부, 카니발 정부 혹은 군국주의 정부가 있는 그런 국가들, 정부가 전혀 없는 그런 국가 역시 마찬가집니다. 조화를 파괴하는 쓸데없는 생명체는 모두 해저 국가에서는 쉽게 격리할 수 있습니다. 바다 밖 건조한 대륙에서는 부담스럽기만 한 해충 역시……"

'해충'이라는 단어에 뚱뚱한 대부호는 서류를 탁자 아래로 떨어뜨렸다.

"이상하군!"

다시 라콕스의 입술에서 소리가 새어 나왔다. 그러고 나서 뚱뚱한 라콕스는 조용히 식사를 계속했다.

식사를 끝내고 나서 그는 발명부 부장에게 전보를 쳤다.

'슐체 7세는 늙은 멍청이에 지나지 않는다. 유감스럽지만, 자기 계획들을 수행하기에도 힘이 부친다. 그 녀석은 아주 게으르며, 당신의 천재

들과 천재 우두머리는 매우 실망스럽다. 당신 직원들은 대목장에서나 일할 수 있을 것이다. 라콕스.'

백만장자는 1,500번 파산한 재단에 몰두하고 있는 영업부 부장에게 전보를 쳤다.

'빨리 해저 어뢰 보트 1만 척을 최고의 옵션으로 제작하라. 라콕스.'

그러고 난 후에 그는 진주모 방에서 휴식을 취했다. 바닥 전체를 덮고 있는 백곰 가죽 위로 둥근 유리 지붕을 통해 들어오는 노란색과 초록색의 등불 다발들이 장난치듯 흔들리고 있었다. 둥근 유리 지붕은 늙은 두꺼비의 배처럼 여러 가지 색으로 뒤섞여 있었다. 그리고 라콕스의 발치에 놓여 있는 하얀 모피 역시 아주 다채로운 빛으로 물들었다. 1만 개의 진주모 돌기로 이루어진 물결 모양의 벽에서도 불빛이 반짝거렸는데 모든 돌기 한가운데는 밝은 파란색의 작은 사파이어가 들어 있었다.

라콕스는 흰 벨벳 소파에 앉아서 졸고 있었다. 머리가 크고 땅딸막한 남자. 회색 턱수염은 짧고 회색 머리도 짧았지만 흰 눈썹은 백곰 가죽처럼 숱이 아주 많았다. 그리고 가슴은 떡 벌어진 채 딱딱한 기계처럼 한쪽으로 기울어졌다. 좀 커다란 은회색 양복은 헐렁하고 너저분하게 몸에 걸려 있었다. 키가 작고 뚱뚱한 몸에 전혀 어울리지 않아 보였다. 또한 둥근 유리 지붕은 은회색 양복 역시 두꺼비처럼 알록달록하게 보이게 했다.

그러는 사이 발명부 부장은 천재 우두머리인 슐체 7세를 호되게 꾸짖고 있었고, 슐체 7세는 스페인 황소처럼 몹시 화가 나 있었다. 천둥 치는 것처럼 큰 소리들이 오고 갈 때면 발명부 부장의 몹스(불도그처럼 흉하게 생긴 작은 개)가 서류함 뒤로 웅크리고 들어갔다.

라콕스가 잠에서 깨어나자 카시미르 슈툼멜이라는 이름의 젊은 발명가가 그를 만나기 위해 기다리고 있다는 전갈이 왔다.

"접견실로!"

백만장자는 이렇게 속삭였고 슈툼멜은 접견실로 안내됐다. 접견실은 물론 중국 황제의 어떤 규방보다 훨씬 화려했다. 붉은색, 초록색, 파란색의 아주 섬세하고 투명한 칠보로 이루어진 벽은 햇빛을 받아 장난치는 물고기들처럼 반짝였다. 그 사이사이에 아주 정교한 금 장식 세공. 그리고 현미경을 가지고 작업한 양탄자, 비밀스런 수백만의 기호들! 그것은 아주 매혹적인 구성이어서, 눈처럼 떨어지는 이 세상의 어떤 꽃 무리에도 결코 뒤지지 않았다.

너무나 부드러운 색의 입방체가 박힌 얇은 유리 기둥을 지나칠 때면 현란한 색이 뿜어져 나왔다. 부드러운 비단 직물과 상아 조각으로 만들어진 소파, 거의 천장까지 이르는 가시 모양의 회색 산호 꽃병. 그 꽃병에 박힌 1000개의 가시는 모두 반짝이는 작은 사파이어였다. 그리고 금록옥으로 모든 가능한 형태로 조각된 마노 책상. 방 전체는 상당히 어두웠다. 양옆과 아치형 천장에 다양한 형태로 불규칙하게 분리되어 있는 루비 유리 창문에서만 빛이 들어왔다.

"안녕하시오, 슈툼멜 씨!"

라콕스가 말했다. 열어 놓은 공작 깃털 문으로 슈툼멜이 서둘러 들어오자, 라콕스는 그에게 악수를 청하면서 상아 소파에 앉으라고 친절하게 말했다. 슈툼멜은 아직 라콕스를 잘 알지 못했다. 슈툼멜은 마음을 가다듬고, 우선 시간을 내어 만나 주신 데 대해 감사드린다며 더듬거리며 말했다. 그러고 나서 그는 능숙한 독일어로 이렇게 말하기 시작했다.

"라콕스 씨, 수년 전부터 저는 당신 발명부의 활동을 지대한 관심을 가지고 지켜보았습니다. 그리고 그곳에서 당신에게 공상을 실현할 수 있는 방법을 알려 주었다는 사실을 알고 놀랐습니다. 신문에 날마다 게재되는 보고서들은 점점 나를 자극했지요. 내가 당신을 제대로 이해했다면 아마도 당신은 문화를 그 바탕에서부터 장려하려고 합니다. 하지만 더 큰 차원을 고려한 생각들이 실현되는 걸 중요하게 여기지요."

그때 라콕스는 젊은 남자의 말을 끊고 다음과 같이 말했다.

"차원에 관한 마지막 언급은 아주 좋았소. 그러나 문화에 관해서만 이야기하지는 마시오. 문화 이야기를 하면 내가 그렇게 자비로운 것처럼 보일지도 모르지만 나는 박애주의자가 아니오. 게다가 대중은 나를 호의적으로 대하지 않습니다. 사람들은 나를 항상 비웃었고 그러면서 나에게 호의를 베풀었다고 믿고 있소. 나는 인간에게 열광하지 않소. 나는 그저 문화에 만족하려 하오. 인간들에게 필요한 발전 요소인 새로운 시설들은 내가 없어도 만들어지고 있소. 인간의 주거 환경을 개선하는 문제라면 참여할 수 있을 거요. 그러나 그렇게 해도 사람들이 나의 뜻을 받아들일 거라고 생각합니까? 말도 안 됩니다! 대부분의 인간이 지내기에는 돼지우리가 아주 자연스럽습니다. 그래도 계속 이야기해 보시오. 주의 깊게 경청하겠소."

슈툼멜은 정신을 차리고 계속했다.

"지구의 지배자들은 동상을 건축함으로써 매번 그들의 존재를 기록해 왔습니다. 그래서 당신도 건축물 같은 동상 작품을 만드는 것에 관심이 있을 겁니다. 과거 지구의 군주들은 너무 가난해서 더 원대한 스타일로 작업할 수가 없었습니다. 라콕스 씨, 당신은 재산이 많아서 아주 훌륭한 것, 모험적인 것과 동화적인 것을 비판적으로 분석할 수 있습니다. 더 큰 규모로 건축하려면 결국은 근원적으로 존재하는 자연과 함께 창조된 것처럼 보이게 해야 합니다. 그러려면 현존하는 자연을 이용하는 게 좋을 겁니다. 건축가들은 지형과 대조를 이룰 수밖에 없는 일반적인 벽 건물보다 큰 암석의 일부를 양식화한 것에 더 높은 점수를 줍니다. 라콕스 씨, 당신이 암석의 일부뿐 아니라 가능하다면 암석 전체를 위에서부터 아래까지 건축적인 예술 작품으로 변화시키려 한다면 어떻게 될까요? 그것은 진짜 위대한 일이 될 것입니다. 또한 다음 1000년 동안 지구 표면 전체를 거대하고 완전한 건축 예술 작품으로 변화시키도록 미래의 종족을 자극할 것입니다. 마지막 말은 물론 농담으로만 받아들일 수도 있습니다. 당신이 대규모 사업을 하면서 유머를 아주 나쁘게만 생각하진 않는다는 이야기를 들었습니다."

카시미르 슈툼멜은 말을 멈추고 웃었다. 라콕스도 따라서 웃었다. 천재 우두머리인 슐체 7세의 해저 국가 계획이 생각났으며, 갑자기 카시미르 슈툼멜이라는 이 사람이 라콕스 자신이 고용한 여러 천재와 천재 우두머리보다 훨씬 이성적으로 행동한다는 느낌을 받았다. 이 사람은 대부호에게 깊은 인상을 남겼다. 그래서 라콕스는 이렇게 짧게 답했다.

"암석을 개조해서 건축하는 작업은 당신에게 맡기겠소."

슈툼멜의 두 눈에 기쁨의 눈물이 어렸다. 정력적인 백만장자는 바로 영업부 부장에게 전보를 쳤다.

'작은 산, 가능하면 건축을 할 수 있게 빙하가 있는 산을 빨리 구입하라. 카시미르 슈툼멜 씨와 협의하라. 라콕스.'

하인에게 전보문을 받아 적게 한 후, 지구에서 가장 강력한 그 남자는 마치 아무 일도 없던 것처럼 조용히 일어났다. 그리고 슈툼멜에게 두 손을 흔들었고, 웃옷 자락을 휘날리며 공작 깃털 문으로 나갔다. 그런데 그는 한 시간 후에 다시 발명부 부장에게 전보를 보냈다. 다음과 같은 중대한 내용의 전보를.

'200명의 천재와 천재 우두머리에게 바로 해임을 통고하시오. 당신도 3개월 후에 사직하시오. 당신의 업무를 임시로 카시미르 슈툼멜 씨에게 넘기시오. 라콕스.'

라콕스는 슈툼멜에게 그만큼이나 호감을 느꼈다.

발명부 부장은 이 중대한 전보를 받고 나서 책상 아래로 쓰러졌다. 발명부 직원들은 거의 미칠 지경이었다. 세 명의 천재 우두머리는 광분했다. 결국 생명이 위험할 정도로 발작을 일으켜 바로 수용소로 보내졌다. 하지만 슐체 7세는 그 사건이 자신과는 아무 상관없다는 듯이 행동했다. 그러나 그는 그런 파국에 자신도 크게 한몫했다는 것을 잘 알고 있었다. 그러나 동료들은 그 사실을 알지 못했다. 왜냐하면 발명부 부장이 중요한 사실을 비밀로 하고 있었기 때문이다. 슐체 7세는 그레이하운드처럼 말랐으며, 콧수염은 손가락 두 개로 잡아당기기 힘들 정도로 거셌다. 슐체 7세는 가죽 방으로 들어가자마자 콧수염을 10개의 손가락으로 아주 심하게 양쪽으로 잡아당겼다. 수염이 빠져서 날아다닐 정도로. 그리고 그는 이를 갈았다. 그것도 리듬에 맞추어서 그러나 부드럽지 않게. 그러면서 그는 몇 가지 일상적인 독백을 했다. 그런 독백이 아주 익숙한 듯이 그는 갈색 가죽 벽에 대고 말했다.

"이런 라콕스에 대해 화내는 것은 아무 가치 없는 일이야. 왜냐하면 나는 그가 필요하지 않으니까. 그러나 그래도 화가 나는군. 나는 태어날 때부터 광포한 사람이었어. 나는 화를 낼 만할 때 화를 낸 적이 한 번도 없어. 사랑스러움이 아니라 분노 때문에 나는 심지어 재담가가 되었지. 항상 분노의 단계에서 사는 것이 틀림없이 나의 숙명이야. 다른 사람들은 수종(水腫) 때문에 고통받지만 나는 분노욕 때문에 괴로워. 나는 모욕 받기를 원하지. 그러면 나의 심술궂은 분노를 분출할 수 있는 권리를 얻을 수 있으니까. 그리고 그러면서 나는 여전히 웃고 있어."

슐체 7세는 다시 가죽 벽과 가죽 가구들을 보았다. 섬세하게 짜 맞춘 물건들, 그리고 낡은 동물 가죽 사이에 그렇게 완전히 숨어 있다는 것에 기쁨을 느꼈고 모든 야수들에게 정말 호감을 가졌다.

슐체는 계속해서 독백했다.

"단순한 동물과 인간은 쾌락보다는 살해욕에 더 큰 매력을 느끼지. 같은 종류의 성숙한 인간. 그것은 단순한 생물체는 자신의 인격을 의식하지 않으며, 복잡한 생물체는 개인적 삶을 제대로 믿지 않는다는 것과 관계가 있어. 둘 다 자신의 삶과 다른 존재의 삶을 높이 평가하지 않게 되지. 역사는 끔찍할 정도로 단순한 거야. 물론 당나귀는 그것을 이해하지 못하지. 처음에 피조물은 잔인하고 파괴 욕구가 강했어. 끝도 마찬가지야. 슐체 7세는 최고의 발전 단계에 도달한 생명체이기 때문에 광포한 사람이야. 최고의 천재성은 단지 인간들을 확고하게 조롱하고 몰아내기 위해서만 존재한다. 나는 피를 원한다. 저주 받을 동물 같은 놈의 피를! 그래서 유감스럽게도 라콕스가 그것을 바꿔서는 안 된다. 찢어발겨져야 한다, 마치 매가 비둘기를 찢어발기듯이. 나의 논리는 항상 파멸적이야."

그는 웃었다. 황새가 달가닥거리는 소리처럼 들리지만, 물론 완전히 똑같지는 않다. 그리고 그는 마치 야생동물처럼 소리를 지르며, 두 주먹으로 작은 티 테이블을 두드렸다. 그 테이블은 오래된 모자 보관용 상자처럼 부서져 버렸다.

"멍청이! 멍청이!"

그는 외쳤다. 그러고 나서 웃었다. 마치 정신병원에 수용된 정신병자들이 웃는 것처럼.

그러고 난 후 그는 아주 냉정하고 조용해졌다. 그는 해고된 천재와 천재 우두머리의 회의에 참석했다. 회의에서 그는 자신과 함께 중국으로 가서 중국의 황제로 하여금 아주 위험한 라콕스에 대항해 싸우게 하자고 사람들을 설득했다. 그리고 조용한 호수처럼 아주 냉정하게 행동했다. 회의에 소집된 사람들은 위대한 슐체를 따라서 모두들 다음 기차로 중국으로 갔다.

다음 달부터 역사는 양측에서 계획대로 진행되었다. 카시미르 슈툼멜이 남미의 서해안에 건축하고 있는 암석 궁전 작업에는 5만 명의 사람들이 참여했다. 라콕스의 돈이 사람들 사이로 스며들어 갔으며 그는 점점 더 유명해져서 거의 신격화되었다. 진짜 사업가는 자신의 길을 간다. 그 사업이 이성적인 것이든 말도 안 되는 것이든 아무 상관이 없다. 단지 돈만 지불된다면.

그러나 1년이 지난 후에 위대한 백만장자는 자신의 인기가 눈에 띄게 줄어드는 것을 알아차렸다. 이런 현상의 원인을 그는 바로 뚜렷하게 파악했다. 슐체 7세는 북경에서 그에게 전보를 보냈다.

'남미에서 진행되고 있는 당신의 사업은 이곳 최고 관청에서 심하게 비판 받고 있습니다. 슈툼멜을 바로 해고하기를 당신에게 권합니다. 그가 중국 국민의 권리를 침해했기 때문입니다. 경의를 표하면서 슐체 7세.'

"아하."

라콕스는 이렇게 외쳤다. 그는 마데이라에서 카시미르 슈툼멜과 만났다. 매끈하게 면도한 슈툼멜의 얼굴은 진한 갈색으로 아주 건강해 보였다. 슈툼멜은 우선 남미의 서해안에 중국 전함의 숫자가 매일 늘고 있다는 사실을 사장에게 알렸다. 그 상황은 매우 위험했으므로 라콕스는 해군 부장에게 전보를 쳤다.

'준비된 해저 어뢰 보트를 모두 남미의 슈툼멜에게 빨리 보내라. 상황

이 급하다. 라콕스.'

그러나 카시미르 슈툼멜은 이 전보로는 전혀 안심할 수가 없었다.

슈툼멜이 말했다.

"솔직히 말씀드리면, 저는 당신 장교들을 전혀 신뢰할 수가 없습니다. 그들은 전부 금전적 이해관계에만 관심이 있지 국가적 이해관계에는 전혀 관심이 없습니다. 국가의 대변자로서 자부하는 군인들이 라콕스의 군대 전체보다 안전을 훨씬 더 많이 보장해 줍니다. 우리는 적의 군대에서 국가적 요소를 없애야 합니다. 이것은 아주 중요한 일입니다. 국제적인 군대는 우리가 잘 대처할 수 있습니다. 우리는 중국 군대를 국제적인 군대로 만들어야 합니다."

"어떻게 그렇게 할 수 있지?"

라콕스가 물었다.

"가능합니다! 좀 대담한 생각이기는 하지요. 그러나 당신은 대담한 생각에 놀라서 물러서지 않을 사람이라는 것을 압니다. 특히 방어 수단만 구체화한다면 말입니다."

슈툼멜이 대답했다.

"말해 보시오. 무엇을 원하시오?"

역시 라콕스였다. 슈툼멜은 계속했다, 심각하게.

"이것은 미친 소리처럼 들릴지도 모릅니다만 가능합니다! 우리는 그럴듯한 제안을 해서, 지구의 모든 종족을 뒤섞으려고 시도해야 합니다. 많은 유럽인을 중국으로 이주시키고, 또한 많은 중국인을 유럽으로 데려와야 합니다. 동시에 아프리카 사람을 인도로, 인도 사람을 호주로 이주시키면 우리의 의도를 숨길 수 있습니다. 인도 사람들이 스칸디나비아 반도로 갈 수도 있겠지요. 당신은 잘 이해하시는군요. 우리는 국가들을 뒤섞어야 합니다. 웃지 마십시오! 그것은 실제로 가능합니다. 그러기 위해서는 아주 적은 비용에 이주를 시켜 줄 여객선들이 정말 많이 필요합니다."

라콕스는 일어서서 그의 영업부 부장에게 전보를 쳤다.

'바로 여객선 1000척을 사거나 유럽의 조선소에 주문하라. 가장 큰 것으로! 라콕스.'

슈툼멜은 더듬거리며 감사의 인사를 했다. 그는 라콕스가 자기 제안을 선선히 받아들이자 매우 당황한 것 같았다. 그들은 최고급 해변 호텔에서 저녁 식사를 간단히 하고 테라스에서 멜버른산 고급 담배를 피웠다. 달빛이 대서양을 아주 잘 비추고 있었다. 라콕스는 천재 우두머리인 슐체 7세에 관해 험하게 이야기했다.

"그는 아주 위험한 인물이오. 상상해 보시오. 그 뻔뻔스런 녀석이 얼마나 독창적인 군국주의 이념을 감히 나에게 제출했는지를! 짙은 하늘색 군복을 입은 악어 연대 뿐 아니라 그 남자는 항구의 수비대까지 제복을 입게 하기를 원했소. 짙은 하늘색 군복을 입은 진짜 악어라니! 그는 전쟁을 위해 굴을 훈련시키는 것에 관해서도 글을 썼을 거라고 생각하오. 그는 아마 지렁이에게도 제복을 입혔을 거요. 내가 그 녀석과의 관계를 비신사적으로 끝내지 않았다면 말이오. 악마 같은 놈이오! 해고에 대한 복수심으로 그는 이제 나에게 저항하도록 중국 사람들을 선동하고 있소. 정확한 정보요! 그는 해충의 중요성을 강조할 수 있는 기회가 있다면 그냥 넘어가지 않았을 거요. 그는 해충을 자연스런 인류의 친위 연대라고 칭했소.

나에게 고용된 천재 200명은 항상 내가 단지 농담에만 열광할 수 있다고 믿고 있었소. 내가 시장에서나 쓰이는 심한 우스갯소리를 거부하는 일이 드물었기 때문에, 사람들은 내가 조롱 받는 것을 가장 편하게 여긴 다고 생각하고 있소. 백만장자의 뇌를 익살꾼 집토끼로만 여기는 이런 천재의 심오함에 관해 곰곰 생각해 본다면 너무 웃겨서 거의 배가 아플 정도지요. 유머에는 여러 종류가 있는데 우리는 특별히 방어적인 유머 와 공격적인 유머를 구분할 수 있소. 공격적인 유머는 아주 타락한 종류 로 슐체 7세 같은 사람에게 특징적인 것입니다. 슈툼멜 씨, 당신의 유머 는 기이한 변종이오. 나는 그것을 업무적인 변종이라고 말하고 싶소. 내 말을 기분 나쁘게 듣지 마시오. 나에게는 변종이 완전히 적대적인 것이 아닙니다. 나 자신은 오히려 의도적이지 않은 성격을 지닌 그런 유머를 가지고 있습니다. 의도적이지 않은 유머는 학자들 개개인으로부터 유일 하게 진실한 것으로 인정받았소. 고백하건대 나는 내 안에 있는 그 유머 를 정말 유감스럽게 생각하고 있소. 절대 너무 즐거워하지 마시오. 유머 는 가난한 자들에게는 한낱 좋은 성격에 불과합니다. 하지만 부자들에 게 유머는 불행이지요. 나는 빌어먹을 내 동료들을 항상 좋게 생각해 왔 고 모든 사람들의 타고난 재능에서 우스꽝스러운 면만을 보아 왔소. 사 람들은 비웃음의 대상이 되는 것을 별로 나쁘게 생각하지 않습니다. 그 러나 이런 선의를 통해 사람들은 존경심을 버리게 되지요. 사람들은 결 국 웃을 수 있는 것 이상을 원하지 않는다고 생각하며 서로 웃는 것만으 로는 만족하지 못하지요."

두 사람은 짙은 담배 연기들을 달빛 속으로 뿜어냈다. 대서양은 무한 함을 비추는 혼란스런 거울상처럼 그들 앞에서 반짝였다. 두 사람은 오 래도록 침묵을 지키더니 그들의 삶 전체를 세계를 난도질하는 행위로 충족시키고 싶어하는 그런 사람들처럼 아주 심각해졌다. 그리고 이제 슈툼멜은 커다란 암석 궁전에 관해 말했다.

"나는 불변의 작품을 만들고 싶습니다! 그래서 우선 새로운 기계를 사용하여 산을 더 커다랗게 움푹 파냈습니다. 거기서 나오는 돌과 석회석을 이용해서 밖에 있는 해변에 여러 부분으로 나뉜 계단식 건물을 지었습니다. 다양한 산들을 사각형 건축 형태로 만드는 것은 아주 쉽습니다. 복잡한 곡선이 곁들여진다면 화려한 건축적 구성이 될 수 있지요. 라콕스 암석의 내부에 존재하는 홀들은 전례 없이 커다란 규모가 될 겁니다. 우리는 그 공간을 현대적으로 만듭니다. 새로운 기계들은 아주 안전하게 작업을 하기 때문에 산이 무너지는 것을 더 이상 두려워할 필요가 없지요. 게다가 우리 수학자들은 너무 세심하다고 할 정도로 일을 잘 처리합니다. 카시미르 암석에서는 전체 산봉우리를 잘라 내서 모든 홀에 천창을 만들 수 있도록 할 생각입니다. 나는 홀의 사방 벽들을 대부분 현관, 기둥이 있는 홀, 발코니 뒤로 임의로 확장이 가능한 주택으로 가득 채우려고 합니다. 화강암 홀들은 엄청난 영향을 미칠 겁니다. 거울처럼 반짝이는 200미터 높이의 홀! 그 홀의 조명으로는 횃불 빛을 사용할 겁니다. 또한 지하층에는 거대한 욕실이 자리 잡을 겁니다. 분수, 인공 폭포, 연못을 설치할 겁니다. 그리고 연못에는 곤돌라를 띄울 겁니다. 교회당 건립은 이런 암석 궁전에서는 무시됩니다. 그렇지 않습니까? 과거의 작은 건축물을 생각한다면 웃지 않을 수 없지요. 사람들은 집을 얻으려고 다툴 것이고 엄청난 액수를 지불하게 될 겁니다. 거대한 홀들이 옆으로, 뒤로, 위로, 아래로 이어지는 멋진 전망 또한 볼 만할 겁니다. 물론 아주 우아한 전기 궤도를 통해 홀들을 서로 연결해야 합니다. 차들은 물론 건축물의 양식으로 만들어야 되겠지요. 우리는 아마도 개별적인 양식에 대해 여러 경쟁자들을 모집할 수 있을 겁니다. 외부에서 볼 때 암석은 매력적인 전망을 유지해야 합니다. 자연은 수천 배 더 우수하니까요.

뿐만 아니라 이집트식 취향으로 양식화된 거대한 조각들을 새길 수도 있습니다. 그러나 나는 원래 거기에 반대합니다. 순수한 건축물은 거대한 리듬감만으로 영향을 미쳐야 하며, 자잘한 작은 장식품들은 그 규모가 크다 할지라도 배제해야 합니다. 새로운 에나멜 염료는 조심스럽게 사용하면 놀라운 효과를 볼 수 있지요. 그리고 그 염료는 비바람에 강합니다. 나는 아주 행복합니다……."

그렇게 슈툼멜은 동이 틀 때까지 이야기를 계속했고 라콕스는 주의 깊게 경청했다. 그들은 즐겁게 멜버른산 약초를 피우고, 차가운 레모네이드만 마셨다. 태양이 떠오르고 나서야 그들은 쉬러 갔다. 태양이 떠올랐을 때 대서양은 수천 가지 색으로 반짝였다.

라콕스와 중국 황제 간의 전쟁은 계속되었다. 물론 전쟁을 선포하지는 않았다. 양쪽 다 적대적인 전투를 벌이려는 의도는 전혀 없었기 때문이다. 그들은 그저 숨어서, 큰 자금 손실이나 인력 손실 없이 상대를 정복할 수 있는 유리한 기회를 잡으려고 시도했다. 그렇게 하려면 지속적으로 술책을 써야 했다. 그러면서 모든 것은 슈툼멜의 암석 궁전으로 집중되었다. 라콕스의 해저 어뢰 보트들은 총을 쏘지 않고 계속 작업장 앞에서 지그재그로 항해하면서 중국 함대의 접근을 막았다. 중국 함대는 호시탐탐 라콕스 함대를 공격할 기회를 찾았다. 아름다운 전쟁이었다! 그러나 라콕스가 중국 황제보다 훨씬 관대했기 때문에 공격은 이루어지지 않았다. 게다가 중국 외교관들의 주요 목표는 슈툼멜을 체포하는 것이었다. 슈툼멜은 개인적 감정을 모두 억누른 채 암석 궁전의 보존을 위해서만 싸웠기 때문에 그렇게 쉽게 파멸의 길로 빠져 들지 않았다. 곧 슈툼멜에 대한 모든 공격 행위를 지휘하게 된 슐체 7세는 자신이 얼마나 고도로 발달된 인간과 싸우고 있는지를 잘 알고 있었다. 그러나 교활한 계획을 꾸미는 것이 허용된다면 악한 인간들은 전혀 당황하지 않는다. 복수욕에 불타는 슐체는 북경에서 카시미르 슈툼멜에게 전보를 보냈다.

'당신의 종족 혼합 아이디어가 성공한 것을 축하하오. 당신의 여객선들은 아주 훌륭하게 그 기능을 수행했소. 당신의 암석 궁전 역시 마찬가지로 국제적인 것이라고 선언하시오. 지구 연합국의 보호를 받고 당신 작품의 영속성을 영원히 보증 받으시오. 그렇지 않다면 당신은 최악의 상황을 각오해야 할 거요. 당신 주변, 그것도 가장 가까운 곳에 배반자들이 50명이나 있기 때문이오. 슐체 7세.'

슈툼멜은 적잖이 놀랐다. 그 궁전을 존속시키는 일이 그에게는 자신의 생명보다 더 중요했기 때문이다. 물론 그렇게 빨리 완성되지는 않을 테지만 말이다. 슈툼멜은 외교적 수완이 있는 사람이었으므로, 현재 섬기고 있는 주인이 충분히 자신을 보호하지 못한다면 언제든 새 주인과 다시 일할 준비가 되어 있었다. 그래서 영리한 카시미르는 라콕스에게 전보를 보내 상세하게 설명했다. 그 전보에서 슈툼멜은 유머러스하고 아주 유쾌한 방식으로 비열한 슐체의 생각을 분석하고 조명했다. 그는 암석 궁전이 지구 전체 국가의 소유가 될 때 그 가치를 획득하며, 절대 그 가치를 잃어버리지 않으리라는 것을 밝혔다.

라콕스의 대답은 이랬다.

'당혹한 웃음은 거짓 웃음보다 항상 훨씬 사랑스럽소. 라콕스.'

애매한 이 답변은 끔찍하게도 슈툼멜의 머리에서 떠나지 않았다. 그리고 그는 라콕스가 유사시에 궁전을 위해 목숨을 걸 준비가 되어 있는지 의심스러웠다. 그래서 그는 작업과 관련된 범위 안에서만 행동하고, 라콕스를 위해서는 더 이상 신경 쓰지 않기로 결심했다.

슈툼멜의 국제적인 교섭이 바로 시작되었다. 그는 더 이상 라콕스의 의견을 묻지 않았다. 그러자 지구 전체에 조성되었던, 미친 백만장자에 대한 분노가 무시무시할 정도로 고양되어 갔다. 그리고 슐체 7세는 더욱 대담해졌다. 그는 놀라운 전략으로 슈툼멜을 점점 더 암석 궁전에만 매달리게 했다. 결국 슈툼멜은 공식적으로 암석 궁전을 국제적 소유물로 선언하고, 그의 일꾼들과 함께 지구 연합국의 보호를 받았다.

라콕스는 콘스탄티노플에서 이 성명서를 읽자마자 재빨리 특급 보트를 타고 지브롤터 해협을 지나 남미로 향했다. 가는 도중에 그는 카시미르 슈툼멜의 성명을 독단적이고 근거 없는 것이라고 선언했다. 그러나 슐체 7세는 라콕스가 특급 보트를 타고 여행을 떠날 것임을 이미 예견했다. 그래서 그는 천재 200명뿐 아니라 많은 중국인들과 함께 아주 '우연히' 대서양을 돌아다니다 적도 한가운데서 라콕스의 특급 보트를 사로잡았다.

세련된 천재 우두머리는 라콕스를 체포해서 자신의 커다란 호화 선실로 데려오게 했다. 반짝이는 긴 칼을 허리춤에 찬 늙은 인도 사람 10명이 아무 말 없이 위대한 슐체 7세의 양쪽에 앉아 있었다. 그는 눈을 부라리며 백만장자에게 단지 한마디의 말만 내던졌다.

"멍청이."

라콕스는 그의 적을 조용히 쳐다보았다. 그리고 피에 굶주린 듯 미친 인도인들을 살펴보고 나서 부드럽게 말했다.

"불쌍한 쓰레기 같은 놈!"

슐체 7세는 숱 많은 콧수염을 쓰다듬으며 인도 사람에게 신호를 보냈다. 인도 사람들은 포효하면서 백만장자에게 달려들었다. 긴 칼로 그의 몸을 찌르고, 머리를 잘라낸 뒤 시체를 비슷한 크기의 조각 200개로 토막냈다. 해골과 큰 뼈들은 전투용 도끼로 잘랐다. 200개의 시체 조각은 아주 깨끗이 씻어서, 200개의 칠보 함에 나눠 담았다. 그리고 라콕스의 뼈가 든 칠보 함은 천재 200명에게 장엄하게 분배되었다. 천재 우두머리들은 머리 부분을 받았고 슐체 7세는 라콕스의 코를 받았다. 그렇게 라콕스는 정상의 자리에서 추락했다.

지구 전체의 관객들은 환호성을 지르며 슐체 7세를 구원자로 찬양했다. 백만장자 시체의 분배는 물론 끝없이 이어지는 모험 이야기를 만들어 냈다. 법률 고문들은 여전히 샴페인만 마셨고 몇 개의 진짜 전투에서도 졌다. 끔찍하게 계속되는 천둥소리와 함께. 그러나 그 모든 것은 아무 상관이 없었다. 1조에 달하는 라콕스의 재산은 분배되었다. 남은 것은 아무것도 없었으며 그 부자가 어떻게 죽었는지는 물론 비밀에 부쳐졌다. 사람들 사이에서는 자살이나 유언 포기에 관한 소문이 떠돌게 했다. 친지들은 장관 직을 그대로 유지했다. 사촌 몇 명은 공작의 직함을 받았다. 그렇게 라콕스의 재산도 정상에서 추락했다.

슐체 7세는 갑자기 깨달았다. 그 자신은 어리석음의 우상이 되었으며 조롱 받고 있었다. 그래서 슐체 7세도 추락했다.

카시미르 슈툼멜의 암석 궁전은 국가들이 그런 종류의 건축물을 유지할 돈이 없었기 때문에 허물어져 갔다. 뱀과 야수들이 거대한 홀에 기숙했다. 노동자들은 모두 더 이상 돈을 받을 수 없게 되자 그 궁전을 떠났다. 슈툼멜은 자신의 작품이 무너지는 것을 보았다. 미국 사업가 몇 명이 암석 궁전이 좋은 광산임을 알아냈고 거기에서 금을 발견했다. 그리고 '건축' 작품 전체를 위에서부터 아래까지 초토화했다. 멋진 계단식 건물들은 무자비하게 파괴되었으며, 훌륭하고 커다란 기계들만 금 캐는 데 이용되었다. 슈툼멜의 노고는 당시 지구 연합국에서 비웃음과 동정의 대상이 되었으며, 카시미르 슈툼멜도 그의 위치에서 추락했다.

북경에서는 총 천재 협회가 일요일 저녁마다 돌림노래로 회의를 시작하곤 했다. 그 노래의 후렴인 '그렇게 라콕스의 영광은 변했다'는 항상 인디언들이 내뱉는 분노의 포효처럼 불려지곤 했다. 라콕스의 돌림노래는 시간이 지남에 따라 대중적으로 변해서 승리의 축제마다 불리었다고 한다.

예언

아르투어 슈니츨러
(1862-1931)

● ● ●

슈니츨러(Arthur Schnitzler)는 훌륭한 이비인후과 전문의의 아들로 빈의 상류층 시민계급 출신이다. 1885년 의학 박사학위를 받고 1888년 피부과와 외과 일반의가 되었다. 1886년 이후 문학 작품을 쓰기 시작했다. 1893년 아버지가 돌아가신 뒤 슈니츨러는 개인 병원을 열었지만 더욱 집중적으로 문학에 몰두했다. 단막극「아나톨」(1888-1892)과 희곡「사랑의 유희」(1895년 초연)를 발표한 뒤로 그는 오스트리아에서 극작가와 산문 작가로 명성을 쌓아 갔다. 노벨레「구스틀 소령」(1900)은 산문으로는 첫 번째 대작이었다.

1902년에 완성된 노벨레「예언」은 《노이에 프라이에 프레세》(빈), 1905년 12월 24일자 크리스마스 부록에 발표되었다.

I

  보첸(남부 티롤 지방의 도시) 근처, 적당한 높이의 언덕 위에 자리 잡은 쇼텐에크 남작의 작은 영지는 숲 속에 파묻혀 있어 국도에서는 거의 보이지 않았다. 가을에 10년 전부터 메란에서 의사로 활동하던 친구 한 명을 그곳에서 다시 만났는데 그 친구가 나를 그 남작에게 소개해 주었다.
  남작은 당시 50세였으며 여러 가지 예술에 빠져 있었다. 그는 작곡도 조금 했으며 바이올린과 피아노도 능숙하게 다루었고 그림도 제법 그렸다. 그러나 젊은 시절에 그가 가장 진지하게 매달렸던 것은 연극이다. 소문에 의하면 그는 젊은 시절 가명을 사용하면서 몇 년 동안 나라 밖의 작은 무대를 돌아다녔다고 한다.
  아버지가 계속 반대해서였는지 재능이 부족해서인지, 아니면 운이 없어서인지는 모르겠지만 어쨌든 남작은 연극 배우로서의 이력을 아주 일찍 포기했다. 그리고 너무 늦지 않은 나이에 관직에 들어섰다. 그는 선조의 가업을 잇기 위하여 시작한 그 직업에 열정이 없긴 했지만 그래도 20년 동안 성실하게 임했다. 그러나 마흔이 넘어서 아버지가 돌아가시자마자 그는 관직을 버렸다. 그리고 아직도 그가 젊은 시절 동경의 대상에 얼마나 집착하고 있는지를 보여 주었다. 그는 군트슈나베르크 언덕 위에 있는 집을 즉시 사용할 수 있게 조처했다. 그는 거기서 특별히 여름과 가을에 신사 숙녀들의 모임을 열었는데, 그 모임은 점점 커졌다. 그들은 모두 가볍게 참여할 수 있는 연극이나 생생한 장면들을 공연했다.

  티롤의 오래된 시민 가문 출신인 그의 아내는 예술적인 일에 실제로 참여하지는 않았다. 하지만 현명하게, 그리고 동료처럼 자상하게 남편을 도와주었으며 그의 취미를 약간 냉소를 머금고 주시했다. 그러나 남작의 관심이 그녀 자신의 사교적인 취향에 도움을 주었기 때문에 그녀의 냉소가 겉으로 드러날 때는 더욱 친절한 모습으로 바뀌었다.

  성에서 열리는 모임이 엄격한 비판자들의 눈으로 보면 충분히 엄선된 것처럼 보이지 않을 수도 있었다. 그러나 출생이나 교육의 영향 때문에 신분에 대해 선입견을 가지고 있던 손님들도 이 모임의 자유로운 조직을 그렇게 못마땅해하지는 않았다. 이 모임은 거기서 행해지는 예술을 통해 충분히 정당성을 가지는 것처럼 보였다. 게다가 그 명성 덕분에 남작 부부는 더 자유로운 관습을 바라는 게 아닐까 하는 의심을 받지 않았다.

  이제는 더 이상 기억나지 않는 많은 사람들과 함께 나는 인스부르크 구청의 젊은 백작, 리바에서 온 사냥 장교, 아내·딸과 함께 온 참모 장교, 베를린 출신의 오페레타 가수, 두 아들과 함께 온 보첸의 술 공장장, 당시 세계 여행에서 방금 돌아온 모이돌트 남작, 뷔케부르크 출신의 은퇴한 궁정 배우, 젊었을 때 배우였으며 지금은 과부가 된 사이마 백작 부인과 그 딸, 덴마크 화가인 페터슨 등을 성에서 만났다.

성에는 아주 적은 수의 손님들만 머물고 있었다. 몇 사람은 보첸에, 그리고 몇몇 사람들은 영지로 향하는 좁은 도로가 갈라지는 갈림길의 소박한 여관에 숙소를 정했다. 그러나 오후 시간이면 대개 전체 모임이 언덕 위 집에서 열렸다. 그리고 나서 주로 전직 궁정 배우의 지도하에, 가끔은 절대로 영향력을 미치지 않았던 남작의 지도하에 늦은 저녁 시간까지 시연회가 열렸다. 시연회는 처음에는 농담과 웃음 속에서 시작되었지만 점차 아주 진지하게 공연 날까지 계속되었다. 날씨, 분위기, 준비 상태를, 그리고 되도록 연극 공연장을 고려하여 성의 작은 정원 뒤, 숲과 경계를 이루는 잔디 위에서나, 아니면 세 개의 커다란 아치 창문이 달린 1층 홀에서 시연회가 열렸다.

처음으로 남작을 방문했을 때 나는 새로운 장소에서 새로운 사람들과 하루를 더 즐겁게 보낼 생각뿐이었다. 그러나 아무 목적도 없이 완전히 자유롭게 이리저리 돌아다니는 사람, 게다가 점차 젊음이 사그라지면서 더 강하게 고향으로 잡아끄는 어떤 관계도 없는 사람에게 으레 그러듯이, 남작은 좀 더 머물러 달라고 나를 설득했다. 하루가 이틀이 되었고, 이틀이 사흘이 되었으며, 그렇게 시간이 흘러갔다. 그리고 나 자신도 놀랄 정도로 나는 늦은 가을까지 성에서 머물렀다. 계곡이 내려다보이고, 작은 성탑에 있는 안락한 시설을 갖춘 방이 내게 배정되었다.

군트슈나베르크에서 처음 머무는 동안 나는 항상 편안했다. 그리고 내 주위를 둘러싼 모든 유쾌한 분위기와 소음에도 불구하고 내 머릿속에는 아주 조용했던 기억만이 남아 있다. 손님들 누구와도 표면적인 친교만 나누었으며 게다가 대부분의 시간을 사색을 하거나 작품을 구상하기 위해 혼자 숲을 산책하며 보냈기 때문이다. 남작이 한번은 예의 상 내

예언 237

작품 한 편을 무대에 올렸는데, 그때도 나는 아주 평안했다. 아무도 내가 어떤 작가인지에 주의를 기울이지 않았기 때문이다. 오히려 내게는 이 날 저녁이 최고로 편안했다. 초록색 잔디 위에서 열린 이 야외 공연으로 내가 청년 시절 지녔던 소박한 꿈이 예기치도 않게 아주 늦게나마 이루어졌기 때문이다.

활발한 활동은 성에서 점차 줄어들었다. 아직 직장 생활을 하고 있는 사람들은 휴가가 대부분 끝났고 주위에 사는 친구들만 가끔 방문했다. 그제야 나는 남작과 좀 더 가깝게 지낼 수 있었다. 나는 그가 다른 아마추어들보다 훨씬 겸손하다는 데 약간 놀랐다. 그는 자기 성에서 일어나는 일이 일종의 고급 사교 게임이란 것에 절대 실망하지 않았다. 자신이 살아가면서 좋아하는 예술과 계속 진지한 관계를 유지할 수가 없었기 때문에 그는 아주 멀리서부터 성의 소박한 연극 제도를 비춰 주는 희미한 빛에 만족했다. 게다가 그는 여기서는 직업적인 것에서 야기될 수 있는 구차한 여러 요소들을 전혀 감지할 수 없다는 게 무척 좋았다.

함께 산책하던 중에 그는 제약이 없는 공간과 자연스런 환경을 고려하여 써진 작품을 야외무대에서 공연하고 싶다는 생각을 아주 여유롭게 표현했다. 남작의 이런 생각은 내가 얼마 전부터 품고 있던 계획과 아주 자연스럽게 일치하는 것이었다. 나는 그의 소원을 들어주겠다고 남작에게 약속하게 되었다.

그 후 바로 나는 그 성을 떠났다.

다음 해 봄이 시작될 무렵 나는 지난 가을의 아름다운 날들에 대한 기억을 적은 친근한 편지와 함께 당시 생각에 부합하는 것처럼 보이는 작품을 남작에게 보냈다. 곧이어 감사의 글과 함께 가을에 초대한다는 내용이 적힌 답장이 도착했다.

·나는 산속에서 여름을 보내고 9월 1일 날씨가 서늘해지기 시작할 때 가르다 호수로 여행을 했다. 그때는 미처 내가 쇼텐에크 남작의 성에 아주 가까이 와 있다는 생각을 하지 못했다. 그렇다, 지금 생각해 보면 이때 나는 남작의 작은 성과 그곳의 모든 활동을 완전히 잊어버린 것 같다. 그런데 9월 8일 빈에서 남작이 보낸 편지를 받았다. 이 편지에는 내가 전혀 소식을 전하지 않은 것에 대한 약간의 아쉬움과 함께 봄에 그에게 보냈던 작품이 9월 9일 공연되니 꼭 와 달라는 전갈이 적혀 있었다.

남작은 그 작품에 빠져서 더 이상 거기서 벗어날 수 없는 아이들이나, 연습 시간 외에도 우아한 의상을 입고 뛰어다니며 잔디 위에서 놀고 있는 아이들을 칭찬하면서 그 아이들을 아주 만족스럽게 여기고 있었다. 편지의 내용은 그렇게 이어졌다. 주연은 우연히도 그의 조카인 프란츠 폰 움프레히트가 맡았으며, 그는 내가 확실히 기억하건대 작년에 두 번 순간적으로 정지된 연극 장면 공연에 참여했고 이제 배우로서도 놀라운 재능을 보여 주고 있었다.

나는 바로 출발하여 그날 저녁 보첸으로 들어갔다. 도착한 때는 공연이 열리는 날이었다. 성에서는 남작과 그의 아내가 친절하게 나를 맞아 주었고, 나는 다른 친지들에게도 인사를 해야 했다. 은퇴한 궁정 배우, 사이마 백작 부인과 그녀의 딸, 움프레히트 씨와 그의 아름다운 아내, 그리고 내 작품의 프롤로그를 맡았다는 산림지기의 열네 살짜리 딸 등.

오후가 되자 벌써 많은 사람들이 모여들었으며, 저녁 공연에는 100명 이상이 관람했다. 남작의 개인적인 손님뿐 아니라 주변 지역에서 온 사람들도 있었다. 이미 전에도 자주 그랬듯이 오늘도 그들에게 공연장 출입이 허용되었다. 게다가 이번에는 보첸 카펠레의 전문 음악인들과 몇 명의 아마추어로 이루어진 작은 오케스트라까지 함께했다. 그 오케스트라가 베버의 서곡과 막간극을 연주하게 될 터인데 막간극은 남작이 직접 작곡한 것이었다.

　사람들은 탁자 주위에 아주 즐겁게 둘러앉았다. 움프레히트 씨만이 다른 사람들보다 약간 더 조용한 것처럼 보였다. 처음에 나는 그를 거의 기억할 수 없었다. 그런데 그가 나에게 한마디도 하지 않으면서, 나를 아주 자주, 때로는 동정심을 가지고, 어떤 때는 약간 수줍은 듯 쳐다본다는 생각이 들었다. 점차 그의 얼굴 표정이 하나하나 기억나기 시작했다. 그리고 갑자기 작년에 그가 순간적으로 정지된 연극 장면을 재현하면서 수도승 복장을 하고 팔을 괸 채 체스판 앞에 앉았던 것이 생각났다. 나는 내 생각이 맞는지 그에게 물었다. 내가 말을 걸었을 때 그는 거의 당황한 것 같았다. 남작이 대신 대답을 하고는 조카에게서 배우로서의 재능을 새롭게 발견한 것에 대해 웃으면서 이야기했다. 그때 움프레히트 씨가 상당히 특이한 방식으로 혼자 킥킥거리더니 재빨리 나를 훑어보았다. 그런 행동은 우리 둘이 서로 통하는 게 있다는 걸 표현하는 것처럼 보였지만 나는 그 행동을 전혀 이해할 수가 없었다. 바로 이 순간부터 그는 나를 쳐다보려고 하지 않았다.

II

　식사가 끝난 후 나는 곧 내 방으로 돌아왔다. 지난해에 자주 그랬던 것처럼 나는 열린 창문 곁에 서서 햇빛을 받아 반짝이는 계곡을 즐거운 마음으로 내려다보았다. 그 계곡은 내 발치에서는 아주 좁았다가 점차 넓어졌으며, 저 멀리서는 완전히 열려서 도시와 평야를 감싸고 있었다.

잠시 후 문 두드리는 소리가 났다. 움프레히트 씨가 들어와서 문 옆에 잠시 서 있다가 솔직하게 말했다.

"당신을 방해했다면 죄송합니다."

그러고 나서 그는 내게 더 가까이 다가오더니 말을 계속했다.

"그러나 내 말을 15분만 들으면 내가 당신을 왜 찾아왔는지 충분히 이해하리라고 생각합니다."

나는 움프레히트 씨에게 앉으라고 권했다. 그는 내 말에 신경 쓰지 않고 활발하게 이야기를 계속했다.

"나는 아주 이상하게도, 말하자면 당신에게 빚진 사람이 되었고, 또 당신에게 감사해야 할 의무가 있다고 생각합니다."

움프레히트 씨의 이런 말이 그의 배역과 관계 있으며, 지나치게 정중하다고 여겨졌다. 그래서 나는 그 감사 인사를 거절하려고 했다. 그러나 움프레히트는 내 말을 바로 막았다.

"당신은 내가 무슨 말을 하는지 모를 겁니다. 내 말에 귀 기울여 주시겠습니까?"

그는 창틀 위에 다리를 꼬고 앉았다. 의도적으로 되도록 평안해 보이려는 것 같았다. 그가 말을 시작했다.

"당신도 아시다시피 지금 나는 지주지만 전에는 장교였습니다. 그리고 그때, 그러니까 10년 전 바로 오늘 나는 납득할 수 없는 신기한 일을 겪었습니다. 나는 오늘까지도 그 모험의 그늘 밑에서 살아왔으며, 당신은 알지도 못하고 개입하지도 않았지만 그 모험은 지금 당신을 통해 종료되었습니다. 말하자면 우리 둘 사이에는 마력과도 같은 어떤 연관성이 존재합니다. 당신도 아마 나처럼 그것에 대해 거의 설명할 수 없겠지만 그래도 당신은 그 존재에 관해서 들어야 합니다.

내 연대는 당시 황량한 폴란드 군사 기지에 자리 잡고 있었습니다. 별로 고되지 않았던 근무를 제외하면 시간을 보낼 거라곤 오직 술과 도박밖에 없었습니다. 게다가 수년 동안 그곳에서 머물 가능성이 높았지요. 우리 모두가 이런 절망적인 상황에서 삶을 이성적으로 잘 견디어 내지는 못했습니다.

가장 친한 친구 한 명은 우리가 체류한 지 석 달째 될 무렵 총으로 자살했습니다. 전에는 아주 사랑스런 장교였던 다른 친구는 갑자기 알코올 중독자가 되기 시작했습니다. 그는 무례해지고 미친 듯이 날뛰면서 거의 판단력을 잃었습니다. 결국 어느 변호사와 분쟁에 휘말렸고 그 일 때문에 해고되었지요. 우리 중대의 대위는 결혼한 사람이었는데 어떤 사연이 있는지 모르겠지만 질투에 빠져 어느 날 아내를 창밖으로 던져 버렸답니다. 그 아내는 구사일생으로 구조되어 건강을 되찾았지만 대위는 정신병원에서 사망했습니다. 그때까지 아주 온순하지만 또 한편으론 둔한 사관 후보생 한 명은 갑자기 자신이 철학을 공부한다고 상상하더니 칸트와 헤겔을 연구하고 그들의 저작을 대부분 외웠지요. 아이들이 우화를 외우듯이 말입니다. 나는 그냥 지루해하는 수밖에 다른 방법이 없었지요. 오후 내내 침대에 누워 있다 보면 미치지 않을까 두려울 정도였습니다.

우리 병영은 마을 외곽에 자리 잡고 있었습니다. 마을은 기껏해야 여기저기 떨어져 있는 오두막 서른 채 정도로 이루어져 있었지요. 가장 가까운 도시는 말을 타고 하루 안에 갈 수 있는 거리에 있었습니다. 그 마을은 음탕하고 번잡스럽고 불쾌한 냄새가 났으며, 유대인들로 가득 차 있었습니다. 우리는 어쩔 수 없이 그들과 가끔 접촉을 해야만 했지요. 호텔 종업원이 유대인이었고, 카페 종업원, 구두 수선공도 마찬가지였습니다. 따라서 우리가 그들이 모욕감을 느끼도록 행동했다는 것을 당신은 상상할 수 있을 겁니다.

우리는 특히 유대인에 대해 적대적인 감정을 느끼고 있었습니다. 왜냐하면 우리 연대에 육군 소령으로 배정된 왕자가 장난인지 아니면 특별히 좋아해서 그런 건지 모르겠지만 유대인들의 인사에 아주 공손하게 화답한 데다가 틀림없이 유대인 혈통인 연대 배속 군의관을 눈에 띄게 의도적으로 보호해 주었기 때문입니다. 왕자의 이런 변덕 때문에 나는 그 사람을 만날 수 있었습니다. 당신과 나 사이의 연관성을 아주 비밀스런 방식으로 만들어 내기 위해 온 듯한 사람을 말입니다. 그래서 이 이야기를 당신에게 설명하는 겁니다.

그 사람은 마술사였으며, 인접한 폴란드 소도시 출신으로 유대인 화주 제조업자의 아들이었습니다. 그는 청년 시절 렘베르크로 출장을 갔으며 거기서 다시 빈으로 간 후 누군가한테서 카드로 하는 마술을 배웠지요. 그는 혼자 힘으로 계속 그 기술을 공부했습니다. 또 다른 여러 마술도 자신의 것으로 만들어 기술을 점차 확장해 나갔습니다. 그는 세상을 떠돌아다니면서 버라이어티 극장, 혹은 클럽에서 성공적으로 공연을 했지요.

여름이면 항상 그는 부모를 방문하기 위하여 고향으로 돌아왔습니다. 그러나 고향에서는 절대 대중들 앞에 서지 않았어요. 그래서 나는 그를 거리에서 처음 보았습니다. 그의 겉모습은 순간적으로 내 눈에 띄었습니다. 키가 작고 말랐으며 턱수염이 없었어요. 그 당시 나이는 서른 정도 되어 보였어요. 아주 우스꽝스러울 정도로 격식을 갖춘 차림이었는데 여름철에는 전혀 어울리지 않았지요. 그는 검은색 프록코트에 다림질을 한 실크 모자를 쓰고 산책했습니다. 아주 멋진 벨벳 조끼를 입었고, 강한 햇빛 때문에 코에는 검은 코안경을 걸쳤지요.
 언젠가 한번은 열다섯 명인지 열여섯 명이 함께 저녁 식사 후에 카지노에서 여느 때처럼 긴 탁자 주변에 둘러앉았답니다. 후덥지근한 밤이어서 창문은 열려 있었지요. 몇몇 동료들이 카드 게임을 시작했고, 다른 사람들은 창가에 기대어 이야기를 했습니다. 어떤 동료들은 술을 마시고 아무 말 없이 담배만 피우기도 했고요. 그때 당시의 분대장이 들어와서 카드 마술사가 도착했다고 알려 주었어요.
 우리는 처음에 약간 놀랐지요. 하지만 마술사는 지체하지 않고 아주 침착한 태도로 들어와서는 사투리가 약간 섞인 억양으로 자신을 초대해 줘서 감사하다는 뜻을 전했지요. 그러면서 왕자에게로 몸을 돌렸어요. 왕자는 오로지 우리를 화나게 하기 위해 그에게 다가가 악수를 했습니다. 마술사는 그것을 당연하다는 듯 받아들였습니다. 그러고 나서 우선 몇 가지 카드 마술을 보여 주겠으며 이어서 자기학과 수상술에서 자신의 기량을 선보이겠다고 말했습니다. 그가 말을 끝내기도 전에 구석에서 카드 게임을 하던 사람들 중 몇 명이 자기들 카드가 없어졌다는 것을 눈치 챘지요. 그 마술사가 신호를 하자 없어진 카드들이 열린 창문으로 날아 들어왔어요. 그의 마술을 보면서 우리는 매우 흥겨웠습니다. 그의 솜씨는 내가 그때까지 본 다른 모든 마술 기술들보다 훨씬 뛰어난 것이었어요.
 나에게는 그가 다음에 보여 주었던 최면술 실험이 더욱 인상적이었습니다. 냉철한 사관후보생이 최면에 빠져 마술사의 명령에 따라 처음에는 열린 창문을 통해 뛰어내렸습니다. 그러고는 미끄러운 담을 타고 지붕까지 기어 올라가서 사각형 지붕의 가장자리를 아슬아슬하게 뛰어다니다가 정원으로 미끄러져 떨어졌습니다. 우리 모두는 그 광경을 보고 전율을 느꼈습니다. 그가 밑에서 여전히 최면에 걸린 상태로 일어나자 육군 대령이 마술사에게 말했지요.

'그가 목이 부러졌다면 당신은 절대 살아서 이 병영을 나가지 못했을 거요.'

나는 이 말을 들은 마술사가 아무 말 없이 경멸에 가득 찬 눈빛으로 바라보던 장면을 절대 잊을 수가 없습니다. 그는 천천히 이렇게 말했지요.

'당신 손금을 보게 해 주시겠습니까? 당신이 언제 죽는지 아니면 살아서 이 병영을 떠날 수 있을지 알 수 있게 말입니다.'

다른 때라면 육군 대령과 다른 사람들이 마술사의 이런 대담한 제안에 어떻게 대응했을지 잘 모르겠습니다. 그러나 그때 분위기는 이미 아주 혼란스러웠고, 우리는 흥분된 상태였습니다. 그래서 대령이 그 마술사에게 손을 내밀고 그의 사투리를 흉내 내면서 '자, 손금을 보시오.' 라고 말했을 때 아무도 놀라지 않았습니다.

이 모든 일이 정원에서 일어났습니다. 사관후보생은 여전히 잠을 자듯이 팔을 뻗치고 마치 십자가에 달린 사람처럼 벽에 기댄 채 서 있었지요. 마술사는 육군 대령의 손을 잡고 세심하게 손금을 들여다보았습니다.

'충분히 보았소, 유대 양반?'

상당히 술에 취한 한 대위가 물었지요.

질문을 받은 마술사는 흘깃 주위를 둘러보고 진지하게 말했습니다.

'나의 예명은 마르코 폴로입니다.'

왕자는 유대인의 어깨 위에 손을 얹고 말했습니다.

'내 친구 마르코 폴로는 예리한 눈을 가졌소.'

'자, 무엇을 보셨소?'

대령은 더욱 정중하게 물었습니다.

'내가 말해야 합니까?'

마르코 폴로가 말했지요.

'말하라고 당신에게 강요할 수는 없소.'

왕자가 말했습니다.

'말하시오!'

대령이 외쳤습니다.

'말하고 싶지 않은데요.'

대령은 크게 웃었습니다.

'말하시오. 그렇게 나쁘지는 않을 거요. 나쁘다면 틀림없이 사실이 아닐 거고.'

마술사가 말했습니다.

'아주 나쁜데요. 그리고 사실이기도 하고요.'

모두들 침묵을 지켰습니다.

'그게 무슨 뜻이오?'

대령이 물었습니다.

'당신은 더 이상 추위 때문에 고생할 필요가 없을 겁니다.'

마르코 폴로가 대답했지요.

대령이 외쳤습니다.

'뭐라고? 그렇다면 우리 연대가 마침내 리바로 가게 되었다는 거요?'

'연대에 대해서는 아무것도 알아 낸 것이 없습니다. 대령님, 단지 당신이 가을에 죽을 거라는 것만 알고 있습니다.'

대령은 웃었지만 다른 사람들은 쥐 죽은 듯 조용했습니다. 당신에게 장담하건대 우리 모두는 그 순간 대령이 곧 죽을 것처럼 느꼈습니다. 갑자기 누군가 일부러 아주 큰 소리로 웃었고 일부는 그를 따라했습니다.

그들은 유쾌하고 소란스럽게 다시 카지노로 돌아갔지요.
 대령이 외쳤습니다.
 '자, 내게는 아무 문제없을 거요. 누가 또 손금 보고 싶은 사람 있소?'
 누군가 농담조로 이렇게 말했습니다.
 '아닙니다, 우리는 아무것도 듣고 싶지 않습니다.'
 그들 중 누군가가 문득 이런 식으로 자신들의 숙명을 점치는 것에 대해 종교적인 이유에서 반대해야 한다는 것을 깨달았지요. 한 젊은 중위는 마르코 폴로와 같은 사람은 평생 감금해야 한다고 격렬하게 말했습니다. 나는 왕자가 중년의 신사들과 함께 구석에서 담배를 피우며 이렇게 말하는 것을 들었습니다.
 '그렇다면 기적은 어떻게 일어나는 거요?'
 그동안 나는 막 출발하려고 하는 마르코 폴로에게 다가갔습니다. 그리고 다른 사람에게 들리지 않도록 조용히 그에게 말했습니다.
 '내 손금도 봐 주십시오.'
 그는 습관처럼 내 손을 잡고선 말했습니다.
 '여기서는 잘 보이지 않는군요.'
 나는 석유등이 나풀거리기 시작해서 내 손금이 떨리는 것처럼 보인다는 것을 깨달았지요.
 '밖으로 나가지요. 중위님, 정원으로요. 달빛 아래가 더 잘 보입니다.'
 그는 내 손을 잡았고, 나는 그를 따라 문 밖으로 나갔습니다.
 그런데 갑자기 이상한 생각이 떠올랐던 겁니다.
 나는 이렇게 말했습니다.
 '마르코 폴로, 내 말 좀 들어 보시오. 당신이 방금 우리 대령님에게 했던 그런 말만 내게 해 줄 수 있다면, 차라리 그만둡시다.'

마술사는 곧바로 내 손을 놓고 웃었습니다.

'두려우신가 보군요.'

나는 누가 우리 말을 듣지 않았나 확인하기 위해 재빨리 몸을 돌렸습니다. 그러나 우리는 벌써 병영 문을 통과해 시내로 가는 국도에 서 있었습니다.

내가 말했지요.

'나는 더 확실한 것을 알고 싶소. 항상 다양한 방식으로 증명될 수 있는 것 말이오.'

마르코 폴로는 나를 쳐다보았습니다.

'중위님이 원하는 것이…… 장차 아내가 될 사람의 모습인가요?'

'그런 걸 말해 줄 수 있겠소?'

마르코 폴로는 어깨를 으쓱했지요.

'할 수 있을 겁니다…… 가능할 겁니다…….'

나는 그의 말을 막았습니다.

'그러나 나는 그것을 원하지 않소. 나는 미래에, 예를 들면 10년 후에 나에게 어떤 일이 일어날지를 알고 싶소.'

마르코 폴로는 머리를 흔들었습니다.

'그것은 말할 수 없습니다. 아마 다른 것은 할 수 있을 겁니다.'

'어떤 것이오?'

'중위님, 당신 미래의 삶 중에서 어떤 순간을 그림처럼 보여 줄 수는 있습니다.'

나는 그의 말을 바로 이해하지 못했습니다.

'무슨 뜻이오?'

'내 말은 당신 미래의 삶 중에서 한 순간을 이 세상으로 불러들일 수

있다는 겁니다. 우리가 지금 서 있는 이곳 한가운데로 말입니다.'

'어떻게요?'

'중위님은 어떤 순간을 알고 싶은지를 나에게 말해야 합니다.'

나는 그의 말을 완전히 이해하지 못했지만 극도로 흥미진진했습니다. 내가 이렇게 말했지요.

'좋소. 나는 10년 후 오늘 같은 시간에 나에게 일어날 일을 보고 싶소. 내 말을 이해하겠소, 마르코 폴로?'

'물론이지요, 중위님.'

마르코 폴로는 이렇게 말하며 나를 멍하게 쳐다보았습니다. 그리고 그는 벌써 사라졌습니다. 병영 역시 사라져 버렸습니다. 평지 여기저기 달빛을 받으며 놓여 있던 초라한 오두막들도 사라졌습니다. 방금 달빛을 받아 반짝이는 것을 내 눈으로 직접 보았는데 말입니다. 그리고 나는 가끔 꿈에서 나 자신을 보듯이 그렇게 나 자신을 보았습니다. 10년 정도 늙은 나 자신을 보았지요. 갈색 턱수염에 이마에는 흉터가 있으며 들것에 실려 초원 한가운데에 누워 있었습니다. 내 옆에는 머리카락이 붉은 아름다운 여자가 얼굴에 손을 대고 무릎을 꿇은 채 앉아 있었고, 어두운 숲을 뒤로 한 채 어린 사내아이와 여자 아이도 내 옆에 있었습니다. 근처에 횃불을 든 사냥꾼 둘도 보였어요.…… 당신은 놀라고 있군요, 그렇지요, 놀라고 있지요?"

나는 정말로 놀랐다. 왜냐하면 그가 나에게 묘사했던 그 장면은 바로 오늘 저녁 10시에 공연하게 될 내 작품의 마지막 장면이며 거기서 그는 죽어 가는 영웅의 역할을 맡을 것이기 때문이다. 움프레히트 씨가 계속 이야기했다.

"당신은 의심하는군요. 그렇다고 기분 나쁘게 생각하지는 않습니다.

그러나 당신은 곧 의심을 풀게 될 겁니다."

움프레히트 씨는 외투 주머니에서 봉인된 봉투 하나를 꺼냈다.

"자, 뒷면에 적혀 있는 것을 보십시오."

나는 큰 소리로 읽었다.

"공증인이 1859년 1월 4일에 봉인함. 1868년 9월 9일에 열어 볼 것."

그 밑에는 빈에 사는 아르티너 박사의 서명이 있었다. 그는 내가 개인적으로도 잘 알고 있는 공증인이었다.

움프레히트 씨가 말했다.

"오늘입니다. 오늘이 바로 마르코 폴로와 그 신비한 모험을 한 지 꼭 10년째 되는 날입니다. 그 모험은 사건의 진상이 밝혀지지 않은 채, 이런 방식으로 해결되겠지요. 해가 갈수록 숙명이 변덕을 부리는 바람에 그 예언이 실현될 가능성이 이상하게도 많이 흔들렸습니다. 마치 경기에서처럼 말입니다. 어떤 때는 거의 실현되는 것처럼 보였다가 무로 사라졌으며, 냉정한 확신이 들었다가 날아가 버렸고, 그러다 다시 돌아왔지요.

그러면 이제 내 이야기로 돌아가겠습니다. 그 환영은 틀림없이 한 순간 이상 지속되지 않았을 겁니다. 그 환영을 보기 전에 들었던 대위의 커다란 웃음소리가 병영에서부터 내 귀에 들려왔기 때문이지요. 그리고 마르코 폴로 역시 내 앞에 다시 서 있었습니다. 고통스러운 것인지 아니면 경멸하는 것인지 알 수 없는 미소를 입 주위에 머금고 말입니다. 그는 실크 모자를 잡은 채 말했습니다.

'잘 가요, 젊은 친구. 당신이 만족했으리라고 믿습니다.'

그는 몸을 돌려서 천천히 국도를 따라 시내 방향으로 걸어갔지요. 어쨌든 그는 그 다음 날 여행을 떠났습니다.

다시 병영으로 돌아오자마자 나는 이렇게 생각했습니다. 마르코 폴로가 우리가 알지 못하는 보조 수단으로 어떤 반사를 이용해 환영을 불러 일으켰을 거라고요. 정원을 가로질러 가면서 나는 사관후보생이 여전히 십자가에 못 박힌 자세로 벽에 기대어 있는 것을 보고 깜짝 놀랐습니다. 사람들은 그의 존재를 완전히 잊어버린 것 같았습니다. 그리고 다른 사람들이 아주 흥분하여 떠들면서 싸우는 소리가 들렸습니다. 나는 사관후보생의 팔을 잡았습니다. 그는 바로 깨어났지만 조금도 놀라지 않았지요. 다만 연대에 있는 모든 사람들이 왜 그렇게 흥분했는지만은 이해하지 못했습니다.

나 자신은 일종의 분노를 느꼈습니다. 나는 우리가 방금 본 이상한 일에 관해 전개되고 있던 대화에 끼어들었습니다. 아주 활발하긴 하지만 공허한 대화였지요. 하지만 나라도 다른 사람들보다 더 현명하게 이야기하지는 못했을 겁니다. 갑자기 대령이 외쳤지요.

'자, 여러분, 나는 내가 내년 봄에 살아 남아 있을 거라는 데 내기를 걸겠소! 45 대 1이오!'

그런 다음 그는 대위에게로 몸을 돌렸습니다. 대위는 우리와 함께 있던 사람들 중 도박가로서 확실한 명성을 날리고 있었습니다.

'그만두세요.'

제안을 받은 대위는 그 유혹을 뿌리치기가 힘들었습니다. 하지만 상사의 목숨을 가지고 내기를 한다는 것이 예의에 어긋난다고 생각하는 것 같았습니다. 그는 웃으면서 아무 말도 하지 않았습니다. 아마도 그는 내기하지 않은 것을 후회했을 겁니다. 왜냐하면 2주 후 특별 군사 기동 훈련이 시작된 지 이틀 되던 날 아침에 육군 대령이 말에서 떨어져 즉사했기 때문입니다. 그리고 그 사건에서 우리 모두는 우리가 바로 그것을 기대하고 있었음을 깨달았습니다.

나는 그때부터 그날 밤의 예언에 대해 약간 불안한 마음으로 생각하기 시작했고 이상한 두려움 때문에 그것에 관해 누구에게도 말하지 않았지요. 크리스마스가 되어서야 나는 빈으로 휴가 여행을 떠나면서 프리드리히 폰 굴란트라는 동료에게 내 마음을 털어놓았습니다. 당신은 아마 그에 관해 알 겁니다. 그는 아름다운 시를 썼으며 너무나 젊은 나이에 죽었지요……. 그가 바로 당신이 이 봉투 안에서 발견하게 될 스케치를 나와 함께 그렸던 사람입니다.

그는 그런 사건들의 경우에는 그 전제 조건들이 사실로 밝혀질지 아니면 잘못된 것으로 밝혀질지를 학문적으로 확인해야 한다고 생각했습니다. 나는 그와 함께 아르티너 박사 집에 머무르면서 그가 보는 데서 그 스케치를 이 봉투 안에 넣고 봉했습니다. 그것은 지금까지 증인 사무실에 보관되어 있다가 어제 내 요청에 따라 내게로 양도되었지요.

고백하건대 굴란트가 이 사건을 너무 진지하게 다루었다는 점이 처음에는 약간 기분 나빴습니다. 그러나 내가 그를 더 이상 볼 수 없고, 특히 그가 오래지 않아 사망했기 때문에 이 전체 이야기는 나에게 아주 우스꽝스럽게 느껴지기 시작했습니다. 특히 내가 나의 숙명을 완전히 좌우할 수 있다고 확신했습니다. 이 세상에 누구도 나에게 1868년 9월 9일 밤 10시 갈색 턱수염을 하고 들것에 들려 있도록 강요할 수는 없었지요. 숲과 녹지가 있는 지역을 피할 수 있었으며, 빨강 머리의 여자와 결혼해서 아이를 가질 필요도 없었습니다. 내가 피할 수 없었던 유일한 것은 그 사건, 즉 내 이마에 상처를 남겨 놓았던 결투였지요. 나는 그래서 우선 안정을 취했습니다.

예언을 들은 지 1년이 지난 후 나는 지금의 아내인 하임잘 양과 결혼을 했지요. 곧이어 나는 근무를 그만두고 농업에 전념했습니다. 나는 여러

작은 영지들을 돌아보았으며 우습게 들릴지도 모르겠지만 이 영지 내에
그 꿈(나에게 일어난 그 환영을 나는 이렇게 부르기를 좋아했습니다.) 속에
보았던 잔디 광장과 비슷한 부분이 있는지 살펴보았지요.

  아내가 유산을 받은 덕분에, 아름다운 사냥터가 있는 캐른텐의 영지
가 우리 소유가 되었습니다. 그때 나는 그 영지를 바로 팔고 싶었습니다.
새로운 지역을 처음으로 둘러보면서 숲으로 둘러싸여 약간 경사진 잔디
밭이 이상하게도 꿈에서 본 곳과 비슷하다고 생각했기 때문입니다. 그
잔디밭은 내가 경계해야만 하는 곳이었지요. 이상하게도 꿈에 본 곳과
비슷해 보여서 내가 어떻게든 경계해야 할 것처럼 보이는 그 잔디밭에
도착했습니다. 나는 약간 놀랐지만 아내에게는 그 예언에 대해 아무것
도 이야기해 주지 않았지요. 아내는 미신을 믿는 경향이 있어서 내가 고
백했다면 틀림없이 오늘까지 자기 삶을(그는 해방된 듯 웃었다.) 망쳤을
겁니다. 그래서 나는 그녀에게 내 생각을 말할 수가 없었습니다. 그러나
1868년 9월을 반드시 내 영지에서 지내겠다고 생각하니 불안이 사라지
더군요. 1860년에 아들이 태어났습니다. 그 아이는 어렸을 때부터 내가
꿈에서 본 사내아이의 얼굴과 많이 닮았다는 생각이 들었습니다. 그런
특징들은 곧 사라지는 것처럼 보이다가 어떤 때는 다시 더욱 명확하게
드러났지요. 오늘 저녁 10시에 내 들것 옆에 서 있게 될 그 아이는 환영 속
에서 보았던 사내아이와 머리카락까지 똑같더군요.

  나에게는 딸이 없습니다. 그런데 3년 전 과부로 미국에 살던 처형이
사망하면서 딸을 하나 남겨 두었습니다. 아내의 부탁으로 우리가 키우
기 위해 바다를 건너 미국에 가서 그 여자 아이를 데려왔습니다. 그 아이
를 처음 보았을 때 나는 그 아이가 꿈속에서 보았던 여자 아이와 완전히
똑같다는 것을 알았습니다. 그 아이를 낯선 땅 낯선 사람에게 놔두고 와

야 한다는 생각이 머리를 스쳤지요. 물론 나는 이런 비열한 생각을 바로 물리치고 그 아이를 우리 집에 데리고 왔습니다.

나는 다시 완전히 마음의 안정을 찾았습니다. 아이들이 미래를 보여주는 환영에 나왔던 아이들과 점점 더 비슷해졌지만 말입니다. 나는 꿈 속에 보았던 어린이의 얼굴을 완전히 잘못 기억했을 수도 있을 거라고 생각했습니다.

나의 삶은 한동안 아주 평안하게 흘러갔지요. 그렇습니다. 나는 폴란드 군사 기지에서 있었던 그 이상한 날의 저녁에 대해 거의 생각하지 않았습니다. 그러다 2년 전 숙명에게 새로운 경고를 받고 나는 뚜렷한 충격을 입었습니다.

몇 달 동안 여행을 떠났다 돌아왔을 때 빨간 머리를 한 아내가 나를 마중 나왔지요. 그리고 그녀는 꿈에 보았던 여성과 아주 똑같아 보였습니다. 물론 나는 꿈 속의 여성의 얼굴을 보지는 못했습니다. 어쨌든 나는 화난 척해서 놀란 모습을 숨기는 것이 좋다고 생각했지요. 그래서 의도적으로 더 과격해졌습니다. 내가 아내, 아이들과 헤어진다면 모든 위험이 사라질것이며 그러면 내가 숙명을 바보로 만들 수 있을 거라는 광기에 가까운 생각이 갑자기 나에게 떠올랐기 때문이지요.

아내는 울다가 기진하여 바닥에 쓰러졌습니다. 그녀는 나에게 용서를 구했으며 머리 색을 바꾼 이유를 설명해 주었지요. 1년 전 뮌헨 여행 중에 내가 미술관에서 붉은 머리를 한 여자의 초상화를 보고 특별히 감명을 받았던 적이 있었습니다. 벌써 그때 아내는 기회가 되면 그 그림 속의 여자처럼 머리를 붉게 염색하겠다는 계획을 세웠답니다. 나는 물론 머리를 되도록 빨리 자연스런 어두운 색으로 다시 염색하라고 그녀에게 부탁했습니다. 그녀가 내 말대로 머리 염색을 하자 모든 것이 다시 좋아진 것처럼 보였지요.

내가 나의 숙명을 여느 때와 같이 마음대로 조종할 수 있다는 것을 명확하게 파악하지 않았는가? 그리고 지금까지 일어났던 모든 일이 자연스럽게 설명될 수 있지 않은가? 다른 영지에도 잔디와 숲, 여자와 아이들이 있지 않은가? 그러나 미신을 믿는 자들을 경악시킬 수 있는 유일한 것 하나는 아직 남아 있었지요. 올 겨울까지 말입니다. 지금 내 이마 위에 새겨져 있는 이 흉터를 보십시오.

나는 비겁하지 않습니다. 왜 이런 말을 하는지 지금부터 이야기하겠습니다. 나는 장교로서 두 번 전투를 치렀습니다. 그것도 정말 위험한 조건에서요. 8년 전 결혼 직후에 이미 제대를 하고 난 후에도 말입니다. 그런데 작년에 인사를 정중하게 하지 않았다는 아주 말도 안 되는 이유로 어떤 남자가 나에게 해명하라는 요구를 했을 때 나는……."

움프레히트 씨는 약간 얼굴이 붉어졌다.

"사과를 했습니다. 그 사건은 물론 아주 정확하게 처리되었지만 나는 이미 확실하게 알고 있었습니다. 상대방이 내 이마에 상처를 내어 숙명에게 새로운 승리를 안겨 줄지도 모른다는 광적인 두려움에 갑자기 빠지지 않았다면 내가 아마 그와 결투를 했으리라는 것을 말입니다……. 그러나 당신도 알다시피 그런 결정은 나에게 아무 도움이 되지 않았습니다. 흉터가 여기 이렇게 남아 있지 않습니까. 그리고 내가 이마에 상처를 입은 그 순간은 10년 동안 아마도 내가 숙명에 저항할 수 없다는 것을 가장 강하게 의식한 순간일 겁니다.

겨울 저녁 무렵이었지요. 나는 전혀 알지 못하는 사람 두세 명과 함께 기차를 타고 갔습니다. 클라겐과 빌라흐 사이쯤 되는 것 같았는데 갑자기 창문 유리가 쨍그랑 소리를 냈고 이마가 아파 왔습니다. 그리고 어떤 딱딱한 것이 바닥에 떨어지는 소리가 들렸습니다. 우선 이마의 아픈 부위를 만져 보았더니 피가 났습니다. 나는 재빨리 몸을 숙여 바닥에서 날카로운 돌을 집어 올렸지요. 객실에 있던 사람들이 벌떡 일어났습니다.

'무슨 일입니까?'

한 사람이 물었습니다. 사람들은 내가 피를 흘리고 있으며, 정신을 차리려고 노력한다는 것을 알아차렸습니다. 그리고 그 순간 기차 구석에 주저앉아 있는 한 남자가 우연하지만 아주 확실히 내 눈에 들어왔습니다.

다음 역에서 사람들이 물을 가져왔고 철도 의사가 응급 붕대를 감아 주었습니다. 물론 나는 그 상처 때문에 죽지 않을까 하는 걱정 따위는 하지 않았습니다. 하지만 흉터가 남을 거라는 것은 잘 알고 있었지요. 객차에 있는 사람들은 그 저격이 의도적인 것인지 아니면 흔히 볼 수 있는 아이들의 장난인지 궁금해했습니다. 구석에 있던 남자는 아무 말도 하지 않고 멍하니 계속 앞을 쳐다보고 있었습니다. 그리고 나는 빌라흐에서 내렸지요. 그때 갑자기 그 남자가 내 옆으로 다가와서는 말했습니다.

'그것은 나를 노린 거였습니다.'

내가 대답도 하기 전에, 아니 미처 생각도 하기 전에 그는 사라졌습니다. 나는 그가 누구인지 알 수가 없었지요. 그는 추적망상 환자가 아닐까요……. 아마도 모욕을 받은 형제에게 쫓긴다고 믿고 있던 사람인데 나에게 흉터가 생겼기 때문에 내가 그를 구해 주었다고 생각하는 사람이 아닐까요……. 누가 그것을 알 수 있겠습니까? 몇 주 후 그 흉터는 이마 위, 내가 꿈에서 보았던 바로 그 장소에서 빛을 발했지요. 나를 조롱하는 알 수 없는 힘과 승산 없는 싸움을 벌이게 되었다는 것이 더욱더 명확해졌습니다. 그리고 나는 그 힘이 충만하게 될 그날을 점점 더 불안해하며 기다렸지요.

봄에 우리는 삼촌의 초대를 받았지만 나는 그 초대에 응하지 않기로 확고하게 결정했습니다. 정확한 광경이 기억나지는 않지만 여기 삼촌의 영지에서 그 끔찍한 장소를 발견할 수 있을 것 같았기 때문이지요. 그러나 아내는 내가 거절하는 이유를 이해하지 못했습니다. 그래서 나는 9월 9일 삼촌의 영지에 머무르지 않기 위해 아내와 아이들과 함께 7월 초에 여행을 시작했습니다. 그리고 되도록 빨리 그 성을 떠나 계속 남쪽으로, 베네치아나 리도로 가기로 결정했지요.

우리가 이 성에 체류하게 된 첫날, 대화의 주제는 당신 작품에 관한 것이었습니다. 삼촌은 그 작품 속의 어린이 역할에 대해서 이야기했고 내 아이들이 그 공연에 참여하게 해 달라고 나에게 부탁했습니다. 나는 반대하지 않았지요. 당시 주인공 역은 직업 배우가 맡기로 결정되었으니까요.

며칠 후 나는 심하게 병이 들어서 다시 여행을 떠날 수 없게 되면 어떻게 하나 하는 두려움에 빠졌습니다. 그래서 나는 어느 날 저녁 그 성을 잠시 떠나서 해수욕을 하고 올 생각이라고 말했지요. 하지만 9월 초에 다시 돌아오기로 약속해야만 했습니다. 그날 저녁 주인공 역을 맡은 배우의 편지가 도착했는데, 거기에는 별로 중요하지 않은 이유로 자신이 맡은 역할을 포기한다는 내용이 적혀 있었습니다. 삼촌은 매우 화를 냈습니다. 그리고 나에게 그 작품을 읽어 보라고 권했습니다. 아마도 내가 그 역할에 적합한 인물을 친지들 가운데서 추천할 수 있을 거라면서 말이죠. 그래서 나는 그 작품을 내 방에 가지고 와서 읽었습니다. 내가 그 작품을 끝까지 읽었을 때, 그리고 올해 9월 9일 나에게 일어날 거라고 예언되었던 그 상황이 거기 그대로 묘사되었다는 것을 알았을 때, 내 마음이 어떠했을까를 한번 상상해 보십시오.

내가 이 역할을 맡겠다고 삼촌에게 말하기 위해 아침까지 기다릴 수가 없었습니다. 삼촌이 내 제안을 거절하지 않을까 두려웠습니다. 그 작품을 읽은 후로 나는 더욱 조심했는데 만약 내가 당신의 작품을 공연할 기회를 잃는다면 나는 다시 그 알 수 없는 힘에 내맡겨지게 되기 때문입니다. 삼촌은 바로 동의했으며 그때부터 모든 것은 순조롭게 잘 진행되었습니다. 우리는 몇 주일 전부터 매일 연습을 했습니다. 나는 오늘 내가 공연해야 될 상황을 벌써 열다섯 번, 아니 스무 번 이상 해 보았습니다. 나는 들것에 누워 있고, 아름다운 붉은 머리를 한 백작 영애 사이마가 내 얼굴에 손을 대고 내 앞에 무릎을 꿇고 있지요. 그리고 아이들은 내 옆에 서 있습니다."

움프레히트 씨가 이 말을 하는 동안 내 눈은 다시 봉인된 채 책상 위에 놓여 있는 봉투로 쏠렸다. 움프레히트 씨는 웃었다.

"참, 당신에게 증명해 보여야겠군요."

그렇게 말하고 그는 봉인을 열었다. 움프레히트 씨는 그 속에 들어 있던 접은 종이를 꺼내어 책상 위에 펼쳐 놓았다. 내 앞에는 그 작품의 마지막 장면에 대한 완전한 상황도가 놓여 있었다. 마치 내가 그린 것 같은 그림이었다. 배경과 옆면은 대략적으로 표시되었으며 '숲'이라는 명칭이 쓰여 있었다. 남자 인물 스케치는 대략 상황도의 중간에 있었으며 그 위에 '들것'이라고 쓰여 있었다. 다른 인물의 스케치 옆에는 붉은색의 작은 글씨로 이렇게 쓰여 있었다. '빨간 머리의 여자', '사내아이', '여자아이', '햇불을 든 사람', '손을 높이 든 사람'. 나는 움프레히트 씨에게 몸을 돌렸다.

"이것은 무슨 뜻입니까? 손을 높이 든 사람이라니요?"

움프레히트 씨는 주저하면서 말했다.

"그것에 대해 거의 잊어버릴 뻔했군요. 이 인물에 관해 말씀드리면 이렇습니다. 그 환영에서는 횃불 빛을 받아 두드러져 보이는 늙은 대머리 남자가 깔끔하게 면도를 하고, 안경을 끼고, 목에는 어두운 초록색 목도리를 두르고 있었습니다. 그는 손을 들고 눈을 크게 뜨고 있었지요."

이번에는 내가 놀라 멈칫했다.

우리는 잠시 침묵을 지켰다. 그러고 나서 내가 이상하게 불안해하면서 물었다.

"당신은 도대체 어떤 일이 일어날 거라고 추측하는 겁니까? 그가 누구일까요?"

움프레히트 씨가 조용히 말했다.

"추측건대, 관객이나, 아마도 삼촌의 하인 가운데 누군가가 아닐까 합니다. 아니면 농부들 중의 한 명이 작품의 마지막에 특별한 감동을 받아 무대로 달려올 수도 있을 거고……. 나는 이제 어떤 우연을 만나게 되더라도 놀라지 않을 겁니다. 아마도 숙명이 원하는 것은 이런 것이 아닐까요? 정신병원에서 도망 나온 사람이 우연히 내가 들것에 누워 있는 바로 그 순간 무대 위에 뛰어 올라온다……."

나는 고개를 흔들었다.

"무슨 말을 하시는 겁니까? 대머리, 안경, 초록색 목도리……. 이제 이 사건이 전보다 더욱 기이하게 느껴지는군요. 당신이 당시 보았던 그 인물은 실제로 내가 작품에서 의도했던 것입니다. 그런데 나는 그 인물을 포기했지요. 그 인물은 1막에서 언급되었던 그 여자의 아버지인데, 미친 사람이죠. 마지막 장면에서 무대 위로 달려들게 되어 있었습니다."

"그렇지만 목도리와 안경은요?"

"그것은 아마 배우가 스스로 연출한 게 아닐까요. 그렇게 생각되지 않습니까?"

"가능하지요."

우리의 대화는 중단되었다. 움프레히트 씨의 부인이 공연 전에 남편과 이야기하기를 원하니 그녀에게 와 달라고 요청했기 때문이다. 그는 작별을 고하고 돌아갔다. 나는 잠시 더 머물면서 움프레히트 씨가 책상 위에 놓고 간 상황도를 주의 깊게 관찰했다.

III

곧 공연이 열리게 될 장소로 가 보았다. 공연장은 성 뒤편에 자리 잡고 있었고, 쾌적한 정원이 공연장과 성을 나누어 놓고 있었다. 낮은 울타리가 쳐진 정원이 끝나는 지점에 단순한 나무 의자들이 열 개 정도 세워져 있었다. 앞줄 의자는 암적색 양탄자 천으로 덮여 있었다. 그 앞에는 보면대 몇 개와 의자가 놓여 있었고 커튼은 없었다. 무대와 관중석은 옆으로 튀어나온 높은 전나무 두 그루로 구분되었다. 오른쪽에는 무성한 덤불이 이어졌으며, 그 뒤로 관객에게는 보이지 않지만 프롬프터를 위한 편안한 안락의자가 준비되어 있었다. 왼쪽 광장은 비어 있었으며 계곡을 내려다볼 수 있도록 전망이 확 트여 있었다.

무대의 배경은 키 큰 나무들로 되어 있었다. 나무들은 가운데에만 아주 빽빽하게 있었으며, 왼쪽의 나무 그림자 속으로 좁은 길이 나 있었다. 숲 안쪽으로 작은 인공 조명이 비치는 가운데 책상과 의자들이 정리되어 있었다. 그곳이 배우들이 등장 신호를 기다리는 장소인 것 같았다. 조명을 위해 무대와 관중석 옆으로 키가 크고 낡은 교회 샹들리에가 세트처럼 설치되어 있었다. 그 샹들리에에는 엄청나게 큰 초가 달려 있었다. 오른쪽 덤불 뒤 야외에는 일종의 소도구실이 있었다. 여기서 나는 작품에 필요한 다른 소도구들 옆에 들것이 놓여 있는 것을 보았다. 그 위에서 움프레히트 씨가 연극의 마지막 장면에 죽을 것이다. 지금 이 잔디 위를 걸어가면서 보니 들것이 저녁 햇빛을 받아 부드럽게 반짝였다.

물론 나는 움프레히트 씨가 했던 이야기를 생각해 보았다. 처음에 나는 움프레히트 씨가 거짓말쟁이일 수도 있다고 여겼다. 관심을 끌기 위해서 몽상 하나를 가지고 오래전부터 공들여 신비하게 만들어 왔을지도 모른다고 생각한 것이다. 공증인의 서명은 위조된 것이며, 움프레히트 씨는 그 사건을 정당화하기 위하여 다른 사람들을 끌어들일 수 있을 것이라고 말이다. 움프레히트 씨가 아마도 협조를 요청할 수 있었던, 손을 들고 있는 미지의 남자에 특히 의심이 갔다. 그러나 내 첫 번째 구상에서 이 남자가 맡기로 했던 그 역할, 아무도 알 수 없었던 그 역할 때문에 나는 의심을 접을 수밖에 없었다. 특히 움프레히트라는 인물에게서 받았던 인상이 좋았기 때문에 나는 더 이상은 의심을 할 수가 없었다. 그리고 그가 내게 해준 이야기 전부가 나에게는 불가능한 것으로, 심지어 엄청난 것으로 느껴졌지만 내 안에 있는 무엇인가가 그를 믿어도 좋다고 부추기고 있었다. 나 자신을 우리를 지배하는 의지의 실행자로서 느끼는 것은 어리석은 허영심일 수 있을 것이다.

그동안 주변이 분주해졌다. 하인들이 성에서 나왔으며, 촛불이 켜졌다. 주변에 있던 사람들, 대부분 농부 복장을 한 사람들이 천천히 언덕을 올라와서 쭈뼛거리며 긴 의자 위에 앉았다. 곧이어 성의 안주인이 신사 숙녀들과 함께 나타나서 자유롭게 자리를 잡았다. 나는 그들 옆으로 다가가서 작년에 알게 된 사람들과 이야기를 나누었다. 잠시 후에 오케스트라 단원들이 나타나서 자리를 잡았다. 오케스트라의 구성은 충분했다. 두 대의 바이올린, 첼로, 비올라, 콘트라베이스, 플루트, 오보에 등. 그들은 바로 베버의 서곡을 연주하기 시작했는데 너무 이른 감이 있었다. 오케스트라 근처 아주 앞쪽에 늙은 농부가 서 있었는데 그는 대머리였으며 어두운 색 수건을 목에 두르고 있었다. 아마도 숙명에 의해 나중에 안경을 꺼내 쓰고, 정신착란을 일으켜서 무대 위로 뛰어 올라가도록 규정된 사람일 거라고 나는 생각했다.

햇빛은 완전히 사라졌다. 그때 가벼운 바람이 일면서 높이 달린 촛불이 약간 팔락거렸다. 덤불 뒤쪽으로 활기가 느껴졌다. 숨겨진 길을 통해 공연에 참가한 사람들이 무대 근처로 이동했다. 그제야 나는 공연에 참가하는 다른 사람들이 누구일까 생각해 보았다. 그리고 내가 움프레히트 씨와 그의 자녀, 삼림 간수의 딸 말고는 아직 아무도 보지 못했다는 것을 깨달았다. 연출자의 커다란 목소리와 젊은 백작의 영애 사이마가 웃는 소리가 들려왔다. 이제 긴 의자는 사람들로 가득 찼다. 남작은 가장 앞줄에 앉아서 백작의 영애인 사이마와 이야기를 나누었다. 오케스트라가 연주를 시작했으며 잠시 후 삼림 간수의 딸이 나타나서 이 작품을 이끌어 가는 프롤로그를 낭독했다.

이 연극의 주제는 어떤 남자의 숙명이다. 그는 모험과 먼 곳에 대한 동경에 갑자기 사로잡혀, 작별의 인사도 하지 않고 가족의 곁을 떠난다. 그리고 시간이 지나면서 고통스런 일과 불쾌한 일들을 아주 많이 겪는다. 그는 아내와 아이들이 자신을 그리워하기도 전에 다시 집으로 돌아가고 싶어한다. 그러나 귀향하는 길에 집 가까이에서 겪은 마지막 모험 때문에 그는 살해된다. 죽어 가면서 그는 남겨진 자들과 인사를 나눈다. 사람들은 그의 방황과 죽음을 풀리지 않는 수수께끼로 여긴다.

연극은 시작되었고, 연기를 하는 사람들은 자신의 역할을 편안하게 해냈다. 나는 단순한 사건을 단순하게 묘사하는 것을 보고 즐거워했으며, 처음에는 움프레히트 씨의 이야기를 전혀 생각하지 않았다. 1막이 끝난 후 오케스트라가 다시 연주를 시작했지만 아무도 그 연주를 귀 기울여 듣지 않았다. 긴 의자 위에서 사람들은 매우 즐겁게 이야기를 나누었다. 나는 다른 사람들의 눈에 띄지 않기 위해 앉지 않고 서 있었다. 무대는 상당히 가까웠으며 무대 왼쪽으로는 시야가 확 트인 길이 계곡으로 이어졌다.

2막이 시작되었다. 바람이 약간 강해졌고 팔락거리는 촛불이 그 작품의 효과에 적잖이 영향을 미쳤다. 다시 연기자들이 숲 속으로 사라지고 오케스트라가 연주를 시작했다. 그때 아주 우연하게도 내 시선은 안경을 끼고 말끔하게 면도를 한 플루트 연주자에게로 향했다. 그러나 그는 백발의 긴 머리를 하고 있었으며 목도리는 전혀 보이지 않았다. 오케스트라 연주가 끝나고 연기자들이 다시 무대 위로 등장했다. 그때 나는 플루트 연주자가 플루트를 앞에 있는 보면대 위에 놓고 주머니에 손을 집어넣더니 커다란 초록색 목도리를 꺼내서 목에 두르는 것을 보았다. 나는 무척 당황했다. 다음 순간 움프레히트 씨가 등장했고 그의 시선이 갑자기 플루트 연주자에게 고정되는 것을 보았다. 그리고 그가 초록색 목도리를 알아채고 한 순간 멈칫하는 것을 느낄 수 있었다. 그러나 그는 재빨리 정신을 차렸으며 실수하지 않고 연기를 계속했다. 소박한 옷차림을 한 옆 자리 청년에게 플루트 연주자를 아느냐고 물었더니 칼테른에서 온 선생이라고 알려 주었다.

공연은 계속되었고 마지막이 가까워졌다. 두 아이들이 정해진 대로 무대 위에서 방황했다. 숲 속에서 나는 소음들이 더욱 가깝게 들려왔으며 사람들이 비명을 지르고 외치는 소리가 들렸다. 바람이 더욱 강해져서 나뭇가지들이 움직이긴 했지만 연극에는 별로 방해가 되지 않았다. 마침내 죽어 가는 모험가 역할을 하는 움프레히트 씨가 들것에 실려 등장했다. 두 아이가 달려갔고 횃불을 든 사람이 꼼짝하지 않고 옆에 서 있었다. 부인은 다른 사람들보다 늦게 나타났다. 그리고 두려움 가득한 떨리는 눈빛으로 살해당한 남편 옆에 무릎을 꿇었다. 남편은 죽어 가면서 다시 한번 무엇인가 말을 하려고 했다. 그는 각본의 내용대로 일어나려고 했지만 그렇게 할 수 없었다. 그때 갑자기 엄청난 바람이 불어왔다. 횃불을 거의 꺼뜨릴 정도였다. 오케스트라 단원 한 사람이 벌떡 일어서는 것이 보였다. 그는 플루트 연주자였는데 놀랍게도 대머리였다. 그의 가발이 벗겨졌다. 그는 목에 나풀거리는 초록색 목도리를 두른 채 손을 들고 무대로 돌진했다. 나도 모르는 사이에 나의 눈은 움프레히트 씨에게로 향했다. 그의 시선은 마치 마법에 걸린 듯 그 남자에게 고정되어 있었다. 그는 무엇인가를 말하려 했지만 틀림없이 그렇게 할 수 없었을 것이다. 그는 다시 쓰러졌다. 관객 대부분이 아직도 이 모든 일이 연극에 포함되어 있는 거라고 생각했다. 그가 왜 다시 쓰러진 것인지 나도 알 수가 없었다. 그 사이 플루트 연주자는 들것을 지나쳐서 가발을 뒤쫓아 숲 속으로 사라져 버렸다.

움프레히트 씨는 일어나지 못했다. 다시 한번 강한 바람이 불더니 횃불 두 개 중 하나를 꺼뜨렸다. 앞줄에 앉은 관객 몇 명만이 불안해했다. 남작이 이렇게 말하는 소리가 들렸다.

"조용히! 조용히 해요!"

다시 조용해졌다.

바람 역시 더 이상 불지 않았다······. 그러나 움프레히트 씨는 몸을 뻗은 채 그대로 누워 있었다. 그는 움직이지 않았으며 입술도 열지 못했다. 백작의 영애 사이마가 비명을 질렀다. 물론 사람들은 이 행동 역시 연극의 일부일 거라고 생각했다.

나는 사람들 사이를 뚫고 무대 위로 올라갔다. 내 뒤에서 사람들이 불안해하는 소리가 들렸다. 사람들이 일어섰다. 다른 사람들이 나를 따라 무대로 올라와서 들것 주위를 둘러쌌다…….

"무슨 일입니까, 무슨 일이 일어난 겁니까?"

나는 횃불을 들고 있는 사람의 손에서 횃불을 빼앗아 누워 있는 움프레히트 씨의 얼굴을 비추어 보았다……. 나는 그를 흔들어 보았다. 그리고 그의 재킷을 찢었다. 그사이 의사가 내 옆에 도착했고 그는 움프레히트 씨의 심장에 손을 짚었다. 맥박을 짚더니 사람들에게 뒤로 물러나라고 했다. 그리고 남작에게 몇 마디 속삭였다……. 잠시 후 움프레히트 씨의 아내가 달려왔다. 그녀는 비명을 지르면서 남편 위로 몸을 던졌다. 아이들은 절망한 듯 옆에 서 있었으며 그 상황을 제대로 파악하지도 못했다……. 무슨 일이 일어났다는 것을 믿으려 하지 않으면서도 사람들은 그 사실을 다른 사람에게 전했다. 그리고 잠시 후 둥글게 둘러서 있던 사람들은 움프레히트 씨가 들것 위에서 갑자기 사망했다는 사실을 알게 되었다.

나는 그날 저녁 공포에 사로잡혀 계곡으로 달려 내려갔다. 이상한 전율을 느꼈고, 그 성에 다시는 발을 들여놓고 싶지 않았다. 나는 그 다음 날 보첸에서 남작을 만났다. 그리고 움프레히트 씨의 이야기를 그가 나에게 전해 주었던 내용 그대로 그에게 해 주었다. 남작은 그 이야기를 믿으려 하지 않았다. 나는 가방을 열어 그에게 그 비밀스런 종이를 보여 주었다. 그는 당황한 듯, 두려움 가득한 눈으로 나를 쳐다보더니 그 종이를 돌려주었다. 그것은 백지였다. 아무것도 쓰여 있지 않고, 아무것도 그려져 있지 않은⋯⋯.

나는 마르코 폴로를 찾으려고 시도했다. 그러나 내가 들을 수 있었던 소식이라고는 그가 3년 전 마지막으로 함부르크의 삼류 오락 음식점에 나타났다는 것뿐이었다.

이해할 수 없는 이 일련의 사건에서 가장 이해가 되지 않는 것은 플루트 연주자였다. 당시 손을 들고 그의 가발을 뒤쫓아 달리다 숲으로 사라져 버린 그 선생을 이후 절대 다시 볼 수 없었으며 그의 시체 역시 발견되지 않았다.

발행인의 후기

전술한 보고서의 저자를 나는 개인적으로 알지 못한다. 생전에 그는 상당히 유명한 작가였다. 하지만 60세도 안 되어, 즉 10년 전쯤 사망했을 때 그의 명성은 갑자기 사라졌다. 특별히 정해진 바가 없어서 그의 유고는 모두 이 원고에서 언급되었던 메란의 젊었을 적 친구에게 건네졌다. 의사였던 바로 그 사람으로부터 나는 출판하기 위해 원고를 넘겨받았다. 지난 겨울 메란에 머무를 때 나는 자주 애매한 문제들, 특히 강신술, 염력, 예언술 등에 관해 그와 이야기를 나누었다. 이 보고서에서도 나와 있듯이 이상하게 끝나는 마지막 연극 장면에 그 의사가 참여하지 않았으며, 아주 기이하게 사라져 버린 학교 선생을 개인적으로 알지 못했다면 나는 이 원고의 내용을 자유로이 창작한 이야기로 여기고 싶었다.

마술사 마르코 폴로에 관해서도 기억 나는 게 있다. 아주 젊은 시절 한 여름에 뵈르터 호수에서 그 이름이 현수막에 인쇄된 것을 보았다. 그의 이름은 내 기억 속에 확실히 남아 있다. 왜냐하면 나는 바로 그 무렵 같은 이름을 가진 유명한 여행가의 여행 기록을 읽고 있었기 때문이다.

거미

한스 하인츠 에버스
(1871-1943)

● ● ●

에버스(Hans Heinz Ewers)는 문학 비평가들한테는 아주 형편없는 작품을 쓴 작가로 악평을 받았다. 그러나 1926년경 인기가 절정에 오를 때까지 상업적으로 가장 성공한 작가였다. 그의 두 번째 장편소설인 「알라우네. 어느 살아 있는 존재의 이야기」(1911)는 10년 동안 22만 5,000부 이상이 팔렸으며 1918/1919년과 1928년 두 번이나 영화로 만들어졌다.

1894년 에버스는 베를린에서 법학 박사학위를 받은 후에 신낭만주의적 데카당스 문체의 서정시인으로서, 그로테스크한 해학 소설가로서, 카바레 작가로서 활동을 시작했다. 그는 희곡을 쓰기로 했으며 전 세계로 여행을 많이 다녔다. 그러면서 그는 어머니의 병적인 집착에 계속 시달렸다. 1935년 그의 책들은 히틀러에 의해 판매가 금지되었으며, 에버스 자신은 집필 금지 명령을 받았다.

「거미」는 1908년 뮌헨 게오르크 뮐러 출판사에서 출간된 소설집 『신들린 사람들. 기이한 이야기들』에 수록되었다.

의대생인 리샤르 브라크몽은 알프레드 스티븐스가 6번지에 있는 스티븐스 호텔 7호로 이주하기로 결정했다. 이 방에서는 금요일마다 한 사람씩, 지금까지 세 사람이 연달아 십자 창살에 목을 매달아 죽었다.
　첫 번째 사람은 스위스인 외판원이었다. 그의 시체는 토요일 저녁이나 돼서야 발견되었다. 의사는 사망 추정 시간이 금요일 오후 5시와 6시 사이라고 말해 주었다. 시체는 옷을 거는 데 사용하는 튼튼한 고리에 매달려 있었다. 창문은 닫혀 있었고 목을 매다는 끈으로 커튼 끈을 이용했다. 창문이 매우 낮았기 때문에 다리는 거의 무릎까지 바닥에 닿아 있었다. 자살하는 사람은 자신의 의도를 실현하기 위해 틀림없이 매우 강력한 힘을 사용했을 것이다. 그는 네 자녀의 아버지로서 자식들을 모두 결혼시켰으며, 소득도 상당하고 사회적 지위 또한 안정적이었다. 그리고 쾌활하고 낙천적인 성격이었다는 사실도 확인되었다. 자살과 관계 지을 수 있는 어떤 글도 남겨 놓지 않았고 유서도 없었다. 그는 친지 중 어느 누구에게도 죽고 싶다고 말한 적이 한 번도 없었다고 한다.

두 번째 경우도 많이 다르지 않았다. 카를 크라우제는 예술가였다. 그는 아주 가까이 있는 메드라노 원형 경기장에서 자전거 변신술사로 참여하고 있었다. 카를 크라우제는 이틀 후 이 호텔의 7호 방으로 이주했다. 다음 주 금요일 그가 공연에 모습을 드러내지 않자 연출자는 극장 하인을 호텔로 보냈다. 하인은 잠겨 있지 않은 방으로 들어갔을 때 십자 창살에 그 예술가가 목을 매단 것을 발견했으며, 전의 경우와 거의 동일한 상황이었다. 하지만 이 자살도 매우 의심스러운 점이 많았다. 그는 인기 있는 예술가였고 꽤 많은 출연료를 받았다. 25세의 청년으로서 삶을 즐기면서 살아가려고 했다. 두 번째 경우에도 서면으로 남긴 것은 아무것도 없었으며, 어떤 미심쩍은 표현도 없었다. 유족은 아들로부터 매월 첫째 날 200마르크를 생활비로 받곤 하던 늙은 엄마뿐이었다.

이 작은 싸구려 호텔은 몽마르트 지역 주변 사람들이 주 고객이었는데, 같은 방에서 일어난 기이한 죽음 때문에 호텔 주인 뒤보네 부인은 매우 어려운 상황을 맞게 되었다. 이미 호텔 투숙객 몇 명이 이사를 나갔으며, 정기적으로 이 호텔을 찾던 다른 손님들도 다시 찾아오지 않았다. 그녀는 개인적으로 친한 9구역의 경감에게 도와달라고 부탁했다. 그는 그녀를 위해 힘이 닿는 한 모든 것을 도와주겠다고 약속했다. 그래서 그는 두 명의 호텔 투숙객이 자살하게 된 원인이 무엇인지를 아주 열심히 조사했을 뿐 아니라 그 이상한 방에 투숙할 관리 한 명을 그녀에게 보내 주었다.

그는 샤를 마리아 쇼미에 경사로, 이 일을 하겠다고 자진했다. 늙은 '해병', 11년 동안 해군 보병으로 근무했던 쇼미에 경사는 톤킨과 안남에서 혼자 밤에 보초를 서 본 경험이 많았다. 고양이처럼 몰래 침입해 오는 황인종 해적들을 맞아 기분이 상쾌해지도록 레벨 소총을 쏘아 댄 적도 있다. 그래서 그는 알프레드 스티븐스가의 사람들이 이야기하곤 하던 그 '유령들'을 만나는 데 아주 적합한 것처럼 보였다. 그는 이미 주일 저녁에 그 방으로 이주해서, 품위 있는 뒤보네 부인이 제공한 음식과 술을 양껏 즐기고 난 후 만족한 듯 누워서 잠을 잤다.

매일 아침과 저녁 쇼미에 경사는 보고를 하기 위하여 관할 경찰서를 잠깐 방문했다. 처음 며칠 동안 보고는 아주 조그만 단서도 찾지 못했다고 말하는 것으로 끝이 났다. 그런데 수요일 저녁에 그는 단서 하나를 발견했다고 말했다. 더 말하라고 독촉하자 그는 잠시 더 이상 묻지 말라고 부탁했다. 그는 자신이 발견해 낸 사실이 두 사람의 죽음과 실제로 어떤 관계가 있을지 모르겠다고 말했다. 그는 그 일 때문에 창피당하고 사람들의 비웃음을 살까 봐 무척 두려워했다. 목요일에 그의 태도는 조금 더 불안해 보였지만 더 진지해졌다. 그러나 그는 아무것도 보고하지 않았다. 그런데 금요일 아침 그는 상당히 흥분해 있었다. 그는 웃으면서도, 꽤나 진지하게 어쨌든 창문에 이상한 마력이 있다고 말했다. 하지만 그는 창문이 자살과는 아무 관계가 없으며, 그가 더 많은 것을 이야기하면 사람들이 그를 비웃을 거라고 주장했다. 금요일 저녁 그는 관할 경찰서에 나타나지 않았다. 쇼미에 경사는 십자 창살의 옷걸이에 목이 매여 있는 채로 발견되었다.

여기서도 정황 증거들은 아주 사소한 점까지도 다른 두 경우와 동일했다. 다리는 바닥에 건들거리며 매달려 있었고 끈으로는 커튼 끈이 이용되었다. 창문은 닫혀 있었으며 문은 잠겨 있지 않았다. 사망 시간은 오후 6시쯤이며, 시체의 입은 넓게 열려 있었고 혀는 밖으로 나와 있었다.

7호 방에서 일어난 세 번째 죽음 때문에 손님들이 모두 호텔을 나가 버렸다. 16호 방에 있는 독일인 김나지움 교수만 남았는데, 그는 이 사건을 이용해 임대료를 3분의 1로 낮추었다. 다음 날 오페라코미크의 스타인 매리 가든이 자신의 르노 자동차를 타고 호텔로 와서 붉은색 커튼 끈을 200프랑에 사 갔는데, 이 일이 뒤보네 부인에게는 작은 위로가 되었다. 좋은 값에 커튼 끈을 팔았을 뿐 아니라 그 사실이 신문에 났기 때문이다.

이 일이 여름에, 예를 들어 7월이나 8월에 일어났다면 뒤보네 부인은 아마 커튼 끈을 세 배의 값에 팔려고 했을 것이다. 그러고 나면 신문들은 틀림없이 몇 주 동안 머리기사를 이 주제로 채웠을 것이다. 그러나 한겨울인데다 선거, 모로코, 페르시아, 뉴욕의 은행 파산, 또 세 건의 정치적 분쟁 등 다른 사건 때문에 지면을 할애하기가 힘들었다. 그 결과 알프레드 스티븐스가에서 일어난 이 사건은 사람들의 주목을 충분히 받을 만한데도 불구하고 그렇게 되지 못했다. 더욱이 사건 보고는 짧고 간략하게, 대부분 경찰 보고서를 그대로 복사한 것이었을 뿐, 과장된 부분은 전혀 없었다.

이런 보고들이 의대생 리샤르 브라크몽이 그 사건에 대해 알고 있던 정보였다. 하지만 다른 조그마한 사실 하나를 그는 알지 못했다. 별로 중요한 것처럼 보이지 않아서 경감이나 다른 증인들이 기자들에게 그에 대해 언급하지 않았기 때문이다. 의대생의 모험이 있고 난 후에야 사람들은 그것을 기억해 냈다. 경찰이 쇼미에 경관의 시체를 십자 창살에서 떼어 냈을 때 시체의 열린 입에서 아주 커다랗고 검은 거미가 기어 나온 것이다. 그때 하인은 거미를 손가락으로 털어 내면서 외쳤다.

"제기랄, 이런 망할 것 같으니!"

브라크몽 사건 조사 과정에서 그 하인은 스위스인 외판원의 시체를 창살에서 떼어 냈을 때 그의 어깨에서도 아주 비슷한 거미가 기어가는 것을 보았다고 말했다. 그러나 이에 관해서 브라크몽은 전혀 알지 못했다.

브라크몽은 마지막 자살이 일어난 지 2주가 지나서야 일요일에 그 방으로 이사했다. 그는 그 방에서 체험한 것을 매일 일기에 어느 정도 기록해 놓았다.

의대생 리샤르 브라크몽의 일기

2월 28일 월요일

나는 어제 저녁 이 방으로 이사 왔다. 짐 두 개를 풀어놓고 약간 정리를 했다. 그리고 나서 잠을 잤는데 푹 잘 잤다. 문을 두드리는 소리가 나서 잠에서 깼을 때는 시계가 정확하게 9시를 쳤을 때였다. 문을 두드린 사람은 바로 호텔 여주인이었다. 그녀는 손수 나에게 아침 식사를 가져다 주었다. 그녀는 나를 매우 걱정하는 것 같았는데 그녀가 나에게 가져다 준 달걀, 햄 그리고 아주 향이 좋은 커피를 보고 그런 사실을 눈치 챌 수 있었다. 나는 몸을 씻고 옷을 입었다. 그리고 나서 호텔 하인이 방을 정리하는 것을 지켜보면서 파이프 담배를 피웠다.

자, 이제 나는 여기 있다. 나는 이 사건이 위험하다는 것을 잘 알고 있다. 하지만 내가 이 사건의 원인을 밝히면 성공한 사람이 되리라는 것도 잘 알고 있다. 과거처럼 파리에서 박람회가 열린다면(오늘날에는 박람회가 그렇게 쉽게 열릴 수 없다.) 나는 아마도 나의 보잘것없는 생명을 파리를 위해 내놓을 수 있을 것이다. 이것은 기회이다. 좋다. 나는 그 기회를 잡아보겠다.

어쨌든 다른 사람들도 그런 사실을 파악할 수 있을 정도로 똑똑했다. 스물일곱 명이 넘는 사람들이 그 방에 들어가려고 일부는 경찰에게, 일부는 직접 여주인에게 힘을 썼다. 그 중에는 여자 세 명도 끼어 있었다. 경쟁이 치열했다. 아마 다른 사람들도 나처럼 불쌍한 녀석들일 것이다.

그러나 내가 '그 자리를 차지했다.' 왜일까? 아마도 내가 현명한 경찰이 '아이디어'를 기대할 수 있었던 유일한 사람이었을 것이다. 아주 멋진 아이디어를! 물론 그것은 허세였다.

이런 기록은 경찰을 위해서도 필요하다. 그리고 시작부터 바로 내가 그들을 잘 속였다고 말한다면 얼마나 재미있는가. 경감이 이성적이라면 그는 이렇게 말할 것이다.

"흠, 바로 그렇기 때문에 브라크몽이 적임자야!"

어쨌든 그가 나중에 어떤 말을 하게 될지는 나와 전혀 상관없는 일이다. 지금 내가 여기 앉아서 경찰들에게 아주 철저하게 허세를 부리는 것으로 나의 활동을 시작하는 것이 좋은 전조처럼 느껴진다.

나는 우선 뒤보네 부인 집에 머물렀으며 그녀는 나를 관할 경찰서로 보냈다. 일주일 내내 나는 매일 하는 일 없이 경찰서를 돌아다녔다. 그들은 언제나 나의 제안을 '고려'하고 있다고 했다. 그리고 나는 다음 날 다시 와야 한다는 명령을 받았다. 나의 경쟁자들 대부분은 오래전에 포기했다. 그들은 곰팡내 나는 보초 대기실에서 몇 시간 동안 기다리는 것보다 더 나은 일을 했을 것이다. 경감은 이미 나의 집요함에 매우 화가 나 있었다. 마침내 그는 나에게 내가 다시 오는 것이 아무 의미도 없다고 직설적으로 말했다. 그는 다른 사람들처럼 나의 선한 의지에는 감사하지만 '비전문적인 문외한의 힘'은 전혀 쓸모가 없다고 했다. 내가 활동 계획을 자세하게 작성해 놓지 않았다면 말이다.

그때 나는 그런 활동 계획을 가지고 있다고 그에게 말했다. 물론 나는 그런 것을 전혀 가지고 있지 않았다. 만약 그가 물어 봤다면 그에게 한마디도 설명할 수 없었을 것이다. 그러나 나는 그에게 말했다. 아주 위험하지만 훌륭한 계획이 있으며 그 계획대로 한다면 경관들이 하는 것처럼 적절한 결론을 낼 수도 있다고 했다. 그리고 그의 명예를 걸고 그가 직접 실행하겠다고 선언하는 경우에만 그에게 나의 계획을 알려 주겠다고 했다. 그는 그 말에 대해 감사의 뜻을 전했다. 나는 그에게 그럴 필요가 전혀 없다고 말했다. 적어도 조그만 암시라도 해 줄 수 없겠느냐고 그가 물었을 때 나는 내가 유리한 위치에 서 있는 것을 간파했다.

그리고 나는 그의 말대로 조그만 암시를 주었다. 1초 전에도 전혀 생각하지 못했던, 터무니없이 말도 안 되는 이야기를 해 주었다. 갑자기 그런 이상한 생각이 어디서 났는지 전혀 알 수가 없다. 나는 그에게 일주일의 시간 중에 기이한 영향을 받는 비밀스런 시간이 있을 거라고 말했다. 그것은 그리스도가 지옥으로 내려가기 위하여 무덤에서 사라진 그 시간이다. 즉 유대 주간 마지막 날의 여섯 번째 저녁 시간이다. 그리고 그는 아마도 세 번의 자살이 모두 금요일 오후 5시와 6시 사이에 이루어졌다라는 것을 기억해 낼 수 있을 것이다. 나는 더 이상은 그에게 말할 수 없었다. 그에게 요한계시록을 암시만 해 주었다.

경감은 무엇인가를 이해했다는 표정을 지었다. 그리고 감사의 말을 하고 나서 나를 위해 다시 저녁을 주문해 주었다. 나는 정각에 그의 사무실로 다시 갔다. 그의 책상 위에는 성경이 놓여 있었다. 나는 휴식 시간에 그가 했던 대로 연구를 하면서 계시록을 통독했지만 한 구절도 이해할 수가 없었다. 아마도 경감은 나보다 더 많이 알고 있을 것이다. 어쨌든 그는 내가 매우 불확실하게 암시해 주었지만 나의 사고 과정을 이해하고 있다는 생각이 든다며 아주 정중하게 말했다. 그리고 그는 내가 원하는 바를 이해하며 어떤 방식으로든 도와줄 준비가 되어 있다고 덧붙였다.

그가 나에게 실제로 큰 도움을 주었다는 것을 나는 인정해야 한다. 그가 호텔 여주인과 협상을 해준 덕분에 호텔에 머무는 동안 나는 모든 것을 무료로 이용할 수 있었다. 그는 나에게 아주 훌륭한 권총과 경찰 파이프도 제공했다. 근무 중인 경찰들은 되도록 자주 알프레드 스티븐스가를 지나가면서 내가 보내는 아주 조그만 신호에도 주의하라는 명령을 받았다. 그러나 가장 중요한 것은 그가 내 방에 전화를 설치해 주었다는 것이다. 전화로 나는 경찰서에 직접 연락할 수 있었다. 파출소까지 4분도 채 안 걸렸기 때문에 언제든 나는 가장 빨리 도움을 받을 수 있다. 그럼에도 불구하고 나는 내가 왜 두려워하는지 이해가 되지 않았다.

3월 1일 화요일

어제도 오늘도 아무 일도 일어나지 않았다. 뒤보네 부인은 다른 방에서 새 커튼 끈을 가져왔다. 그녀는 충분히 얼이 빠져 있었으며 여러 가지 핑계를 대면서 내 방으로 오려고 했다. 매번 그녀는 나에게 무엇인가를 가져왔다. 나는 그녀에게 다시 한번 상세하게 사건을 설명하게 했지만 새로운 것은 아무것도 들을 수가 없었다. 그녀는 그녀 나름대로 죽음의 원인을 파악하고 있었다. 그녀는 이렇게 생각했다. 그 예술가의 경우에는 불행한 사랑이 문제였다고. 그가 작년에 그 호텔에 묵었을 때 젊은 여자가 자주 찾아왔는데 이번에는 전혀 보이지 않는다고 했다. 스위스 남자가 왜 자살을 했는지 물론 그녀는 모른다. 사람들이 모든 것을 알 수는 없다. 그러나 쇼미에 경사는 틀림없이 그녀를 화나게 하기 위해 자살을 했을 것이라고 했다.

나는 뒤보네 부인의 이런 설명들이 불충분하다고 말해야 했지만 그녀가 조용히 수다를 떨게 놔두었다. 그녀는 항상 내가 지루하지 않게 해 주었다.

3월 3일 목요일

아직 아무 일도 일어나지 않았다. 경감은 하루에 몇 번씩 전화를 했으며 그럴 때마다 나는 그에게 아주 잘 지낸다고 말했다. 이런 정보가 그를 아주 만족시키지는 않는 것처럼 보였다. 나는 의학서들을 꺼내어 공부를 했다. 이렇게 나 자신을 스스로 감금하는 일에 어쨌든 하나의 목적은 있는 셈이었다.

3월 4일 금요일 오후

나는 점심을 아주 잘 먹었다. 게다가 여주인은 나에게 샴페인 반 병까지 가져다주었다. 그녀는 나를 이미 4분의 3 정도 죽은 것으로 간주했다. 그녀는 내 방을 나가기 전에 울면서 나에게 함께 나가자고 부탁했다. 벌써 그녀는 내가 또 '그녀를 화나게 하기 위해' 목매달까 봐 두려워했다.

거미 279

나는 새 커튼 끈을 자세히 관찰했다. 거기에 나도 목을 매달고 죽을 것
인가? 흠, 나는 그렇게 하고 싶은 생각이 전혀 없다. 그러기에는 그 끈이
거칠고 딱딱했으며, 목에 감기가 아주 나빴다. 다른 사람들처럼 목을 매
달아 죽기 위해서는 의지가 정말 강해야만 할 것이다. 이제 나는 탁자에
앉았다. 왼쪽에는 전화가, 오른쪽에는 권총이 놓여 있다. 나는 전혀 두
렵지 않다. 다만 궁금할 뿐이다.

저녁 6시

아무 일도 일어나지 않았다. 나는 거의 이렇게 쓰고 싶을 지경이다. 유
감스럽게도라고! 숙명의 시간이 다가왔고 지나갔다. 그리고 그 시간은
다른 시간과 똑같았다. 물론 나는 가끔 창문으로 가고 싶다는 어떤 충동
을 느꼈음을 부정하지는 않겠다. 그러나 그것은 다른 이유에서다! 경감
은 5시와 6시 사이에 적어도 10번은 전화를 했다. 그도 나처럼 참을성이
없었다. 그러나 뒤보네 부인은 만족했다. 7번 방에서 일주일 동안 살아
남다니. 목을 매달지 않고. 대단해!

3월 7일 월요일

나는 아무것도 발견하지 못할 거라는 확신이 섰다. 그리고 세 사람들
의 자살은 단지 기이한 우연일 뿐이라는 생각이 들기 시작했다. 나는 경
감에게 세 가지 경우를 다시 한번 자세히 검사해 달라고 부탁했으며 마

침내 사람들이 그 원인을 발견하게 되리라고 확신했다. 나는 되도록 오래 여기 머물 것이다. 하지만 물론 여기서 파리를 정복할 수는 없다. 그러나 나는 여기에 공짜로 살고 있으며 살도 많이 쪘다. 게다가 열심히 공부를 하고 있다. 어떤 결론에 이르게 될지 나는 잘 알고 있다. 그리고 나에게는 여기에 머물러야 할 이유가 또 하나 있다.

3월 9일 수요일

그래서 나는 한 걸음 더 나갔다. 클라리몽드.

나는 클라리몽드에 대해 아직 아무것도 설명하지 않았다. 그녀가 바로 내가 여기 머물러야 하는 '세 번째 이유' 이다. 그리고 그녀는 내가 그 '숙명적인' 순간에도 기꺼이 창문으로 향하고 싶어했던 이유이기도 하다. 그러나 확실한 것은 목매달기 위해서가 아니다. 클라리몽드, 왜 나는 그녀를 그렇게 불러야 하는가? 사실 나는 그녀의 이름이 무엇인지 전혀 알지 못한다. 그러나 그녀를 클라리몽드라고 불러야만 할 것 같다. 그리고 그녀가 실제로 그런 이름을 가지고 있으리라는 것을 나는 확신한다.

나는 클라리몽드를 첫째 날에 바로 알아보았다. 그녀는 매우 좁은 거리의 맞은편에 살고 있었으며, 그녀의 창문은 내 창문을 마주 보고 있었다. 그녀는 거기 커튼 뒤에 앉아 있었다. 어쨌든 내가 그녀를 관찰하기 전부터 그녀가 나를 관찰했으며, 나에게 어떤 관심을 가지고 있었음을 분명히 말할 수 있다. 이 거리에 사는 사람들 모두가 내가 여기 살고 있으며, 뒤보네 부인이 무엇을 두려워하는지를 다 알고 있다.

나는 정말 사랑에 빠질 만한 성격이 못 되었기 때문에 나의 여자 관계는 항상 빈약했다. 의학을 공부하기 위하여 베르××에서 파리로 왔을 때는 사흘 중 하루 배불리 먹을 수 있을 만큼의 돈도 없었다. 그러니 사랑에 신경 쓸 겨를이 없었다. 그런 경험이 많지 않아서 나는 이번 일도 상당히 늦게 알아차렸다. 어쨌든 그녀는 있는 그대로 내 마음에 들었다.

처음에 나는 상대방과 어떤 관계를 가지려는 생각을 전혀 하지 못했다. 나는 단지 관찰하기 위해서 여기 있다고만 생각했다. 그렇지 않으면 아무리 조사를 하고 싶어도 조사해야 할 게 아무것도 없기 때문에 나는 상대방을 똑같이 잘 관찰하고 있는 거라고만 생각했다. 하루 내내 책만 읽고 앉아 있을 수는 없다. 그래서 나는 클라리몽드가 그 작은 층에서 잠깐이지만 혼자 살고 있다는 것을 확인했다. 그 층에는 세 개의 창문이 있었다. 그러나 그녀는 내 창문을 마주 보고 있는 창문에 앉아 있었다. 그녀는 거기서 유행이 지난 작은 물레에 앉아 실을 잣고 있었다. 나는 그런 물레의 실패를 할머니 방에서 한 번 본 적이 있다. 할머니는 그것을 어떤 먼 친척에게 물려받았는데 전혀 사용하지 않았다. 요즘에도 그런 물레로 일을 하는지는 모르겠다. 어쨌든 클라리몽드의 물레는 아주 작고 훌륭한 물건이었으며 흰 상아로 만든 것 같았다. 그녀가 만드는 실은 엄청나게 부드러운 실임에 틀림없을 것이다. 그녀는 커튼 뒤에 앉아서 종일 끊임없이 일을 하다가 어두워지면 멈추었다. 물론 이런 안개가 끼는 날 좁은 골목은 금방 어두워졌다. 5시면 벌써 아주 아름다운 놀을 볼 수 있으니 말이다. 그러나 나는 그녀의 방에서 불빛을 전혀 보지 못했다.

그녀의 모습이 어떤지. 그렇다, 나는 그것도 제대로 알지 못했다. 그녀는 검은 고수머리를 하고 있었지만 그 빛깔은 상당히 바랬다. 코는 가늘고 작았으며 콧망울이 움직이곤 했다. 그녀의 입술 역시 창백했으며, 작은 이빨은 마치 쥐처럼 날카로운 듯 보였다. 속눈썹은 깊게 그늘이 져 있었고 그녀가 눈을 뜨면 그녀의 커다랗고 어두운 눈이 반짝였다. 그런데도 나는 내가 실제로 아는 것보다 훨씬 더 많이 아는 것처럼 느껴졌다. 커튼 뒤에서 무엇인가를 정확하게 인지하기는 힘들었다.

또 하나, 그녀는 항상 보라색 반점이 있는 꼭 끼는 검은 옷을 입고 있었으며 검은색 긴 장갑을 끼고 있었다. 아마 작업 중에 손을 더럽히지 않기 위해서인 듯했다. 마르고 검은 손가락이 빠르게, 겉으로 보기에 헝클어진 것 같은 실을 잡아서 자아내는 모습은 매우 기이하게 보였다. 마치 실제로 곤충의 다리가 꿈틀거리는 것 같았다.

우리의 관계는 지금은 아주 피상적이지만 앞으로 더욱 깊어질 것 같은 생각이 들었다. 그것은 아마도 그녀가 내 창문을 넘겨다보고 내가 그녀의 창문을 넘겨다보는 것으로 시작된 것 같았다. 그녀가 나를 관찰했으며 나도 그녀를 관찰했다. 그리고 틀림없이 내가 그녀의 마음에 들었을 것이다. 왜냐하면 어느 날인가 내가 그녀를 다시 쳐다보았을 때 그녀가 웃었기 때문이다. 나도 물론 웃어 주었다. 그렇게 며칠이 지났으며 우리는 서로를 보고 점점 더 자주 웃음을 지었다. 그러고 나서 나는 거의 매시간 그녀에게 인사를 하기로 결심했다. 그런데 무엇인지 알 수 없지만 무엇인가 항상 나와 그녀 사이를 가로막는 것이 있었다.

마침내 나는 오늘 오후에도 그렇게 했다. 클라리몽드는 다시 인사를 했다. 물론 아주 조그만 소리였다. 나는 그녀가 고개를 끄덕이는 모습을 제대로 보았다.

3월 10일 목요일

    어제 나는 오랫동안 책과 씨름하였다. 그러나 내가 많이 공부했다고는 말할 수 없다. 나는 공상을 했으며, 클라리몽드에 관해 꿈을 꾸었다. 아침이 올 때까지 나는 불안하게 잠을 잤다.
    내가 창가로 갔을 때 클라리몽드는 거기 앉아 있었다. 나는 인사를 했고 그녀는 다시 고개를 끄덕였다. 그녀는 웃으면서 나를 오랫동안 쳐다보았다.
    나는 공부를 하려 했지만 평안을 찾을 수가 없었다. 창가에 앉아 그녀를 멍하니 쳐다보았다. 그때 나는 그녀가 손을 품속에 넣는 것을 보았다. 나는 흰 커튼을 젖혔다. 그러자 거의 동시에 그녀도 똑같이 했다. 우리 둘은 웃으면서 서로를 쳐다보았다.
    우리가 한 시간 정도 그렇게 앉아 있었다고 생각했다. 그러고 나서 그녀는 다시 실을 자아냈다.

3월 12일 토요일

    하루하루가 그렇게 흘러갔다. 나는 먹고 마시고 책상 의자에 앉았다. 그런 다음 내 파이프에 불을 붙였다. 그리고 책 위로 몸을 숙였지만 한 단어도 눈에 들어오지 않았다. 매번 시도하긴 했지만 아무 효과가 없다는 것을 알아차린 지는 이미 오래되었다. 그러고 나서 창가로 갔다. 나는 인사를 했고, 클라리몽드는 감사의 인사를 보냈다. 우리는 웃으면서 서로를 쳐다보았다. 몇 시간 동안.

어제 오후 6시경에 나는 약간 불안해졌다. 저녁 어스름이 아주 일찍 시작되었으며 약간 두려움을 느낀 채 책상 앞에 앉아서 기다렸다. 나는 창문으로 가고 싶은, 거의 자발적이라고 할 수 있는 충동을 느꼈다. 물론 목매달기 위해서가 아니라 클라리몽드를 보기 위해서였다. 나는 벌떡 일어나서 커튼 뒤로 갔다. 이미 상당히 어두웠는데도 지금껏 그렇게 정확하게 그녀를 본 적이 없는 것 같았다. 그녀는 실을 잣고 있었지만 그녀의 눈은 나를 건너다보고 있었다. 나는 기이하다 싶을 정도로 편안하면서도 약간 두려웠다.

전화벨이 울렸다. 어리석은 질문을 하며 나를 꿈에서 깨어나게 하는 경감 때문에 화가 났다.

오늘 아침에 그는 뒤보네 부인과 함께 나를 방문했다. 그녀는 나의 활동에 아주 만족했다. 내가 벌써 2주일 동안 7호 방에서 살아남았다는 사실 때문이었다. 그러나 경감은 그것 말고 다른 결과를 원했다. 나는 아주 기이한 사건의 흔적을 찾는다는 비밀스런 암시를 했다. 그 바보는 내 말을 다 믿었다. 어떤 경우에도 나는 여러 주일 동안 여기에 더 머무를 수 있다. 그리고 그것은 나의 유일한 희망이다. 뒤보네 부인의 음식과 포도주 때문이 아니다. 세상에, 사람이 항상 배부르면 포만감은 얼마나 빠르게 그 사람에게 하찮은 것이 되어 버리는지! 내가 여기 더 머물 수 있는 건 창문 때문이다. 그녀가 증오하고 두려워하는, 그리고 내가 그렇게 사랑하는 그녀의 창문 말이다. 나에게 클라리몽드를 보여 주는 바로 이 창문.

불을 켰을 때 나는 그녀를 더 이상 볼 수가 없었다. 그녀가 외출했는지 알아보기 위해 망을 보았다. 그러나 나는 그녀가 거리에 한 발자국이라도 내딛는 것을 아직 보지 못했다. 내 방에는 커다랗고 편안한 안락의자와 나를 따뜻하게 감싸는 초록색 스탠드 갓도 있다. 경감은 나에게 담배 한 봉지를 가져다주었다. 나는 그렇게 좋은 담배는 아직까지 피워 본 적이 없다. 그런데도 공부를 할 수가 없다. 2쪽, 3쪽을 읽고 끝까지 읽는다 해도 한 단어도 이해하지 못한다는 것을 나는 알고 있다. 눈이 철자를 따라갈 뿐이지 나의 뇌는 아무 생각도 못했다. 얼마나 이상한 일인가! 마치 뇌에 출입 금지라는 표지판을 붙인 것 같았다. 오로지 한 가지, 즉 클라리몽드만 생각할 수 있었다. 마침내 나는 책들을 밀어 놓고 소파에 깊숙이 기대어 꿈을 꾸었다.

3월 13일 일요일

오늘 아침 나는 조그만 구경거리를 하나 보았다. 호텔 하인이 내 방을 정리하는 동안 나는 복도에서 왔다 갔다 했다. 정원으로 나 있는 작은 창문 앞에 거미줄이 있었고 뚱뚱한 십자 거미가 그 안에 앉아 있었다. 뒤보네 부인은 거미가 행운을 가져온다며 그것을 잡지 못하게 했다. 지금 그녀의 집에 불행이 너무 많이 자리 잡고 있기 때문이다. 그때 나는 훨씬 작은 다른 거미가 조심스럽게 거미줄 주위에서 어슬렁거리는 것을 보았다. 그것은 작은 수놈이었으며 조심스럽게 흔들리는 거미줄 가운데로 나아갔다. 그러나 암거미가 움직이기만 해도 그것은 아주 재빠르게 뒤로 물러섰다. 수거미는 다른 쪽 끝으로 달려가 다시 가까이 다가오려고 시도했다. 마침내 가운데 있던 강한 암거미가 그의 구애를 받아들인 것처럼 보였다. 암거미는 더 이상 움직이지 않았다. 수거미가 처음에는 약하게, 그리고 나서는 점점 더 강하게 실을 잡아당겨서 거미줄 전체가 흔들렸다. 그러나 구애를 받는 암거미는 가만히 있었다. 그때 수거미가 빠르게 그러나 아주 조심스럽게 다가왔다. 암거미는 조용히 수거미를 맞았다. 그리고 평안하게 완전히 맡기는 듯이 그의 부드러운 애무를 받아들였다. 암거미와 수거미는 그렇게 몇 분 동안 꼼짝 않고 커다란 거미줄 가운데 매달려 있었다.

그리고 나서 나는 수놈이 암컷한테서 다리를 하나씩 천천히 떼 내는 것을 보았다. 마치 조용히 물러서서 연인을 사랑의 꿈속에 홀로 남겨 두려는 것 같았다. 갑자기 수컷이 암컷에게서 완전히 떨어지더니 되도록 빨리 거미줄 밖으로 달려갔다. 그러나 바로 그 순간 암컷의 야성이 돌아와서 수컷을 빠르게 쫓아갔다. 허약한 수컷은 거미줄 하나에 매달려 떨어졌으며 바로 암컷도 그 묘기를 따라했다. 두 마리의 거미는 창틀 위로 떨어졌고 수컷은 전력을 다하여 도망가려고 했지만 너무 늦었다. 암컷은 수컷을 꽉 잡아서 다시 거미줄 위 한가운데에 올려놓았다. 방금 즐거운 정욕을 위해 침대로 사용되었던 바로 그 장소는 이제 아주 달라 보였다. 수컷 애인은 버둥거렸지만 소용이 없었다. 허약한 작은 다리를 뻗으면서 포옹에서 벗어나려고 애를 썼다. 그러나 암컷은 그를 자유롭게 놓아두지 않았다. 잠시 후에 암컷은 꼼짝도 못하도록 수컷을 거미줄로 칭칭 감았다. 그리고 나서 암컷은 날카로운 혀를 수컷의 몸에 찔렀다. 그리고 애인의 젊은 피를 단숨에 빨아먹었다. 나는 암컷이 마침내 그 가련하고 알아보기 어려운 작은 덩어리를 다리, 껍질, 거미줄로 분해해, 업신여기듯 거미줄 밖으로 내던지는 것을 여전히 보고 있었다.

이 짐승의 사랑이란 그런 거구나! 아, 나는 내가 수거미가 아니라는 사실이 기뻤다.

3월 14일 월요일

나는 더 이상 책을 들여다보지도 않고 창가에서 하루를 보냈다. 어두워져도 창가에 그냥 앉아 있었다. 그녀는 더 이상 거기 없었지만 나는 눈을 감은 채 그녀를 그렸다.

흠, 이 일기는 내가 생각했던 것과는 실제로 아주 달라져 버렸다. 이 일기는 뒤보네 부인과 경감, 거미와 클라리몽드에 관해서만 이야기하고 있다. 내가 원래 하고자 했던 발견에 대해서는 한 마디도 없다. 과연 내가 그것을 할 수 있을까?

3월 15일 화요일

우리는 기이하면서도 재미난 놀이를 발견했다. 클라리몽드와 나. 우리는 하루 내내 그 놀이를 했다. 나는 그녀에게 인사를 하고 바로 그녀는 화답을 했다. 그러고 나서 나는 손으로 유리창을 두드렸다. 그녀는 그 모습을 보자마자 창문을 두드리기 시작했다. 나는 그녀에게 손짓을 했다. 그녀도 손짓을 했다. 나는 그녀에게 무엇인가 말하려는 듯 입술을 움직였다. 그러면 그녀도 똑같이 행동했다. 그러고 나서 나는 정수리부터 나의 머리를 뒤로 넘겼다. 그러면 벌써 그녀의 손은 이마로 가 있었다. 정말 유치한 놀이였다. 우리 둘 다 그러면서 웃었다. 그녀는 실제로 소리내어 웃지 않았다. 그 웃음은 다만 조용하고 헌신적인 웃음일 뿐이다. 나 자신이 바로 그렇게 웃는다고 믿고 있는 것이다.

어쨌든 그 모든 것이 겉으로 보이는 것처럼 그렇게 어리석은 것은 아니다. 그저 흉내를 내는 것만도 아니다. 나는 우리 둘이 곧 그 놀이에 싫증을 낼 거라고 생각했다. 이 놀이에서도 아마 생각의 전이가 어떤 역할을 했을 것이다. 클라리몽드는 1초의 간격을 두고 따라했다. 그녀는 내 움직임을 볼 시간이 거의 없었는데도 이미 그녀 스스로 그렇게 했다. 가끔은 그 동작이 거의 동시에 이루어지는 것 같은 느낌이 들었다. 나는 호기심을 가지고 어떤 새로운 것, 예견하지 못했던 행동을 하는데 그녀가 동시에 나와 똑같은 행동을 하는 것을 보자 매우 당황스러웠다. 가끔 나는 그녀를 속이려고 시도해 보았다. 여러 가지 움직임을 빠르게 이어서 했다. 그러고 나서 동일한 것을 다시 한번 반복했다. 마침내 나는 이런 동작들을 네 번 연달아서 했다. 이번에는 움직임의 순서를 바꾸거나, 어떤 것을 다르게 하거나 아니면 생략해 보았다. '모든 새는 난다' 라는 놀이를 하는 아이들처럼. 내가 그렇게 빨리 바꾸었기 때문에 그녀가 내 동작 하나하나를 알아차릴 시간이 거의 없었음에도 불구하고, 클라리몽드가 한 번도 틀리지 않았다는 것은 매우 주목할 만한 일이다.

그렇게 나는 하루하루를 소비했다. 그러나 한순간도 내가 시간을 쓸데없이 죽이고 있다는 생각은 들지 않았다. 완전히 그 반대였다. 나는 이보다 더 중요한 일을 한 적이 없다는 생각이 들었다.

3월 16일 수요일

여러 시간 지속되는 이런 놀이보다 더 이성적인 토대 위에 클라리몽드와 나의 관계를 세워 보겠다는 진지한 생각은 전혀 들지 않았다. 정말 이상하지 않은가? 지난밤 나는 이 문제를 곰곰이 생각해 보았다. 나는 그냥 모자를 쓰고 외투를 입고 두 계단만 아래로 내려가면 된다. 거리에서 다섯 걸음, 그러고 나서 다시 두 계단. 문에는 작은 문패가 붙어 있으며 그 위에는 '클라리몽드'라는 이름이 적혀 있다. 클라리몽드라고? 나는 그녀의 이름을 모른다. 그러나 클라리몽드라는 이름이 거기 적혀 있다. 나는 문을 두드린다. 그러고 나서.

거기까지 나는 모든 것을 정확하게 기억할 수 있다. 내가 했던 모든 조그만 움직임까지도 마치 지금 내 눈앞에서 보는 듯 생생하게 기억한다. 그러나 그 다음에 어떤 일이 일어났는지 전혀 생각이 나지 않는다. 문이 열리고 나는 여전히 보고 있다. 그러나 나는 문 앞에 서서 아무것도, 정말 아무것도 보이지 않는 어둠 속을 들여다보았다. 그녀는 오지 않았다. 아무것도 오지 않았다. 거기에는 아무것도 없었다. 다만 들여다보이지 않는 시커먼 어두움만이 있을 뿐이었다.

내가 거기 창문에서 보고 있으며, 나와 놀이를 하던 그 클라리몽드만이 존재하는 것 같다는 생각이 가끔 들었다. 이 여자가 커다란 연보라색 반점이 있는 검은 옷 말고 다른 모자를 쓰거나 다른 옷을 입고 있으면 어떻게 보일지 전혀 상상이 가지 않았다. 장갑을 끼지 않은 그녀도 상상할 수 없다. 내가 그녀를 거리에서 보게 된다면, 아니 음식점에서 식사를 하거나 술을 마시고 이야기하는 것을 본다면, 나는 정말 웃지 않을 수 없을 것이다. 그런 광경은 불가능한 것처럼 보인다.

가끔 내가 그녀를 사랑하는지 나 자신에게 물어 보곤 한다. 나는 그 질문에 제대로 대답할 수가 없다. 왜냐하면 내가 아직 누군가를 사랑한 적이 없기 때문이다. 내가 클라리몽드에게 가졌던 그런 느낌이 실제로 사랑일까. 어쨌든 그 느낌은 내가 동료들에게서 보았거나 소설에서 읽었던 것과는 아주 달랐다.

나는 내 감정을 확인하기가 무척 힘들다. 어쨌든 클라리몽드와, 아니 오히려 우리의 놀이와 연관되지 않은 것에 대해서는 생각하기 힘들었다. 내가 항상 이 놀이에 몰두했다는 것을 부정할 수는 없다. 그리고 그것이 내가 가장 이해하기 힘든 부분이다.

클라리몽드. 그렇다, 나는 그녀에게 끌리는 것을 느낀다. 그러나 그 안으로 다른 감정, 마치 내가 두려워하는 것 같은 감정이 섞여 들어간다. 두려워한다고? 아니다, 그것은 두려운 것이 아니다. 오히려 겁이라고 할 수 있다. 내가 알지 못하는 어떤 것에 대한 가벼운 두려움. 그리고 바로 이런 두려움은 이상하면서도 금지되어 있는 것, 아주 즐거운 것을 동반하는 것이다. 이 두려움은 그녀로부터 나를 멀어지게 하면서도 한편으론 그녀에게 더욱 끌리게 만든다. 내가 커다란 원을 그리며 그녀 주위를 달리고 있는 것 같았다. 이 지점에서 약간 더 가까워지면 내가 다시 약간 뒤로 물러서고, 계속 달리다가 어느 지점에서 앞서 가면 빠르게 다시 뒤로 물러서는 것 같았다. 그러다 언젠가는 마침내 그녀에게 가야만 한다. 그것은 확실히 알고 있다.

클라리몽드는 창가에 앉아서 실을 잣고 있다. 길고 한없이 섬세한 실. 그녀는 그것으로 직물을 만든다. 나는 그것으로 무엇을 만드는지 모른다. 그리고 나는 그녀가 섬세한 실을 헝클어뜨리거나 끊지 않고 어떻게 이 그물을 만들 수 있는지 이해가 가지 않는다. 이 그물들은 그녀의 미세한 작업을 보여 주는 놀라운 견본이다. 상상의 동물들이며 기이하고도 추한 얼굴들이다.

어쨌든 내가 여기에 무엇을 쓰고 있는가? 그녀가 무엇을 잣고 있는지 나는 전혀 볼 수가 없다. 그 실들은 너무 미세하다. 그러나 나는 그녀의 작업이 정말 그럴 거라고 느낀다. 내가 눈을 감고 있으면서도 그녀를 보는 것처럼. 바로 그것이다. 커다란 그물, 그리고 그 안에 있는 많은 생물, 상상의 동물과 기이하고도 추한 얼굴들.

3월 17일 목요일

나는 아주 기이한 흥분 상태에 빠져 누구와도 더 이상 이야기하지 않는다. 심지어 뒤보네 부인이나 하인과도 더 이상 인사도 나누지 않는다. 나는 밥 먹는 시간도 아낀다. 오로지 나는 그녀와 놀이를 하기 위하여 창가에 앉아 있다. 그것은 정말 재미있는 놀이다. 정말 그렇다.
그리고 내일 무엇인가가 일어날 것 같은 예감이 들었다.

3월 18일 금요일

그렇다. 오늘 무슨 일인가가 일어날 것이다. 나는 예견한다. 내 목소리를 듣기 위해 아주 큰 소리로 나는 나 자신에게 말한다—내가 바로 그것 때문에 여기 있다고. 그러나 나쁜 것은 내가 무서워한다는 것이다. 그리고 이런 두려움, 나보다 앞서 이 방에 묵었던 사람들에게 일어났던 것과 비슷한 어떤 일이 닥칠 수 있다는 두려움은 기이하게도 다른 두려움, 즉 클라리몽드에 대한 두려움과 뒤섞였다. 나는 둘을 거의 분리할 수가 없다.
무섭다. 비명을 지르고 싶다.

저녁 6시

모자를 쓰고 외투를 입은 채 급하게 몇 마디 적는다.

5시가 되었을 때 나는 무척 지쳐 있었다. 나는 그것이 지지난 주 금요일 6시와 어떤 관계가 있다는 것을 알고 있다. 지금 나는 더 이상 내가 경감에게 했던 거짓말을 비웃을 수 없다. 나는 의자에 앉아서 의자를 있는 힘껏 꽉 붙잡았다. 그러나 무엇인가가 나를 잡아끌어서 창가로 끌고 갔다. 나는 클라리몽드와 놀아야 했다. 그러고 나서 다시 창문에 대해 이런 끔찍한 공포를 느낀다. 나는 그들이 거기 목매단 것을 보았다. 키가 크고 두꺼운 목에 회색 수염이 까칠한 얼굴을 한 스위스인 외판원, 그리고 마른 예술가와 땅딸막한 경사. 나는 이 세 사람이 차례로 똑같은 옷걸이에 매달려, 입을 벌린 채 혀를 쭉 내밀고 있는 것을 보았다. 그리고 그들 사이에 나 자신이 매달려 있었다.

오, 이런 공포라니! 그들이 마치 클라리몽드 앞에 있는 것처럼 십자 창살 앞, 저기 위 끔찍한 옷걸이 앞에 매달려 있는 것이 보이는 듯했다. 그녀는 나를 용서할 것이다. 그리고 용서했다. 나는 지독한 공포에 시달리며 다리를 바닥에 길게 끌면서 목매달고 있는 세 사람의 광경 속에 그녀를 계속 집어넣었다.

내가 한순간이라도 마음속으로 목매달고 싶은 희망이나 동경을 느껴본 적이 없다는 것은 사실이다. 나는 그런 욕망에 대한 두려움도 없었다. 그렇다, 나는 단지 창문 자체를 두려워할 뿐이다. 그리고 클라리몽드에 대한 두려움, 어떤 끔찍한 것, 앞으로 다가올 알지 못하는 것에 대한 두려움. 나는 일어서서 창가로 가고 싶은 열정적인 열망을 억제할 수 없음을 느꼈다. 그리고 나는 그렇게 해야만 했다.

그때 전화벨 소리가 들렸다. 나는 수화기를 들고 상대방이 말하는 것을 채 듣기도 전에 거기에다 대고 소리를 쳤다.
"오세요, 바로 오세요!"
찢어지는 듯한 내 비명이 모든 어두운 그림자를 순간적으로 바닥의 마지막 갈라진 틈으로 몰아내는 것처럼 느껴졌다. 나는 잠시 안정을 찾았으며 이마의 땀을 씻어 내고 물 한 잔을 마셨다. 그러고 나서 경감이 오면 그에게 어떻게 말해야 할지를 생각했다. 마침내 나는 창가로 가서 인사를 하고 웃음을 보냈다. 그러자 클라리몽드 역시 인사를 하고 웃음을 지었다.

5분 후에 경감이 도착했다. 나는 그에게 이렇게 말했다. 마침내 내가 그 사건의 원인을 알아냈다. 그러나 오늘은 질문을 삼갔으면 좋겠다. 곧 내가 중요한 단서를 줄 수 있을 것이다라고. 그런데 이상하게도 그에게 그런 거짓말을 하면서 나 자신도 내가 진실을 말한다고 확신하고 있었다. 그리고 지금도 거의 그렇게 느끼고 있다. 내가 무엇인가 더 알아냈다고.

내가 특히 전화상으로 무서운 비명을 지른 것에 대해 사과하고, 그에게 되도록 그럴듯하게 설명하려고 했다. 그러나 제대로 이유를 대지 못하자 그는 내 감정 상태가 약간 특이하다는 것을 알아차렸다. 아주 친절하게 그는 자신에 대해 신경 쓸 필요가 전혀 없다고 했다. 그는 언제든 나를 도와줄 수 있으며 그것이 자기 임무라고 했다. 그가 필요할 때 내가 기다리게 하느니, 아무 소득이 없더라도 열두 번이라도 쫓아오겠다고도 말했다. 그러고 나서 그는 오늘 저녁 기분 전환도 할 겸 자신과 함께 외출하자고 권했다. 나처럼 항상 혼자 있을 경우 바깥바람을 쐬는 것도 나쁘지 않을 거라고 했다. 그것이 나에게 힘든 일이었음에도 불구하고 나는 그 제안을 받아들였다. 왜냐하면 나는 이 방을 떠나고 싶지 않았기 때문이다.

3월 19일 토요일

우리는 가이에테 로세슈바르, 시갈, 륀 루스에도 갔다. 경감의 말이 옳았다. 이렇게 한번 밖에 나와서 바깥바람을 쐬는 것도 좋았다. 처음에 나는 정말 마음이 불편했다. 마치 내가 어떤 부당한 짓을 하고 있거나 국가에 등을 돌리는 탈영병인 것처럼 느껴졌다. 그러나 그 감정은 점차 가라앉았다. 우리는 술을 마시며 웃고 떠들었다.

오늘 아침 창가에 앉았을 때 나는 클라리몽드의 시선에서 비난 같은 것을 읽을 수 있었다. 아마도 내가 그렇게 상상하는 것이 아닐까. 내가 어젯밤 외출했다는 것을 그녀가 어떻게 알겠는가? 어쨌든 그것은 한순간이었고 그녀는 다시 미소를 지었다.

종일 우리는 함께 놀았다.

3월 20일 일요일

나는 오늘 다시 이렇게 쓸 수밖에 없다. 종일 우리는 함께 놀았다고.

3월 21일 월요일

우리는 종일 함께 놀았다.

3월 22일 화요일

그렇다. 우리는 오늘도 함께 놀았다. 다른 것은 아무것도 없다. 정말 아무것도. 가끔 나 자신에게 물어 본다. 도대체 무엇 때문에, 무엇을 위해서 이러는 건지, 아니면 내가 도대체 무엇을 원하고 앞으로 어떻게 될 것인지. 그러나 나는 절대 이 질문에 대답하지 않는다. 내가 원하는 것이 바로 이것임이 확실하기 때문이다. 그리고 앞으로 일어날 그 일은 바로 내가 동경하는 것이다.

우리는 최근에 서로 이야기를 나누었다. 물론 소리를 내서 말한 것은 아니다. 가끔 우리는 입술을 움직였지만 서로를 그냥 쳐다볼 때가 더 많았다. 그러나 우리는 서로를 아주 잘 이해했다.

내 생각이 옳았다. 클라리몽드는 지난 금요일 외출한 것에 대해 나를 비난했다. 그래서 나는 그녀에게 용서를 구했고 그것이 어리석으며 추한 행동이었다는 것을 안다고 말했다. 그녀는 나를 용서해 주었고 나는 앞으로 절대 이 창을 떠나지 않겠다고 그녀에게 약속했다. 그리고 우리는 입술을 오래 유리창에 갖다 댄 채 서로 키스를 했다.

3월 23일 수요일

나는 이제 내가 그녀를 사랑한다는 것을 안다. 내 마음은 온통 그녀로 가득 차 있는 것 같다. 사람들의 사랑은 모두 다를 수도 있다. 수백만 명의 사람들 중에 똑같은 머리와 귀, 손을 가진 사람이 존재하는가? 모두들 다르다. 그와 마찬가지로 모든 사랑이 서로 같을 수는 없다. 나의 사랑은 특별하다. 그것을 나는 잘 알고 있다. 그러나 그렇기 때문에 이 사랑이 덜 아름다운가? 나는 이 사랑 때문에 거의 행복을 느낀다.

단지 두려움만 없다면! 가끔 두려움이 수그러들면 나는 그것을 잊는다. 그러나 그것도 잠시뿐, 두려움은 다시 깨어나서 나를 놓아주지 않는다. 마치 두려움은 커다랗고 아름다운 뱀의 강한 포옹에서 벗어나기 위해 그 뱀과 맞서 싸우는 가련한 생쥐처럼 느껴진다. 기다려라, 이 아둔한 작은 두려움이여, 곧 이 위대한 사랑이 너를 잡아먹을 것이다.

3월 24일 목요일

나는 내가 클라리몽드를 데리고 노는 것이 아니라 그녀가 나를 데리고 노는 것임을 깨달았다.

상황은 이랬다.

어제 저녁 여느 때처럼 나는 우리의 놀이에 대해 생각했다. 나는 새로 다섯 개의 복잡한 순서를 적었다. 아침에 그것으로 그녀를 놀라게 해주고 싶었기 때문이다. 모든 동작에는 번호가 있었다. 나는 그것을 연습해 보았다. 되도록 빨리 그것을 하기 위하여 앞으로도 해 보았고 거꾸로도 해 보았다. 그리고 나서는 짝수가 붙은 동작만을, 그 다음에는 홀수가 붙은 동작만을 해 보았다. 마지막으로 다섯 가지 순서의 첫 번째 동작과 마지막 동작을 모두 해 보았다. 그것은 매우 힘들었지만 아주 즐거웠다. 클라리몽드를 보고 있지 않아도 그녀가 더 가깝게 느껴졌다. 여러 시간 동안 나는 연습했다. 그리고 마침내 모든 동작을 마음대로 할 수 있게 되었다.

오늘 아침 나는 창가로 갔다. 우리는 서로 인사를 했고 바로 놀이가 시작되었다. 이쪽으로, 저쪽으로, 그녀가 내 행동을 얼마나 빨리 알아채는지 믿을 수 없을 정도였다. 그녀는 내가 하는 모든 동작을 거의 동시에 똑같이 따라했다.

그때 누가 문을 두드렸다. 하인이 나에게 장화를 가져다주었다. 장화를 받고 다시 창가로 돌아가다 순서를 기록해 놓은 종이에 눈길이 닿았다. 그리고 그때 내가 적어 놓은 동작 가운데 한 가지도 실행하지 않았다는 것을 알게 되었다.

나는 현기증이 나서 의자의 등걸이를 잡고 쓰러졌다. 나는 믿을 수가 없어 그 종이를 읽고 또다시 읽었다. 사실은 이랬다. 나는 방금 창가에서 일련의 순서를 따라 놀이를 했다. 그런데 그것은 내가 정한 순서가 아니었다.

그리고 나는 다시 이런 느낌을 받았다. 문이 활짝 열린다. 그녀의 문이다. 나는 그 앞에 서서 그 안을 들여다본다. 아무것도 없다. 아무것도, 오로지 공허한 어둠뿐이다. 그러고 나서 나는 깨달았다. 지금 밖으로 나간다면 나는 구조된다. 나는 지금 나갈 수 있다는 것을 안다. 그러나 나는 가지 않았다. 그것은 내가 특별한 감정을 가지고 있기 때문이다. 너는 비밀을 네 손안에 움켜쥐고 있다. 파리, 너는 파리를 정복할 것이다!

한순간 파리는 클라리몽드보다 더 강했다.

아, 이제 나는 그것에 대해 더 이상 생각하지 않겠다. 지금 나는 나의 사랑만을 느끼고, 그녀에게서 조용하고 즐거운 두려움을 느낀다.

바로 그 순간 그런 생각을 하자 나는 힘을 얻을 수 있었다. 나는 내가 적어 놓은 첫 번째 순서를 다시 한번 읽어 보고 모든 동작을 정확하게 기억한 다음 창가로 돌아갔다.

정확하게 나는 내가 했던 행동에 주의를 기울였다. 그런데 그 중에는 원래 내가 하려고 했던 동작은 하나도 없었다.

나는 검지손가락을 코에 문지르려고 했지만 그 대신 유리창에 키스를 했다. 또한 나는 창살을 두드리려고 했으나 그 대신 손으로 머리카락을 쓰다듬었다. 클라리몽드가 나를 따라하는 것이 아니라는 게 확실해졌다. 오히려 그녀가 나에게 보여 주는 것을 내가 따라했다. 그리고 그것은 아주 빨랐다. 번개처럼 빨라서 내가 상상하는 것이 거의 동시에 일어났다. 마치 의지가 나에게서 표현되기 시작하는 것처럼.

그녀의 생각에 영향을 준다며 자부심을 느꼈던 내가 완전히 그녀의 영향을 받았던 것이다. 이런 영향력은 아주 가볍고 부드러웠다. 오, 그렇게 기분 좋은 것은 아무것도 없을 것이다.

나는 또 다른 것을 시도해 보았다. 두 손을 주머니에 넣은 다음 주머니를 꽉 잡고 그녀 앞에서 움직이지 않았다. 나는 그녀를 건너다보았다. 그녀가 손 드는 것, 그녀가 웃는 것, 검지손가락으로 나를 가볍게 위협하는 것이 보였다. 나는 움직이지 않았다. 그런데 내 오른손이 주머니 밖으로 나오려 하는 것 같았다. 나는 손가락으로 주머니를 꽉 잡았다. 그런데 몇 분 후에 천천히 손가락이 풀렸다. 잠시 후 손이 주머니 밖으로 나왔고 팔은 높이 들렸다. 그리고 손가락으로 그녀를 위협하면서 웃었다. 마치 나 자신이 그런 행동을 하는 게 아니라 어떤 낯선 사람이 그렇게 하는 걸 관찰하는 것 같았다. 아냐, 아냐, 그렇지 않아. 내가, 내가 그런 행동을 했을 거야. 어떤 낯선 사람이 나를 관찰했을 거고. 아주 강력하고 위대한 발견을 하기를 원했던 바로 그 낯선 사람이. 그러나 그것은 내가 아니었다.

발견이 과연 나와 무슨 상관이 있는가? 나는 아주 달콤한 두려움 속에서 사랑하는 그녀, 즉 클라리몽드가 원하는 것을 하기 위해 거기 있다.

3월 25일 금요일

나는 전화선을 잘랐다. 그 기이한 시간이 시작될 때 어리석은 경감으로부터 전혀 방해 받고 싶지 않았기 때문이다.

세상에, 왜 나는 이 일기를 쓰는 것인가? 어떤 단어도 사실이 아니다. 마치 누군가 내 펜을 움직이는 것 같다.

그러나 나는 원한다. 여기서 일어난 일을 쓰기를 원한다. 그것은 엄청난 인내를 요구한다. 하지만 나는 그것을 하려고 한다. 딱 한 번만 더 그것을, 내가 원하는 그것을.

나는 전화선을 잘랐다. 아.

내가 해야만 하기 때문이다. 저기 그것이 서 있다, 마침내! 내가 해야만 하기 때문에, 해야 하기 때문에.

우리는 오늘 아침에도 창가에 서서 놀이를 했다. 그러나 우리의 놀이는 어제부터 조금 달라졌다. 그녀가 어떤 행동을 하면 나는 되도록 오래 저항했다. 내가 마침내 아무 의지 없이 그녀가 원하는 것을 하지 않을 수 없을 때까지. 그리고 정복당하는 것, 그녀의 의지에 나를 내맡기는 것이 얼마나 경이로운 즐거움인지 말할 수 없을 정도이다.

우리는 함께 놀이를 했다. 그런데 갑자기 그녀가 일어서더니 방으로 돌아갔다. 방은 어두워서 그녀를 더 이상 볼 수 없었다. 그녀는 마치 어둠 속으로 사라진 것처럼 보였다. 그러나 그녀는 바로 다시 돌아왔다. 두 손에 내 것과 똑같은 전화를 들고 있었다. 그녀는 웃으면서 그것을 창틀 위에 놓고 수화기를 들었다. 칼을 들고 전화선을 자른 다음 그것을 도로 내려놓았다.

약 15분 동안 나는 저항했다. 나의 두려움은 더욱 커졌고, 느리게 굴복하는 이 느낌 역시 더욱 달콤했다. 그리고 마침내 나는 전화기를 가져와 선을 자르고 그것을 다시 탁자 위에 놓았다.

그런 일이 일어났다.

나는 탁자에 앉아 차를 마셨다. 방금 하인이 찻잔을 내갔다. 나는 몇 시냐고 물었다. 내 시계가 맞지 않았기 때문이다. 5시 15분, 5시 15분이었다.

내가 지금 일어서면 클라리몽드가 어떤 행동을 할지 나는 알고 있다. 그녀는 내가 해야만 할 어떤 행동을 할 것이다.

나는 올려다보았다. 그녀는 거기 서서 웃고 있다. 이제, 내가 시선을 돌릴 수만 있다면! 이제 그녀는 커튼으로 다가간다. 그녀는 끈을 자른다. 그 끈은 내 창의 커튼 끈처럼 빨간색이다. 그녀는 그것으로 목을 감는다. 그녀는 끈을 창살의 옷걸이에 건다. 그녀는 앉아서 웃는다.

아니다, 내가 느끼는 것을 더 이상 두려움이라고 말할 수 없다. 그것은 내가 이 세상에서 어떤 것과도 바꾸고 싶지 않을 만큼 가슴을 뛰게 하는 끔찍한 공포며 엄청난 강요이다. 그리고 그것과 분리되지 않는 잔혹함이 이상하게도 나를 즐겁게 한다.

바로 달려가서 그녀가 원하는 것을 할 수도 있다. 그러나 나는 기다리고, 싸우고, 저항한다. 매 순간 나는 그녀의 요구가 점점 강해짐을 느낀다.

그렇게 나는 다시 여기에 앉아 있다. 나는 빨리 달려가서 그녀가 원하는 대로 했다. 끈을 잡고 올가미를 만들어 옷걸이에 걸었다.

그리고 이제 나는 더 이상 올려다보고 싶지 않다. 나는 단지 여기 종이만을 응시하고 싶다. 왜냐하면 내가 지금 다시 그녀를 쳐다본다면 그녀가 무엇을 할지 알고 있기 때문이다. 이제 금요일 6시다. 내가 그녀를 본다면 나는 그녀가 원하는 것을 해야만 한다, 해야만 한다.

나는 그녀를 쳐다보지 않겠다.

그때 나는 웃었다, 큰 소리로. 아니, 내가 웃은 것이 아니라 내 안에 있는 무엇인가가 웃었다. 나는 그 이유를 알고 있다. '나는 하지 않겠다.'에 대한 이유를.

나는 원하지 않지만 해야만 한다는 것을 아주 확실하게 알고 있다. 나는 그녀를 쳐다봐야만 한다, 봐야만 한다, 그러고 나서 나머지 행동도.

나는 이 고통을 더욱 오래 연장하기 위하여 그저 기다리기만 했다. 그렇다. 숨을 쉴 수 없는 고통, 최고의 쾌락이다. 나는 조금 더 길게 여기 앉아 있기 위하여, 사랑의 쾌락을 무한으로 고양하는 고통의 순간을 연장하기 위하여 쓴다, 빨리, 빨리.

조금 더, 조금 더 오래.

다시 두려움, 다시! 나는 내가 그녀를 쳐다보리라는 것을, 일어서서 목을 매달 것이라는 것을 알고 있다. 그것이 두려운 것이 아니다. 그렇다. 그것은 아름답다, 그것은 달콤하다.

그러나 어떤 것, 다른 어떤 것이 아직 거기 있다. 나중에 일어날 것, 나는 그것이 어떻게 될지 모른다. 그러나 그런 일이 일어난다는 것은 아주 확실하다. 왜냐하면 내 고통의 행복이 엄청나게 크기 때문이다. 오, 나는 느낀다, 끔찍한 일이 일어날 것임을 느낀다.

생각만은 하지 마라.

무엇인가를 쓴다. 아무 상관없는 무엇인가를. 빠르게, 생각만은 하지 말고.

나의 이름, 리샤르 브라크몽, 리샤르, 리샤르. 오, 나는 더 이상 계속할 수 없다. 리샤르 브라크몽, 리샤르 브라크몽, 지금, 지금, 나는 그녀를 쳐다보아야 한다. 리샤르 브라크몽, 나는 해야만 해. 아니야, 조금만 더, 리샤르, 리샤르 브라크몽.

 아무리 전화해도 받지 않자 9지역의 경감은 6시 5분에 스티븐스 호텔로 들어섰다. 그는 7호 방에서 리샤르 학생의 시체가 창문 옷걸이에 매달려 있는 것을 보았다. 앞서 죽은 세 사람과 정확하게 똑같은 자세로.
 그러나 얼굴만은 다른 표정을 짓고 있었다. 그의 얼굴은 끔찍한 공포로 일그러져 있었다. 눈은 크게 떠서 눈동자가 동공에서 빠져나올 것 같았다. 입술 또한 벌어진 채 이빨을 꽉 깨물고 있었다.
 그리고 이빨 사이에 커다란 검은 거미가 부스러진 채 달라붙어 있었다. 눈에 띄는 보라색 반점을 한 검은 거미가.
 탁자 위에는 의대생의 일기가 놓여 있었다. 경감은 그것을 읽고 바로 맞은편에 있는 집으로 갔다. 그러나 그곳 3층은 몇 달 전부터 비어 있었으며, 아무도 살지 않는다는 것을 확인했다.

사악한 수녀

카를 한스 슈트로블

(1877-1946)

● ● ●

슈트로블(Karl Hans Strobl)은 부유한 상인 가문 출신으로 프라하에서 법학 박사 학위를 받았다. 그는 관직에서 성공적으로 이력을 쌓았다. 1901년부터 1913년까지 브륀에서 재정 위원을 하면서《타게스보텐》의 연극 비평가로도 활동했다. 제1차 대전 때 그는 여러 전장에서 전쟁 리포터로 일하다가 1918년 이후 빈에 거주하며 전업 작가로 활동한다. 슈트로블은 100권이 넘는 책을 발표했다. 그 중에는 연구서와 여행 보고서, 장편소설도 있다. 그는 자신을 "독일 환상 소설의 개혁자"로 여겼으며 수많은 작품을 통해 환상 소설 작가로서 인기를 유지했다. 점점 국수주의적인 경향이 강해지는 전쟁 일지와 기이하고 환상적인 단편소설들이 주로 라이프치히의 슈타크만 출판사에서 출간되었다. 「수정공」, 「늪지의 유령. 환상적인 빈의 장편소설」, 「기적의 정자. 비밀의 나라에서 들려오는 이야기들」 등의 작품이 있다.

「사악한 수녀」는 1911년 『뼈로 만든 손과 다른 것들』(뮌헨의 게오르크 뮐러 출판사)에 수록된 작품이다.

어느 날 밤 나는 갑자기 깊은 잠에서 깨어났다. 잠에서 깨자마자 나는 어쨌든 깨어났다는 것이 약간 경탄스러웠다. 왜냐하면 종일 예수회 병영의 폐허에서 일이 너무 많아 매우 피곤했기 때문이다. 나는 몸을 다른 쪽으로 돌려서 잠을 청하려고 했다. 그런데 그때 비명이 들려와 잠이 완전히 달아나 버렸다. 그것은 공포에 질린 비명이었다. 그 소리를 듣는 순간 나는 침대에서 일어나 앉았다.

우선 나는 상황을 파악하려고 했다. 밤에 자주 그렇듯이 문이 어디 있는지, 창문이 어느 쪽에 있는지 알 수가 없었다. 마침내 나는 내가 특이하게도 머리를 북쪽에 두고 잠을 잔다는 것을 생각해 냈다. 오른쪽으로는 문이 있고 왼쪽으로는 창문이 있었다. 침대 위 내 오른쪽에는 사랑스러운 아내가 평온하게 아이처럼 잠을 자고 있었다.

긴장하여 귀를 기울이고 있다가 나는 다시 침대에 등을 대고 누워서 내가 꿈을 꾼 것이라고 확신했다. 하지만 그 꿈은 이상할 정도로 강렬하게 뇌리에 박힌 것 같았다. 꿈속에서 들었던 비명이 그렇게 명확하게 내 의식의 어두움 속으로 침투해 올 정도였으니. 두 시간 후에야 나는 비로소 다시 잠이 들었다.

지난밤 꿈에 대해 끊임없이 생각하려고 했지만 낮에 고되게 일을 해야 했기 때문에 그럴 수가 없었다. 예수회 병영의 잔해 사이를 돌아다니면서 나는 해체 작업을 지시하고 감시해야 했다. 태양은 잔인할 정도로 내리쬐었고, 부서진 건물의 먼지는 나를 뒤덮었으며 폐까지 들어왔다.

매일 그랬던 것처럼 11시 정각에 주(州) 문서실장인 홀츠보크 박사가 나에게 와서 작업이 얼마나 진척되었는지를 물었다. 그는 이상하게도 옛날 건물의 해체 작업에 관심이 있었다. 특히 건물의 가장 오래된 부분이 거의 그 도시의 설립 시기까지 거슬러 올라가는 건물들. 주의 역사를 연구 대상으로 삼았기 때문에 그는 이런 수도회 단체 건물을 해체하는 작업에서 많은 것을 얻으리라고 기대했다. 우리는 커다란 뜰에 서서 일꾼들이 본관 곁채의 2층을 옮기는 것을 보고 있었다.

그가 말했다.

"우리가 이 건물의 토대에 도달하게 되면 특이한 것들을 더 많이 발견하게 될 것이 확실합니다. 물리적인 중력과 관계 있는 힘이 과거의 유물에 영향을 미칩니다. 그 힘이 유물들을 파괴시키지요. 풍부한 역사를 가진 이런 건물이 얼마나 매력적인지 말로 표현할 수 없을 정도입니다. 우선 상인의 저택, 그 다음에 수녀원, 그리고 예수회 성벽, 마지막으로 예수회 병영. 이 건물은 오래된 요새로 둘러싸인 도시의 비교적 큰 지역에 세워져 있으며, 모든 사건과 관련이 있는 것 같습니다. 그리고 삶의 모든 현상을 흡수해서 그 흔적을 남기는 것처럼 보입니다. 이런 퇴적물, 시대가 이어짐을 의미하는 이런 지층을 기반으로 삼아 우리는 역사의 지질

학을 제시할 수 있을 겁니다. 우리는 또한 이런 오래된 성벽에서 더욱 기이한 물건들을 발견하게 되리라고 믿습니다. 오래된 동전이 든 단지, 석회를 바른 프레스코화뿐 아니라 모험과 숙명의 흔적들을 발견할 수 있을 겁니다."

열정적인 고고학자는 그렇게 말했다. 우리 맞은편에서는 석공들이 단단한 성벽에서 작업을 하고 있었다. 저쪽 위로 구부러진 길이 드러났다. 나는 삶의 일부를 이처럼 부담스런 회색 아치형 지붕 아래에서 보냈던 상인과 수녀, 그리고 예수회의 특징들을 상상하지 않을 수 없었다. 홀츠보크 박사가 자기 생각을 계속 읊어 대는 동안, 나는 낭만적인 유혹을 뿌리치지 못하고 밤에 그 폐허를 방문해 보기로 결심했다. 나는 무시무시한 것의 매력에 빠져 보고 그 지역의 유령들과 친해지고 싶었다.

그날 밤에도 나는 전날 밤 그랬듯이 잠에서 깨었다. 그리고 이어서 그 끔찍한 비명을 들었다. 나는 이미 그 비명을 들을 각오를 하고 있었으며, 어디서 그 비명이 들리는지 정확하게 확인하려고 애를 썼다. 그러나 결정적인 순간에, 설명할 수 없는 공포가 나를 사로잡았다. 그래서 나는 정말 그것이 우리 집 안에서 난 것인지 아니면 거리에서 들려온 것인지 정확하게 알 수가 없었다. 잠시 후 거리에서 사람들이 마구 달리는 발자국 소리가 들리는 것 같았다.

아침까지 나는 비몽사몽 상태로 불안하게 누워 있으면서 이 수수께끼 같은 비명에 몰두했다. 아침 식사를 하면서 아내에게 이 일에 대해 이야기했다. 그녀는 처음에는 웃더니 잠시 후 걱정스러운 듯 말했다.

"당신이 옛날 예수회 병영 작업에 참여하고 난 뒤부터 신경이 날카로워진 것 같아요. 동료들에게 당신이 하던 일을 맡기고 휴가를 가요. 당신은 너무 지쳤어요. 이 일을 하느라 당신 건강을 해치고 있어요."

그러나 나는 그런 것은 신경 쓰고 싶지 않았다. 이미 나는 이런 오래된 건물의 폐허 속에 있는 무덤, 그 고고학자가 그렇게 기대했던 물건들을 탐색하는 일에 열정을 바쳐야 한다고 생각하고 있었기 때문이다. 내가 밤에 깰 때면 그녀를 깨우겠다고 약속하는 것으로 아내는 만족해야 했다.

이날 밤에도 나는 다시 잠에서 깼다. 두려운 마음이 들어 서둘러서 아내를 흔들어 깨웠다. 그리고 우리는 침대 위에 나란히 앉았다. 그때 벌써 비명이 들렸다. 그것도 날카롭고 아주 명확하게 거리에서 들려왔다.

"들려…… 지금, 지금……."

그러나 아내는 불을 켜서 내 얼굴을 비추었다.

"세상에, 당신이 지금 어떤 모습인지 알아요! 아무 일도 아니에요. 아무 소리도 들리지 않아요."

나는 이성을 잃고 그녀에게 소리쳤다.

"조용히 해.…… 그리고 지금…… 지금 그들이 도로를 달려 내려가고 있어."

"아파요."

그녀가 소리쳤다. 내가 아내의 팔을 꽉 잡아서였다. 그렇게 해서라도 나는 밖에서 이상한 비명이 난다는 것을 그녀에게 확신시키고 싶었다.

"아무 소리도 안 들려?"

"아무 소리도 안 들려요. 아무 소리도!"

나는 쿠션에 몸을 기댔다. 마치 힘들게 육체 노동을 한 것처럼 지치고 땀으로 뒤범벅이 되었다. 아내가 걱정스럽게 물었지만 나는 그녀를 진정시킬 수 있는 대답을 하나도 해 주지 못했다. 아침 무렵 그녀가 다시 잠이 들었을 때 나는 이성을 되찾기 위해 무엇을 해야 하는지 명확하게 알 수 있었다. 낮 동안 아주 냉담하고 이성적으로 행동을 하자 아내는 내가 진정되었다고 믿었다. 저녁 식사를 하는 동안 나는 지난밤에 들었던 환각에 관해 농담을 했다. 또한 오늘은 아침까지 잠을 자고, 비명이나 거리에서 들리는 시끄러운 소리에도 신경 쓰지 않겠다고 그녀에게 약속했다. 심지어 나는 특별히 내가 책임진 작업을 끝내고 나면 바로 좀 긴 휴가를 신청해 보겠다고까지 약속했다.

그러나 숨소리를 듣고 아내가 잠이 든 것을 확인하자마자 나는 일어나서 다시 옷을 입었다. 어떤 어리석은 생각도 하지 않았으면 했기 때문에 나는 칸트의 『순수 이성 비판』에 나오는 엄격하고 논리적인 일련의 사고를 탐독했다. 그러나 자정 무렵이 되었을 때 불안이 나를 엄습했다. 불안해서 계속 책에 집중할 수 없었으며 그 책의 강한 마력에 사로잡힐 수도 없었다. 더 강한 어떤 것 때문에 나는 그 책으로부터 멀리 떨어졌다.

나는 소리 없이 일어나 집 앞으로 나갔다. 점점 더 떨리는 가운데, 시간이 다가왔음을 감지했다. 집 현관의 벽감에서 기다리면서 나는 최대한 용기를 내야 했다. 그리고 그 원인을 빨리 밝혀냄으로써 밤에 고통 받는 걸 끝내자고 결심했다. 스무 발자국쯤 떨어진 곳에서 가스등이 타고 있었다. 그 등은 꽤 밝아서 집 앞 도로 일부를 환하게 비추었다. 틀림없이 술을 너무 많이 마신 것 같은 젊은 남자가 건너편 집들을 지나쳐 맞은편 집까지 왔다. 그는 거기서 멈춰 서더니 몇 번 실패한 끝에 마침내 문을 열었다. 나는 그가 복도와 계단 입구를 거쳐 집으로 들어가는 소리를 들을 수 있었다. 잠시 후 다시 모든 것이 조용해졌다.

그런데 갑자기 비명이 들려왔다. 나는 검은 그림자 속으로 비틀거리며 물러섰다. 그리고 초인종을 잡았다. 초인종의 금속 부분에서 차가운 느낌이 정확히 손으로 전해졌다. 절망감과 공포에 사로잡혀 나는 도망치려 했다. 집 문을 잠그지 않았는데도 그 순간 나는 문을 열 수가 없었다. 그때 다시 거리에서 많은 사람들이 급하게 달려가는 발자국 소리가 들렸다. 그리고 그들이 내 옆을 지나 뛰어갔다. 나는 그것이 단지 그림자인지 아니면 사람인지를 알 수가 없었다.

 그들은 마치 인간의 무게를 소유하지 않은 것처럼 보였다. 그럼에도 육체를 소유한 것 같은 인상을 확연히 남겼다. 거리를 미친 듯이 뛰어 내려오는 여자, 펄럭거리는 긴 옷을 더 잘 달리기 위하여 걷어 올린 여자, 그리고 그녀 뒤로 몇 걸음 떨어져서 한 무리의 사람들이 우리 시대에는 아주 보기 어려운 특이한 복장을 하고 따라갔다. 그들은 환영처럼 미끄러져 지나가면서도 육체를 소유한 것 같은 인상을 남겼다.

 어떤 광기가 나를 사로잡고 있으며, 그들 뒤를 쫓아가게끔 나를 몰아가는지 알 수가 없다. 그것은 아마도 전쟁의 광기와 비슷할 것이다. 두려움보다 더 강하며 군인이 적의 불 속으로 몸을 던질 수 있게 하는 광기. 나는 그때처럼 그렇게 뛰어 본 적이 없다. 사실 뛰는 게 아니라 미끄러지거나 헤매는 것이었다. 그야말로 오로지 꿈속에서나 있을 법한 일이었다. 그리고 나는 계속 내 앞에서 일어나는 추격 장면을 지켜보았다. 여자가 앞서 가고 남자들이 무리 지어 쫓아갔다.

 벌써 내가 상당히 오래 달린 것 같다는 생각이 들었다. 그렇지만 나는 전혀 지치지 않았다. 그런데 갑자기 여자가 사라졌다. 여자를 추적하는 사람들이 이리저리 헤매는 것이 보였다. 그리고 나서는 모든 것이 밤의 그림자 속으로 사라져 버린 것 같았다. 놀랍게도 나는 예수회 병영의 폐허를 둘러싸고 있는 횡목 울타리 앞에 서 있었다. 입구에는 '관계자 외 출입 금지!'라는 글이 적힌 칠판이 붙어 있었다.

 나는 문을 열고 그 안으로 들어갔다. 거기에는 보초가 서 있었다. 내가 갑자기 그 앞에 나타나자 그는 입구 근처 아주 가까이 있는 횡목 울타리에 기대어 인사를 했다. 내가 갑자기 나타났음에도 불구하고 자신이 보초를 잘 서고 있다는 사실에 자부심을 느끼며 그는 막 보고를 하려고 했다. 그러나 나는 그의 말을 막고서 이렇게 물었다.

"여자를 보지 못했나? 방금 여기서…… 긴 회색 옷을 걷어 올린 채 이리로 달려왔는데!"

"아무것도 못 보았는데요, 건축사님. 아무것도요."

"그럼, 빌어먹을. 그녀가 공중으로 분해됐단 말인가. 마지막에 혹시 잠을 잔 건 아니지? 눈을 뜨고 잠을 자지 않았느냐 말이야."

내가 의심해서 보초는 기분이 아주 나쁜 것 같았다. 그는 잠을 자지 않았으며 아무것도 보지 못했다고 또박또박 다시 말했다. 나는 직접 찾아보기로 했다. 사방을 헤집고 다니며 뜰의 구석구석을 살펴보았다. 크고 작은 방들 어느 것 하나 빠트리지 않았다. 방들의 벽은 날카롭게 잘려 있었는데, 그 위로 도시의 빛들이 반사되었다. 훤하게 밝은 밤이 마치 지붕에 매달려 있는 것처럼 보였다. 평상시에는 출입이 금지된 방을 살펴보기 위하여 언제든 허물어질 것처럼 보이는 담벼락의 위험한 잔해 위를 돌아다녔다.

그러고 나서 나는 다시 반쯤 열린 화랑을 따라 달렸다. 화랑 벽에 붙어 있는 더러워진 그림 위에서 등불이 기이한 그림자 장난을 치고 있었다. 오래된 건물에 완전히 갇혀 있어서 단지 회색 담 위로 지붕과 탑만 튀어나와 있던 교회는 이제 대부분 발굴되었다. 여기에는 은신처들만 많았다. 그러나 여기에서도 아무것도 발견할 수 없었다. 나는 머리를 무겁게 떨군 채 집으로 향했다. 무릎이 떨렸다. 내가 계속 보았던 것을 정리해 보았다. 그리고 그 사건에 대해 새로운 해석을 내렸다. 그러나 나는 점점 더 혼란스러워질 뿐이다.

"오늘은 아무 소리도 안 들었나요?"

아내가 물었다.

"그래, 잠을 푹 잤어."

나는 거짓말을 했고 머리를 재빨리 세면대 안으로 집어넣었다. 아내가 내 얼굴을 보고 그날 밤 일을 알아채지 못하도록 하기 위해서였다.

이날 우리는 폐허에서 중요한 발굴 작업을 했는데 이 작업은 문서실장을 아주 열광시켰다. 중요한 예술 작품이 있는 아름답고 오래된 문을 옮길 때 특별히 조심해야 했다. 왜냐하면 이 오래된 예술적 기념물을 다른 장소에 다시 설치하려고 하기 때문이다. 꽃과 열매 모티프가 풍부하게 장식된 두 개의 벽기둥 위로 아름다운 아치가 흔들거렸다.

아치 위 코니스(벽 윗부분에 수평으로 두른 장식적 돌출부)에는 성자의 동상이 17세기의 취향대로 서 있었다. 성자들은 특유의 속성을 가지고 있다. 그 속성은 성자들 각각의 숙명을 상징하는 듯하다. 성 야곱을 받침대에서 떼어 내려 했을 때 머리가 목에서 떨어졌다. 머리는 몇 발자국 굴러가더니 쓰레기 더미 속에서 멈추었다. 사람들은 머리의 이음쇠에서 실린더 모양으로 둥글게 움푹 팬 곳을 발견했다. 마치 그 안에 철 막대가 고정되는 것처럼 보였다. 그리고 몸체를 떼어 냈을 때 이렇게 움푹 팬 곳이 동상의 몸체에도 있는 것을 확인할 수 있었다. 우선 나는 일꾼들이 조심해서 작업하지 않은 것에 대해 비난했다. 그러나 머리를 들고 흥미롭게 관찰하던 홀츠보크 박사는 내 말을 막았다.

"일꾼들은 아무 잘못이 없소. 그것은 처음 부러진 것이 아니라 오래 전부터 부러져 있던 거요. 우연히 분리된 것이 아니라 의도적인 것이오. 놀라운 일도 아니군요……."

그 순간 일꾼 중 한 명이 나에게 다가왔다. 그는 작고 더러운 종이 두루

마리를 건네주면서 말했다.

"구멍 안에 들어 있던 겁니다. 그리고 그 종이 위에 무슨 말인가가 적혀 있는 것 같습니다."

문서실장은 나를 쳐다보고 나서 내 손에서 그 두루마리 종이를 빼앗았다. 그는 아주 조심스럽게 그것을 펴려고 했으며 마침내 내 건축 사무실의 제도 책상 위에 그것을 펼쳐 놓고 압정으로 고정할 수 있었다. 그것은 과거에 아주 중요한 계약을 적어 놓기 위해 사용하곤 하던 질긴 문서 종잇조각이었다. 나는 붉은색과 검은색 선이 뒤섞인 것처럼 보이는 데서 무엇인가를 제대로 알아내려고 했지만 아무것도 찾아내지 못했다. 그것은 마치 설계도처럼 보였다. 그 의미를 알아내기 위하여 건축사로서 내가 알고 있는 것을 모두 동원했지만 결국 포기할 수밖에 없었다. 그러나 홀츠보크 박사는 자신이 그 종이에 써 있는 것을 해독하기로 결정했다고 선언했다. 그리고 그가 그 발굴품을 가지고 가는 것을 허락해 달라고 나에게 부탁했다.

휴일 저녁 전에 그는 돌아왔다. 그는 멀리서부터 나에게 손을 흔들었다. 아주 장엄하게 그는 손을 내 팔 위에 얹고 작은 옆문을 통해 나를 교회로 데리고 갔다. 거기로 가면 우리는 다른 사람들의 방해를 받지 않고 집중할 수 있었다. 깊이를 알 수 없는 자색과 에메랄드 빛의 심연 위에서 흰 돛을 단 보랏빛 배가 밤을 향해 나아가는 것처럼 보이는 경이로운 저녁 하늘은 그 색의 일부를 고독한 교회에 입혀 주었다. 우리는 높이 걸린 바로크식 은 촛대 사이에 서 있었다. 그 촛대는 붉은빛을 띠고 있었다. 그리고 그 빛은 맞은편 벽에 그려진 성스런 아그네스의 얼굴에서 우울한 표정이 사라지게 하며, 어두운 반사를 통해 유혹하는 듯한 관능적 표정이 나타나게 한다. 성자들의 동상, 설교단, 2층 합창대석 밑의 천사들은 마치 낮의 구속에서 벗어난 듯 바뀌었다. 그들은 이제 완전히 자유로울 수 있으며, 아마도 우리가 전혀 예감하지 못했던 삶을 살 수 있는 밤이 오기를 기대하는 것처럼 보였다.

그동안 문서실장은 설계도를 주머니에서 꺼낸 다음 이렇게 말했다.

"잠시 숙고해 보고 나니 우리가 보는 대로 이 설계도는 아무 의미가 없거나 아니면 어떤 의미를 숨기고 있음이 확실해졌소. 이 혼란스런 선들을 잘 관찰해 보면 설계도일 것 같다는 정도는 예측할 수 있습니다. 하지만 그 선들이 구체적으로 무엇을 의미하는지는 알 수가 없습니다. 이 종이의 겉모습이나, 선 아래 여기저기에서 발견할 수 있는 철자로 판단해 볼 때 이것이 17세기, 그것도 17세기 전반부, 즉 이 건축물이 아직 수녀원이었던 시절에 나온 것임을 확실하게 주장할 수 있소. 나는 이 시절 수녀원에 관해 비교적 자주 덜 우호적으로 기록하고 있는 오래된 연대기를 발견했소. 당시 사람들이 많은 수도원에 관해 아주 이상한 험담을 하고 있다는 것을 당신도 알고 있을 거요. 그래서 내가 발견한 연대기 역시 이 수도원에 대해 매우 많은 것을 보고하고 있지만, 전체적으로 볼 때 별로 유익한 것은 아니지요. 발견된 종이가 설계도일 거라는 우리의 추측이 옳다면 그 설계도는 옛 건축물의 어떤 비밀을 표시하고 있을 겁니다. 만약 그렇다면 다른 사람들이 알아보지 못하게 하기 위해 의도적으로 복잡하게 만들었겠지요. 또 다른 사실 하나가 내 추측을 더욱 확실하게 해 주고 있지요. 당신이 오늘 뜯어내기 시작한 문은 건물의 날개 부분 내부에 있던 겁니까?"

"그렇소. 그것은 북쪽 날개 부분과 남쪽 날개 부분 연결 통로의 입구를 장식하고 있었습니다. 게다가 이른바 삼위일체 정원을 향해 놓여 있는 전면을 장식하고 있던 겁니다."

"좋아요. 당신은 이 정문의 꼭대기가 3층 높이까지 이른다는 것을 놓치지 않았을 겁니다. 그것은 개개의 인물들, 즉 동상의 머리들이 아무 어려움 없이 3층 창문에 도달할 수 있다는 것을 의미하지요."

"맞아요. 우리는 지금 그것을 확인할 수 있소."

"잠깐 그냥 계십시오. 그것은 아주 확실합니다. 성 야곱을 비롯한 몇몇 동상의 머리는 3층 창문에서 힘들이지 않고 떼어 낼 수 있습니다. 머리가 몸체로부터 분리만 된다면 말입니다. 그러니까 매우 교묘하게 만든 오목한 곳에 위험한 종이를 아주 잘 숨겨 놓을 수 있지요."

"그렇다면?"

"그것이 처음 부러진 것이 아니라고 내가 당신에게 말하지 않았소. 그 설계도에서 혼란스럽게 끼적거려 놓은 것에는 어떤 비밀이 숨어 있다는 것을 나는 이제 확신합니다. 그러나 어떻게 하면 그 비밀을 알아 낼 수 있을까요? 나는 화학 시약을 사용하기 전에 모든 것을 고려해야 합니다. 시약을 사용하면 모든 것을 망가뜨릴 수도 있기 때문이지요. 유물 탐험가로서 나는 중세의 다양하고 복잡한 비밀 수단을 접하면서 자주 놀라게 됩니다. 나는 중세 사람들이 비밀 글자를 만들던 방법에 대해 많이 알고 있습니다. 비밀 글자에서는 특수 처리 후 글자가 나타나는 은현 잉크가 중요한 역할을 합니다. 은현 잉크 중 가장 단순한 종류는 마르고 나면 글자가 안 보이게 하는 것입니다. 그러다 종이가 따뜻해지면 글자가 다시 나타나지요. 여기서는 이런 방법에 대해 언급할 필요는 없지요. 왜냐하면 우리 설계도는 누군가가 벌써 마구 낙서를 해서 충분히 지저분하니까요. 그러면 그 반대가 가능하지 않을까요. 종이가 따뜻해지면 중요하지 않은 혼란스런 선들이 사라지고 오직 중요한 선만 남을 수도 있습니다. 그게 우리 보물에 해를 입히지 않고 내가 해 볼 수 있었던 것이었습니다. 선생, 나는 그것을 시도했으며 완전히 성공했습니다. 한번 보시겠어요?"

홀츠보크 박사는 작은 랜턴을 꺼내어 불을 켰다. 그리고 나서 설계도를 등피 위에 올려놓았다. 우리는 침묵을 지키며 밀려드는 어스름 속에서 기다렸다. 작은 등의 빈약한 빛만이 그 어스름을 방해할 뿐이었다. 잠시 후에 선 몇 개가 희미해지더니 마침내 완전히 사라지는 것이 보였고 그 선들 중 일부만 남았다.

"제대로 된 설계도, 평면도군요."

내가 말했다.

"그것을 해독하는 것은 이제 당신의 과제입니다."

나는 잠시 살펴보았다.

"여기는 삼위일체 정원이고, 여기는 회랑, 여기 이것은 교회를 그린 거군요. 성구실에서…… 이것이 뭐지요? 여기 있는 이 선은 어떤 건축물에도 들어맞지 않아요. 이것은…… 그래요, 이것은 확실히 수도원 밖으로 통하는 지하 통로입니다."

문서실장은 그의 추측이 확인되자 너무 기뻐서 정신을 차리지 못할 정도였다. 그리고 나 역시 흥분했다. 왜냐하면 어떤 방식으로든 이 발견은 내가 밤에 하는 체험과 어떤 연관성을 갖는 것처럼 보였기 때문이다. 그에게 그 체험에 관해 이야기하려고 했지만 말로 할 수 없는 어떤 두려움 때문에 주저했다. 항상 나는 이제 막 전개되기 시작한 사건에 관해 많이 이야기하는 것을 꺼려 왔다. 왜냐하면 이미 뱉어 낸 말의 힘을 두려워하기 때문이다. 말의 영향은 우리가 흔히 생각하는 것보다 훨씬 더 강력하다. 그리고 말은 비밀스러우면서도 확실한 방식으로 미래에 영향을 미친다. 그러나 홀츠보크 박사는 내 마음속의 동요에 관해 무엇인가를 눈치 챈 것 같았다. 그는 거의 걱정스러운 듯 나에게 이렇게 물었다.

"무슨 일이 있습니까? 안 좋아 보이는데요?"

그러나 나는 대답하지 않고 그를 성구실로 데리고 갔다. 거기서 나는 설계도에 표시된 것을 보고 벽을 찾기 시작했다. 그리고 벽의 지하 통로가 시작될 법한 곳에 엄청나게 큰 농이 있는 것을 발견했다. 그 안에는 미사복 여러 벌과 귀한 물건들이 들어 있었다. 그 농은 오래된 수공업 기술로 잘 만들어진 작품이었다. 바위 덩어리처럼 무거운 그 농은 다양한 조각으로 장식되었으며, 바닥에서부터 천장까지 닿는 거대한 물건이었다. 문서실장은 그 농이 만들어진 시기를 16세기로 추정했다. 우리는 그 농 뒤에 입구가 있을 거라고 확신했다. 그러나 비밀 작동 장치를 찾아내지 못한다면 그 거대한 물건을 그 자리에서 조금도 움직일 수가 없다는 것 또한 우리는 잘 알고 있었다.

"오늘은 이걸로 만족하지요."

홀츠보크 박사가 말했다. 그리고 나는 귀중품을 도둑맞지 않기 위해 성구실에서 밤을 보내기로 작정했다. 하지만 그는 집에 가야 한다며 나를 설득했다.

나는 우리의 발굴품 및 설계도와 관련된 추측들에 몰두했다. 아내는 내가 완전히 정신이 나갔다고 이야기할 정도였다. 전에 계획했던 것보다 더 일찍 휴가를 신청하겠다고 약속할 때까지 그녀는 나를 졸라 댔다. 오늘 밤에는 절대 침대 밖으로 나가지 않겠다고 결심했음에도 불구하고 두려움과 호기심이 뒤섞인 특이한 감정에 빠져 나는 어두운 골목길에서 기다렸다.

12시 종이 쳤다. 곧이어 나는 끔찍한 비명을 들었다. 달리는 사람들의 소음이 더 가까워졌다. 그리고 추격단은 전날 밤과 마찬가지로 나를 지나쳐 갔다. 나는 그 여자가 수녀복 같은 긴 옷을 입었으며, 급하게 둘렀는지 옷이 가슴 위로 약간 벌어진 것을 정확하게 보았다. 잠깐이었지만 그녀는 얼굴을 나에게로 돌렸다. 창백하고 아름다운 얼굴이었으며, 검은 눈은 기이한 빛을 내뿜었다.

나는 달리면서 그 추격 장면을 또 따라가지 않을 수 없었다. 그리고 그 무리 전체는 폐허를 둘러싸고 있는 횡목 울타리 근처에서 다시 사라졌다. 나는 쫓기던 여자가 문을 열고 공사장으로 들어간 것을 정확하게 보았다고 생각했다.

"오늘도 아무것도 못 보았소?"

나는 보초에게 소리를 쳤다. 그 남자는 걱정스러운 듯 내 앞에서 약간 뒤로 물러서더니 아무것도 못 봤다고 말했다.

"나는 그들이 이리로 들어온 것을 알고 있소. 당신은 틀림없이 어떤 여자를 보았을 거요."

보초가 여자는 물론이고 아무도 못 봤다고 주장했을 때 나는 그를 옆으로 밀치고 그들을 찾기 시작했다.

내가 왜 그 사건의 원인을 찾는 일에 그렇게 혈안이 되어 있는지는 생각지도 않았다. 나는 쓰레기 더미 위로 기어 올라가서 담의 잔해들을 모두 뒤졌으며 깊은 그림자 속에서 수녀복 같은 긴 옷을 입은 여자를 수백 번도 넘게 보았다고 착각했다. 한번은 갑자기 몸을 돌렸다. 왜냐하면 숨소리가 들릴 정도로 그녀가 내 뒤에 바짝 붙어서 나를 쫓아오는 것 같았기 때문이다. 달빛을 받으며 나지막이 다가오는 듯한 느낌이었다.

오늘 저녁 아무 생각도 없이 나는 외투 주머니 안에 넣어 두었던 열쇠로 교회 문을 열었다. 그 순간 나는 그녀가 절대 닫힌 교회 안으로 도망갈 수는 없다는 사실을 생각하지 못했다. 교회 안에 살아 있는 생물이라고는 전혀 찾아볼 수 없다는 것을 확인하고 난 후 나는 성구실로 들어가 설계도를 꺼냈다. 달빛은 동으로 당초 무늬가 세공된 것처럼 보이는 낡은 농 위에서 초록색으로 맑게 빛났다. 아름다운 조각들은 황갈색 바탕에서 튀어나와 있었으며, 나체 동자상은 불빛 속에서 마치 살아 있는 듯 들떠 보였다.

낡은 농 위에서 내가 낮에는 주목하지 못했던 그림 하나가 눈에 띄었다. 그것은 유향과 촛불에 바랜 오래된 그림이었다. 그 그림이 묘사하려고 했던 성녀의 얼굴만이 수백 년의 그림자 뒤에서 두드러져 보였다. 그것은 어느 성녀의 얼굴인가? 아니면 이 성에서 언젠가 살았던 어느 여자의 초상화인가? 그 그림은 성녀의 그림보다 더 생생했고, 그림 속 얼굴은 인간 같아 보였다. 그리고 지금 초록색 달빛을 받은 그 얼굴은 언젠가 한번 본 것 같다는 느낌이 들었다. 불꽃을 내뿜는 듯한 검은 눈에서 내 눈으로 불이 옮겨 붙을 것 같았다.

나는 설명할 수 없는 공포 때문에 몸을 떨었다. 그리고 갑자기 두려워졌다. 우리에게 불현듯 엄습하는 이런 생각들이 우리가 마음속에 품고 있던 게 아닌 것 같은 느낌, 어쨌든 외부에서 온 것 같은 느낌, 낯선 사람의 생각처럼 우리에게 전달되는 것 같은 느낌이 들 때가 있다. 이런 느낌은 너무나 강했다. 마치 누군가 내 옆에서 그 생각을 말하는 듯했다. 누군가 나에게 경고하려는 것처럼…… 속삭이는 여자의 목소리로 경고했다. 그렇다, 경고였다……. 이런 낯선 생각의 의미는 경고이다. 설계도에 그려져 있는 입구를 발견하면 안 된다고 누군가가 나에게 속삭이는 것 같았다.

그 생각을 떨쳐 버리고 나는 유향으로 가득 찬 침묵과 기이한 정적 속에서 왜 그 통로가 생겼는지를 파악하려고 했다. 작업 때 진동을 받아서 경계를 이루는 건물들이 파괴되어서 불안했는지 성구실의 낡은 담벼락은 끊임없이 흔들렸다. 달빛은 사그락거리는 소리로 가득 찼다. 마치 모래시계 속에서 은빛 모래알이 흘러내리는 소리 같았다. 내가 이렇게 주위를 관찰하는 데 집중하려고 하면 할수록, 설계도를 추적하는 일을 그만두어야 하며, 그렇지 않으면 나에게 불행이 닥칠 거라는 경고는 더욱 강하게 나를 파고들었다. 나는 달빛의 기이한 유희에 필사적으로 매달리려고 더욱 노력했고 낯선 생각은 더욱 긴박해지고 집요해졌다. 한순간 누군가가 내 어깨에 손을 얹고 내 귀 가까이에서 속삭이는 것 같았다. 그리고 나서 나는 낯선 의지가 내 주인이 되려고 한다는 사실을 아주 정확하게 감지했다. 나는 고개를 들어 농 위에 걸린 그림 속에서 불을 뿜는 듯한 검은 눈을 쳐다보았다.

그 순간 고통을 느낄 정도로 명확하게 깨달았다. 전에 쫓고 쫓기는 사람들이 내 옆을 지나쳤을 때 나는 이 눈을 본 적이 있다. 그것은 바로 쫓기던 여자의 눈이었다. 두렵지는 않았지만 나는 너무 놀라서 정신을 잃을 정도였다. 소리를 지르지도 않고 도망가지도 않았지만 나는 그보다 훨씬 나쁜 행동을 했다. 천천히 나는 눈을 그 그림의 눈에 고정했다. 나는 마치 어떤 실제 위험에서 벗어나려는 것처럼 한 걸음 뒤로 물러섰다. 그러면서 커다란 교회 열쇠를 손에 꽉 쥐었다. 도둑들의 습격을 받았을 때 가장 가까이 있는 도구를 무기로 사용하는 것처럼 말이다. 마침내 나는 교회로 와서 성구실의 문을 닫았다. 어두움 속에 사라진 둥근 천장 아래로 문 닫는 소리가 메아리쳤다. 그림과 동상들은 자리를 뒤바꾼 것처럼 보였으며 조롱하는 듯 웃으면서 나를 내려다보았다.

나는 급히 교회당을 떠났다.

밤의 잔영은 날이 새도록 나를 괴롭혔다. 아침 여명이 시작되었을 무렵이 되어서야 비로소 잠이 들었지만 나는 곧 일어나야 했다. 성구실에서 바로 작업을 시작하기 위해서였다. 밤에 받은 경고에도 불구하고 나는 그 통로를 찾기로 결심했으며, 낮 동안에는 전혀 두렵지 않았다.

공사장에 들어서자 거기에는 이미 문서실장이 와 있었다. 그도 나처럼 성급한 마음에 떠밀려 나왔을 것이다. 나는 숙련된 일꾼 여러 명을 뽑아서, 엄청나게 큰 농을 그 자리에서 밀어내려면 어떻게 작업을 시작해야 하는가를 그들에게 지시했다. 내가 약간 두려움을 느끼며 가까이에서 보니 농 위에 걸린 그림은 두꺼운 먼지를 뒤집어쓴 평범한 그림이었다. 그림 속에 그려진 성녀의 얼굴은 창백한 반점들로만 되어 있었다. 더 정확하게는 알아볼 수 없었다. 그래서인지 그 그림은 조금도 무시무시한 느낌이 들지 않았다. 나는 문서실장에게 이 그림에 대해 그는 어떻게 생각하는지 물어 보려 했다. 그때 마침 그가 나에게 말을 걸었다.

"들어 보세요. 이 수녀원 생활은 상당히 심각했을 겁니다. 어제 저녁 늦게 나는 연대기를 읽기 시작했지요. 그리고 이 통로가 우리 관심사 중 몇 가지를 밝혀 주리라고 생각합니다. 이미 당신에게 이 연대기가 수도원에 대해 어떻게 보고하는지에 대해 몇 가지 암시를 드렸지요. 어제 나는 다시 한번 이 연대기를 전부 통독했습니다. 우리의 탐구에 도움이 될 어떤 근거를 얻을 수 있지 않을까 해서였습니다.

이 수녀원 수녀들은 너무나 난잡하고 뻔뻔해서 수녀원의 평판이 나빠지는 것도 전혀 두려워하지 않았지요. 아주 솔직하게 말하면 그들은 매우 심한 방종에 빠졌던 것입니다. 이 연대기의 기록에 따르면 수녀원에서 밤새도록 들리는 술잔 부딪치는 소리와 뻔뻔스러운 웃음소리가 이웃 사람들의 분노를 샀다고 합니다. 그것은 일종의 광기였을 겁니다. 수도원 전체를 감염시키고 수녀들을 야만적인 무절제에 빠지도록 자극한 그런 광란이었지요. 시민들은 교회에도 불이 켜지는 것을 자주 보았으며, 그곳에서 나는 소란스런 소리로 보아 하느님의 집에서 떠들썩하게 술자리를 벌였음을 알 수 있었지요. 도시의 성직자들이 이런 주연에 참석하기 위해 몰려왔습니다. 처음에는 밤에만 몰래 수녀원을 드나들다가 나중에는 밝은 대낮에도 아주 드러내 놓고 당당하게 들어갔답니다. 남자들이 부은 얼굴로 술에 취해 비틀거리면서 그 수녀원을 나가는 것을 자주 볼 수 있었지요. 그리고 역시 술에 취한 수녀들이 비틀거리며 뜰이나 수도원 정원을 돌아다니는 모습도 자주 목격되었습니다.

경건한 시민들이 이런 행동이 역겨워서 주교에게 신고한 것을 나쁘게 생각할 수는 없지요. 주교는 조사를 하기 위해 직접 수녀원을 방문했습니다. 그러나 그는 이 수도원에서 기도에 전념하면서 평온한 삶을 영위하는, 그리고 그리스도의 신부로 적합한 경건한 수녀들만 발견할 수 있었습니다. 그리고 도시의 성직자들도 심문해 보았지만 그들 또한 주교의 이 관찰이 맞다는 걸 확인해 주었을 뿐입니다. 주교에게 신고했다고 의심 받은 사람은 심판에 회부되었으며, 주교는 자신의 권위로 압력을 넣어 그들에게 중죄를 선고했지요. 하지만 주교가 그 도시를 떠나자마자 뻔뻔스러운 행동들이 다시 시작되었습니다. 그러나 벌 받을까 봐 두려워서 감히 누구도 더 이상은 신고하지 못했지요.

방종한 수녀들 가운데 아가테 수녀가 가장 사악했다고 합니다. 그녀는 수녀원에서 열리는 술판만으로는 더 이상 만족하지 못했죠. 틀림없이 매우 독특한 여자였을 겁니다. 그녀는 끔찍한 악마적 욕정에 사로잡혀 주위에 있는 것을 모두 찢고 파괴했습니다. 게다가 틀림없이 그녀는 만족할 줄 모르는 야수의 성격을 지녔을 겁니다. 연대기는 그녀가 비밀 통로로 수녀원을 빠져나와 밤에 자주 도시를 돌아다녔다고 기록하고 있지요. 그녀는 사창가와 시 외곽의 하급 술집에 손님으로 드나들었으며, 깡패, 도박꾼, 술주정꾼들과 어울렸습니다. 마치 그녀가 그런 부류에 속하는 것처럼 말입니다.

그러나 그녀는 그 지방의 아주 고귀한 귀족 가문 출신이었다고 합니다. 여러 세대를 거치면서 조심스럽게 숨겨져 온 그녀 가문의 모든 짐이 그녀에게서 적대적인 현상으로 나타났던 겁니다. 마음에 드는 젊은 남자가 있으면 그녀는 그를 사로잡아 더 이상 자유롭게 놓아주지 않았습니다. 마치 술의 신 바커스를 섬기는 무당처럼 그녀는 사납고 거칠게 남자들을 자신에게로 끌어당겼습니다. 곧 도시 전체가 그녀를 알게 되었고 그녀는 마치 악몽이나 유령 같은 존재가 되었습니다. 사람들은 그녀를 그냥 '사악한 수녀'라고만 불렀지요. 그런데 매독이 도시 전체로 파고들었습니다. 아가테 역시 그 병에 걸렸지만 방종한 행동을 멈추지 않았지요. 그녀는 자신의 삶을 그렇게 지속했습니다. 전처럼 여전히 술집에서 춤을 추었고 사내들 사이에 앉아서 흡혈귀처럼 거리의 젊은 남자들을 습격했지요."

홀츠보크 박사가 갑자기 말을 중단했다.

"무슨 일이 있습니까? 얼굴이 안 좋아 보이는데요."

나는 괜찮다고 말하고, 작업이 어떻게 진척됐는지를 확인해야겠으니 잠시 이야기를 중단해 달라고 부탁했다. 엄청나게 큰 농 주위의 바닥을 모두 파헤쳤으며, 벽에서 모르타르를 긁어냈다. 그러나 그 장을 뒤로 조금도 밀지 못했다. 현장감독이 말했다.

"제 생각으로는 이 농이 벽에 고정되어 있는 것 같습니다."

그럴 수도 있었다. 그러나 그렇다면 성구실을 지었을 당시 그 농을 벽에 고정했어야 했다. 그렇다면 우리의 설계도는 속임수이거나 아니면…….

우리는 서로를 쳐다보았다. 그리고 문서실장은 나와 똑같은 생각을 말했다.

"통로는 이 농 안을 지나갑니다."

나는 화가 났다. 다시 지체되는 것과 방해물이 너무 많은 것에 분노하면서 이성을 잃었다.

"어디를 지나는지 어떻게 알아낼 수 있을까요?"

우리는 장 전체를 조각조각 부숴야 했지만 그것이 교회 재산이기 때문에 그렇게 할 수는 없었다.

"어떻게 해야 하지요?"

문서실장 역시 나처럼 참을성이 없었다.

홀츠보크 박사가 생각에 잠겨 있는 동안 나는 농 전체를 뒤져 보았다. 튀어나와 있는 장식들을 모두 눌러 보고 닫혀 있지 않은 서랍들을 모두 꺼냈다. 숨겨진 문과의 어떤 기이한 상관관계를 생각하면서, 닫힐 수 있는 모든 공간을 측정해 보았다.

문서실장이 말했다.

"더 이상 고생하지 마십시오. 호기심 많은 사람들조차도 몇 세대 동안 이 농의 비밀을 알아내지 못했습니다. 이 농은 우리에게도 쉽게 그 비밀을 드러내지 않을 겁니다. 우리는 그 비밀을 문서 보관실에서 찾아야만 합니다. 아마……."

나는 더 이상 듣지 않았다. 눈으로 농의 높이를 재고 있을 때 내 시선이 농 위에 걸려 있는 그림에 가서 멈추었다. 그리고 문득 이 그림이 틀림없이 이 비밀의 열쇠를 제공해 줄 거라는 생각이 들었다. 나는 사다리를 가져오라고 명령한 다음 사다리를 타고 장에 올라갔다. 이런 나의 행동을 보고 문서실장은 무척 놀랐다. 그림 속의 창백한 얼굴에 아주 가까이 다가가 눈과 눈이 마주치자 그날 밤의 전율이 다시 나를 엄습하려고 했다. 그러나 나는 어쩔 수 없이 그 초상화를 검사해야 했다. 두꺼운 먼지 때문에 아주 가까이 들여다보는데도 잘 보이지가 않았다. 그림에 그려진 사람이 수녀복 같은 긴 옷을 입고 있으며, 머리띠나 머릿수건을 쓰지 않고 머리카락으로 머리를 두른 것만 보였다. 그런데 이 머리카락이 아주 기이했다. 메두사의 머리를 그리려 한 것처럼 뱀이 똬리를 튼 것 같았다. 그러나 그림의 상태가 너무 안 좋았기에 확실하게 판단할 수가 없었다. 그녀는 보석이 달린 목걸이를 하고 있었다. 수녀들이 보통 하는 십자가가 아니라 일종의 브로치로 단순한 장식이었다. 그것은 마치 다각형 안에 들어 있는 백합처럼 보였다. 이런 장식을 아래 장에서도 본 것 같았다. 어떤 때는 육각형 안에, 어떤 때는 마름모꼴 안에, 어떤 때는 여기서처럼 오각형 안에 백합이 들어 있었다.

내가 사다리를 내려오면서 말했다.

"박사님, 수수께끼의 흔적을 찾은 것 같은데요."

"그 흔적을 저기 위에 걸린 그림에서 발견한 겁니까?"

"네. 오각형 안에 든 백합이 열쇠입니다. 찾아보지요."

똑같은 장식을 보았다고 아주 정확하게 기억하고 있었음에도 불구하고 그것을 농에서 바로 찾지 못하자 나는 매우 당황했다. 장롱의 부품들이 마치 안개 속에 쌓인 것처럼 뿌옇게 보였다. 그리고 지금 결정적인 이 순간에 뭐라 설명할 수 없는 피곤함이 밀려 들었다. 맞서 보려 했지만 소용이 없었다. 동상에 걸린 사람들의 기분이 거의 이럴 것 같았다. 그때 문서실장이 내 옆에서 소리를 질렀다.

"여기 오각형 안에 백합이 있네요. 그런데 이건 뭐지요?"

통로에 대한 모든 의심을 불식할 만큼 결정적인 것을 발견하기라도 한 것처럼 갑자기 나는 활력을 되찾아서 백합 장식을 조사해 보았다. 일꾼들은 호기심 가득한 눈으로 우리를 둘러싸고 있었다. 마치 나무가 내 손에 굴복하는 것 같은 느낌이었다. 나는 있는 힘을 다해 눌렀다. 그러자 낡은 장에서 삐거덕 소리가 났는데 아주 깊은 내면에서 나오는 신음 소리 같았다. 그리고 좁은 틈이 생기며 장이 위에서부터 아래까지 갈라졌다. 우리는 어깨로 밀었지만 수백 년 동안 사용하지 않은 녹슨 경첩은 말을 잘 듣지 않았다. 덜커덩 소리를 내며 문이 열렸다. 모두 이 의미심장한 비밀 작동 장치를 보며 경탄했다. 외형상으로도 장의 이 부분은 횡구조를 따랐다. 백합을 누르면, 겉으로 분리되는 것처럼 보였던 칸들이 결합해서 하나의 문이 되었다. 그리고 이 문이 열리는 폭만큼 장의 칸들이 양쪽으로 밀려났다. 그리고 우리는 그 장의 뒷벽 앞에 서 있었다. 이 문을 열기 위해 눌러야 할 단추를 찾는 것은 그렇게 어렵지 않았다.

통로의 어두운 입구가 그 뒤에 자리 잡고 있었다. 나는 들어가 보려 했지만 문서실장이 나를 말렸다.

"참으세요. 우리는 먼저 저곳의 공기를 검사해 보아야 합니다. 숨 쉬기에 적합한지를 말입니다."

그는 촛불 하나를 막대기에 묶어 불을 붙였다. 그러고는 입구에 넣어 보았다. 초는 거친 불꽃을 일으키며 타올랐고, 녹은 촛농이 커다란 방울을 이루며 어둠 속으로 떨어졌다.

우리는 그 통로로 들어섰다.

몇 계단 내려가다 곧바로 간 다음, 다시 몇 계단 아래로 내려가다 곧바로 갔다.

"우리는 지금 '사악한 수녀' 가 사용한 비밀 통로 안에 있는 겁니다."

문서실장이 속삭였다. 그는 내가 자기가 말한 것을 알고 있다고 생각하는 것 같았다. 공기가 비교적 신선함에도 불구하고 숨이 가빠 왔다.

"마란드요셉."

갑자기 촛불을 가지고 앞서 가던 일꾼이 멈춰 섰다. 벽은 여기서 어둠 뒤로 밀려 났으며 통로는 일종의 지하 납골실로 변했다. 납골실 중간에 있는 나무 받침대 위에 나무 관 네 개가 놓여 있었다. 장식이 없는 아주 단순한 관들로서 그 형태와 조각으로 볼 때 몇 세기 전의 것임을 알 수 있었다. 문서실장은 관 뚜껑 하나를 들어 올렸다. 수녀 한 명이 그 안에 미라처럼 마른 얼굴을 하고 손은 가슴 위에 포갠 채 누워 있었다. 옷은 너무 낡았으며, 여러 군데 나 있는 구멍 속으로 부패를 견디어 낸 육체가 보였다.

우리는 나머지 관의 뚜껑도 열어 보았다. 네 번째 관에 아가테, '사악한 수녀'가 누워 있었다. 나는 그녀를 바로 알아볼 수 있었다. 그녀는 밤에 한 무리의 화난 남자들에게 쫓기며 내 집을 지나쳐 달렸던 바로 그 여자였다. 그녀가 성구실에 있던 그림의 원본이었다.

그때 문서실장이 내 옆에서 말했다.

"여기 이 시체 중에 아가테 수녀, 즉 '사악한 수녀'의 시체도 있을 거라는 것을 아셨지요?"

"압니다. 여기 이것입니다. 그녀를 알아볼 수 있습니다. 그녀가 다른 시체들보다 얼마나 상태가 좋아 보입니까. 다른 것은 정말 시체이지만 이것은⋯⋯."

홀츠보크 박사는 내 손을 잡고 말했다.

"우리는 다시 이 통로에서 나가야 합니다. 지하 공기는 위험할 수 있으니까요. 앞으로 갑시다!"

더 이상 앞으로 나갈 수가 없었다. 30걸음을 걷고 나서 우리는 멈춰야 했다. 왜냐하면 천장의 일부가 무너져서 입구를 막았기 때문이다. 내 계산에 의하면 우리는 도로 밑에 있는 것이고, 천장은 얼마 전에 무너진 것이다. 아마도 낡은 건물의 잔해를 실어 나르는 트럭이 짐을 잔뜩 싣고 지나갔기 때문일 것이다. 다른 부분이 이어서 붕괴할 수도 있었기 때문에 나는 당장 도로에서부터 수직 통로를 뚫으라고 명령했다. 모든 것을 정확하게 검사하고, 불행한 경우를 방지할 수 있는 모든 대책을 강구하기 위해서였다. 우리는 지하 납골실을 통과해 성구실로 돌아왔다. 지나치면서 나는 내 관찰이 옳았다는 것을 확신했다. 그녀는 정말 다른 세 명과 달라 보였다. 마치 살아 있는 것 같았다. 그녀의 피부는 아직 팽팽했고, 혈색의 흔적이 남아 있었으며, 매끈한 이마에서는 빛이 났다. 그녀는 여전히 아름다웠으며, 촛불 빛을 받은 그녀의 눈은 속눈썹 밑에서 깜박거리는 것 같았다. 그리고 그녀는 그 교활한 눈으로 우리의 행동을 남몰래 추적하는 것 같았다.

성구실에 도착하자마자 나는 주저앉았다. 숨이 가빴으며 다리가 떨렸다.

문서실장이 말했다.

"당신에게 설명해야겠군요. 내가 어떻게 해서 거기 지하에 있는 미라 가운데 하나가 아가테 수녀라는 주장을 하게 됐는지 말입니다. 연대기는 그녀에 대한 이야기를 계속하면서 이렇게 설명하고 있습니다.

아가테로부터 비롯된 전염병이 퍼져서 마침내 시민들의 엄청난 분노가 폭발했습니다. 사람들은 아가테 수녀를 감시하고 그녀를 죽이려 했습니다. 그러나 위험한 상황이 닥치자 그녀는 오히려 모험을 하고 싶다는 생각이 더욱 간절해졌던 것 같습니다. 그녀는 전보다 더욱 미친 듯이 행동했지요. 그런 그녀가 자신을 보호해 주는 사람들을 찾을 수 있었다는 건 참 기이한 일이지요. 그들은 그녀를 사랑했던 젊은이들이었습니다. 그들은 자신들이 나중에 그녀의 손에 독살될 거라는 걸 알고 있었는데도 보호자로 나선 것입니다. 아까 제가 그녀는 틀림없이 끔찍한 여자였을 거라고 말한 바 있지요. 육체를 지배하는 그녀의 힘은 그처럼 막강했습니다.

어느 날 무장을 한 사람들이 수녀원 앞으로 가서 아가테 수녀를 내놓으라고 했습니다. 민중의 분노는 극에 달했고 '사악한 수녀'를 넘겨주지 않으면 수녀원을 공격하여 불을 지르겠다고 위협했습니다. 그때 수녀원장은 폭도들과 타협을 하지 않을 수 없음을 알게 되었지요. 그녀는 아가테를 벌주기로 약속하고 유예 기간 3일을 요구했습니다. 무모하게 돌진한 사람들 중에서 좀 이성적인 사람들을 설득해서 이런 요구를 관철할 수 있었지요. 사흘이 지나고 나서 사람들은 다시 수녀원으로 몰려갔지만 수녀원장으로부터 아가테 수녀가 갑자기 병이 들어 죽었다는 소식을 듣게 되었습니다. 연대기는 우연이 수녀원장을 도운 것인지 아니면 시민을 진정시키기 위하여 수녀원장이 살인을 자행했는지 확실하게 밝히지 않고 있습니다. 하지만 시간이 지나면서 사람들은 전자보다는 후자에 더 많은 개연성을 부여하게 되었지요. 그러나 기대했던 대로 성난 사람들이 진정되지는 않았습니다.

장례식이 거행되었고 관이 땅속에 묻혔으며 무덤 위에 '사악한 수녀'라는 이름이 적힌 비석이 세워졌지만 아가테 수녀가 아직 살아 있다는 소문이 퍼져 나갔습니다. 과거에도 사람들은 악명이 높거나 아니면 매우 사랑받았던 사람들의 죽음을 믿지 않았지요. 그런 일이 그녀에게도 일어난 겁니다. 사람들은 여기저기서 그 수녀를 보기를 원했으며 젊은 남자들을 습격했다며 그녀의 악행을 보고했지요. 마침내 사람들은 수녀원장이 위험을 피하기 위하여 희극을 연출했다고 확신하게 되었습니다. 게다가 아가테 수녀가 죽었다고 믿었던 다른 사람들도 용감하고 경건한 시민들의 육체 옆에 그녀의 시체를 묻는다는 것이 성스런 공동묘지를 모독하는 일이라고 생각했습니다. 신자들과 의심 많은 사람들이 합심하여 무덤을 열어야 한다고 주장했습니다. 아가테 수녀가 거기 묻혀 있는 것을 확인하기 위해서 말입니다. 끔찍한 증오가 이 여자를 쫓고 있었던 거지요.

분노하는 사람들의 생각을 들은 수도원 사람들은 밤에 무덤에서 시체를 수도원으로 도로 가져갔습니다. 연대기는, 무덤이 비어 있는 것을 발견한 시민들이 다시 수도원 앞으로 몰려간 그 이야기 전체를 마치 진지한 반란이라도 되는 양 묘사하고 있습니다. 수도원 사람들은 아가테 수녀의 시체를 창문을 통해 그들에게 보여 주었습니다. 시민들은 돌과 나뭇조각을 시체를 향해 던졌으며, 총이 그녀를 향해 불을 뿜었습니다. 그리고 연대기는 그녀를 사랑했던 젊은 남자들이 가장 많이 분노했다는 사실을 덧붙이고 있습니다. 수도원 사람들이 아가테 수녀가 죽어서도 추적자의 증오에서 벗어날 수 없다는 사실을 알게 되자, 그녀의 시체를 지하 납골실에 넣었습니다. 지하 납골실은 이런저런 이유로 살해당한 수녀들을 숨겨 놓던 곳입니다. 그런데 그 지하 납골실을 우리가 오늘 발견한 겁니다. 그녀는 평상시 모험을 하기 위해 나갔던 바로 그 길 위에 누워 있는 겁니다."

내가 말했다.

"그렇군요."

"자, 이제는 당신이 이야기할 차례입니다. 우리가 '사악한 수녀'를 발견했다는 생각을 어떻게 하게 되었는지 말입니다. 당신은 내 이야기의 결론을 듣지 못한 상태에서 어떻게 방금 본 미라 중의 하나가 아가테 수녀라고 말할 수 있었습니까? 그리고 어떻게 해서 당신은 비밀 통로를 열 수 있는 방법을 저 그림에서 찾으려고 하게 됐습니까?"

내가 문서실장에게 어떻게 말해야 하는가? 그에게 밤의 환영에 대해 설명할 수 있을까? 나는 질문을 하여 그에게 힌트를 주려고 했다.

"당신은 이 그림과 저기 있는 시체의 유사점을 발견하지 못했습니까?"

"발견하지 못했는데요."

이렇게 말하면서 홀츠보크 박사가 밝은 오전 햇빛을 받아 매우 잘 보이는 그림을 자세히 들여다보았다.

"어쨌든 그 그림을 아주 가까이에서 관찰해 봐야겠군요."

그러면서 그는 아까 구석에 기대어 놨던 사다리를 갖다 놓았다. 그러나 그는 그 그림을 벽에서 떼어 낼 수가 없었다. 그는 내게 도와달라고 했지만, 나는 그 요청을 외면했다. 나는 일꾼 두 명을 불러 그를 도와주라고 하고는 그 자리를 떠났다. 왜냐하면 그 그림이 벽에 붙어 있어야 더 잘 보존될 것 같다는 미신적인 생각을 뿌리칠 수가 없었기 때문이다. 다시 밤의 환영들이 밝은 낮에도 그런 식으로 나에게 영향을 미치기 시작했다. 나는 아주 특이한 이야기에 휘말린 나 자신을 보았으며, 거기서 벗어날 수 없다는 것을 느끼자 섬뜩해졌다. 그것은 마치 뱀처럼 나를 휘감고 있었다. 작업장의 먼지와 소음에서 벗어나 밝은 햇빛을 받자 나는 거리낌 없이 내일 아프다고 신고하고 휴가를 신청하기로 결정했다. 그러나 밤마다 봐 오던 것도 휴가 전에 끝을 보고 싶었다. 어떻게든 결정을 내려야 한다고 확신했기 때문이다.

15분 후에 문서실장이 일꾼 두 명과 함께 와서, 그 틀을 부수거나 아마포를 잘라 내지 않는다면 그 그림을 절대 벽에서 떼어 낼 수 없을 것이라고 말했다.

"어깨를 으쓱하지 마십시오. 당신은 이런 주목할 만한 비밀스런 사건에 대해 연대기보다 더 잘 안다는 듯이 행동하고 있습니다. 당신은 이 모든 것에 대해 어떻게 생각하는지 내게 말해 주어야만 합니다. 우리의 발굴품에 대해 역사 협회 잡지에 논문을 낼 생각이거든요."

그렇게 말하고 그는 가 버렸다. 그는 나에게 매우 학식 있고 용감하며 낭만적 취향이 별로 없는 사람이라는 인상을 남겼다.

이날은 나에게 끝없이 길었다. 모든 시간이 지루했으며 느린 그림자처럼 회색 얼굴을 한 채 나를 느리게 지나쳐 갔다. 저녁이 됐을 때 아내는 내가 흥분된 상태라는 것을 알아차렸다. 그리고 나는 내일만 되면 이 작업에서 벗어날 것이라고 약속한 다음에야 비로소 그녀를 겨우 진정시킬 수 있었다. 11시가 되었다. 아내 침대 옆 조그만 탁자 위의 불은 여전히 켜져 있었다. 그녀도 오늘만은 잠을 잘 수 없는 것처럼 보였다. 나는 내 계획이 실패할 수도 있다는 두려움에 정신을 잃을 정도였다. 마침내 12시가 되자 그녀는 다시 한번 내 위로 몸을 숙여 내가 자는지를 확인했다. 내가 자는 것처럼 행동하자 그녀는 한숨을 내쉬며 불을 껐고 2분 후 그녀는 깊이 잠들었다. 내가 소리 없이 일어나 방을 떠나는 소리를 더 이상 듣지 못할 정도였다. 내가 문 앞에 도착했을 때 오래된 수도원 교회의 탑이 12시를 쳤다. 나는 비명을 들었고 그러고 나서 사람들이 달려가는 소리를 들었다. 그리고 지금 그 여자는 나를 지나쳐 뛰어갔다. 그것은 아가테였다. 이글이글 타는 듯한 무서운 눈이 나를 쳐다보았다. 그러고 나자 쫓는 자들이 지나갔다.

나는 그 뒤를 따라 달렸다.

이전 꿈속에서처럼 나는 미끄러지며 둥둥 떠다니는 것 같았다. 길 양편의 집들은 마치 가파른 벽처럼 보였으며, 그 벽들이 우리의 길을 정해 주었다. 두 가지는 아주 정확하게 보였다. 내 앞에 뛰어가는 추적자 무리들과 우리 위에 펼쳐진 밤하늘. 하늘은 해빙기에 얼음 덩어리가 둥둥 떠다니는 강물처럼 여러 개의 흰색 구름 덩어리로 뒤덮여 있었다. 시간이 지나면서 구름 덩어리의 갈라진 틈에서 초승달이 나타났다. 깊이를 모르는, 검은 물 위에 뜬 배처럼.

이제 추격전은 폐허의 횡목 울타리 옆으로 옮겨졌다. 그리고 그 형상들은 내 앞에서 바람처럼 사라져 버렸다. 그러나 전처럼 추격자들이 쓸데없이 이리저리 뛰어다니다 사라지지는 않았다. 마치 깔때기가 그들을 빨아들이는 것 같았다. 그들은 서로 뒤섞여서 구름 기둥처럼 소용돌이치며 올라가다 땅에 의해 흡수되는 것처럼 보였다. 벌써 나도 낮에 내 명령에 따라 파낸 수직 갱 앞에 서 있었다. 파헤쳐진 흙이 수직 갱의 입구 주위에 쌓여 있었다. 널빤지 몇 개와 붉은색 등 두 개는 지나갈 때 조심하라는 경고의 표시였다. 그러나 지하 납골실로 이어지는 입구를 가린 널빤지는 옆으로 밀려 있었다. 나는 넓어진 광장의 어느 다른 곳에 서 있을 보초는 찾을 생각도 하지 않고 울타리 문을 열었다. 그러고는 쓰레기 더미를 지나 커다란 정원으로 달려갔다. 주위에 둘러서 있는 건물의 잔해를 통해 아직까지는 그곳이 정원임을 알 수 있었다. 어떤 목소리가 내게 여기 있어야만 한다고 말하는지 알 수가 없었다. 하지만 그 목소리를 나는 물리칠 수가 없었다. 내가 커다란 아치형 현관의 잔해 뒤에 숨자마자 벌써 그 정원은 사람의 형체들로 가득 찼다.

그때 내가 본 것은 기술하기가 거의 불가능하다. 내가 본 것은 모두 마치 꿈속에서 일어난 것 같으면서도 아주 명확했다. 그 형체들은 달빛을 받으며 내 앞에 서 있는 교회에서 나왔다. 그들이 활짝 열린 문으로 나온 건지, 아니면 벽에서 튀어나온 건지는 모르겠다. 단지 그렇게 많은 숫자라면 한 번에 문에서 나올 수는 없다는 생각이 들었다.

아주 이상한 것은 그들 모두가 매우 활발히 움직이고 있다는 것, 즉 온갖 몸짓들이 뒤섞여 있다는 것이다. 그리고 그들이 연이어 비명을 지르고, 서로를 부르며, 옆으로 밀치고, 거친 몸짓을 하면서 밀려드는데도 나에게는 여러 사람의 발자국 소리만 들렸다. 그들이 하는 말은 전혀 소리가 나지 않았으며 외치는 소리도 내 귀에까지 들리지 않았다. 소리가 통과하지 않는 두꺼운 유리 벽을 통해 무대 위 사건을 보는 것 같은 인상을 받았다. 그래서 나는 그들의 행동을 그저 보기만 할 뿐, 소리는 전혀 듣지 못했다.

이렇게 격앙된 장면을 연출하는 배우들이 의상을 입고 나타나자 그런 인상은 더욱 강해졌다. 그들은 대부분 편안하면서도 쾌적한 16세기의 시민 복장을 하고 있었지만 몇 명은 학생들처럼 약간 해이한 차림이나 아니면 의회 의원들처럼 좀 더 진지하고 화려한 차림을 하고 있었다.

자기 자신에 대한 걱정이 사라지며, 눈만 살아 있고, 나머지 다른 감각들은 완전히 죽은 것처럼 느껴지는 그런 경악의 단계가 있다. 나는 이런 단계에 도달했다. 그리고 내가 보았던 모든 것이 실제로도 일어났다는 것을 보증할 수 있다.

정원은 형체들로 가득 찼다. 그리고 그들 중 몇 명은 내가 숨어 있는 곳을 아주 가까이 지나쳤으므로 약간은 멍한 그 얼굴들을 정확하게 볼 수 있었다. 잠시 사람들이 흥분해서 이리저리 뛰어다니더니 모든 사람들의 시선이 갑자기 열린 교회 문으로 향했다. 남자 한 무리가 여자 한 명을 끌고 교회 문에서 나왔다. 사람들은 주먹으로 그녀를 밀쳤으며, 얼굴을 때렸고, 목에 건 줄을 잡아당겼다. 그녀의 어깨가 단순히 성가신 벌레를 쫓아내려는 것처럼 움찔하는 것이 보였다.

  학생 한 명이 나머지 사람들을 뒤로 물러서게 하고 앞으로 달려갔다. 그녀의 얼굴에 욕을 하려는 것처럼 보였다. 그리고 번쩍이는 결투용 칼자루로 그녀의 머리를 두 번 내리쳤다. 그때 그 여자는 반짝이는 하얀 이마를 들고 불꽃이 튀는 검은 눈으로 그 학생을 쳐다보았다. 그 여자는 바로 사악한 수녀인 아가테였다. 끊임없이 주먹질과 발길질을 하며 사람들은 그녀를 정원 가운데까지 끌고 왔다. 거기는 검은 옷을 입은 시의회 의원들이 많이 서 있었다.

  창백하고 무서운 달빛을 받은 그녀의 형체가 일어나서 사람들 앞에 서 있는 것이 보였다. 그들은 분노한 군중들이 공통적으로 느끼는 증오를 구체적으로 보여 주는 것 같았다. 흰 수건이 머리에서 벗겨지자 그녀는 성구실에 걸린 그림 속 모습 그대로였다. 시의회 의원 한 명이 앞으로 나섰다. 그리고 군중들이 사방에서 밀려오는 동안 한 사람이 수녀의 머리 위에서 흰색 막대기를 부러뜨리고 혐오스런 몸짓을 하며 그것을 그녀의 발 앞에 던졌다.

  그때 군중들이 뒤로 물러섰고 그 사람은 수녀에게 광장 옆에 서 있는 단두대를 보여 주었다. 단두대에서 붉은 외투를 입은 남자가 일어났다. 나는 그 끔찍한 처형 장면을 아주 상세히 보았다. 그 남자가 반짝이는 넓은 칼을 꺼내 붉은색 외투를 자르는 것, 수녀의 옷을 풀어헤쳐 하얀 목과 아름다운 어깨가 드러나게 한 것, 그리고 그녀를 단두대 앞에 무릎 꿇게 한 것 등등을. 나는 거의 비명을 지를 뻔했다. 위협하는 듯한 그 검은 눈이 나를 쳐다보는 것처럼 멍하니 내가 숨어 있는 곳을 쳐다보았기 때문이다. 그 검은 눈이 마지막 순간에 마침내 나에게서 멀어졌을 때에야 나는 안도의 한숨을 쉴 수 있었다. 이제 머리가 단두대 위에 놓였다. 단두대의 칼이 달빛 속에서 높이 솟아오르는 것이 보였다. 피가 분출하며 위로 솟구쳤다. 그러나 그 피는 바닥으로 떨어지지 않고 핏방울로 흩어지지도 않은 채 공중에서 멈췄다. 마치 머리가 단두대에서 떨어지는 동안 순간적으로 정지된 것처럼. 그리고 잘린 머리는 처형당하는 사람의 마지막 의지를 따르는 양 똑바로 내 쪽으로 굴러 왔다.

사람들은 모자를 공중에 던지면서 엄청난 환호성을 질렀다. 소리는 전혀 듣지 못했지만 그들의 몸짓을 나는 정확히 보았다. 갑작스런 영감을 받은 것처럼 그들은 모두 시체 있는 곳으로 달려가서 그것을 치고 때리면서 이리저리 끌고 다녔다. 마치 그들의 분노가 아직 완전히 해소되지 않은 것처럼.

그동안 머리는 방향을 바꾸지도 않은 채 계속 내 쪽으로 굴러 왔다. 그리고 마침내 내가 숨어 있는 곳 아주 가까이에서 멈추었다. 불꽃을 뿜는 듯한 검은 눈이 나를 쳐다보고 있었다. 그리고 그 끔찍한 장면이 계속되는 동안 그 입에서 나온 첫 번째 말을 들었다.

"당신은 사악한 수녀를 기억해야 해."

그때 모든 것이 내 앞에서 사라졌다. 대중들의 소란, 머리, 단두대, 형리, 그리고 응고된 피의 붉은 흔적이 한순간 초록색 달빛 속에서 흐려졌다.

남아 있는 것은 아무것도 없었다. 덧붙여 말하자면 다음 날 아침 아가테 수녀의 육체가 무덤에서 끔찍한 상태로 발견되었다고 한다. 수녀의 시체는 찔리고 맞아서 일그러졌으며, 사지는 모두 부러졌고 머리는 날카롭게 잘려서 몸에서 완전히 분리되었다. 사람들은 성적인 광기의 경우라고 추측하고선 상세하게 조사하기 시작했다. 그 경과를 나도 들을 수 있었다. 그러나 당국의 조사는 아무 성과가 없었다. 내가 그날 밤에 보았던 것을 이야기하지 않았기 때문이다.

19××년 7월 17일 아침 끔찍한 범죄로 도시 전체가 분노했다. 기술자이며 건축사인 한스 안더스의 집에서 일하던 하녀가 아침에 주인이 자는 침실 문을 여러 번 두드렸으나 아무 반응이 없었다. 오전 10시경 다시 한번 문을 흔들었는데 문이 잠겨 있지 않아서 하녀는 침실로 들어갔다. 안더스의 젊은 부인이 피바다가 된 침대에 누워 있었으며 남편은 보이지 않았다. 하녀는 소리를 지르며 달려 나가서는 히스테리성 경련을 일으켰다. 사람들이 힘들게 그녀에게서 어떤 상황이 벌어졌는지를 알아냈을 때 4층에 사는 젊은 학생이 바로 구조대와 경찰을 불렀다. 분노하고 경악한 이웃들 중에서 그래도 그가 가장 이성적이었기 때문이다.

위원회가 와서 조사해 보고는 범죄행위가 있었음을 확인했다. 젊은 아내는 이미 몇 시간 전에 사망했다. 머리는 엄청난 힘으로 절단되어 몸에서 매끈하게 분리되어 있었다. 그 외에는 집에 아무 이상도 없었다. 단지 침실에 있던 그림 하나가 벽에서 떨어져 완전히 부숴져 있었다. 틀은 작은 조각으로 깨졌고 아마포는 조각조각 찢어졌다. 살인자가 외부에서 침입한 흔적은 전혀 없었다. 하녀는 주인들이 어제 저녁 평상시처럼 잠자리에 들었다고 확인해 주었다. 혹시 최근에 안더스와 그의 아내가 싸우는 소리를 듣지 못했느냐고 묻자 그녀는 잠시 생각해 보더니 두 사람이 아무 말 없이 함께 있는 경우가 점점 많아졌으며, 가끔 여자가 신경질적으로 몸을 떠는 것 말고 눈에 띄는 것은 없었다고 말했다. 이런 진술에도 불구하고, 안더스 부인이 알 수 없는 이유로 남편에게 살해당했으며 그러고 나서 남편이 사라졌다고 가정하는 수밖에 없었다. 그 집에서 같이 사는 사람들이 관찰한 것도 하녀의 진술과 일치했다. 그러나 그 모든 사실을 가지고, 그렇게 끔찍한 행동을 할 만큼 심각한 불화가 있었다고 결론지을 수는 없었다. 법의학자는 겉으로 보기에 갈등의 징후가 없다고 해서 부부의 마음이 완전히 일치한다고 믿어서는 안 된다고 설명했다. 왜냐하면 한스 안더스와 그의 아내 같은 교양 있는 사람들에게는 그런 파국이 소리 없이 내면에서 작용하기 때문이다. 그렇게 말함으로써 그는 희생자의 남편을 될 수 있는 한 빨리 조사하라고 지시했던 경감의 의견을 지지했다.

한스 안더스는 그 날 오후 공원 의자에서 모자와 산책 지팡이를 옆에 둔 채 맨머리로 열심히 담배를 돌리면서 앉아 있다가 경찰에게 발견되었다. 그는 저항하지 않고 지시를 따랐다. 그는 직접 경찰서에 가서 그 사건을 설명하려고 했다고 말했다. 그는 웃으면서, 아주 기분 좋게 경감의 사무실로 들어갔다. 그러고는 자기가 왜 그 여자의 목을 베었는지를 설명하려 하니 잠시 경청해 달라고 했다.

경감은 놀라서 그를 쳐다보았다.

"당신은 아내를 살해했다고 자백하는 겁니까?"

안더스는 웃었다.

"내 아내요? 아닙니다!"

그리고 그는 아주 이상하고 이해할 수 없는 이야기를 했다. 경감도, 그 날 저녁 그 사건을 맡은 검사도 그의 말이 전혀 이해가 되지 않았다. 그의 말로 단지 이렇게 추측할 수 있을 뿐이었다. 즉 한스 안더스는 자신이 수집한 무기 중에서 터키 단검을 가지고 그 여자의 머리를 잘랐다고 고백하긴 하지만 그럼에도 자기가 죽인 여자가 아내가 아니었다고 주장한다는 것이다. 그는 사람들이 자신의 말을 전혀 이해하지 못하자 친구인 문서실장 홀츠보크 박사를 불러오게 했다. 그가 그의 진술 모두를 확인해 줄 거라고 했다. 그러나 문서실장은 소환되기도 전에 자발적으로 검사에게 나타나서 다음과 같이 진술했다.

"제보를 해서 한스 안더스의 끔찍한 이야기를 약간이라도 해명해 주는 것이 내 의무라고 생각합니다. 비밀에 싸인 아주 기이한 사건에 빛을 밝혀 주듯 말입니다. 오래전부터 그와 알고 지냈던 나는 거의 매일 폐허 지역에 갔습니다. 과거에 예수회 병영이었던 곳인데, 거기서 안더스는 해체 작업을 지휘하고 있었지요. 나의 역사적 작업과 고고학적인 작업에 관해 당신들은 잘 알고 있을 겁니다.

나는 수백 년 된 건축물을 이전하면서 흥미로운 점 몇 가지를 발견하고 싶었습니다. 비밀 통로가 있다는 확실한 증거를 발견하고 나는 그 통로의 흔적을 뒤쫓게 되었지요. 건축사로서 성실함을 인정받았던 안더스는 이 흔적을 아주 예리하게 추적했습니다. 운 좋게도 우리는 미라가 된 시체를 보관하고 있는 오래된 지하 납골실을 발견할 수 있었지요. 지하 납골실을 발견한 날 시체 하나가 범죄로 인한 것이라는 결론을 내릴 수 있을 만한 상태였다는 것을 기억하실 겁니다. 조사해 보았지만 아시다시피 당시엔 별 성과가 없었습니다.

며칠 후 한스 안더스가 내게로 왔습니다. 최근 그가 무언가 눈에 띄게 달라졌다는 것을 먼저 말해야겠군요. 그는 불안해했으며, 자주 정신이 빠진 듯하다가 무뚝뚝하게 성을 잘 냈습니다. 평상시에는 활력 넘치면서도 사랑스런 사람인데 말입니다. 그리고 가끔은 끔찍할 정도로 두려운 무언가에 고문을 당하는 것처럼 몸을 떨기까지 했습니다. 이번에 방문했을 때 이런 상태가 특히 눈에 띄었습니다. 내가 그에게 무슨 일이 있느냐고 묻자 그는 대답을 회피했지요. 잠시 후 마침내 더 이상 불안을 제어할 수 없게 되자 말하기 시작했습니다.

'오늘 그녀의 그림이 우리 집으로 배달되었소.'

'누구의 그림 말입니까?'

'사악한 수녀인 아가테의 초상화 말이오.'

'그것은 성구실에 붙어 있습니다. 떼어 낼 수 없을 정도로 벽에 꽉 붙어 있는 것이 생각나지 않습니까?'

그가 말했지요.

'그렇지 않소. 당신이 그 그림을 벽에서 떼어 내지 않았습니까? 맹세코 그 그림이 지금 내 집에 걸려 있다니까요.'

'도대체 누가 그것을 당신 집에 보냈단 말입니까?'

'모르겠소. 내가 없을 때 배달되었소. 낯선 남자가 그것을 가져와서 벽에 걸고는 누가 보냈는지 아무 말도 하지 않은 채 다시 가 버렸다는군요.'

'누가 그 그림을 당신에게 보내라고 했는지 알아봐야겠군요.'

'바로 그것이 문제예요. 그것을 확인할 수가 없습니다. 신부님에게도 가 보았지만 신부님 역시 아무것도 모르더군요.'

'그러나 그 그림이 교회 재산에 속하니 그림에 대해 아무것도 요구하지 않을 건지를 묻자 신부님은 그 그림에서 벗어나서 기쁘다고 말했습니다. 벌써 오래전부터 그 그림을 치우려고 했답니다. 그런데 끔찍한 일은 그 초상화를 아무리 돌려보내려 해도 돌려보낼 수 없다는 겁니다.'

'왜지요?'

'왜냐하면 그 그림이 성구실에 꽉 붙어 있던 것처럼 지금 내 방에 꽉 붙어 있기 때문입니다. 이해가 잘 가지 않겠지만 이론의 여지가 없습니다. 그래서 우리 집을 한번 방문해 달라고 당신에게 부탁합니다. 내가 진

실을 말한다는 것을 확신하기 위해서요.'

건축사의 이런 말이 아주 이상하게 들렸다는 것을 고백해야겠군요. 문제가 되는 그 그림은 한스 안더스의 주장에 따르면 아가테 수녀의 초상화인데 우리는 지하 납골실에서 그녀의 미라를 발견했지요.

흥분한 안더스를 진정시키기 위해 나는 가까운 시일 내에 그의 집을 방문하기로 약속했습니다. 그리고 주말 무렵 우연히 그 집을 지나칠 때 전에 한 약속이 생각났지요. 한스 안더스는 외출하고 없었지만 나는 그의 아내를 만날 수 있었습니다.

그녀가 말했지요.

'아, 정말 반갑습니다. 저희 집을 방문해 주셔서 정말 고맙습니다. 당신을 한번 찾아가려던 참이었어요. 남편에게는 당신이 자주 교유하는 유일한 친구니까요. 그는 당신을 매우 아꼈죠. 그래서 당신이 남편에게 어떤 영향을 미칠 수 있기를 바랍니다.'

내가 기꺼이 그녀의 뜻대로 하겠다고 하자 그녀는 눈물을 흘리며 지금 남편이 병에 걸린 것 같다고 나에게 한탄하기 시작했습니다. 그가 아주 이상하게 정신없이 돌아다니며, 하루 내내 한마디도 하지 않고 있다가 밤이 되면 잠을 이루지 못하고 몸을 이리저리 뒤척인다고요. 그는 분명히 과로를 해서 피곤했기 때문에 바로 휴가를 받아서 여행을 떠나겠다고 그녀에게 며칠 전부터 약속했답니다. 그러나 그는 이 도시를 떠날 마음이 없었습니다.

그녀가 말했지요.

'세상에, 병원에 가 보라는 말도 감히 꺼낼 수 없었어요. 병원이라는 말만 꺼내면 그는 일어나서 나를 비난했습니다. 내가 그에게 어떤 모욕적인 행동이라도 한 것처럼 말입니다.'

나는 여행을 떠나도록 남편을 설득해 주겠다는 말로 부인을 안심시켰습니다. 그리고 나서 잠시 후 안더스가 집으로 돌아왔지요.

그는 나를 보자 아주 반갑게 인사했습니다. 그는 아내에게도 인사를 했지만 두 부부 사이를 무엇인가가 가로막고 있다는 인상을 받았습니다. 어두움, 실체가 없는 물건, 보이지 않는 영향력, 이런 것들이 두 사람에게 영향을 미치면서 그들을 갈라놓고 있었던 겁니다. 블랑카 부인에게는 이런 영향력이 두려움으로 작용했고 안더스에게는 그의 아내에 대한 혐오감으로 작용했지요. 처음에 나는 내가 착각을 한 거라고 생각했습니다. 그러나 나는 나중에 내 생각이 옳다는 것을 확인했습니다. 두려움이 뒤섞인 혐오감. 그것은 나에게는 아주 이상해 보였습니다. 안더스가 아내를 매우 사랑한다는 것을 알고 있었기 때문이지요.

잠시 별로 중요하지 않은 이야기를 나누고 나서 안더스 부인은 방을 나갔습니다. 약속한 대로 안더스를 설득해 달라는 뜻이었지요. 그녀가 밖으로 나가자마자 안더스는 내 팔을 잡고 나를 침실로 데리고 갔습니다. 그가 속삭였습니다.

'이리 오세요, 당신은 그것을 보아야 합니다.'

침대 맞은 편 터키식의 긴 안락의자 위에 성구실에서 떼어 온 그 그림이 걸려 있었습니다. 그것은 약간 무시무시한 그림입니다. 사악한 죄를 지은 것처럼 보이는 얼굴이 그려져 있지요. 그리고 그 그림 속 인물이 실제로 아가테 수녀라면, 그림의 내용은 오래된 연대기가 이 수녀의 방탕한 행동에 관해 보고하는 것과 일치합니다.

나는 그것을 떼어 내기 위해서 그 그림으로 다가갔습니다. 안더스에게 증명해 보이려고 했습니다. 그의 상상이 전혀 말도 안 되며 현실이 아니라는 것을 말입니다. 그러자 그가 나에게로 달려왔습니다. 그것도 내가 놀랄 정도로요. 그는 아주 화가 난 몸짓으로 나를 뒤로 밀쳤습니다.

'도대체 무슨 생각을 하시는 겁니까? 그것은 불가능합니다. 이 그림이 한 번 벽에 걸리면 이 세상의 어떤 힘도 그것을 떼어 낼 수 없습니다.'

그는 며칠 전 그의 집에서 자신의 이야기를 정당화하기 위해 나를 설득하려 했다는 사실을 틀림없이 잊어버린 것 같았습니다.

나는 물었지요.

'그런데 왜 당신은 하필이면 저 그림을 침실에 걸어 놓았습니까? 이 그림은 평화로운 잠을 방해할 겁니다.'

안더스가 대답했지요.

'나는 당신에게 이미 말했습니다. 그림이 도착했을 때 나는 집에 없었다고요. 저것을 가져온 사람이 어디에 걸지 물어보지도 않고 여기에 걸었습니다. 그리고 나는 지금 그것을 떼어 낼 수 없습니다. 그림 위로 커튼을 치려고 시도도 해 보았지요.'

그의 목소리는 흥분으로 몹시 날카로워져 있었습니다.

'그러나 저것은 커튼을 참아 내지 못합니다. 내가 저녁 때 커튼을 치면 그 커튼은 자정에 다시 젖혀집니다. 그녀는 끔찍한 눈으로 나를 항상 쳐다보고 있지요. 나는 그것을 견딜 수가 없습니다. 그리고 왜 그녀가 나를 그렇게 쳐다보는지 아십니까? 나는 그것을 당신에게 말하려고 합니다.'

우선 그는 나를 그림에서 멀리 떨어지게 했습니다. 그러고는 내가 거의 알아듣기 힘들 정도로 아주 작게 속삭였지요.

'그녀는 나에게 복수를 맹세했습니다. 그리고 그녀는 약속을 지킬 겁니다.'

그리고 갑자기 그는 당시 내가 보기에 그의 생각과는 무관한 질문으로 말을 돌렸습니다.

'내 아내를 정확하게 보았습니까?'

내가 미처 대답하기 전에 그는 다시 말을 이어갔습니다.

'말도 안 되는 소리! 내가 가끔 상상하는 것은 말도 안 되는 것이지요.'

그러나 금세 그는 그림 이야기로 다시 돌아갔습니다.

'그녀는 나를 파멸시키려 합니다. 내가 지하 통로를 발견했기 때문에, 내가 도로에서 수직 갱을 파라고 명령했기 때문에요. 그래서 그녀를 쫓는 사람들이 지하 납골실로 들어갈 수 있게 되었거든요.'

내가 무언가 반박하려 하자 안더스는 손사래를 치며 내 말을 막았습니다.

'나를 믿으십시오. 박사님, 그렇게 된 겁니다. 나는 그 사건을 정확하게 짜 맞추어 보았습니다. 내가 본 광경을 보았다면 당신도 내 말에 동의했을 겁니다.'

안더스가 그날 했던 이 애매한 암시가 무엇을 의미하는지 나는 나중에야 확인할 수 있었습니다. 그가 나를 설득하기 위해 했던 말들은 내 머릿속에 아주 강하게 각인되었고, 속삭이면서 내 얼굴 가까이 갖다 댔던 그의 얼굴은 바로 내 눈앞에 보이는 듯합니다. 그의 행동 모두에서 나는 그의 상태가 매우 안 좋다는 인상을 받았습니다. 그러나 이 도시를 떠나 몇 주 동안 산으로 가서 휴식을 취하는 게 어떠냐는 나의 권유는 아무 소용이 없었습니다.

그가 말했지요.

'나는 견뎌야 합니다. 그녀에게서 도망치려 해 봤자 아무 소용이 없을 겁니다. 내가 3000미터 고지에 있다 할지라도 여기에서처럼 나를 찾아낼 수 있을 겁니다.'

안더스의 경우에서 가장 무시무시한 점은 그가 유령 같은 생각과 싸우면서도 어떤 실제적 힘과 싸우고 있다고 착각하고 있는 것이지요. 그래서 나는 블랑카 부인에게 우선은 여기서 그녀가 영향력을 발휘해야 한다는 것을 주지시켰지요.
 '영향력이오?'
 그녀가 말했습니다. 그 가련한 부인은 거의 울 것 같았지요.
 '내게는 그를 의사에게 데리고 갈 만큼의 영향력도 없어요.'
 나는 안더스 부인의 마음을 위로하기 위해 다음 날 아침 내 친구 엥겔호른 박사를 안더스에게 보냈지요. 그러나 건축사는 그를 보자마자 분노하여 경련을 일으켰고 엥겔호른은 할 수 없이 그 자리에서 돌아가야 했답니다. 바로 그 무렵 나는 페른슈타인 성의 문서 보관실 때문에 중요한 자료를 찾기 위하여 여행을 떠나야 했습니다. 내가 자료를 찾는 데는 며칠이 걸렸습니다. 그러나 자료를 찾으면서 나는 아주 흥미로운 작품 몇 가지를 더 발견했습니다. 그래서 나는 며칠간 더 머물렀지요.
 돌아오는 도중에 나는 기차에서 내렸습니다. 아름다운 숲을 기분 좋게 걸어서 그 도시에 도착하려고 했기 때문입니다. 사람들이 좋아하는 산책지의 음식점을 지나치다가 나는 우연히 정원의 울타리 너머로 한스 안더스가 어느 음식점에 앉아 있는 것을 보았습니다. 내 작업 때문에 그의 이야기를 완전히 잊어버렸었다는 것을 고백해야겠군요. 그리고 그 순간 나는 친구로서의 의무를 그처럼 소홀히 한 것에 대해서 양심의 가책을 느꼈습니다.
 나는 그의 상황이 어떤지 듣기 위하여 바로 음식점 뜰로 들어가서 그에게 인사를 했습니다. 안더스가 술을 매우 많이 마셨다는 것을 알 수 있었습니다. 평상시에 매우 이성적이었던 그에게 그런 일은 너무나 이상한 것이었습니다. 그래서 나는 바로 그의 암울한 이야기와 무슨 관련이 있을 거라고 생각했습니다. 그는 나를 보고 외쳤습니다.

'오, 박사님, 문서실장님. 정말 반갑군요. 학문의 이름으로 당신을 환영합니다.'

안더스는 아주 큰 소리로 이야기를 많이 했습니다. 음식점 뜰 여기저기에 앉아 있던 손님 열댓 명이 쳐다볼 정도였지요.

내가 남은 모라비아산 포도주 한 병을 4분의 1가량 마시는 동안 그는 4분의 3을 마셨습니다. 그리고 날씨가 어둑어둑해질 때가 돼서야 그를 집으로 가게 할 수 있었습니다. 우리는 강을 따라 걸었습니다. 우리 앞에 놓여 있는 왕실 제분소의 불빛들을 계곡을 가득 채운 안개 사이로 볼 수 있었지요. 그제야 안더스는 내가 눈치 챘던 대로 자신이 지나치게 몰두했던 것에 관해 이야기하기 시작했습니다.

'이제 마침내 나는 그녀가 원하는 것을 알게 되었소.'

내가 말했지요.

'그러나 그런 식으로 그녀에 관해 이야기하지 마십시오. 실제 인간과 무슨 관계가 있는 것처럼 말입니다.'

한스 안더스는 나를 쳐다보았습니다. 내 말을 이해하지 못하겠다는 듯 말입니다. 그렇게 그는 이미 자신의 상상 속에 빠져 있었습니다.

'내 눈앞에서 어떤 일이 일어났는지 아십니까? 끔찍한 일입니다. 그녀가 아내를 꼼짝 못하게 했어요.'

'그래요, 그게 도대체 무슨 뜻입니까?'

'그녀는 내 아내를 꼼짝 못하게 했고 내 눈앞에서 변신합니다. 그 변신은 눈에서 시작되지요. 내가 오고 가는 것을, 나의 모든 움직임을 관찰하는 그녀의 눈에서 훔쳐보는 듯한 낯선 시선이 느껴집니다. 내가 무엇인가를 말하면 그 끔찍한 눈 속에서 조소 같은 것이 불타오릅니다. 그러고 나면 그녀의 얼굴도 변합니다. 반면에 내 아내는 점점 더 작고 약해집니다. 그리고 내 옆에 앉아서 자거나, 검은 속눈썹 아래로 나를 관찰하면서 마치 자는 것처럼 행동하는 그 여자는 더욱 마르고 커집니다. 그녀는 내 주위를 돌며 나를 휘감고 있습니다. 그녀는 내 가까이에 있기 위하여 내 아내를 살해하고 그녀의 육체를 소유하게 되었습니다. 벽에 걸려 있는 그림과 똑같아지는 날에 그녀는 나도 완전히 정복하게 될 겁니다. 그러나 나는 선수를 치기로 결심했습니다.'

나는 이 남자의 신경질적인 흥분이 거의 정신착란의 지경으로까지 발전한 데 경악했습니다. 강하면서도 단호한 조치를 취할 수 있는 절호의 기회였지요. 다음 날 나는 친구 엥겔호른 박사와 함께 머리를 짜냈습니다. 가련한 안더스 부인을 도와주기 위해 무엇을 할 것인가를 궁리했지요. 그때 안더스 부인이 우리 집으로 찾아왔습니다. 그녀는 매우 쇠약해진 것처럼 보였습니다. 얼굴은 창백했고, 눈은 움푹 들어갔으며 불안해 보였습니다. 게다가 수척해져서 그녀는 약간 더 커 보이기까지 했습니다.

'나는 모든 것을 알고 있습니다. 부인.'

내가 말했지요. 그러자 그녀는 울기 시작했습니다.

'아, 당신이 어떻게 알 수 있겠어요. 내가 얼마나 큰 고통을 당하는지 단지 짐작만 할 수 있겠지요. 나의 삶은 지옥이 되어 버렸어요. 그냥 하는 말이 아니라 현실이 정말 고통스럽습니다. 나는 더 이상 견딜 수가 없습니다. 남편은 완전히 변했어요. 그가 나를 혐오하고 있다는 것을 뚜렷이 느낍니다. 그는 나를 끝없이 관찰합니다. 나는 그의 무서운 시선을 느낍니다. 그리고 그는 나에게서 어떤 나쁜 것을 기대하는 것처럼 행동합니다. 가끔 그는 갑자기 분노가 가득한 몸짓으로 몸을 돌립니다. 마치 내가 그를 뒤쫓고 있다고 생각하는 것처럼 말입니다. 그러면서 그는 거의 아무 말도 하지 않습니다. 그리고 내가 그에게 말을 걸면 그는 말 한마디 한마디가 마치 덫이라도 되는 양 대답합니다. 그가 왜 그렇게 이상한 행동을 하는지 물으면 그는 아주 끔찍하게 웃습니다……. 어제 저녁, 그는 오후 내내 외출했다가 약간 취해서 집에 왔습니다. 내가 막 옷을 벗으려고 할 때 그가 갑자기 내 뒤에 서 있는 것을 발견했습니다. 조금 전까지도 그는 방에 있었습니다. 나는 그가 어떤 공책을 읽으면서 책장을 넘기는 것을 유리문을 통해 보았거든요. 그런데 갑자기 그가 내 뒤에 서 있는 겁니다. 그는 아무 소리도 내지 않고 살며시 나를 따라왔으며 내가 몸을 돌리자 내 목을 조르고 말했습니다.

'아름다운 목이야, 이미 한 번 잘린 목이지.'

나는 너무 두려워서 그 말이 무슨 뜻인지를 알려고 했습니다. 그러나 다시 소름 끼치게 웃으면서 그는 우리 침실에 걸려 있는 낡은 그림을 가리켰습니다.

'저기 있는 저 사람에게 물어 보구려, 아니면 당신 자신에게 묻는 게 더 낫겠군.'

나는 밤새도록 잠을 이룰 수가 없었으며 그의 기이한 말에 대해 곰곰이 생각해 보았습니다. 아침에 나는 공책을 가져오기 위해 방으로 갔습니다. 나에게는 그 공책이 남편의 성격이 변한 것과 무슨 관계가 있는 것처럼 보였습니다. 그것은 여전히 책상 위에 놓여 있었고 남편은 공책 가득 무엇인가를 적어 놓았습니다. 나는 그가 지난주에 이 공책에 아주 급하게 무엇인가를 썼던 것을 떠올렸습니다. 가끔은 아주 당황한 듯 보였으며, 근처에서 어떤 소리가 나도 모를 정도로 매우 흥분해 있었지요. 어떤 일이 그를 그렇게 사로잡고 흥분시키는지를 알 수만 있었다면 나는 무엇이든 감수했을 겁니다. 그런데 내가 그 공책을 막 읽으려 할 때 너무나도 끔찍한 공포가 나를 사로잡더니 나의 호기심을 억눌렀습니다. 나는 감히 그것을 펼쳐 볼 수도 없었습니다. 왜냐하면 나는…… 나는 어떤 끔찍한 것을 알기가 두려웠기 때문입니다. 그래서 당신에게 이 공책을 가져왔습니다. 읽고 나서 남편의 이상한 행동이 이 공책과 무슨 관계가 있는지를 나에게 말해 주십시오. 당신에게 떠오르는 만큼이라도요.'

그러면서 그녀는 나에게 이 공책을 넘겨주었지요. 자, 이 공책이 바로 그 공책입니다. 받으십시오,'지방법원 판사님. 당신은 그 안에서 아주 이상한 일기를 발견하게 될 겁니다. 이 일기로 인해 이 모든 사건이 저에게는 더 복잡해졌습니다. 당신은 훌륭한 통찰력으로 이 이야기를 제대로 이해할 수 있기를 바랍니다.(한스 안더스의 일기는 이 이야기의 시작 부분에 삽입되어 있다.)

엥겔호른 박사와 나는 안더스 부인의 근심을 없애 주려고 했습니다. 우리는 위험이 매우 가까이 왔다고 확신하고 있었지만, 그녀가 전혀 두려워할 필요가 없다는 듯이 행동했습니다. 그래서 우리는 그녀를 어느 정도 진정시켜서 집으로 돌려보낼 수 있었지요. 그녀 남편의 일기를 읽고 다음 날 아침 바로 그녀에게 그 문제에 관해 보고하겠다고 약속하고 난 후에 말입니다. 그러나 그렇게 한 건 너무나 태만한 행동이었습니다. 용서받을 수 없는 행동이기도 합니다. 그녀의 친구라 할 수 있는 우리들이 냉정하지 못하고 결단력이 부족하여 그 가련한 부인이 생명을 잃은 것이지요. 우리 인간들이 이렇습니다. 인간들은 위험을 아주 정확하게 보긴 하지만 제때에 위험에 대처하려고 하지 않습니다.

그 공책을 다 읽었을 때 엥겔호른 박사와 나는 서로를 쳐다보았습니다.

'그는 미쳤어요.'

내가 말했지요. 그러나 엥겔호른 박사는 특이한 사람이었어요. 정밀 과학을 대표하는 사람이면서도 그는 인간 영혼이 '밤에 처하는 상태' 모두에 관해 일종의 미신을 가지고 있었습니다. 그는 기회가 있을 때마다 '하늘과 땅 사이에는 여러 일들이 존재한다.'라는 말을 인용하곤 했지요. 그리고 의학이 불가사의와 부딪칠 때 엥겔호른 박사만큼 기뻐하는 사람도 없을 겁니다. 그래서 나는 그가 나를 의심하는 듯 쳐다보면서 이렇게 말했을 때 별로 놀라지도 않았습니다.

'미쳤다고요? 당신 말을 옳다고 해야 할지 모르겠네요. 광기와 비슷해 보이지만 광기는 아닌 그런 상태가 있습니다. 당신에게 설명하자면……'

'광기가 아니면 뭡니까?'

내가 그의 말을 막았지요. 그러나 그는 단지 어깨를 으쓱하며 이렇게 말했습니다.

'나도 모르겠군요.'

지방법원 판사님, 우리가 안더스 부인을 설득한 건 저녁 늦게였습니다. 다음 날 아침 나는 안더스 부인이 살해당했다는 소식을 들었지요. 끔찍한 행위 직전에 어떤 일이 일어났는지는 한스 안더스에게서 직접 들을 수 있을 겁니다. 우리는 단지 그가 유령에게서 벗어나고 싶어서 살인을 했다는 것, 그리고 그 그림이 부숴진 것과 살인이 무슨 관계가 있을 거라는 사실만 추측할 수 있습니다. 이 기이한 이야기에서 그가 음식점에서 나에게 했던 마지막 말을 정신과 의사에게 해야 하는지는 법원이 결정할 문제겠지요."

문서 보관실장 홀츠보크의 진술은 여기까지이다.

불가사의한 이 사건은 이틀 후 건축사 한스 안더스가 죽음으로써 어쨌든 일단락되었다. 그는 심문실에서 앉은 채로 죽어 있었다. 벽에 기대어 한 손은 가슴에 얹고 오른팔은 힘없이 내려뜨린 채 아주 기이하게 뒤틀려 있었다. 검시의는 고개를 흔들면서 그를 검진하기 시작했다. 그는 한스 안더스의 팔이 어떤 엄청난 힘을 받았을 때처럼 여러 번 부러졌음을 확인해 주었다. 그러나 직접적 사인은 갑작스런 쇼크로 인한 심장 발작이라고 밝혔다.

두 개의 가면

알렉산더 모리츠 프라이
(1881-1957)

● ● ●

　프라이(Alexander Moritz Frey)는 뮌헨에서 화가의 아들로 태어났다. 하이델베르크와 프라이부르크에서 법학을 공부했으며, 제1차 대전 당시 때때로 히틀러와 같은 연대에서 위생병으로 복무하기도 했다. 1918년부터 전업 작가로 활동했으며, 괴기스럽고(grotesque) 무시무시한 소설과 환상적인 노벨레를 주로 집필했다. 대표작으로는 「일상의 유령. 꿈과 혼란 속에서 나온 열한 가지 이야기들」(1920), 「무서운 밤」(1923), 「유령. 기이한 이야기들」(1925) 등이 있다. 전쟁 일기인 「위생병. 전쟁 위생병 소설」(1929)은 그가 1933년 잘츠부르크로, 이어서 바젤로 도주하게 되는 결정적인 이유가 되었다. 취리히에서 그는 여러 일간지의 특파원으로 일했다.
　「두 개의 가면」은 1913년 뮌헨의 델핀 출판사에서 나온 『어두운 골목. 밤과 그림자의 열두 가지 이야기』에 실린 작품이다.

파티를 연 젊은 공작은 자기 여자 친구 그라넬라에게 인사를 하고는 (그녀의 이름은 원래 마리였지만 그는 자기가 직접 지은 이 이름을 좋아했다.) 그녀의 귀 가까이로 몸을 숙이면서 말했다.

"당신 오늘 저녁 정말 완벽해 보이는군."

그녀는 소맷부리 끝이 걸쳐져 있는 그의 가느다란 손을 잡고는 말했다.

"당신은 나에게 아첨을 하려고 할 때마다 완벽해 보인다고만 말하는군요. 왜 내가 예쁘다고는 한 번도 말하지 않는 거죠?"

"왜냐하면 당신은 예쁘지 않으니까. 당신도 알고 있잖소."

"나도 알아요. 그래도 나는 예쁜 여자가 되고 싶고, 당신에게는 틀림없이 예뻐 보일 텐데요."

"그런 생각을 한다면 당신은 물론 아름다운 거요. 얼마 전 저녁에 극장에서 솔타우가 비앙카 비앙시에 대해 했던 말이 생각나지 않소? 얼굴은 아름답지만 추한 여자들이 있소. 그들이 바로 가장 매력적이면서도 가장 위험한 여자들이오."

그라넬라는 가면 아래서 만족스러운 표정을 마음껏 지을 수 있었다.

"허튼소리!"

그라넬라는 이렇게 말하면서 반지 낀 손을 들어 홀을 가리켰다.

"저기 저 여자는 어쨌든 자기가 아름답다고 굳게 믿고 있군요. 이런 무도회에서도 과감하게 얼굴을 가리지 않는 것을 보니."

"명랑한 알베겐 부인이지요."

목사 복장을 한 솔타우가 그라넬라의 손에 키스하면서 말했다.

"저기 비스듬하게 우리를 마주 보고 있는 칸막이 좌석에 그녀의 남편이 앉아 있군요. 점잖은 사람이 무슨 근심이 있는 것처럼 보이네요. 부인이 너무 눈에 띄기 때문이지요. 가면을 쓰지 않아서 그럴 뿐 아니라 무엇보다 그녀의 말이 사람들의 관심을 끌기 때문입니다."

"그녀가 무슨 이야기를 하는데요?"

그라넬라가 이렇게 물으면서 목사 옷에 붙어 있는 나뭇잎을 가지고 장난을 쳤다.

"그녀는 왜 가면을 쓰지 않느냐는 질문을 자주 받지요. 그럴 때마다 그녀는 이렇게 말합니다. '당신들이 보지 못한다 할지라도 나는 얼굴 위에 가면을 쓰고 있어요. 내 말을 믿지 않나요? 내가 가면을 쓰고 있다는 것을 당신들에게 장담합니다.' 라고요."

공작은 일어섰다.

"재기 발랄해 보이려고 무척 노력하는군."

그는 이렇게 말하고 홀로 들어갔다.

솔타우는 그라넬라 옆에 머물렀다. 그라넬라가 말했다.

"흥미롭군요. 가면을 벗는 시간이 되면 그녀는 어떻게 행동할까요. 피부를 한 꺼풀 벗겨 낼까요?"
 그리고 그녀는 냉정하게 웃었다. 마치 그녀 자신이 다른 사람에게 그렇게 할 준비가 되어 있다는 듯이.
 솔타우는 여자의 드러난 어깨 위에 손을 올려놓았다.
 "갈색 야생 고양이는 곧 그 호기심을 충족시키게 될 겁니다. 곧 가면을 벗어야 할 시간이 될 테니까요."
 그는 시계를 보았다.
 "벌써 자정이 됐군요."
 세 개의 트럼펫이 맑은 소리로 자정을 알려 주었다. 새로이 활력을 얻은 사람들이 홀과 칸막이 좌석, 복도를 지나갔다. 화려한 복장을 한 그들은 소란스럽게 큰 계단을 내려갔다. 몇 시간 동안 가면을 쓰고 있던 그들의 얼굴은 해방되어 열기로 달아올랐다. 그들은 드러난 얼굴에 대해 부끄러워하거나 아니면 자부심을 느꼈다.
 그라넬라는 주저했다. 솔타우는 가면을 벗기기 위해 벌써 손을 그녀의 귀에 갖다 댔다. 그러나 그라넬라는 그의 손가락을 쳤다.
 "무슨 생각을 하고 있는 거예요?"
 그녀가 말했다.
 솔타우는 마치 아주 즐거운 농담을 들은 것처럼 웃었다.
 "특히 당신은 내 얼굴이 어떤지를 이미 알고 있잖아요."
 그라넬라가 덧붙였다.
 "잊어버렸는데요."
 그가 장난을 쳤다.
 그라넬라는 그에게 반쯤 등을 돌렸다. 그러자 그는 그녀에게 몸을 굽히고 속삭였다.

두개의 가면 **359**

"아니, 나는 당신 얼굴을 잊어버리지 않았어요. 그러나 사랑하는 여자의 옷을 벗기는 것이 남자에게 얼마나 큰 즐거움인지 알지 못한단 말입니까?"

그녀가 이해하지 못하겠다는 몸짓을 하자 솔타우가 말했다.

"당신 얼굴이 저녁 내내 가면에 가려져 있었기 때문에 그렇게 말한 겁니다. 당신은 우리 주위에 있었지만 결코 우리와 함께하지 않았습니다. 당신 얼굴 대신 우리는 무표정하고, 관심도 없으며, 낯설고 거의 적대적이기까지 한 초록색 비단만을 볼 수 있었지요. 우리는 그 비단 가면 뒤에 당신의 얼굴이 있다는 것을 알고 있었어요. 그러나 우리가 당신 얼굴을 보지 못하기 때문에 그 사실을 믿기 어렵다는 거지요. 왜 우리는 가면 뒤의 얼굴을 보고 싶어할까요? 그것은 결국 가면 뒤에 어떤 얼굴도 존재하지 않을 수 있다는 두려움 때문은 아닐까요. 아니면 생각해 낼 수 없는 어떤 것, 그 이름을 부르기 전에 간파해야 하는 어떤 것 때문일까요? 이미 말했지요. 모든 가면 뒤에는 얼굴이 있다고. 우리는 가면 뒤에 얼굴이 숨겨져 있다는 것을 알고 있지만 얼굴을 보지 못하기 때문에 얼굴이 있다는 것을 믿기가 어려워요. 그리고 이처럼 아주 약하게 흔들리는 믿음은 우리가 가진 어떤 지식보다도 강력합니다. 그 믿음이 우리로 하여금 가면을 벗기도록 강요하고 있는 거지요."

솔타우는 가면을 벗기기 위해 손을 들었다.

그라넬라는 다시 한번 그의 손에서 벗어났다. 그녀가 말했다.

"당신이 아까 말하기 시작했을 때는 이유가 그게 아니었지요. 당신은 연인의 옷을 빗길 수 있는 즐거움에 관해 말했잖아요. 이제 그 이해할 수 없는 말에 대해 이야기해 보시지요."

솔타우는 빠르게 평정을 되찾았다.

"맞아요, 나는 특별한 것에서 일반적인 결론을 끌어냈지요. 당신 얼굴을 보고 싶다는 나의 욕구에서 가면 뒤를 살펴보려는 인간의 충동을 끌어낸 겁니다. 그리고 내가 마침내 당신의 눈썹과 입을 다시 보기 위하여 손가락을 당신 귀 뒤의 끈에 갖다 댄다면, 이것은 당신 코르셋의 끈을 풀어도 된다고 허락 받은 것만큼이나 매력적인 일이지요."

그라넬라가 목까지 빨개지자 그는 계속 말했다.

"나는 당신 가슴을 알고 있기 때문에 그것은 나에게 진짜 매력적인 겁니다."

"그만해요."

그녀는 화난 듯 빠르게 말하고 일어섰다.

솔타우가 웃었다.

"그만하고 당신의 재판석 앞에서 피부를 벗겨 내는 일을 감행하게 될 알베겐 부인을 데리러 가야겠군요."

공작이 손님들 사이에서 나타났다.

"당신은 여전히 가면을 쓰고 있군!"

그가 그라넬라에게 소리쳤다.

"빨리 가면을 벗으시오. 그렇지 않으면 사람들이 당신과 이 이상한 낯선 사람 사이의 관계에 대해 물어 볼 거요."

그러면서 그는 사람들 틈에서 한 사람을 데리고 그녀 앞으로 왔다.

그라넬라는 가면을 벗으면서 그녀 앞 아주 가까이에서 아무 말 없이 서 있는 정체불명의 남자에게 물었다.

"왜 가면을 벗지 않는 거죠?"

그는 고음도 아니고 저음도 아닌 목소리로 이렇게 대답했다.

"이것이 나의 진짜 얼굴이니까요."

그 사람은 카니발 때 여러 상점에서 값싸게 구입할 수 있는 단순한 종이 가면을 쓰고 있었다. 푸른 공작 빛 비단 재질로 된 딱 달라붙는 두건은 가면 부분만 뚫려 있었다. 그 두건은 머리와 목을 감싼 채, 아주 넓은 살색의 에나멜 가죽 혁대로 묶은 팔 없는 긴 겉옷으로 흘러내렸다. 드러난 팔은 상당한 두께로 무엇인가를 칠한 것 같았다. 팔은 어두운 살색이지만 넓은 혁대와 얼굴 가면처럼 끔찍한 무생물의 빛을 띠고 있었다. 가면과 가죽 혁대, 팔은 같은 소재로 만든 것처럼 보였다. 죽어서 경직되었음에도 불구하고 살아 있는 것처럼 보이게 하는 소재 같았다. 이 형체가 움직이지 않고 가만히 있는 것을 멀리서 본다면, 배꼽춤을 추는 무희처럼 가슴과 배꼽 사이의 몸을 드러낸 인형이 마치 래커를 칠한 듯 보였을 것이다.

"이것이 당신의 진짜 얼굴이라고요?"

그라넬라가 반복했다.

"좀 재미있는 농담을 하시지요?"

그러자 동일한 어조의 목소리가 대답했다.

"당신이 내 말을 믿지 않는다는 것을 알고 있소. 당신들이 내 말을 재미없는 농담으로 여기고 있다는 것도 알고 있소. 더구나 나는 생명을 지닌 사람의 육체와 피는 단순한 종이나 살색과는 약간 다르다는 것도 알고 있소. 그럼에도 이것이 나의 진짜 얼굴이오."

그는 아주 냉정하게 말했다. 래커 칠을 한 팔로 경직된 몸짓을 하면서 당연하다는 듯 이렇게 말하자 그라넬라는 점점 더 두려워져서 공작의 팔을 찾았다. 그녀가 공작의 팔을 찾지 못하자 성급하게도 그녀는 솔다우가 방금 전 자기에게 했던 것을 하려 했다. 즉 그 낯선 사람의 가면을 벗기려 한 것이다. 그런데 그가 몸을 펴자 갑자기 머리 크기만큼 키가 커진 것처럼 보였다. 그녀의 손은 아무 표정도 없는 가면의 턱까지도 닿지 못했다.

그라넬라는 다시 도움을 청하듯 공작에게 몸을 돌렸다. 그때 솔타우가 어느 부인의 팔을 끼고 그 무리에 끼어 들었다. 그가 농담을 했다.

"조금전 신사 숙녀 여러분들을 놀라게 했던 유형, 즉 가면이 자신의 진짜 얼굴이라고 주장하는 유형과 정반대의 유형이 여기 있습니다. 이 분이 전처럼 여전히 가면을 썼다고 주장하는 우리의 아름다운 욜란테 부인이십니다."

그는 자신의 이마를 쳤다.

"아, 갑자기 여기 이상한 오류가 존재하는 건 아닐까 하는 생각이 드는군요. 욜란테 부인이 정체불명의 이 사람과 자신을 착각한 건 아닐까요? 그리고 정체불명의 이 사람이 자신과 이 부인을 혼동한 건 아닐까요? 얼마나 간단한 해결책입니까? 우리가 이 사람을 다른 사람으로 바꾸면 모든 것이 해결됩니다."

몇 사람이 말도 안 되는 이런 우스갯소리에 즐거워했다. 그러자 가면을 쓴 사람이 말했다. 그의 목소리는 여전히 단조로웠다.

"당신은 나로 존재할 수 있다고 생각하십니까?"

단지 사람들을 계속 즐겁게 하려고 했던 것처럼 보이는 이 질문에 웃는 사람은 아무도 없었다. 욜란테는 점점 증오를 드러내며, 아주 작은 목소리로 말했다. 그녀는 질문하는 사람의 검은 동공을 쳐다보았다.

"오, 내가 당신으로 존재할 수 있느냐고요? 아니오, 당신은 진짜 얼굴임을 주장하는 가짜 가면에 불과해요."

"당신은 진짜 얼굴이면서도 가면이라고 주장하지요."

그녀는 가면의 검붉은 입술에서 나오는 이런 침착한 목소리를 중단시켰다.

농담이 한계를 빠르게 넘어섰다. 연약한 욜란테가 저 커다란 미지의 남자에게 던지는 이런 치명적인 조소는 도대체 어떤 비밀스런 심연에서 나오는 것인가. 그녀는 그에게 뛰어오를 준비를 했지만, 그는 가면을 벗기려는 것이 아닌가 의심을 하며 뒤로 물러섰다. 그는 팔을 들고 천천히 공중에서 손가락을 움켜쥐었다. 마치 사람의 목을 잡고 누르려는 것처럼. 욜란테는 두 손으로 목을 잡았다. 비틀거리면서 그녀는 비웃는 가면을 쳐다보았다. 그 가면은 끝없이 공허하게 느껴졌다. 이 세상에 존재하는 혐오스러운 것을 모두 잉태할 수 있을 정도였다. 그녀는 이처럼 악의 없이 반짝거리는 작은 뺨에서 조소 섞인 짓궂은 웃음을 보았다. 그녀의 얼굴은 얼룩진 담벼락처럼 분 때문에 더러워지고 잿빛이 되었다. 그리고 갑자기 고롱고롱 소리를 내면서 무릎을 꿇었다.

쓰러지는 사람을 붙잡으려고 누군가 달려왔다. 가면 쓴 사람 자신이 자기 행동을 고발한 셈이 되었다. 그는 우유부단하게 어쩔 줄 모르고 서 있다가 머리를 숙이고 막연하게 사람들 사이를 뚫고 나갔다. 사람들 사이에서 벌써 "살인자"라고 외치는 소리가 들렸다.

마침내 그가 사람들 사이를 뚫고 나가더니 달리기 시작했다. 화려한 옷을 입은 사람들의 무리가 그 뒤를 따랐다. 계단에 이르자 그는 긴 보폭으로 올라갔다. 그의 공작색 푸른 겉옷이 비어 있는 회랑을 따라 펄럭였다. 손님들은 모두 아래 홀에 있었다. 그리고 그는 어스름한 칸막이 좌석의 벽을 미끄러져 달려갔으며 추격하는 사람들을 멀리 따돌렸다. 그리하여 그는 마음의 평정을 찾은 것처럼 보였다. 그는 난간에 기대서서 노란색 현등 빛을 받고서 뚜렷한 동작으로 가면을 옆으로 돌렸다. 그는 손 안에 가면을 꼭 쥔 채 잠시 그 자세로 머물렀다. 수백 개의 눈이 그를 올려다보았다. 그러나 가면이 있던 그 자리에는 아무것도 없었다. 그들이 보기를 갈망했던 얼굴이 있어야 할 자리에는 텅 빈 두건 속에 입을 벌리고 있는 시커먼 구멍뿐이었다.

추적자들이 좀 더 가까이 다가갔다. 그때 그는 종이 가면을 다시 썼다. 이런 행동은 홀에 있는 사람들에 대한 인사 같은 것이었다. 사람들의 손이 그의 옷자락에 닿자 그는 바로 몸을 돌려 겉으로 잘 보이지 않는 숨겨진 문을 통해 빠져나갔다.

공작이 기절한 욜란테를 옮기는 것을 도와주었다. 붉은색 작은 살롱에 들어서기 전에 그는 칸막이 좌석의 난간에 기대어 있는 정체불명의 낯선 사람을 자신의 눈으로 직접 보았다. 그리고 다른 모든 사람들이 보았던 것처럼 텅 빈 그 구멍을 보았다. 욜란테는 납 색깔이 나는 속눈썹을 하고 누워 있었다. 그라넬라가 그 사이에 그녀의 코르셋을 풀어 주었다. 공작은 솔타우와 함께 그 옆에 서 있었다. 그가 말했다.

"위기는 넘겼소. 그러나 부인의 남편을 찾아야겠군. 아주 이상한 밤이오!"

일본식 겉옷을 입은 공작의 사촌이 방으로 들어와 두 남자에게 다가갔다. 그는 이마의 땀을 닦아 내면서 말했다.

"그는 우리 시야에서 사라졌습니다. 나선형 계단을 내려가 정원을 가로지른 뒤 남쪽 아치문을 지나갔어요. 그 문은 밤에 어두운 야외로 나가는 지름길과 연결되어 있는 유일한 문이지요. 그는 이미 그 문에 대해 잘 알고 있었던 것 같습니다."

공작은 갑자기 열이 나기 시작했다. 가발을 벗고 목 칼라를 떼어 내자 그는 갑자기 깃털 사이에서 모습을 나타내는 마라부(아프리카와 인도에 서식하는 큰 황새)처럼 보였다.

두개의 가면 365

"그가 누구지? 누구란 말이오? 어디서 왔으며 어디로 갔단 말이오? 이해할 수 없군!"

그는 흥분했다.

솔타우가 생각에 잠겨 말했다.

"이 일을 아마 여러 가지 면에서 설명할 수 있을 겁니다. 그런데 그 설명 모두 틀릴 수도 있고, 그 중 하나가 옳을 수도 있죠. 그러나 우리가 그 사람을 잡지 못하고, 우리의 추측을 그를 통해 직접 검증할 수 없는 한 그런 추측으로는 아무것도 얻지 못할 겁니다. 그럼에도 그렇게 해야 공작의 마음이 진정된다면, 그 낯선 사람이 종이 가면 뒤에 완전한 허공처럼 보이는 두 번째 검은 가면을 쓰고 있다고 주장할 수 있을 겁니다. 그런데 이 질문의 답이 왜 중요합니까? 정체불명의 그 사람이 우리에게 영향을 미쳤다는 것을 우리는 느끼고 있습니다. 그리고 어떤 것이 진실이냐 아니냐가 중요한 것이 아니라 그것이 어떻게 영향을 미쳤느냐가 중요한 거지요."

일본 옷을 입은 사람이 거의 화를 내면서 말했다.

"그 말에 단호하게 반대합니다! 나는 그걸로 만족할 수 없습니다. 도대체 어떤 유령이 우리를 바보로 만들었는지 알고 싶습니다."

솔타우가 웃었다.

"이미 어떤 유령이 당신이 주장한 대로 당신을 바보로 만들었다면, 그것이 어떤 것인지를 아는 것이 왜 중요합니까?"

"나는 다르게 해석하겠습니다. 당신이 앞서 했던 것보다 더 좋은 해석이지요."

일본식 복장을 한 사람이 그렇게 외쳤다. 그는 새로 떠오른 생각에 완전히 사로잡혔다.

"나는 이해하기 힘든 그 존재가 기계나 다소 복잡한 메커니즘에 불과할 거라고 생각합니다."

다른 두 사람이 아무 말도 없자 그는 자신의 주장을 더 강하게 내세웠다.

"우리 시대에 유령 같은 것이 정말로 가능하다고 생각합니까?"

"많은 것을 생각할 수 있지요. 생각은 할 수 있지요."

솔타우가 중얼거렸지만 아무도 이해하지 못했다.

그라넬라는 사람들에게 욜란테의 상태가 나아졌다는 신호를 보냈다. 세 사람은 안락의자로 다가갔다.

"괜찮소?"

공작이 물었다.

"공작 각하, 저는 만족합니다. 제가 이제는 가면을 영원히 벗어도 되니까요."

그녀가 웃었다.

"또 가면에 관해 이야기하는군!"

공작이 불안하게 속삭였다.

"그렇다면 그녀는 지금뿐 아니라 저녁 내내 제정신이 아니었던 게로군."

그리고 그는 큰 소리로 그녀에게 말했다.

"당신은 남편을 찾아야 하오. 남편을 데려와야겠어. 도나투스."

그는 자기 동생에게로 몸을 돌렸다.

누워 있던 욜란테가 일어났다.

"각하만 허락하신다면 남편은 필요 없습니다. 각하의 선물을 항상 존중은 합니다만, 그 선물은······."

그녀는 말을 중단하고 숨을 몰아 쉬었다.

"무슨 말을 하는지 모르겠군."

공작은 이렇게 중얼거리다 의심스러워하는 그라넬라의 눈을 보자 시선을 떨구었다.

욜란테는 공작의 손을 잡았다. 그리고 그녀는 갑자기 일어났다.

"이런 카니발이 끝나면 진실해질 수 있을까요!"

그녀는 한숨을 쉬었다.

"나는 오래전부터 삶을 카니발처럼 살아왔어요. 나는 거짓말을 했고 사랑, 절망, 증오, 교만 때문에 사람들을 속였어요. 이제는 그만할래요."

그녀의 눈에서 빛이 번쩍였다. 그녀는 비틀거리며 팔을 뻗었다.

"저기 다시 나타났군요, 그 빈 얼굴이! 그것이 내 목을!"

그녀는 손을 흰 목에 대고 다시 바닥에 쓰러졌다.

솔타우가 그녀를 붙잡았다. 그리고 축 늘어진 몸을 의자에 눕혔다.

그라넬라는 갑자기 더 적극적인 태도를 보여 주었다. 충분히 더운데도 불구하고 그녀는 욜란테의 발치에 숄을 덮어 주고, 별 생각 없이 옷을 펴 주었으며, 부끄러운 듯 그녀의 이마에서 머리를 쓸어 주었다.

공작이 어찌할 줄 모르고 말했다.

"이번에는 더 심각한 것처럼 보이는군. 도나투스, 의사를 불러오게."

일본식 복장을 한 사람이 의사를 부르러 가는 동안 공작은 생각에 잠겼다.

"어쨌든 그녀의 남편을 찾아야겠소. 내가 직접 찾아보지. 그가 여기 없다니! 그녀가 경련을 일으켰다는 이야기가 사람들 사이에 퍼지지 않았나? 정말 이상한 밤이군!"

그는 그라넬라에게로 몸을 돌렸다.

"나와 같이 가지 않겠소? 솔타우가 보살피고 있는데."

그녀는 낯설고 적대적인 눈빛으로 그를 쳐다보았다. 그녀가 결정했다.

"아니에요. 여기 머물겠어요."

공작은 어깨를 으쓱하고 다른 곳으로 갔다.

그가 밖으로 나가자마자 그라넬라가 재빨리 말했다.

"그가 당신과 나를 떼어 놓으려고 했어요. 자, 이야기해 봐요!"

솔타우는 물잔과 향염을 만지작거렸다.

"율란테 부인이 심각한 의식불명 상태에 빠졌는데."

그가 중얼거렸다.

"빨리요."

그라넬라가 참지 못하고 재촉했다. 그녀는 안락의자 위, 정신을 잃은 율란테의 발치에 쪼그리고 앉았다. 그리고 깍지 낀 손을 그녀의 발 위에 올려놓았다.

"별로 이야기할 게 없어요."

솔타우가 이렇게 말하고 팔걸이 의자에 앉았다.

"아주 오래된 이야기지요. 그들은 서로 만났다가 다시 헤어졌어요."

"왜 헤어졌나요?"

"그가 그녀를 버렸지요."

그라넬라의 입술이 움찔거렸다.

"물론 그가 그녀를 버렸겠지요. 그리고 그녀가 존중한다는 공작의 선물이 뭘 의미하는 걸까요? 남편 이야기 아닐까요?"

"오, 공작은 그녀를 돌봐 주었어야 했지만 그녀가 부담스러워졌지요. 그녀는 항상 그를 사랑한다고 말했으니까요. 그녀가 가는 곳마다 그 소리는 마치 비밀스런 구걸처럼 되었지요. 공작은 떠났고, 사람들은 그것을 수백 번 그녀에게 인식시켜 주었지요. 그러나 그래도 나는 당신을 사랑한다는 것이 그녀의 소리 없는 답변이었지요. 그녀는 자살하기에는 너무 나약했고, 거친 삶 속으로 빠지기에는 너무 소심했으며, 그녀 자신을 위해 모든 수단을 동원하여 싸우기에도 너무 약했어요. 그녀는 항상 거기 존재했고 방해가 되었지요."

"너무 나약하고, 너무 소심하고, 너무 약했다."

그라넬라가 반복했다.

"왜 당신은 이렇게 말하지 않는 거죠? 너무 경건하고, 너무 수줍어 하며, 너무 고귀하다고?"

솔타우는 가볍게 몸을 굽혔다.

"당신이 그렇게 말한다 해도 이 사건에서 달라지는 것은 없습니다."

그라넬라가 물었다.

"그리고 그녀를 돌봐 주었어야 했다니 그게 무슨 뜻이에요? 결혼했잖아요? 그녀가 더 이상 방해가 되지 않도록 그녀를 묶어 둘 사슬을 직접 찾아낸 것이 아닌가요? 그녀를 길들이기 위하여, 결혼하고 나면 관계를 새로이 받아들일 수 있는 가능성을 암시하면서 결혼을 시켰겠지요. 그리고 그녀는 자신이 이중으로 속은 것을 깨닫게 돼요. 그렇지요?"

"대략 비슷합니다."

솔타우가 확인해 주었다. 그는 일어나서 기절해 있는 욜란테 옆으로 다가갔다.

"그녀가 아직 의식을 회복하지 못하고 있군요. 공작은 도대체 어디 있는 겁니까? 아직 의사를 찾아내지 못했나? 초대 받은 손님들 중에서 내가 아는 의사만도 세 사람이나 되는데."

그라넬라가 속삭이며 덧붙였다.

"그녀가 얼마나 달라 보이는지 몰라요. 축 늘어진 입 주위에 생긴 무거운 주름들. 눈은 쑥 들어간 데다 코는 얼마나 오뚝한가! 욜란테 부인이 전성기에는 아름다운 여자라고 생각했는데 그렇게 착각할 수 있는 건가요?"

"그녀는 가면을 벗었어요."

솔타우는 이렇게만 말했다.

그라넬라가 대답했다.

"그러면 그녀는 거짓말을 한 게 아니에요. 그녀는 가면을 썼지만 우리는 그것을 보지 않았으며 그녀를 믿지 않았지요."

전율이 그들을 사로잡았다.

"이 여자가 오로지 진실만을 말했다면, 결국은 에나멜 가면을 쓴 사람 역시 진실을 말한 게 아닐까요?"

솔타우는 잠시 침묵한 후에 조용히 대답했다.

"그렇지요."

그라넬라의 입에서 조용히 비명이 새어 나왔다.

솔타우가 그녀를 진정시켰다.

"당신은 내 말을 제대로 이해해야 합니다. 나는 공작에게 이미 설명을 했어요. 도나투스는 그 특유의 정말 말도 안 되는 설명을 하려고 했지만요. 그 존재의 외모와는 아무 관련이 없이 상징적인 면을 드러내주는 세 번째 설명을 당신에게 해 줄까 합니다."

그라넬라는 입을 일그러뜨리며 한탄했다.

"어떻게 해야 하지요. 나는 그 유령이 누구인지, 어떤 물질로 된 것인지, 이름이 무엇인지 알고 싶어요."

"아마 마이어, 아니면 마이어 박사라고 할 수 있겠지요."

솔타우가 비웃었다.

"여자들은 그래요. 여자들의 호기심은 이름, 직함 그 비슷한 것을 칭하는 것으로 진정될 수 있지요. 본질적인 것을 암시하려 하면 여자들은 지루해한답니다."

"그렇다면 말해 봐요."

그라넬라가 지루해하며 말했다.

솔타우는 의미심장하게 손을 들었다.

"당신에게 말하지만 그 유령은 가면 뒤에 정말 어떤 얼굴도 가지고 있지 않은 사람입니다. 주위를 돌아봐요. 가면을 쓰지 않은 사람, 변장을 하지 않은 사람, 실제로는 전혀 그렇지 않은데도 행복하거나 부드럽거나 용감하거나 현명하거나 해가 없는 것처럼 보이는 주름을 갖고 있지 않은 사람들이 어디 있습니까? 그리고 이런 주름을 매끈하게 한다면, 그리고 진짜 그들 자신이 되려고 한다면 무엇이 남을까요? 아무것도 남지 않습니다. 마치 텅 빈 두건처럼 말이지요. 그래서 태연히 그 형체는 사람들에게 완전한 공허함의 인상만을 심어 주었던 우스꽝스러운 가면이 바로 자신의 진짜 얼굴이라고 주장할 수 있었지요. 내 설명이 만족스럽지 않습니까?"

그라넬라는 아름다운 어깨를 으쓱했다.

솔타우가 말했다.

"두 개의 가면을 서로 마주 보게 한 것은 숙명의 교묘한 유희였군요. 모든 것을 숨겨야만 했으며 실제로 모든 것을 숨기고 있던 그 여자는 가면이 없는 거고, 그 남자는 가면 뒤에 아무것도 숨길 필요가 없으며 실제로 아무것도 숨기지 않았던 겁니다. 그 두 사람은 거짓말을 하는 것처럼 보이지만 그들의 거짓은 최고의 진실이 되지요."

"당신은 모든 것을 알고 있으니 당신 말대로 그렇게 교묘한 유희를 하는 숙명이 왜 그 두 사람을 서로 마주치게 하고 가련한 욜란테를 극단으로 몰고 갔는지도 이야기해 줄 수 있겠네요?"

그라넬라는 약간 흥분했다. 그녀의 날카로운 어조를 알아챈 솔타우가 말했다.

"물론이지요. 나의 마지막 설명이 좋은 답이 되겠네요. 가련한 욜란테가 마주하고 섰던 것은 바로 그녀가 매일 참아 내야만 했던 것입니다. 그에게는 모두 적대적인 것이죠. 이런 모임의 공허함, 그들의 거짓, 그들의 가식, 그들의 끔찍함, 그녀를 불행하고 비참하게 만드는 모든 것, 그리고 그녀를 어느 날 죽음으로 몰고 가는 바로 그것이지요."

자신의 마지막 말에서 그는 갑자기 어떤 의혹을 찾아낸 것처럼 보였다. 그는 재빨리 욜란테의 침상으로 가서 잠시 축 처지게 놔두었던 그녀의 손을 다시 잡았다. 그러고는 과장된 몸짓으로 손수건을 이용해 그녀의 뺨에 남아 있는 분가루를 털어 내었다.

그녀의 뺨은 창백하고 노랗게 변해 있었다.

솔타우가 일어서며 말했다.

"그녀는 죽었습니다."

그라넬라는 혐오와 두려움으로 팔을 들었다.

"세상에!"

그녀는 흐느꼈다.

"얼마나 끔찍한 일인가!"

솔타우는 시체 위로 손을 건네 그라넬라의 손을 잡았다. 그러고는 그녀를 쓰다듬으며 말했다.

"진정해요. 오히려 그녀에게 잘된 일이에요."

"공작이 그녀를 죽였어. 그가!"

그라넬라가 외쳤다.

"그 유령이 그녀를 죽인 거지요. 삶이 그녀를 죽인 겁니다."

솔타우가 단조롭게 말했다.

"난 그 무시무시한 것에게 이 불쌍한 여자의 복수를 할 거예요!"

그라넬라가 흐느끼면서 헐떡이다 외쳤다. 마치 그녀는 자기 자신에 대해 슬퍼하는 것 같았다.

솔타우는 그녀를 안았다.

"이미 당신은 복수했어요."

그는 이렇게 덧붙이고 그녀의 입에 키스했다.

그러나 그녀는 자신의 의무를 떠올리고 그에게서 몸을 뺐다. 그리고 무릎 꿇고 기도하기 시작했다.

그녀는 오래 힘들어할 수가 없었다. 문이 열렸고 공작이 죽은 욜란테의 남편, 의사와 함께 나타났다. 질문과 그에 대한 설명이 이어졌다. 위로의 말들이 오고 갔으며 흐느끼는 소리가 커지기 시작했다.

솔타우가 이야기했던 여러 가지 가면들이 다시 무도장에서 서로 맞서고 있었다.

엮은이 _ 박계수

독문학 박사. 번역문학가. 이화여자대학교 독어독문학과를 졸업하고 같은 대학 대학원에서 박사 학위를 받았다. 독일 밤베르크 대학에서 공부했으며, 이화여대, 총신대, 장신대 등에서 강의를 역임하였다.
E.T.A. 호프만의 「악마의 묘약」을 우리말로 옮겨 한독문학번역상을 수상했고, 「티베트에서의 7년」, 「시간」, 「괴테에게 길을 묻다」, 「은밀한 몸」, 「누들」, 「장벽 너머 너에게」, 「위대한 항해자 마젤란」, 「항해의 역사」, 「파라오의 음모」 등을 번역했다.

환상문학전집 ● 9

독일 환상 문학선

1판 1쇄 찍음 2008년 6월 5일
1판 1쇄 펴냄 2008년 6월 10일

지은이 | E. T. A. 호프만 외
엮은이 | 박계수
펴낸이 | 김준혁
발행인 | 박근섭
펴낸곳 | ㈜ 황금가지

출판등록 | 1996. 5. 3 (제16-1305호)
주소 | 135-887 서울 강남구 신사동 506 강남출판문화센터 5층
전화 | 영업부 515-2000(223) 편집부 3446-8773 팩시밀리 515-2007
홈페이지 | www.goldenbough.co.kr

값 9,500원

ⓒ ㈜ 황금가지, 2008. Printed in Seoul, Korea

ISBN 978-89-8273-907-1 04850
ISBN 978-89-8273-900-2 (세트)